Carpe Diem

... mit Büchern von SCHWARTEN

Leisch
Wenn Stimmen töten – Teil III der Schwabing-Trilogie
Roman

Originalausgabe

Alle Rechte vorbehalten. © 2000 Schwarten Verlag   © 1996 Florian Schiel

2. Auflage, April 2001

Internet: http://krimi.schwarten.de
E-Mail: leisch@schwarten.de

*Ursprünglich als Kriminalroman mit Lehr-Effekt zur
Thematik der modernen Gesellschaft und ihres
Telekommunikationssystems »Internet« im
Jahr 1996 entstanden, trug dieser Thriller den
Arbeitstitel »Moltke«. Zusammen mit den
Einzelromanen »Destouches« und »Viktor«
bildet er die als »Schwabing-Trilogie« bekannte
Gruppe von Frühwerken eines bekannten deutschen
Autors, der sich hier mit dem Pseudonym Leisch
erfolgreich in einer anderen Literatursparte versucht.*

Für den Planungs-
stab den LMU.

Viel Spaß beim
fröhlichen Planen!

Plapiav Spyl

Hinweis:

Dieser Roman entstand 1996 mit der Idee, der Leser könne während dem Genuß einer spannenden Krimigeschichte gleichzeitig etwas über das Internet lernen, das damals einem Großteil der Menschheit noch gar nicht richtig bekannt war. Das GLOSSAR am Ende dieses Buches ist hilfreich – es erklärt viele Begriffe ausführlich.

Vieles davon ist nun heute (2000) schon Realität für eine ganze Reihe von Menschen. Daher hat dieser Thriller – entgegen der Verlags-Philosophie – ein Lektorat erfahren. D. h. es wurden Teile gekürzt und teilweise umgeschrieben, von denen wir annahmen, daß sie für den Leser von heute nicht mehr so interessant und »neuartig« sind.

Die Kürzungen wurden jedoch vom Autor selbst durchgeführt – und damit bleibt die traditionelle Authentizität der Werke, die in diesem Verlag erscheinen, gewahrt.

G. N. Schwarten

Wenn Stimmen töten

Helmuth James, Graf von Moltke,
geb. Kreisau (Schlesien) 11.03.1907,
gest. (hingerichtet) Berlin-Plötzensee 23.01.1945,

Jurist, gründete 1933 den Kreisauer Kreis (siehe Widerstandbewegung), wurde 1944 verhaftet, zum Tode verurteilt.

Letzte Briefe aus dem Gefängnis Tegel (1975).

(aus: dtv-Lexikon, Band 12, S. 254, 1980, dtv München)

1

Nur zwölf Leute, die meisten bergmäßig ausgerüstet, stiegen mit ein. Kein Wunder, bei dem bedeckten Himmel. Aber der freundliche Kartenverkäufer mit dem herrlichen Akzent hatte mir strahlend versichert, daß oben, über den Wolken, herrlichstes Wetter sein würde.

»Wondaful weaser«, wiederholte er mehrmals mit treuherzigem Blick.

Vielleicht erzählte er das aber auch jedem Touristen, damit er sich eine Karte kaufte.

Es war noch früh am Tage, viertel nach acht. Dies war erst die zweite Fahrt. Die erste hatte ich ausgelassen, vielleicht, weil ich erst sicher sein wollte, daß das Ding auch funktioniert. Der große Aluminiumkäfig schwankte leicht mit jedem zusteigenden Passagier, und ich musterte verstohlen die anderen Fahrgäste. Bis jetzt noch kein bekanntes Gesicht. Ich wußte nicht, ob ich mich dessen freuen oder es bedauern sollte. Einerseits war ich froh, vor dem Beginn der Sessions noch etwas Ruhe zu haben, andererseits fühlte ich mich einsam und etwas verloren in diesem Land, dessen Sprache ich nur rudimentär verstand.

Noch zwei Gäste bestiegen die Gondel. Jetzt kam der Fahrer, ein rotbackiger, zünftig gekleideter Bursche mit kurzen O-Beinen. Ohne lange zu fackeln ließ er die Schiebetüren zufahren und drückte auf Knöpfe an seiner kleinen Konsole. Ganz langsam, wie ein Schiff, das ablegt, setzte sich die Gondel in Bewegung. Dann wurde die Fahrt schneller und schneller. Schon knisterte es in meinen Ohren und ich gähnte angestrengt für den Druckausgleich.

Die anderen Fahrgäste unterhielten sich halblaut, deuteten hierhin und dorthin. Keiner sprach Englisch. Ich konnte kurz noch das Kongreßzentrum in der Ferne erkennen, dann tauchte die Gondel abrupt in die Hochnebelschicht ein und man sah gar nichts mehr. Eine Gruppe von vier älteren Leuten lachte laut auf; einer von ihnen hatte wohl einen Witz gemacht. Der Fahrer betrachtete die Gruppe mißbilligend mit zusammengezogenen Augenbrauen. Schade, daß ich nichts verstehen konnte. Es hieß doch immer, die Deutschen verstünden keinen Spaß. Kann wohl doch nicht ganz so stimmen.

Die Gondel verlangsamte die Fahrt, und aus dem milchig-weißen Nichts tauchte ein riesiger Stützpfeiler auf. Unser Gefährt überwand die Stütze, wie ein Boot sich von einer riesigen Woge emportragen läßt und beschleunigte wieder ins nebelgraue Nichts hinein.

Plötzlich wurde es heller und die Fahrgäste drängten sich zu den verkratzten Plexiglasfenstern. Mit einem kollektiven 'Ahhh' schoß die Aluminiumschachtel aus der strahlendweißen Wolkendecke in die helle Sonne hinaus. Dunkelblau wölbte sich der Himmel über uns und dem schräg aufragenden Berggipfel. Das Herz klopfte mir vor Freude. Es war so lange her, daß ich einen richtigen Berg aus der Nähe gesehen hatte. Wie lange eigentlich? Mindestens vier Jahre. Banff, Lake Louise, Jasper. Aber die Alpen waren eben etwas ganz Besonderes. Bilderbuchberge, ekstatische Anblicke.

Die Bergstation kam in Sicht. Dahinter, an der schrägen Steilwand konnte man den Klettersteig zum Gipfel erkennen. Kaum noch Schnee in den Rinnen, soweit ich das von hier aus beurteilen konnte.

Beim Aussteigen warf ich einen Blick auf die große Uhr der Station: acht Uhr fünfundzwanzig. Ich hatte den ganzen Tag für mich. Nach meiner Armbanduhr war es noch halb zwölf Uhr nachts. Ich spürte den kommenden Jetlag bereits.

Meine wenigen Mitfahrer verstreuten sich rasch in verschiedene Richtungen. Nach einem kurzen Studium der Karte, die ich mir vorsorglich besorgt hatte, fand ich den Pfad zum Klettersteig, vorbei an einem Schild mit der Aufschrift 'Höllentor'. Eigentlich gar kein richtiger Klettersteig mehr, dachte ich, als ich nach einer Viertelstunde den Einstieg erreicht hatte, und betrachtete die endlose, auf den fast senkrechten Fels genietete Reihe von Stahlleitern. Ein paar Kletterer waren schon ein gutes Stück hinaufgeklommen, alle scheinbar auch Einzelgänger wie ich.

Ich schnürte meine Stiefel fester, zurrte die Träger des kleinen Rucksacks enger und legte den Bauchgurt an. Das kleine Geschirr mit den zwei Karabinern hatte ich schon vorher angelegt und geprüft. Ich setzte den Fuß auf die erste Sprosse und begann langsam und gleichmäßig zu steigen.

Nach achtzig Stufen hielt ich an, um zu verschnaufen, und bewunderte das Panorama. Die Nebelschicht verdeckte noch das flache Land im Norden, aber sie begann sich aufzulösen. Angeblich konnte man bei guter Fernsicht mühelos das vierzig Meilen entfernte München erkennen. Einzelne Wolken standen scheinbar bewegungslos wie riesige Ballen Zuckerwatte am tiefblauen Himmel. Ich guckte zwischen meinen Beinen nach unten. Nicht ganz senkrecht, aber zum Abstürzen reichte es vollkommen. Bis jetzt kam mir niemand nachgestiegen, ich konnte mir also Zeit lassen. Ich legte den Kopf in den Nacken und spähte nach oben. Die Felswand krümmte sich ganz leicht zum Flacheren, so daß ich den Klettersteig nicht so weit verfolgen konnte. Nicht weit über mir, etwa vierzig Yard, stieg jemand langsam, der Figur nach eine Frau oder ein Mädchen.

Ich begann wieder zu steigen und wechselte regelmäßig die Karabiner. Als ich nach einer Viertelstunde wieder nach oben blickte, war ich nur noch wenige Höhenmeter von meiner Vorderfrau entfernt. Wohl doch eher ein Mädchen. Ich betrachtete anerkennend ihre kräftigen, tiefgebräunten Beine in den orangenen Kletterstiefeln. Da ich es selber hasse, wenn mich jemand im Klettersteig von hinten bedrängt, blieb ich stehen, um ihr etwas Abstand zu geben. Das Mädchen hatte mich wohl gehört oder gesehen, denn auch sie blieb auf einer Sprosse stehen, blickte zu mir herunter und strich sich mit der freien Hand das lange dunkle Haar aus dem Gesicht.

Ein bekanntes Gesicht. Eine Kollegin, aus Frankreich, getroffen in Lake Placid beim Workshop vor vier Jahren, arbeitet mit Jean Pascale vom CNRS Lyon zusammen, spricht für jemanden aus Frankreich ausgezeichnet Englisch, hat in Bereich Sprecherverifikation ein paar sehr hübsche Papers verfaßt, haben ein paar sehr nette Abende zusammen verbracht. All das schoß mir in Sekundenbruchteilen durch den Kopf, aber an ihren Namen konnte ich mich nicht erinnern.

So geht es mir immer. Ich kann mich an alles erinnern, aber nicht an Namen und Telefonnummern. Manchmal kann das ziemlich peinlich sein. Einmal wußte ich schon nach zwei Wochen Urlaub den Nachnamen unserer Departmentssekretärin Minni nicht mehr.

Ich winkte mit der freien Hand hinauf. Sie schaute unsicher herunter. Jetzt hatte sie mich auch erkannt. Sie lächelte und rief etwas, was ich nicht verstand. Ich bedeutete ihr mit Handzeichen, daß wir uns oben treffen würden. Sie nickte mehrmals heftig mit ihrem Kopf und begann wieder zu steigen.

Schon bald endeten die Leitern, und sie wartete dort auf mich.

»'allo, Schorsch. Es ist wundervoll, dich wiederzuse'en«, überfiel sie mich sofort mit ihrem entzückenden Akzent und gab mir einen zarten Kuß auf jede Backe. An diese Sitte könnte ich mich auch gewöhnen. Jedenfalls, wenn es sich um so appetitliche junge Damen, wie ... ja, wenn mir nur der Name einfiele. Verdammt peinlich.

Sie schaute mich bekümmert an und fuhr fort:

»Aber, es tut mir sehr leid, aber isch weiß nur noch deinen Vornamen, Schorsch«

Sie sprach meine Vornamen, George, mit ganz weich einsetzendem 'Sch' und sehr langen 'o' aus. Erleichtert gestand ich ihr, daß es mir genauso, wenn nicht schlimmer ginge. Ich könne mich nicht mal mehr an ihren Vornamen erinnern.

Wir lachten beide.

»Mais, Francoise, natürlisch«, strahlte sie.

»Francoise Leduc aus Lyon«, sagte ich in einer plötzlichen Eingebung, und sie nickte fröhlich.

»Ist Jean auch mit in Garmisch?« fragte ich.

»Ah, oui. Aber er wollte nischt mitge'en. Er mag nichts, was in die Natur führt«, erwiderte Francoise und lachte.

Das konnte man von ihr bestimmt nicht behaupten. Francoise gehörte zu dem Typ von Mädchen, die zart und zerbrechlich aussehen, aber kerniger sind, als man vermuten mochte. Etwa fünfeinhalb Fuß hoch, schlanke braungebrannte Glieder, einen kleinen Kopf mit großen braunen, klugen Augen und einem riesigen, lachenden Mund, lange braune Haare, die sie zu einem Pferdeschwanz im Nacken zusammengerafft hatte, aus dem aber immer wieder lange Strähnen entkamen und ihr ins Gesicht wehten. Nicht zu vergessen ein knackiger Hintern und ebensolche, kindliche Brüste, die unbekümmert durch ihr T-Shirt stachen.

»Isch bin glücklisch, daß isch disch getroffen 'abe. Es war mir alleine ein bißchen unheimlich.«

Wir stiegen schweigend die letzten, ziemlich anstrengenden 150 Höhenmeter zum Gipfel hinauf. Als erfahrene Bergsteiger sparten wir unseren Atem lieber für später auf.

Am Gipfel standen schon fünf andere Bergbegeisterte und rüsteten sich für den Abstieg. Ein paar Minuten später waren wir beide auf dem atemberaubenden Fleck ganz allein. Francoise holte sich ein sauberes Sweatshirt aus ihrem Rucksack und stellte sich hinter mich.

»Schorsch, du bist jetzt ein Kavalier und schaust dir genau die Zugspitze an«, sagte sie kategorisch und drehte meinen Kopf nach vorne.

Ich hörte, wie sie sich hinter mir auszog.

»Und wenn nicht?«

»Was?«

»Was, wenn ich kein Kavalier bin und mir statt der Zugspitze lieber eine andere Hügellandschaft angucke?«

»Dann darfst du misch 'eute abend nischt zum Essen ausführen.«

So einfach war das. Was machten dagegen die Girls in der Bay Area immer für ein Theater, bis man sie mal zu einem Date überreden durfte!

»Und was macht Jean heute abend?«

»Wieso?«

»Ich meine ... äh ... kommt er auch mit zum Essen, oder ...«

Francoise beguckte mich spöttisch. »Du meinst, ob isch mit ihm ... ob er mein Lieb'aber ist?«

Ich nickte verlegen und spürte, wie mir das Blut ins Gesicht stieg. »Mais, non«, lachte sie.

Wir suchten uns zwischen den Schneeflecken einen einigermaßen trockenen Felsen und rasteten. Die meiste Zeit allerdings schauten und schauten wir. Man kann sich nicht satt sehen an dieser phantastischen Landschaft.

Nordwärts öffnet sich das breite Tal, in dem Garmisch liegt, zum grünen Alpenvorland. Ganz in der Ferne ahnt man die Großstadt München; links und rechts sind niedrigere Berge aufgereiht. Ein dunkelblauer See zwischen diesen ist teilweise sichtbar. Nach Osten hin zieht sich die Wettersteinkette, größtenteils noch schneebedeckt. Auch dort sieht man am Fuße der Steilwand zwei kleine Seen leuchten. Dahinter ragt die nächste Kette auf, wie eine unbezwingbare Mauer aus hellgrauem Fels, Eis und Schnee.

Südwestlich überragte uns die Zugspitze mit ihrer mächtigen Nordwand, die steil zum Höllentalgletscher abfällt. Sieht man an ihr vorbei nach Westen, verliert sich der Blick über unzählige unbekannte Gipfel in der Ferne. Der Schnee strahlte so hell, daß ich geblendet die Augen zusammenkneifen mußte.

»Es ist sehr, sehr, sehr wunderschön 'ier, nicht?« stellte Francoise mit andächtiger Stimme fest. Ich nickte stumm.

»Aber das dort schaut gar nicht gut aus«, fuhr sie mit veränderter Stimme fort und deutete nach Südosten.

Tatsächlich. Über die Wettersteinkette quollen dunkle Wolken direkt auf uns zu.

»Du hast recht«, erwiderte ich nach ein paar Minuten. »Das schaut gar nicht gut aus. Wir sollten langsam an den Rückweg denken.«

Ich deutete auf den Klettersteig.

»Du willst da wieder 'inunter? Rückwärts die Leitern 'inab? Und wenn ein Gewitter kommt?«

Francoise hatte recht. Bei einem richtigen Gewitter war es Selbstmord, die Stahlleitern in der ausgesetzten Wand hinunterzuklettern.

»Isch wollte sowieso nischt mehr zur Bahn zurück«, fuhr Francoise fort. »Es gibt einen schönen Weg 'inunter ins 'öllental.«

Sie zeigte ihn mir auf der Karte. Der Weg führte zunächst auf einem Grad entlang Richtung Süden und bog dann auf einen Klettersteig ins 'öllental ab.

»Na schön. Dann verfällt eben meine Rückfahrkarte«, meinte ich zustimmend.

»Aber wir sollten uns beeilen, damit wir vom Grat weg sind, bevor das Wetter hier ist.«

Wir packten hastig zusammen und stiegen rasch über den leicht abfallenden Grat ab. Ich lauschte die ganze Zeit auf Donner, hörte aber zum Glück keinen.

Kurz vor der Abzweigung zum Klettersteig ins Mathaisenkar fielen die ersten dicken Tropfen. Wir berieten kurz, ob wir das Wetter abwarten sollten, aber es sah nicht nur nach einem kurzen Schauer aus. Also zogen wir unsere Anoraks über und stiegen vorsichtig in die Wand ein.

Ohne Geschirr und Karabinersicherung wäre ich unter diesen Umständen nicht abgestiegen. Der Steig war zwar hervorragend gesichert, aber durch den Regen waren die in den Fels geschlagenen Krampen, Nägel und Sprossen teuflisch rutschig. Am schlimmsten war eine Stelle zu traversieren, an der es senkrecht hinterging – wie weit, konnten wir im dichten Regen nicht erkennen – und bei der man von Nagel zu Nagel balancieren mußte. Dabei ging es plötzlich um eine scharfe Felsnase nach links und gleichzeitig ein paar Meter hinunter. An dieser Stelle brauchten wir fast fünf Minuten, weil wir den nächsten Tritt hinter der Felsnase nicht sehen konnten und uns langsam mit einem Fuß im Blinden stochernd voran tasten mußten. Wir waren nach meiner Schätzung schon eine Stunde abgestiegen, als uns der erste Donner aufschreckte. Den Blitz hatten wir gar nicht bemerkt, aber der Donner hallte dröhnend durch den weiten Talkessel. Francoise warf mir nur einen Blick zu und stieg rasch weiter. Hoffentlich kein Blitzschlag in die Sicherungsseile, hieß dieser Blick. Ich versuchte abzuschätzen, wie weit wir noch bis zum Talboden zu klettern hatten, aber der Regen verhinderte jede Sicht. Nur die riesige, weiße Fläche des Höllental-Ferners leuchtete noch schwach durch das graue Dämmerlicht herüber.

Plötzlich tauchte aus dem Regen eine schräge Schutthalde auf, und der Klettersteig endete abrupt. Wir liefen und rutschten die Geröllhalde hinunter, völlig durchnäßt, aber glücklich, daß wir der unmittelbaren Gefahr eines Blitzschlags entronnen waren. Jetzt konnte man auch wieder besser sehen. Wir fanden mühelos den Pfad zur Höllentalangerhütte und marschierten los, in der Hoffnung, bald ins Trockene zu kommen. Kurz vor der Hütte überholten wir einen einzelnen Wanderer mit einem breiten Regenschirm. Als er uns kommen hörte, drehte er sich um, und ich erkannte einen weiteren Kollegen, Johann Grünstein aus Innsbruck, mit dem ich mich schon auf mehreren Kongressen unterhalten, aber noch nie offiziell zu tun gehabt hatte. Er erkannte uns natürlich nicht sogleich, durchnäßt wie wir waren, freute sich dann aber sehr über das unverhoffte Zusammentreffen und bot sofort galant Francoise seinen Schirm an.

»Mein Gott! George Moltke. Ich habe zwar fest damit gerechnet, daß Sie in Garmisch dabei sind, aber daß ich Sie ausgerechnet hier und bei diesem Wetter antreffe ... und noch dazu in so reizender Begleitung.«

Er machte eine kleine Verbeugung in Richtung Francoise und ich stellte die beiden einander vor.

»Küß die Hand, Mademoiselle. Küß die Hand.«

Grünstein beugte sich tatsächlich über Francoise Hand, wobei ihm der Regen von seinem Schirm in den Nacken rieselte.

Francoise lächelte und meinte:

»Isch glaube, Sie verwenden Ihren Schirm besser für sich. Isch bin schon so durchgefeuchtet, daß er mir nischt mehr viel nützten wird.«

Grünstein war damit nur zu gerne einverstanden. Seine Kleidung war nicht gerade für rauhes Bergwetter geeignet.

»Aber, wo kommen Sie denn nur her? Ich habe Sie beide beim Heraufkommen gar nicht gesehen ...«, fragte er, als wir weiter in Richtung Hütte gingen, und umsteuerte mit seinen eleganten schwarzen Straßenschuhen vorsichtig die zahlreichen Pfützen.

Ich erklärte ihm, wo wir herkamen, und Grünstein erging sich in Ausrufen der Verwunderung und des Entsetzens über unsere Leichtsinnigkeit.

Johann Grünstein war nur etwa fünf Fuß hoch, hatte graues, gekräuseltes Haar, das ihm wie ein riesiges Stück Rohwolle um den großen Kopf stand, einen gewaltigen, ebenfalls grauen Schnurrbart und darüber eine dicke Hornbrille. Ich habe ihn immer nur korrekt gekleidet erlebt, und auch jetzt, hier im verregneten Höllental, trug er einen tadellosen grauen Anzug mit Weste und passender Krawatte, darüber einen hellen Sommermantel. Seine charmante österreichische Art war unwiderstehlich, aber von Kollegen hatte ich erfahren, daß er, sobald es um sein Fachgebiet ging, unerbittlich und knallhart sein konnte.

Vor dem Eingang der Höllentalhütte stand breitbeinig ein mittelalterlich wirkender Mann mit langen blonden Haaren und einem ziemlichen Bierbauch und blickte uns mißmutig entgegen. Noch bevor wir ein Wort der Begrüßung hervorbringen konnten, raunzte er uns etwas entgegen. Grünstein lächelte und antwortete in ähnlichem Tonfall. Das ging eine paar Male hin und her, dann wandte sich der Hüne von uns ab und blickte wieder angestrengt hinaus in den grauen Regen, ohne uns weiter zu beachten.

Grünstein lächelte und meinte erklärend:

»Der Hüttenwirt.«

»Was 'at er gesagt?« erkundigte sich Francoise.

Grünstein wiegte seinen großen Kopf.

»Nun, er hat seine allgemeine Meinung zu Bergtouren bei diesem Wetter kundgetan«, meinte er vage und drängte uns in die Hütte.

»Isch wette, er hat sich nischt sehr positiv dazu geäußert«, flüsterte Francoise mir zu.

»Da hat er auch nicht ganz unrecht«, gab ich zurück. »Wenn ich den Wettersturz vorausgesehen hätte, ...«

Francoise nickte zustimmend.

»Oui, es war wohl etwas leischtsinnig«, gab sie zu. »Aber es 'at trotzdem Spaß gemacht.«

Wir verschlangen heißhungrig ein schrecklich süßes Gericht namens 'Kaiserschmarrn', das wir auf Grünsteins Empfehlung bestellten, und warteten danach bei mehreren Glas Bier darauf, daß der Regen nachließ.

»Und wann sind Sie in Garmisch eingetroffen?« wollte Grünstein von uns wissen und stieß mit uns an. »Ich bin schon seit vorgestern in dieser schönen Gegend.«

Francoise erklärte, daß sie zusammen mit Jean Pascale im Auto gekommen sei.

»Und ich bin gestern direkt von San Francisco nach München geflogen und dann mit einem sehr langsamen Zug bis Garmisch gefahren«, berichtete ich.

»Allein?«

Ich nickte.

»Der Chef ist zu beschäftigt. Und von den Kollegen wollte keiner mit.«

Das stimmte nur zur Hälfte. Ich wußte, daß Archie nur zu gerne mitgekommen wäre, aber er hatte sich schon vor Jahren mit Hohlbein, dem General Secretary des Workshops, verkracht. Eher hätte er einen Kongreß über die Technik der Biberfalle in Alaska besucht als einen Workshop, der von Hohlbein organisiert wurde.

Morgen würde der Workshop mit dem Thema 'Speaker Recognition and Verification' offiziell mit der Plenarsitzung um zehn Uhr beginnen. Heute stand nur die Anmeldung und der übliche Stehempfang im Kongreßzentrum auf dem Programm. Der Workshop sollte vier Tage dauern und keine parallelen Sitzungen enthalten, was alle Beteiligten immer wieder lobend hervorhoben. Mein Vortrag war erst übermorgen dran.

Außer ein paar durchnäßten, italienischen Touristen, die ängstlich dem heftigen Regen lauschten, saß noch ein Gruppe von sechs Einheimischen im Gastraum, die ich vorsichtig als malerisch-rustikal bezeichnen würde. Sie unterhielten sich lärmend und mit ernster Miene in einer Sprache, die mit dem normalen Deutsch, wie ich es vom College her kannte, nur noch wenig gemein hatte. Grünstein lauschte interessiert und versuchte, uns durch simultane Übersetzung auf dem Laufenden zu halten. Es handelte sich um die Geschichte einer Seilschaft, die vor einigen Jahren eine Route in der Alpspitznordwand verfolgt und mitten in der Wand – so wie wir heute – von einem plötzlichen Sommergewitter überrascht worden war. Die Blitze gingen wie üblich durch die schneebedeckten Rinnen der Wand ab, gefährlich nahe an der Nische vorbei, wo sich die vier Kletterer an den

Fels gesichert hatten. Nach einem besonders heftigen Einschlag wurden die Bergsteiger bewußtlos. Und als sie nach einigen Sekunden wieder zu sich kamen, fehlte ein Rucksack und – einer ihrer Kameraden. Am Fels baumelte nur noch ein verschmorter Rest Rebschnur. Der Leichnam wurde bis heute nicht aufgefunden.

Gegen vier Uhr nachmittags klarte es auf und wir machten uns zusammen mit vielen anderen Touristen, die vor dem Regen in der Hütte Zuflucht gesucht hatten, auf den Rückweg nach Garmisch. In der Höllentalklamm tobte das Wasser. Grünstein schrie uns zu, daß beim Hinaufsteigen noch nicht mal halb so viel Wasser in der Klamm gewesen wäre. Kein Wunder nach dem anhaltenden Regen.

In Hammersbach, am Ende der Klamm, leisteten wir uns ein Taxi zurück zum Kongreßzentrum. Ich ging auf mein Zimmer, stellte den Wecker auf acht Uhr, fiel aufs Bett und schlief sofort ein.

Nur mühsam erwachte ich aus bleiernem, traumlosen Schlaf, als der Wecker düdelte. Ich tappte schlaftrunken in die Dusche und ließ den eiskalten Strahl minutenlang über meinen jetlag-geplagten Körper zischen. Draußen war es schon fast dunkel, als ich, gerade noch pünktlich, an Francoises Türe klopfte. Sie öffnete in einer Wolke von köstlichen Düften und bat mich, noch für einen Moment hereinzukommen. Sie hatte sich wirklich elegant hergerichtet, und ich schämte mich ziemlich für meine spießigen, zerknitterten Klamotten.

»Armer Schorsch«, sagte sie mitfühlend, während sie sich Ohrstecker anlegte und mich im Spiegel beobachtete . »Du mußt sehr müde sein nach dem langen Flug, und dann noch die Alpspitze. Keine Angst, wir bleiben nischt lange aus 'eute.«

Es war erfrischend, mit Francoise auszugehen. Sie plauderte fröhlich und unbekümmert, war völlig ungezwungen und natürlich. Wenn ich mit einem amerikanischen Mädchen einen Date hatte, war das immer eine irgendwie komische Situation. So, als ob man schon implizit gefragt hätte, ob sie mit einem hinterher ins Bett steigen wollte. Irgendwie verklemmt und so weiter. Deshalb hatte ich auch viel mehr Hemmungen, ein amerikanisches Mädchen zum Abendessen auszuführen, als zum Beispiel Francoise. Für sie war es eben nur ein gemeinsames Abendessen unter Freunden, weiter nichts. Was danach kam oder kommen könnte, darüber machte sie sich vorher keine unnötigen Kopfschmerzen. Beneidenswert.

Nach dem – übrigens viel zu fetten – Dinner machten wir noch einen kleinen Spaziergang durch das nächtliche Garmisch. Ein winziges Nest, aber ausgestattet mit allem amerikanischen Junk, den man sich vorstellen konnte: MacDonalds an jeder Ecke, Baskin Robins, Pizza Hut durfte natürlich auch nicht fehlen. Dazwischen glücklicherweise auch noch einige uralte Gasthäuser mit erstaunlichen, rätselhaften Verzierungen über den niedrigen Eingangstoren. Aus den kleinen Fenstern drang Gelächter und geselliger Lärm. Ein unbestimmtes Gefühl der Sicherheit und Behaglichkeit lag über dem ganzen Ort.

Plötzlich stutzte ich und blieb abrupt stehen. 200 Yards vor uns ging eine Gestalt auf dem gegenüberliegenden Gehsteig, die mir bekannt vorkam. Diese Körperhaltung, die Art beim Gehen den Oberkörper so weit nach vorne zu strecken und die

Arme nicht zu bewegen. Die Person entfernte sich rasch von uns. Das war doch ... Ganz unverkennbar, wie er jetzt eben den Arm gehoben und sich übers glatte Haar gestrichen hatte. Die undeutlich erkennbare Gestalt bog um eine Ecke und war außer Sicht. Hastig bat ich Francoise, hier auf mich zu warten und setzte mich in Trab. Ich erreichte die Ecke, wo ich die Figur das letzte Mal gesehen hatte und spähte in die dunkle, abzweigende Gasse. Keine Menschenseele zu sehen. Oder war es die nächste gewesen? Sicherheitshalber verfolgte ich beide Abzweigungen ein paar Schritte. Da war er wieder. Er trat aus einem hell erleuchteten Hausflur wieder auf die Gasse und kam mir entgegen. Ich verlangsamte meinen Schritt.

Es war ein Fremder. Der Mann verlangsamte ebenfalls seinen Schritt und betrachtete mich neugierig, aber nicht feindselig. Dann fragte er mich etwas auf Deutsch.

Ich schüttelte den Kopf, lächelte höflich und sprach die wenigen deutschen Worte, die ich konnte:

»Nein, danke.«

Der Mann lächelte ebenfalls und ging unbekümmert an mir vorbei. Ich trabte zurück zur Hauptstraße, wo Francoise unter einer altmodischen Straßenlaterne mit moderner Glühbirne, ganz in gelbes Licht getaucht, auf mich wartete.

»Was war denn los?« wollte sie wissen.

»Ich dachte, ich sehe einen ... Bekannten von mir«, sagte ich lahm. »Er war es natürlich nicht. Wie sollte er auch hier sein. Er ist natürlich ein paar Tausend Meilen von hier entfernt in Berkeley.«

Francoise neckte mich und lachte mich aus. Dann hakte sie sich wieder bei mir ein, und ich brachte sie artig bis zu ihrer Zimmertüre. Sie hatte einen kleinen Schwips und mischte immer mehr Französisch in ihre Unterhaltung.

Sie sperrte kichernd ihre Türe auf, drehte sich rasch zu mir um und umarmte mich leidenschaftlich. Dann sagte sie leise:

»Bon nuit. Bis morgen, Schorsch«, und war verschwunden.

Ich hörte sie durch die geschlossene Türe ein fröhliches Liedchen summen.

So einfach war das, dachte ich und fühlte noch ihre süße kleine Zunge und ihre weichen Lippen auf meinem Mund. Keine verlegenen Szenen, keine fadenscheinigen Entschuldigungen. Ein langer Kuß und dann gute Nacht. Basta.

Ich drehte mich um und ging in mein Zimmer.

Die Begegnung im Dunklen hatte meine Gedanken auf Berkeley gerichtet. Die kleine verrückte Stadt gleich gegenüber von San Francisco mit seiner berühmt-berüchtigten Universität, an der ich arbeitete. Berüchtigt, weil von hier die Studentenrevolten der 60iger Jahre ausgingen. Peoples Park, südlich vom Campus, war heute noch das Heiligtum der Linken, der Spinner und Homeless People, der Weirdos, der altgewordenen Hippies.

Berühmt wegen ihrer bahnbrechenden Arbeiten im Bereich der Computerwissenschaft und Atomphysik. Computer Science war auch der Name unseres Departments, eines der größten an der UCB. Die Gruppe von Prof. B. Peters war nur ein winziger Teil davon. Peters lehrte und forschte im Bereich der automatischen Spracherkennung. Der alte Wunschtraum von der redenden und verstehenden Maschine. Ich arbeitete dagegen ausschließlich im Gebiet der sogenannten Sprecherverifikation und Sprechererkennung.

Ich legte mich aufs Bett, aber wie oft bei so langen Zeitverschiebungen war ich jetzt plötzlich hellwach. Meine Armbanduhr zeigte zwei Uhr nachmittags. Ich versuchte, angenehme einschläfernde Gedanken zu finden, aber alles, was ich mir vorstellen konnte, war Francoise, wie sie nackt in Seidenlaken hingebettet dalag.
  Um mich abzulenken, dachte ich wieder an die Erscheinung vorhin. Kein Wunder, daß ich meinen Kollegen Archie halluziniert hatte. Genau genommen sollte er an meiner Stelle hier sein. Schließlich arbeitete er schon länger in dem Gebiet als ich. Vieles hatte ich von ihm gelernt. 'Poor Archie' hieß es immer hinter seinem Rücken. Er war ein guter Wissenschaftler, sorgfältig, gewissenhaft, kreativ. Er hatte nur ein großes Manko: Er konnte seine Ergebnisse nicht darstellen. Es war wie verhext. Seine Artikel waren inhaltlich brillant, aber völlig unverständlich; die Vorträge eine Katastrophe. Wenn er zu mehr als einer Person sprechen mußte, begann er, völlig die Fassung zu verlieren. Er stotterte herum, verlor dauernd den Faden, sprach undeutlich und monoton. Seine Lectures, wenn er mal welche halten mußte, waren nach kurzer Zeit wie leergefegt. Niemand konnte seinen Vortragsstil länger ertragen. Kurz, jeder, der ihn nicht persönlich kannte, hielt ihn für einen Trottel. 'Poor Archie' flüsterte Minni, unsere Sekretärin hinter ihm her, wenn er wieder mal eine Absage zu einem Kongreß oder einer Veröffentlichung erhalten hatte, und mit eingezogenen Armen und weit vorgebeugtem Oberkörper in sein Cubicle zurück schlich. 'Poor Archie' ...
  Meine Gedanken verloren sich wieder in einer multimedialen Studie von Francoise's wohlgeformtem Hinterteil ...
  Leise fluchend schwang ich nach einer halben Stunde, immer noch hellwach, meine Beine aus dem Bett. Auf dem Bettrand sitzend wartete ich, bis meine Erektion nachließ. Dann stand ich auf und holte mein Powerbook aus dem Koffer. Das Telefon in meinem Zimmer hatte einen völlig anderen Stecker als man im Rest der Welt vorfindet, aber darauf war ich vorbereitet. Frank hatte mir einen entsprechenden Adapter gleich mitgegeben. Ich wählte die Nummer in München, die er mir per Email geschickt hatte. Tatsächlich meldete sich sofort ein Modem, und kurz darauf erschien folgende Meldung auf dem Display:

```
Leibniz-Rechenzentrum der Bayerischen Akademie
der Wissenschaften
Zugangskontrolle Waehlanschluesse
Benutzen Sie Ihre Kennung des LRZ-Sun-Clusters.
```

Dann erfolgte die übliche login Aufforderung. Ich loggte mich mit Franks Kennung ein und fand, nachdem ich einige Menus durchlaufen hatte, einen PPP-Server. Jetzt mußte ich nur noch PPP aktivieren und mein Powerbook war über die Telefonleitung im Internet. So einfach war das. Mit Telnet erreichte ich meinen Rechner socrates in Berkeley. Ich loggte mich ein und bekam die durchaus unübliche, aber mir vertraute Aufforderung:

```
For access please sent AU soundfile with the following text
to ftp://socrates.cs.berkeley.edu/homes/pub/auto.au
Text: »It's not the sun that comes up green.«
```

Diesen Gag hatten Archie und ich vor ein paar Monaten an unseren Rechnern eingeführt. Wozu arbeiteten wir denn sonst auf dem Gebiet der Sprecherverifikation? Sprecherverifikation bedeutet nichts anderes, als daß ein Unbekannter sich gegenüber einem Computer als ein bestimmter und dem Rechner bekannter Benutzer ausgibt. Zur Verifikation dieser Behauptung läßt der Computer den Unbekannten einen zufällig ausgewählten Text sprechen und beurteilt anhand des akustischen Musters, ob es sich tatsächlich um den Betreffenden handelt oder nicht. In ersterem Fall wird der Benutzer zugelassen, in letzterem wird ihm der Zugang verweigert.

Ich aktivierte das Programm Soundmachine und sprach den Text »It's not the sun that comes up green« langsam und deutlich in das Mikrophon des Powerbooks. Das aufgezeichnete Signal wurde blitzschnell kodiert und in einem Sound File gespeichert. Dieses File schickte ich mit dem FTP-Programm Fetch an meinen Rechner socrates in Berkeley. Dort lauerte schon ein Daemon, das ist ein kleines fleißiges Programm im Hintergrund, auf das Erscheinen dieser Datei und begann unverzüglich den Inhalt auszuwerten. Nach nur fünf Sekunden erschien auf meinem Display:

```
User moltkeg recognized.
Please erase soundfile on your host immediately! %
```

Es hatte also geklappt. Der Rechner socrates hatte die Stimme seines Herrn erkannt und ihn gnädig zugelassen. Ich hoffte, während des Workshops diesen kleinen Gag noch mehrmals vorführen zu können, und betete jetzt schon, daß es immer so schön reibungslos klappen würde wie gerade eben.

Bei der Sprecherverifikation gab es nämlich vier mögliche Fälle:
Der erste war das, was ich gerade gemacht hatte und wurde korrekte Zulassung genannt (correct access).
Der zweite Fall bestand darin, daß sich ein Fremder für den User moltkeg ausgab und dann vom Rechner nicht zugelassen wurde. Dies wurde korrekte Zurückweisung genannt (correct reject).

Der dritte und vierte Fall waren die Fehlerfälle, die idealerweise nie auftreten sollten. Der Rechner wies einen Benutzer ab, obwohl es sich wirklich um den Richtigen handelt (wrong reject), oder der Rechner läßt jemanden zu, der vortäuscht, ein bestimmter Benutzer zu sein (wrong access).

Der letzte Fall ist natürlich der schlimmste und sollte möglichst selten vorkommen. In Gegensatz dazu ist es zwar lästig, wenn man als echter Benutzer einmal irrtümlich abgewiesen wird, aber schließlich ist das noch kein Beinbruch.

Sprecherverifikation ist eine noch ziemlich junge Wissenschaft. Aber mit den immer leistungsfähigeren Computern und der immer weiter steigenden Gefahr von Mißbrauch wird unser Fachgebiet immer aktueller. Inzwischen weiß jeder Computerbenutzer natürlich theoretisch, wie er seine Daten durch gut gewählte Paßwörter vor fremden Zugriff schützen kann. Aber in der Praxis sieht es leider immer noch so aus, daß die meisten Benutzer irgendwelche leicht zu merkenden Wörter oder Namen als Paßwörter verwenden, welche für einen erfahrenen Hakker ganz leicht zu knacken sind. Standardisierte Sprecherverifikation wäre ein möglicher Ausweg aus diesem Dilemma.

Ich schaute nach Email. Nichts Wichtiges. Das meiste war Routinezeugs und konnte bis nächste Woche in der Mailbox warten. Ich schaute noch, wer alles eingeloggt war und brach dann die Verbindung ab. Schließlich kostete die Leitung nach München allerhand Telephongebühren, und hier vom Hotel aus war es gewiß auch nicht gerade billig.

Ich schloß das Powerbook und legte mich wieder hin.

2

Schon um halb neun Uhr morgens betrat ich den abgetrennten Teil des Hotels, der für unseren Workshop reserviert worden war. Da es sich nicht um eine große Konferenz mit vielen hundert Teilnehmern handelte, sondern nur schätzungsweise fünfzig Fachleute sich angemeldet hatten, von denen wiederum nur etwa zwei Drittel einen Beitrag liefern würden, weil also der Rahmen eher bescheiden ausfiel, hatten sich die Veranstalter entschieden, keine parallelen Vorträge, auch Sessions genannt, zuzulassen, sondern alle Vorträge und ebenfalls die sogenannten Poster-Sessions hintereinander stattfinden zu lassen. Die meisten Kollegen und auch ich waren mit dieser Regelung sehr zufrieden. Auf vielen anderen Kongressen fanden mehrere Veranstaltungen gleichzeitig statt, so daß man sich entweder für einen Konferenzraum entschied, dort stoisch ausharrte und sich dann ärgerte, wenn man zwei Stunden nur langweiliges Zeug zu hören bekam (und hinterher erzählt dann ein Kollege, daß im Nebenraum die absolute Sensation abgelaufen sei), oder man versuchte sich in der neuen Disziplin des Konferenz-Korridor-Hindernis-Laufs und hetzte zwischen den einzelnen Vorträgen von Session zu Session. Solche Unannehmlichkeiten blieben uns also bei diesen Kongreß (der wahrscheinlich deshalb auch zum Workshop avanciert war) erspart.

Das großzügige Foyer vor dem Plenarsaal, natürlich im alpenländischen Stil eingerichtet, war noch fast leer. Die Eröffnungssitzung sollte erst um 9:30 beginnen. Einige fröhlich kichernde Hostessen richteten Plätzchen und Kaffee auf einem langen, weiß gedeckten Tisch rechts vom Haupteingang an. Ich ließ mir einen Pappbecher mit koffeinfreiem Kaffee einschenken und schlenderte durch die weit offen stehende Flügeltüre in den Plenarsaal. Ein hübscher Raum, die Wände ganz mit hellem Holz, vermutlich Kiefer, verkleidet. Keine Galerie. Die Stuhlreihen waren in zwei dreiecksförmigen Segmenten angeordnet, deren spitze Winkel auf das Rednerpult wiesen. Dunkelblauer Teppich. An der Decke Akustikelemente, die den Raumhall mindern sollten. Keine Fenster, aber angenehme Beleuchtung durch Reihen schräger Oberlichter. An den Stühlen waren kleine, hochklappbare Schreibflächen befestigt.

Ich schlürfte den Rest lauwarmen Kaffees und wandte mich wieder zum Eingang. Prof. Peekock hatte mich bestimmt auch nicht vorher gesehen, sonst wäre er vielleicht in einem geschickten Ausweichmanöver abgedreht, bevor eine Begrüßung unvermeidlich wurde. Jetzt war es zu spät. Unsere Blicke hatten sich schon den gewissen Bruchteil einer Sekunde zu lange gekreuzt, der es uns als zivilisierten Menschen unmöglich machte, so zu tun, als ob man den anderen nicht erkannt oder bemerkt hätte. Mist! Ausgerechnet Peekock, mein spezieller Lieblingsfeind! Und das am frühen Morgen nach einem reichlichen Frühstück!

Prof. Peekocks Maul verzog sich zu einer zähnefletschenden Grimasse, und er kam mit der berüchtigten Peekockschen Armhaltung auf mich zu gestürmt: Den rechten Arm im Ellbogen rechtwinklig abgeknickt und vor den Körper gereckt, hielt er die weit geöffnete Daumen-Finger-Klaue scharf nach unten geklappt, wie man ein Spielzeug-Krokodil hält, das den Kasperl gleich schnappen wird. Ich machte auch ein paar halbherzige Schritte auf ihn zu und versuchte krampfhaft, auch so ein gelungenes Zähnefletschen hinzukriegen.

»Mein lieber .. äh ... Mister Moltke ... äh ...«

Die Klaue senkte sich blitzartig auf ihr Ziel, meine rechte Hand, die ich ihm halbherzig zur Opferung hinhielt. Sein divergierender Blick fokussierte sich irgendwo links und rechts meines Kopfes

»George Moltke! Na! Äh ... So ein ... äh ... na! Sie sind also auch hier!«

Es klang so, als ob dieser Workshop damit für ihn unwiderruflich diskreditiert sei. Die Klaue beutelte ihr Opfer, versuchte ihm die Handwurzelknochen zu brechen, wie ein Jagdhund einem erwischten Hasen das Genick bricht. Ich brachte meine Hand in Sicherheit und antwortete mit einem höflichen Gemeinplatz.

»Ja ... ja ... wie Sie schon sagen ... äh ... und wie geht es in ... äh ... San Francisco ... äh ... Berkeley ... hm ... ja, Prof. Peters ... wie geht es ihm?«

Mein Magen verkrampfte sich leicht. Ich versuchte, nicht darauf zu achten, aber das ist leichter gesagt als getan. Wir quälten uns mühsam durch die Konversation. Peekock und ich waren schon häufig, hauptsächlich per Email, aber auch schon öffentlich, aneinandergeraten. Aber ich war da nicht der Einzige. Die allgemeine, hinter vorgehaltener Hand vertretene Meinung über Peekock war, er sei, beziehungsweise war, zwar ein sehr guter Wissenschaftler, aber es sei schlechterdings unmöglich, sich vernünftig mit ihm auseinanderzusetzen. Mangel an sozialer Kompetenz, war Janets Diagnose über Peekock, wenn sie sich amüsiert meine Berichte über die verbalen Wortgefechte im Internet anhörte. Wenn Peekock anderer Meinung war, dann konnte man sich den Mund fusslig reden, es nützte überhaupt nichts. Nur Prof. Peekock hatte den Alleinanspruch auf die wissenschaftliche Wahrheit! Basta! Und außerdem wurde er dann meistens auch noch beleidigend und ausfallend. Einige der Mails, die er mir im Laufe der letzten Jahre geschickt hatte, waren schon fast druckreif, aber bestimmt nicht mehr jugendfrei.

Ich kannte eigentlich niemandem in meinem Kollegenkreis, der sich nicht schon mal ernsthaft mit Peekock angelegt hatte. Einige Kollegen hatten sogar den Verkehr mit ihm ganz offiziell abgebrochen. Auf einem anderen Kongreß hatte ich es erlebt, daß ein bekannter Wissenschaftler aus Neuseeland zu Beginn seines Vortrags den Blick über das Auditorium schweifen ließ und laut fragte, ob Prof. Peekock anwesend sein. Als sich niemand meldete, murmelte er deutlich vernehmbar ins Mikrophon:

»Thanks God!« und begann seinen Vortrag.

Von seinem Institut in Schottland erzählte man sich auch Horrorgeschichten. Was davon der Wahrheit entsprach, konnte ich nicht beurteilen, da ich – glücklicherweise – nie Gelegenheit hatte, ihn dort zu besuchen. Kollegen, die bei ihm studiert hatten, berichteten allerdings von erstaunlich mittelalterlichen Managementmethoden.

Peekock schien fest entschlossen, die verbleibenden Minuten bis zu Beginn der

Eröffnungssitzung in meiner Gesellschaft zu verbringen. Ich spürte, daß sich auf meiner Stirne die ersten Schweißtropfen bildeten. Mein Magen krampfte stärker. Verdammt, wieso ging mir immer alles auf den Magen! Schon seit der Schulzeit habe ich auf unsympathische Menschen mit Erbrechen reagiert. Das hat mir so manche Tracht Prügel und peinliche Spitznamen eingebracht. Später, nach der Pubertät, wurde es besser, aber auch jetzt noch schlugen mir manche Zeitgenossen buchstäblich auf den Magen.

Ich runzelte die Stirne und versuchte, mich wieder auf Peekocks näselnde Stimme zu konzentrieren. Er sprach wie eine monotone, langsame Maschine, abgesehen von den unzähligen Häsitationen, die er zwischen fast jedes Wort einschob. Man könnte meinen, daß er sprachlich seinen Gedanken voraus war, anstatt umgekehrt. Denn viele Nebensätze verliefen einfach im Sande.

»... äh, hat ja auch noch bemerkt, daß es hier keine wirklichen ... äh, hm, ja ... Neuheiten geben ... und außerdem ...«

Es half nichts. Ich spürte, wie sich mein Magen umdrehte. Ich unterdrückte ein Würgen und dann kam der übliche Schweißausbruch am ganzen Körper. Verzweifelt blickte ich mich nach einem bekannten Gesicht um. Das Foyer füllte sich nur langsam. Wie üblich rechnete jeder damit, daß die erste Sitzung, die mehr formalen Charakter hatte, nicht unbedingt um 9:30 beginnen mußte. Niemand, den ich als Vorwand benutzen konnte.

»... beschrieben hat ... äh, ah ... fühlen Sie sich ... äh, hm ... nicht ganz wohl, Moltke? Was ... äh ... ich Sie schon lange ... hm ... mal fragen wollte: Sind Sie eigentlich verwandt mit ... äh ... diesem deutschen Grafen Moltke, der ... äh ... hmm ... Nun, wie ich gerade sagte ...«

Ich schaute auf meine Armbanduhr. Neun Uhr fünfundzwanzig. Peekock unterbrechend stieß ich hastig hervor:

»Entschuldigen Sie, aber ich muß ... ich habe ... wir sehen uns ja sicher noch in den Pausen ...«, und stürzte davon, auf der verzweifelten Suche nach einer Toilette. Die Kotze stand mir buchstäblich schon bis zum Hals, als ich endlich die ersehnte männliche Kulturikone erblickte und die Türe aufriß. Ich prallte mit einen ziemlich dicken, mir unbekannten Herrn in Anzug und Weste zusammen, der dicht hinter der Türe seine Hände trocknete. Er öffnete noch den Mund, um empört zu protestieren, verstummte jedoch angeekelt angesichts meiner stürmischen Entleerung in das nächste Waschbecken. Das ganze schöne Frühstück kam in handlichen Portionen zu je 5 Fluid Ounces wieder herauf. Seekrankheit kann nicht viel schlimmer sein. Ich würgte und kotzte mir die Seele aus dem Leib. Zwischen den Anfällen versuchte ich, die Verdauungsprodukte hinunterzuspülen. Nicht ganz einfach, weil das Abflußgitter so eng war. Vielleicht sollte ich in Zukunft auf die Haferflocken im Müsli verzichten. Scheinen schwerer verdaulich zu sein als der Rest.

Das Schlimmste war erst mal vorbei. Jetzt kamen noch die Nachwehen. Gottverdammt, warum muß sich meine Abneigung immer auf so drastisch-körperliche Weise äußern! Andere Menschen schafften es ja schließlich sogar, mit Peekock an einem Tisch zu essen!

Allein der Gedanke daran hob mir wieder den Magen.

Ok, jetzt aber Schluß! Da konnte ja gar nichts mehr drin sein! Ich war fest entschlossen, mein Abendessen von gestern bei mir zu behalten. Ich wusch mir flüchtig das Gesicht und versuchte, mich wieder einigermaßen in Form zu bringen. Ein Blick auf die Armbanduhr. Pfeif auf die Eröffnungssession! Wen interessiert schon die Selbstbeweihräucherung der Großeierköpfe? Mannomann, ausgerechnet Peekock! Der Workshop fing ja gut an!

Ich ging zurück ins Foyer, setzte mich erschöpft in einen der alpenländischen Sessel und schloß für ein paar Minuten die Augen. Eine weibliche Stimme sprach mich auf Deutsch an. Einer der beiden hübschen Blondköpfe am Kaffeeautomaten. Sie beäugte mich besorgt.

»Alles in Ordnung«, versicherte ich ihr mit einem mühsamen Lächeln. Ich sah an ihrem Blick, daß sie mir nicht glaubte. Ok.

Ich fragte sie nach ihrem Namen und ob sie heute abend schon etwas vorhätte.

JETZT glaubte sie mir und verzog sich hüftenschwingend hinter ihren Kaffeetisch, wo die andere Maus vor Neugierde schon fast platzte.

Ich holte noch zwanzigmal tief Luft, dann raffte ich mich auf und ging hinüber zu einer der geschlossenen Saaltüren. Gute Schalldämmung, dachte ich noch, als ich die Klinke bereits in der Hand hielt, man konnte trotz Verstärkeranlage keinen Ton aus dem Saal hören.

Als ich mühsam die schwere Türe aufzog, geschahen in meinem Kopf mehrere Dinge gleichzeitig. Ich konnte später nicht mehr erklären, warum ich so und nicht anders reagiert hatte, wieso ich nicht sofort in den Saal gestürzt bin, warum ich nicht um Hilfe gerufen habe, und so weiter. Ich habe es nicht getan. Aber nicht deshalb, weil ich mir in diesem Sekundenbruchteil, als mein Blick in den Saal fiel, etwas GEDACHT hatte. Ganz bestimmt nicht! Ich handelte einfach automatisch. Wie man einen Wagen an einer drohenden Kollision vorbei steuert. Wie man der fallenden Taubenscheiße ausweicht. Wie Peekock meinen Magen umdreht. Nichts für ungut, Peekock! Aber in Zukunft war mein Magen sicher vor dir.

Ich drückte die schwere Türe wieder zu und lehnte mich mit dem Rücken dagegen. Dann winkte ich den beiden Mäusen, die mich noch immer verstohlen beobachteten. Zuerst wollte keine ihren wichtigen Posten verlassen, aber nach einigen Schubsen schwenkte die eine, die mir hatte helfen wollen, ihre Hüften zur Saaltüre.

»Sprechen Sie Englisch?« fragte ich und wunderte mich selbst über meine ruhige Stimme. Sie klang mir irgendwie fremd und deplaziert.

Die Maus nickte strahlend.

»Gut. Passen Sie auf. Hören Sie gut zu. Es ist sehr wichtig. Auch wenn es Ihnen komisch vorkommt. Sie besorgen sich jetzt sofort den Schlüssel zu diesen beiden Türen ...« ich deutete mit dem Daumen auf die Türe hinter mir und nach rechts zu der zweiten Saaltüre um die Ecke » ... und verschließen diese sorgfältig. Inzwischen paßt Ihre Kollegin auf, daß niemand – unter gar keinen Umständen – durch die andere Türe den Saal betritt. Ich passe auf diese Türe hier auf. Dann rufen Sie die Polizei und einen Krankenwagen mit Arzt. Haben Sie das alles verstanden?«

Sie betrachtete mich, als ob ich von ihr verlangt hätte, hier im Foyer einen Spontanstrip hinzulegen. Während meinen Ausführungen hatte sie im Takt meiner Stimme ganz leicht genickt und den Kopf immer weiter vorgestreckt.

»Was?« fragte sie nach zwei Sekunden mit hilfloser Stimme.

»Ganz ruhig. Passen Sie auf: Da drin ist etwas sehr Scheußliches passiert. Sie wissen, was 'Scheußlich' bedeutet? Gut. Ich weiß nicht genau, was es ist. Aber es scheint mir auf jeden Fall gefährlich genug, daß niemand durch diese Türen gehen darf, bevor die Polizei hier ist. Verstehen Sie mich? Die Polizei.«

Sie nickte mühsam und blickte hilfesuchend ihrer Kollegin entgegen, die sich bereits auf dem Anmarsch befand. Die beiden verhandelten kurz auf deutsch; dann rannte die eine los.

»Bitte«, sagte ich eindringlich zu der anderen, »gehen Sie hinüber und passen Sie auf, daß niemand die Türe öffnet. Bitte!«

Das letzte Wort stieß ich so heftig hervor, daß sie erschrocken zusammenzuckte und gehorsam um die Ecke verschwand.

Ich lehnte mich fester an die Türe und merkte, wie mir die Knie zu zittern begannen. Erst jetzt schossen mir tausend Gedanken durch den Kopf. Was war da drin passiert? Oder war ich das Opfer einer Halluzination? Sollte ich noch einmal ... ?

Nein, lieber machte ich mich lächerlich. Ich wollte nicht noch einmal sehen, daß DER GANZE SAAL ANGEFÜLLT WAR MIT LEBLOSEN, IN SICH ZUSAMMENGESUNKENEN KÖRPERN. Ich hatte noch nicht viele Tote in meinem Leben gesehen, dem Himmel sei Dank, aber irgendwie wußte ich, daß in diesem Saal niemand nur schlief oder bewußtlos war. Der Tod sickerte aus jeder Ritze des Türrahmens.

Die Kaffeemaus kam im Laufschritt zurück, einen kleinen dicklichen Herrn im Schlepptau, der für die äußere Organisation des Workshops verantwortlich war. Ich hatte ihn vorgestern nachmittag flüchtig bei der Registration gesehen. Er sah ziemlich wütend aus und fragte mich aufgebracht in tadellosem Englisch, was ich mir einbilden würde und so weiter.

Ich machte ihm mit allem Ernst in der Stimme, dessen ich noch fähig war, klar, was ich im Saal hinter meinem Rücken gesehen hatte. Die Maus, die plötzlich genug Englisch verstand, um meinen Ausführungen mühelos zu folgen, quiekte entsetzt und wurde von dem kleinen Mann automatisch zurechtgewiesen.

Er starrte mich einen Augenblick lang stumm an und wurde zusehends bleicher. Dann schob er mich zur Seite – die Klinke behielt ich in der Hand – , hielt vorsichtig seinen pomadisierten Scheitel an die Saaltüre und lauschte. Er gab der Maus ein paar kurze Befehle, worauf diese sofort abzischte, holte einen Schlüssel aus der Jackentasche, der an einer langen Uhrkette hing, und schloß langsam die Türe zweimal ab. Dann winkte er mir mit dem Kopf und ging rasch hinüber zum anderen Zugang, wo sich die andere Maus vor Angst fast naß machte. Er scheuchte sie mit einem Auftrag weg und schloß ebenfalls ab. Dann lauschten wir beide erneut an der Türfüllung. Nichts. Kein Laut.

Der kleine Mann – an seinem Revers hing ein silberner Batch mit dem Namen P. Schlosser – wischte sich mit einem dunkelblauen Seidentaschentuch den Schweiß von der hohen Stirne. Er überlegte kurz, wobei er den Kopf in den Nacken legte und mit gerunzelter Stirne den Kristallüster betrachtete. Dann winkte er mir wieder und eilte zu einer in die Holztäfelung eingelassenen Türe, die in einen Regieraum führte.

»Mein Gott!« ächzte Schlosser. Ich verstand, obwohl er die Worte auf Deutsch sprach. Durch die dunkel getönte Trennscheibe konnten wir den ganzen Plenarsaal überblicken. Einige waren in ihren Sitzen zusammengesunken, als ob sie nur kurz eingenickt wären; andere lagen in seltsam verdrehter Haltung zwischen den Stuhlreihen eingeklemmt, teilweise übereinander. Im Gang zwischen den beiden Dreiecken der Bestuhlung lagen mehrere Personen durcheinander auf dem blauen Teppichboden. Ich erkannte Hohlbein, der über den Rednerpult zusammengesunken war. Seine rechte Hand hielt noch den Schwanenhals des Mikrophons. Ich sah Grünsteins grauen Haarschopf. Er hatte wie immer bescheiden in der letzten Reihe Platz genommen.

»Wir müssen etwas unternehmen. Vielleicht sind sie nur bewußtlos. Wir müssen da hinein!« stotterte Schlosser kreidebleich hervor und stolperte zur Türe. Ich packte ihn an beiden Armen und wartete, bis der Schock bei ihm nachließ.

»Hören Sie!«

Er hörte nicht, brabbelte weiter unzusammenhängendes deutsches Zeug, schloß die Augen und begann zu wimmern.

»Hören Sie mir zu!« wiederholte ich und schüttelte ihn ein paar Mal. Seine Augen wurden wieder einigermaßen vernünftig.

»Reißen Sie sich zusammen! Also, von alleine sind diese Leute da drin nicht umgekippt, das ist Ihnen doch klar!«

Er glotzte mich verständnislos an.

»Oder? Irgend etwas muß in dem Raum sein, das bewußtlos macht! Herrgottnochmal! Verstehen Sie mich!«

Er nickte schwach.

»Also! Wenn Sie jetzt da 'reingehen, riskieren Sie, daß noch mehr Menschen zu Schaden kommen! Wir müssen auf die Feuerwehr warten. Die haben Atemschutzgeräte.«

Er nickte wieder und hörte gar nicht mehr auf zu nicken. Ich ließ ihn los und wandte mich wieder der schrecklichen Szene hinter der Sichtscheibe zu. Niemand hatte sich bewegt. Ich wußte irgendwie, daß diese reglosen Körper nicht nur bewußtlos waren. Ich wußte es!

Meine Augen irrten verzweifelt über die vielen Reihen. Francoise, wo ... da drüben, das war Hesterfield, bei dem ich mal eine Summer School mitgemacht hatte ... Peekock saß in der ersten Reihe, den grauen, strähnigen Kopf nur leicht auf die Seite gesunken ... wo war Francoise?

Ich mußte mich zwingen, den Blick abzuwenden. Von dem Bild hinter der Scheibe ging eine geradezu hypnotische Wirkung aus. Schlosser neben mir ging es ebenso.

An der rechten Wand des Regieraums befanden sich die üblichen Reihen Schalter und Hebel für Licht, Verdunkelung usw. Die Schalter waren beschriftet, aber ich konnte nur die Beleuchtung einigermaßen entziffern.

»Kann man von hier aus die Entlüftung beeinflussen?«

Ich drehte mich um. Schlosser stand ganz dicht an der Scheibe und starrte gebannt hindurch. Ich zerrte ihn am Arm von der Scheibe weg.

»Sagen Sie, kann man von hier aus die Entlüftung beeinflussen?«

Er schaute mich verständnislos an. Ich versuchte es anders:

»Können wir etwas tun, damit die Luft in dem Raum schneller abzieht?«

Er schaute zweifelnd auf die vielen Lämpchen und Schalter. Dann ging ein Ruck durch seinen kleinen korpulenten Körper. Er stürzte zur Türe und schrie etwas hinaus. Nach kurzer Zeit kam ein älterer Mann in grauem Kittel angerannt. Schlosser redete hastig. Der Mann – wohl der Haustechniker – warf einen Blick durch die Trennscheibe und gab einen erstickten Laut von sich. Schlosser zerrte ihn zur Schalttafel. Mit zitternden Händen holte der Techniker eine Lesebrille aus seiner Brusttasche und spähte angestrengt auf die Armaturen. Dann betätigte er ein paar Schalter, bückte sich und spähte durch die Trennscheibe in den Saal hinauf. Ich folgte seinem Blick und sah, daß sich die Oberlichter langsam öffneten. Er sagte etwas zu Schlosser.

»Die Entlüftung läuft bereits auf maximaler Stufe, aber er hat nun die Oberlichter geöffnet«, übersetzte dieser.

Eine kräftige Stimme ließ ihn herumfahren. In der Tür stand ein deutscher Cop, ganz in Grün. Von da an begann ich den Überblick zu verlieren. Immer mehr Leute trafen ein und drängten sich in den engen Regieraum. Cops, Feuerwehrleute, ein paar orange-rot gekleidete Typen – vielleicht Sanitärer? – noch mehr Cops und Leute in Zivil. Alle schrien erregt durcheinander. Ich wurde immer mehr in eine Ecke abgedrängt und beobachtete von dort das Chaos.

Schließlich traf wohl ein Vertreter der lokalen Behörden ein, der eine gewisse Autorität ausstrahlte und die anderen dazu brachte, sich ruhig zu verhalten. Dieser – ich werde ihn der Einfachheit halber den Mayor nennen – war in Begleitung eines Arztes, ganz in grüner OP-Kleidung. Der Arzt wandte sich nach kurzer Debatte an mich und fragte mich in gebrochenem Englisch, wie lange ich die Türe geöffnet habe, wie ich mich fühlte, etc.

»Und was glauben Sie ...«

Ein gedämpfter Knall ließ uns alle herumfahren. Unter dem Rednerpult quoll weißer Rauch hervor und verflüchtigte sich rasch. Einer der Feuerwehrleute redete erregt auf den Mayor ein, aber der schüttelte nur den Kopf. Der Arzt stand neben mir und starrte in den Konferenzsaal.

»Warum geht die Feuerwehr nicht mit Atemschutzgeräten in den Saal?« fragte ich ihn. Er blickte mich verständnislos an. War wohl etwas zu kompliziert. Ich versuchte den Begriff 'Atemschutzgerät' zu umschreiben. Diesmal verstand er.

»Oh, die Leitung befürchtet, daß beim Öffnen der Türen schädliche Gase austreten, die ungeschützte Personen gefährden könnten. Sie wollen warten, bis das Gebäude evakuiert ist. Außerdem«, fügte er hinzu, »wer sagt, daß es über die Atemwege wirkt?«

Er richtete seinen Blick wieder in den Saal.

»So etwas habe ich noch nie erlebt. Was kann einen ganzen Saal voller Menschen mit einen Schlag auslöschen?«

»Gas.«

»Sie meinen Giftgas? Und keiner schafft es bis zur Türe? Keiner schafft es, den ... den ... wie sagt man .. Alarmknopf zu drücken?«

»Den Feuermelder. Wenn Sie kein Feuer sehen, sondern nur plötzlich heftige Atembeschwerden verspüren oder, was weiß ich, vielleicht nur immer müder werden, würden Sie dann den Feuermelder drücken? Die Sache kam einfach zu unerwartet. Bevor jemand kapierte, daß es nicht nur ihm so schlecht ging, war es schon zu spät. Sehen Sie dort.«

Ich deutete zur linken Saaltüre hinüber. Etwa ein Meter davon entfernt lag ein mir unbekannter Kollege auf dem Gesicht, wie wenn ihm ein Sturmwind dorthin geworfen hätte.

»Der hat noch versucht zu entkommen. Vielleicht hat er schneller kapiert als die anderen, daß mit diesem Saal etwas nicht stimmt.«

Hinter uns brach erneut eine hitzige Diskussion zwischen den Feuerwehrleuten und dem Mayor aus.

»Sagen Sie den Leuten, sie können die Türen öffnen«, sagte ich zu dem grünbekittelten Arzt.

»Was? Wieso?«

Ich deutete in den Saal. Ganz in der Nähe der Sichtscheibe, direkt an der Fußbodenleiste bewegte sich etwas. Zwei graue Nagetiere, wahrscheinlich Mäuse, huschten von Säule zu Säule. Die lange Stille im Saal hatte sie aus ihren Schlupflöchern gelockt. Sie schienen quicklebendig.

Der Arzt stürzte davon. Kurze Zeit später waren sie im Saal. Ich beobachtete sie durch die Scheibe vom Regieraum aus. Ich wollte nicht im Foyer herumstehen, mit ansehen, wie meine Kollegen heraus getragen wurden, Gesichter erkennen, Francoise ...

Schuldgefühl flutete in mir hoch, das Schuldgefühl, überlebt zu haben. Warum gerade ich? Genaugenommen verdankte ich Peekock mein Leben ... Peekock, der jetzt da drinnen lag. Gerade beugte sich ein Feuerwehrmann zu ihm herab ...

»Kommen Sie, wir brauchen jede Hand!«
Eine behandschuhte Pranke legte sich schwer auf meine Schulter und drehte mich halb herum. Der Mayor blickte mich ernst an.
»Wir haben nicht genügend Leute. Bitte helfen Sie uns, die Menschen zu bergen«, sagte er in fast akzentfreiem Englisch.
»Sind alle .. ich meine ... gibt es ... Überlebende?«
Er schüttelte langsam den Kopf.
»Wir wissen es noch nicht. Es sind so viele. Kommen Sie!«
Es dauerte Stunden, ein stundenlanger, nicht enden wollender Alptraum. Ich wurde dem grünbekittelten Arzt zugeteilt, weil dieser noch am besten Englisch sprach. Ich versuchte, meinen Blick nicht durch den Saal schweifen zu lassen. Die Angst, Francoises schlanker Körper könnte in der nächsten Stuhlreihe auftauchen, setzte mir Scheuklappen auf.
Schließlich war es vorbei. Die Toten lagen in zwei langen, säuberlichen Reihen in den angrenzenden Fluren, verhüllt in Papierlaken, die Konferenz-Batches am Laken befestigt. Keiner der Anwesenden im Saal hatte überlebt.
Francoise war nicht dabei.
Ich stand auf dem Vorplatz des Kongreß-Zentrums und blinzelte in die helle Mittagssonne. Das Wetter kam mir pervers vor. Strahlender, blauer Himmel, warme Sonne. An der Zugspitze hing ein schneeweißer, dekorativer Wolkenfetzen, der sich sicher bald auflösen würde. Pervers. Keine nächtliche Szene, in der die Blaulichter zuckende Schlagschatten auf düstere Fassaden warfen, kein Nebel, keine Scheinwerfer.
Die grandiose Natur im Verein mit dem Königswetter schien dem tragischen Unglück zu spotten. Die Ambulanzen, Feuerwehren und Polizeiwagen mit ihren rotierenden Blaulichtern, die herum eilenden Sanitäter und Cops, ja selbst die schweigend gaffende Menschenmenge hinter den rotweißen Absperrstreifen mit der unleserlichen Aufschrift, alles schien klein, unwichtig, grotesk-lächerlich. Ein Schauspielchen, eine Tragödie inszeniert von Ameisen. Die Berge lächelten gnädig über das momentane Gewusel zu ihren Füßen. Pervers!
Ich holte tief Luft. Das Gefühl Noch-einmal-davon-gekommen-zu-sein schüttelte meinen Körper. Die Nebennieren gaben ihr bestes. Ich lehnte mich erschöpft an eines der Aluminiumgeländer, die zum Eingang hinauf führten.
»Schorsch?«
Ich drehte mich um. Große erschreckte Augen, bleiches Gesicht, ein klammernder Griff an meinem linken Arm.
»Mon dieux! Schorsch!«
Ich hielt sie fest, bis das Schlimmste heraus war.
»Jean ist ... ist ... isch 'abe ihn gerade gefunden ...«
Ich streichelte ihre zuckenden Schultern.
»Wo bist du gewesen?«
Sie löste sich von mir, schniefte und putzte sich die Nase, bevor sie antwortete.

»Isch war im Reisebüro. In der Stadt. Isch mußte meinen Rückflug nach Lyon umbuchen. Isch habe ... isch wollte die Eröffnungssitzung ausfallen lassen, weil isch später keine Zeit mehr ge'abt 'ätte ..Mon dieux, wenn isch niscnt gegangen wäre ..«

Sie verstummte und starrte durch die Glastüren ins Foyer.

»Jean ist ver'eiratet. Er 'at eine Baby ...«

Erst sehr viel später begann die offizielle Untersuchung des Unglücks. Gegen halb acht Uhr abends meldete sich Schlosser per Telefon und bat uns herunterzukommen. In einem der kleineren Konferenzräume in ersten Stock hatten sie ein provisorisches Büro eingerichtet. Wir warteten zusammen mit einem weiteren Kollegen, Juhanna Kasurinnen, aus Finnland. Er war außer Francoise und mir der einzige Überlebende des Workshops. Seit gestern mittag hatte er mit einer akuten Angina im Bett gelegen. Auch jetzt sah er immer noch ziemlich krank aus. Seine Augen glänzten fiebrig und er schwitzte. In dem improvisierten Büro war viel Kommen und Gehen. Niemand kümmerte sich um uns.

Schließlich – es ging schon auf neun Uhr zu – erschien ein junger Cop in Zivil, um unsere Aussagen zu Protokoll zu nehmen. Er stellte sich mit Becker, Kriminalassistent Hermann Becker vom Polizeipräsidium München vor. Nach kurzer Debatte entschied er, daß er sich zuerst die Aussage von Kasurinnen anhören werde, damit dieser zurück ins Bett gehen könne. Die beiden verschwanden im angrenzenden Zimmer.

»Scheiß Cop«, knurrte ich leise zwischen den Zähnen. Francoise blickte mich erstaunt an.

»Du kennst ihn doch gar niscnt ...«

»Für mich sind alle Cops Scheiß-Cops«, sagte ich heftig.

Francoise wollte etwas erwidern, verzichtete aber darauf und zuckte mit den Achseln.

Sie hatte ja keine Ahnung, wie diese Typen wirklich sind! Kleine, miese Existenzen, die ihr verpfuschtes Leben damit kompensierten, daß sie ihre Mini-Macht über die Bürger rücksichtslos und sadistisch auslebten. Wer wurde schon freiwillig Cop? Ich kannte nur Versager, Schläger, Sadisten, ehemalige Dauerhäftlinge. LA hatte mich gelehrt, niemals einem Cop zu trauen. Die Schwachen treten, vor den Mächtigen im Staub kriechen. Ich wußte genau, wie uns die Cops behandelt hätten, wenn wir nicht Gäste dieses Hotels wären, wenn wir nicht – in den Augen der Cops zumindest – ungewisse Beziehungen zu den Mächtigen haben könnten, denen sie normalerweise die Stiefel leckten. Wenn sie uns ohne Grund auch nur in der Nähe des Kongreßzentrums aufgegriffen hätten, ohne Anzug und Krawatte, ohne Batch, dann hieße es jetzt 'Sing, oder sammel dir deine Vorderzähne selber ein'. Ich hatte es erlebt; mir erzählte keiner mehr etwas vom 'Freund und Helfer', 'Beschützer der Gesellschaft'. Daß ich nicht lache! Die ganze Gesellschaft ist erst durch die Cops kaputtgemacht worden!

Ich lehnte mich zurück und holte tief Luft. Ich durfte mich da jetzt nicht so hineinsteigern. Das konnte ins Auge gehen. Die Cops sind nicht dumm. Sie haben ein feines Gespür für Ablehnung und Feindseligkeit entwickelt. Kein Wunder, wenn man ständig die ganze Bevölkerung gegen sich hat ...

Schon zehn Minuten später verließ Kasurinnen den Raum und eilte mit einem gemurmelten 'Bis später' an uns vorbei. Er sah nicht gut aus. Der junge Cop in Zivil bat Francoise hereinzukommen und schloß wieder die Türe. Diesmal dauerte es länger. Als Francoise wieder erschien, sah sie verstört und besorgt aus.

»Im Restaurant? Isch warte dort auf disch«, flüsterte sie und verschwand.

Der Cop namens Becker saß hinter einem weißen Notebook an einem einfachen Tisch mit PVC-Platte und tippte.

»Bitte nehmen Sie Platz, Mister ...«, er guckte auf meinen Batch, den ich immer noch am Revers trug, » ... Moltke. Sind Sie zufällig verwandt mit dem Grafen Moltke ...«

»Nicht daß ich wüßte!« sagte ich eine Spur zu heftig.

Er guckte mich eine Sekunde lang an.

»War nur eine Frage. Ich schreib noch ein paar Zeilen. Dann beginnen wir, ok?«

Ich antwortete nicht.

»OK?« wiederholte er in schärferem Ton.

»Ja, doch.«

Das fing ja gut an. Während der Cop seine 'paar Zeilen' tippte, versuchte ich mich abzuregen. In meinem Magen krampfte es schon wieder.

Ich schätzte den Cop auf Anfang dreißig. Dichtes braunes Haar mit ein paar grauen Strähnen, die nicht beabsichtigt aussahen. Kurzhaarschnitt, wie es sich für einen Cop gehört, allerdings nicht so kurz, wie es die Cops bei uns trugen. Braune, wachsame Augen. Lachfältchen. Kleiner Mund mit dünnen Lippen. Er trug einen hellgrauen Rollkragenpullover unter einem dunkelgrauen, langweiligen Jakkett. Er war nicht bewaffnet, soweit ich das beurteilen konnte. Vielleicht trug er aber einen Hüfthalfter. Das Notebook war eine veraltete Intel-Kiste, 386 oder allenfalls 486. Sein Englisch war ungewöhnlich gut. Mit britischem Akzent.

»Ok«, wandte er sich mir zu und schloß das Notebook. »Ich will Sie nicht länger als nötig in Anspruch nehmen, und so weiter. Ich kann mir denken, daß dies ein scheußlicher Tag für Sie alle war. Ich schlage vor, Sie erzählen mir mit eigenen Worten kurz, was Sie heute erlebt haben, und ich fasse das Ganze in einem Vorabprotokoll zusammen. In den nächsten Tagen wird es sowieso eine umfassende Untersuchung geben. Ich kann mir vorstellen, daß Sie auch bald ins Bett möchten.«

Der Cop Becker lächelte. Ich lächelte nicht. Er hörte schnell wieder auf damit.

»Na gut. Vorab muß ich Sie darauf aufmerksam machen, daß ich nicht der Mordkommission angehöre. Normalerweise arbeite ich im Bereich Computerkriminalität. Zu diesem Fall bin ich nur abkommandiert worden, weil nicht genügend Leute zur Verfügung stehen ... und weil einige bei der MK meinten, es wäre nicht schlecht, jemanden dabei zu haben, der was vom Thema der Konferenz verstehen könnte.«

Ich sagte nichts. Der Cop zuckte mit den Achseln und klappte sein Notebook wieder auf.

»Also fangen wir an ...«

Ich berichtete ihm in knappen Worten, was ich seit dem Aufstehen heute früh erlebt hatte. Nach jeweils drei bis vier Sätzen unterbrach er mich, formulierte den Inhalt in eine komprimierte Fassung um und fragte mich dann, ob das so okay sei. Wenn ich nickte, tippte er den Satz in sein Notebook ein. Wenn nicht, formulierte er ihn solange um, bis ich ihm zustimmte. Er arbeitete schnell und mit Routine. Schon nach einer halben Stunde waren wir im Prinzip fertig. Während der Text auf einem sehr langsamen Tintenstrahldrucker ausgegeben wurde, kamen ganz beiläufig die wirklich wichtigen Fragen ans Tageslicht:

»Haben Sie irgendeinen Verdacht, und wenn er noch soweit hergeholt sein mag, wer für eine solche Tat ein Motiv haben könnte?«

Ich starrte ihn mit offenem Mund an.

»Sie meinen, es war kein Unfall?« fragte ich entgeistert.

Er schüttelte den Kopf.

»Wir wissen zwar noch fast gar nichts, aber das wissen wir ziemlich sicher. Der Tod Ihrer Kollegen wurde durch ein Kontaktgift verursacht, das über die Haut aufgenommen wird. Außerdem haben wir unter dem Rednerpult eine verschmorte Apparatur entdeckt, die höchstwahrscheinlich das Gift freigesetzt hat. Von einem Unfall kann also keine Rede sein.«

Ich konnte nur stumm den Kopf schütteln. Der Cop Becker wechselte das Thema.

»Kennen Sie Francoise Leduc?«

»Nein .. ja ... ich meine, sie ist eine Kollegin, aber wir kennen uns sonst kaum ...«

»Aber Sie sind gestern fast den ganzen Tag zusammen in den Bergen gewesen und sind abends zusammen Essen gegangen ...«

Ich spürte, wie meine Nebennieren ihre Tätigkeit aufnahmen.

»Das war reiner Zufall. Ich habe sie auf der Alpspitze getroffen und wir sind zusammen weitergegangen. Sie war allein, ich war allein, was liegt da näher ...«

»Aber sie war nicht allein hier ...«

»Nein.«

Der Gedanke an den toten Jean ernüchterte mich wieder etwas.

»Nein. Sie kam mit Jean Pascale hierher. Ich kenne auch ihn von früheren Konferenzen und von einigen Veröffentlichungen, aber ...«

»War Jean Pascale oder sonst irgend jemand mit Ihnen beiden zusammen beim Abendessen?«

»Nein, wir waren allein.«

»Kommt Ihnen das nicht merkwürdig vor? Eine junge Frau läßt ihren Kollegen, mit dem sie normalerweise eng zusammenarbeitet und mit dem sie zusammen im Auto bis hierher gekommen ist, einfach so sitzen und geht mit dem ersten besten

Bekannten, den sie auf einer Bergwanderung trifft, zum Abendessen ...«
Ich schwieg. Ehrlich gesagt, war es mir auch etwas seltsam vorgekommen. In meiner Eitelkeit hatte ich mir wohl damit geschmeichelt, sie würde meine Gesellschaft der Jean Pascales vorziehen.
Der Cop Becker jonglierte einhändig mit seinem Parker-Kugelschreiber und blickte mich nicht an.
»Haben Sie mit ihr geschlafen?« fragte er plötzlich.
Ich muß gestehen, daß ich zusammenzuckte. Genau, wie wenn ich wirklich die Nacht mit Francoise verbracht hätte.
»Ich glaube nicht, daß Sie das etwas angeht«, erwiderte ich so frostig wie möglich.
Der Cop zuckte mit den Achseln.
»Sie müssen darauf nicht antworten, mit dem offiziellen Protokoll sind wir fertig.«
Er machte eine Kunstpause, schnappte sich den Parker, mit dem er die ganze Zeit einhändig herumjongliert hatte, mit festem Griff, beugte sich nach vorne und zielte mit dem silbernen Schreibgerät auf mich.
»Aber es wäre ein gutes Alibi für die Nacht, für Sie beide ...«
»Ich habe das Zimmer von Mademoiselle Leduc nicht einmal betreten. Genügt Ihnen das?« sagte ich schroff.
Der Cop lächelte dünn und nickte.
»Was ist mit dem Dritten?«
»Sie meinen den Finnen?«
Er nickte ungeduldig.
»Ich kann mir seinen Namen nicht merken. Können Sie sich Namen merken? Ich nicht. Ah, hier: Kasurinnen. Kennen Sie ihn?«
Ich schüttelte müde den Kopf.
»Ich bin ihm heute das erste Mal begegnet. Ich kenne seinen Namen nicht mal aus der Literatur.«
Er schlug sofort in die Bresche.
»Kennen Sie die Literatur gut? Würden Sie also sagen, daß Sie sonst alle Namen dieser Konferenz schon mal gehört haben? Ist Kasurinnen vielleicht gar kein Wissenschaftler, der in Ihrem Gebiet arbeitet?«
Ich war es leid. Dieser Cop ging mir auf die Nerven mit seinen blödsinnigen Fragen und Andeutungen.
»Ich kenne seinen Namen nicht, aber das will nichts heißen«, sagte ich stur, ohne ihn anzuschauen.
Der Cop sah wohl ein, daß er mit mir auf diese Tour nicht weiter kommen würde. Jedenfalls nicht mehr heute abend. Er lehnte sich zurück und begann wieder sein Spiel mit dem Parker.
»Na schön. Wenigstens stimmen Ihre Aussagen überein. Nun ja, wir haben also drei Teilnehmer dieser Konferenz ...« er kramte lässig in den Papieren auf dem

Tisch« ... über 'Speaker Recognition and Verification', die unabhängig voneinander durch drei reine Glücksfälle einem Anschlag auf ihr Leben entgangen sind, während alle anderen Teilnehmer, wie man es von ihnen erwartet, brav in der ersten Sitzung erscheinen und alle gemacht werden. Ich sage es Ihnen ganz offen: alle drei Glücksfälle gefallen mir nicht die Bohne.«

Er blickte mich scharf an.

»Ihre Spekulationen und Andeutungen passen mir auch nicht die Bohne! Vielleicht sollte ich mich schleunigst an das nächste Konsulat wenden!«

»Tun Sie das ruhig«, nickte er liebenswürdig. »Wenn Sie die Nummer nicht parat haben, kann Ihnen meine Kollegin, Madeleine Kortner, bestimmt behilflich sein. Wir sehen uns dann morgen wieder, Mister Moltke.«

Er reichte mir das Protokoll zur Unterschrift.

»Ich muß Sie darauf aufmerksam machen, daß Sie Garmisch in den nächsten Tagen nicht verlassen dürfen, ohne uns vorher Bescheid zu geben. Sie sind ein wichtiger Zeuge für uns. Wir werden in diesen Räumen ein ständig besetztes Büro unterhalten, so daß es Ihnen keine Schwierigkeiten bereiten sollte, uns im Falle eines Falles zu erreichen. Falls ich nicht da sein sollte, fragen Sie nach Madeleine Kortner.«

Er sagte nicht, was er mit dem 'Falle eines Falles' genau meinte.

»Es steht Ihnen jederzeit frei, sich mit einem Vertreter Ihres Konsulats in Verbindung zu setzen«, leierte er herunter. »Aber es ist – zumindest im Moment – nicht unbedingt notwendig.«

Er stand auf und öffnete mir die Türe. Wie bei der ersten Begegnung gaben wir uns nicht die Hand.

Francoise saß einsam an der Bar im Keller des Hotels, vor sich einen unberührten Manhattan. Man sah deutlich, daß sie geweint hatte. Der unbeschäftigte Barkeeper stand diskret einige Schritte weiter links und polierte Gläser. Ab und zu warf er einen Blick herüber, der deutlich machte, daß er erstens genau wußte, einen der Überlebenden der heutigen Katastrophe als Kunden zu haben, zweitens die Trauer der Lady respektierte, andererseits drittens sofort bereit sei, ihr Trost zuzusprechen, wenn sie ihn ansprechen würde. Ein vorbildlicher Barkeeper also.

Ich setzte mich neben Francoise, fing den Blick des Barkeepers auf und winkte mit den Augen zu dem Manhattan vor Francoise. Der Barkeeper nickte bestätigend und begann zu mixen. Wir beobachteten ihn schweigend, bis der Drink vor mir auf dem Tisch stand.

»Auf die Toten«, sagte ich und hob mein Glas.

Francoise schniefte laut, reckte energisch den Kopf und stieß mit mir an.

»Und auf die Überlebenden.«

Ihre Stimme war gebrochen und heiser. Das Eis in ihrem Glas war geschmolzen.

Wir redeten schließlich. Was hätten wir auch anderes tun sollen? Wir redeten, und der Barkeeper stand zwei Schritte seitlich von uns, polierte Gläser und tat so, als ob er seinen beiden einzigen Kunden nicht zuhören würde. Wir redeten und redeten, bis uns der Keeper höflich darauf aufmerksam machte, daß die Bar geschlossen werde.

Ich kaufte ihm eine Southern Comfort ab und wir verzogen uns auf Francoise Zimmer.

Wir quatschten noch eine oder zwei Stunden und tranken direkt aus der Flasche. Mit sinkendem Pegel verlor ich nach und nach mein Zeitgefühl. Irgendwann schwiegen wir nur noch und starrten ins Leere. Sehr viel später – oder war es gleich danach? – stand ich auf. Ohne irgendeine Absicht. Vielleicht wollte ich das Fenster öffnen oder irgend etwas anderes machen, um diesen Bann zu brechen, ich weiß es nicht. Francoise jedenfalls sprang hastig auf und zog sich mit einer einzigen Bewegung ihre Bluse und Was-sonst-noch-darunter-war über den Kopf. Ich nahm ihre kleinen runden Brüste mit den dunklen harten Nippeln in die Hände und sie begann lautlos zu weinen.

Wir zogen uns aus und liebten uns gleich auf dem Teppich, schnell und heftig. Danach müssen wir irgendwie noch ins Bett gekommen sein, denn ich erwachte, den Kopf in Francoises Schoß gebettet und halb erstickt unter ihrer Bettdecke.

Ich kämpfte mich vorsichtig frei und sah auf dem Nachttischwecker, daß es bereits auf Mittag zuging. Mein Schädel war mit Bleikugeln gefüllt, die bei jeder Bewegung schmerzhaft zu rollen begannen. Der Southern Comfort. Damit fiel mir alles wieder ein.

Francoise hatte die Augen noch geschlossen und atmete gleichmäßig. Ich verzog mich leise ins Badezimmer. Als ich zurückkam, war sie wach. Wir wünschten uns verlegen einen guten Morgen, so als ob wir uns beim Frühstück begegnet wären, und unsere Blicke wichen einander aus. Wir verabredeten uns zum Lunch in einer halben Stunde und ich schlich wie ein armer Sünder auf mein Zimmer.

Zwei Aspirin und eine eiskalte Dusche später traf ich Francoise im Restaurant. Sie lächelte schon wieder, und auch unsere Blicke wichen nicht mehr einander aus. Nachdem wir unsere Bestellungen aufgegeben hatten, sagte sie nur:

»Schorsch?«

»Ja?«

»Es war okay so. Es 'at uns getröstet. Wir brauchen deshalb nicht verlegen zu sein, okay?«

»Okay.«

»Aber es muß nicht wieder sein, gut? Einmal getröstet werden reicht, gut?

Ich nickte und wir lächelten beide in unseren Aperitif.

Nach einer Weile meinte sie schelmisch:

»Glaub ja nischt, daß isch zu betrunken war, um etwas mitzukriegen. Es war sehr schön.«

»Ich fand es auch sehr schön«, sagte ich lahm. Verdammt, warum konnte ich nicht ein wenig schlagfertiger sein.

Francoise lächelte wieder und streichelte mir die linke Hand.

»Weißt du, daß isch die ganze Zeit gedacht hatte, irgend etwas ist anders bei dir.

Aber erst nachher, als du misch gestreischelt hast, habe isch gemerkt, daß du Linkshänder bist.«
Sie lachte.
»Komisch, wenn ein Mann alles von der anderen Seite macht.«
Ich versteckte instinktiv meine linke Hand unter der Tischdecke und sie lachte noch mehr. Abrupt hörte sie auf und sah sich scheu um. Dann beugte sie sich vor und flüsterte:
»Geht es dir auch so? Manchmal vergesse isch, was gestern passiert ist. Aber dann plötzlich ...«
Sie starrte ins Leere.
»Sechsundvierzig«, sagte sie tonlos.
»Pardon?«
»Sechsundvierzig«, wiederholte sie und blickte mich gequält an. »Ich habe vorhin die Teilnehmerliste nachgeschaut. Es waren neunundvierzig Teilnehmer angemeldet. Und nur wir drei haben überlebt.«
»Vielleicht sind nicht alle gekommen«, meinte ich hilflos.
Francoise verdrehte die Augen nach oben und kämpfte, versuchte die Tränen zurückzuhalten.
Grünstein, Peekock, Waltersberg, Zazis, Vlachos, Meyer, Watson, und natürlich Hohlbein, Peters, Hesterfield, ...
Auch ich hatte vorhin in meinem Zimmer die Liste hervorgeholt. Ich stocherte in meinem Salat mit dem langweiligen italienischen Dressing herum.
»Was werden sie jetzt mit uns machen?«
Ich seufzte. Das Thema hatten wir gestern wieder und wieder aufgegriffen.
»Isch mag ihn.«
Erstaunt sah ich sie an.
»Wen?«
»Den Polizisten, Backer oder Becker, heißt er, glaube isch.«
»Er hat uns durch die Blume gesagt, daß er es verdächtig findet, daß wir überlebt haben«, sagte ich heftig.
Francoise nickte und zuckte mit den Schultern.
»Ja, isch weiß. Vielleischt muß er das glauben. Aber er hat ein ehrliches Gesicht. Ich glaube nischt, daß er so gemein sein kann, wie du gestern erzählt hast ...«

Traue niemals einem Cop. Den Satz hatte ich gestern mindestens zwanzigmal gesagt. Wir beendeten schweigend unseren Lunch.
»Wenn man vom Teufel spricht ...«, knurrte ich leise, denn ich sah den Cop Becker durch das Foyer kommen.
»Was?«
Ich winkte ab, denn der Cop hatte uns gesehen und kam schon auf unseren Tisch zu. Ohne zu zögern sprach er uns an:
»Guten Morgen, Mademoiselle Leduc, Mister Moltke. Darf ich?«

Er griff sich den dritten Stuhl und setzte sich verkehrt herum darauf. Seine Arme stütze er auf die Lehne. Wir schauten ihn erwartungsvoll an.

»Ich frage jetzt nicht, ob Sie gut geschlafen haben. Das wäre geschmacklos«, meinte er sarkastisch.

Er sah ernst und müde aus. Im Tageslicht sah man, deutlicher als gestern im künstlichen Licht bei der Protokoll-Aufnahme, daß er ziemlich erschöpft war. Ich winkte dem Kellner und bestellte Kaffee für uns drei. Der Cop Becker protestierte nicht. Er schwieg, bis der ausgezeichnete deutsche Kaffee vor ihm stand und er ihn mit drei Löffeln Zucker und einer halben Tasse Milch verhunzt hatte.

»Also«, begann er nüchtern aufzuzählen, »die Angehörigen sind verständigt, die Überführung der Leichen organisiert. Die ersten Obduktionsberichte liegen vor. Alle möglichen Zeugen sind befragt worden. Das ganze Gebäude wurde durchkämmt. Die Fahndung nach zwei Verdächtigen, die in der Nähe des Hotels gesehen worden sind, ist raus. Bei allen möglichen Zeitungen, Konsulaten und Botschaften wurde angefragt, ob Bekennerschreiben oder irgendwelche Anrufe eingegangen sind.«

Er leerte mit einem riesigen Schluck die halbe Tasse und schwenkte den Kaffee durch beide Backen. Ich haßte es, wenn jemand das tat! Sofort schmerzten mir die Backenzähne auf der linken Seite.

»Und das Ergebnis aller Bemühungen ist – gleich Null!«

Er stellte die Tasse zurück und blickte uns nacheinander an.

»Und? Ist Ihnen vielleicht noch etwas eingefallen, was uns weiterhelfen könnte?«

»Wenn es tatsächlich kein Unfall war ...«, begann ich langsam.

Der Cop wedelte ungeduldig mit der Hand.

»Das ist so ziemlich das Einzige, was wir sicher wissen.«

» ... dann muß es sich entweder um einen Verrückten handeln ...«

»Ein Verrückter mit ziemlich geschickten Händen, kann ich da nur sagen!«

» ... oder um jemanden, der den Tod vieler ihm unbekannter Menschen in Kauf nimmt, um sein Ziel zu erreichen. Weil, ich kann mir niemanden vorstellen, der alle diese Leute auf einmal gekannt hat.« (Vorschlag ???)

Der Cop Becker guckte.

»Und welches Ziel?«

»Einen von uns umzubringen?« schlug ich vor.

Der Cop stöhnte.

»Das bedeutet, wir müssen bei jedem einzelnen überprüfen, ob ihm möglicherweise jemand nach dem Leben trachtete.«

Francoise und ich nickten. Soweit waren wir gestern auch schon gewesen.

»Sie wissen ja gar nicht, was das bedeutet!« rief der Cop Becker und hob beide Hände. »Diese Leute kommen aus sieben verschiedenen Staaten.«

Er schüttelte den Kopf und griff wieder nach seiner Tasse.

»Man könnte meinen: das perfekte Verbrechen. Man bringt einfach gleichzeitig eine maximale Anzahl von Leuten aus so vielen Staaten wie möglich um und hofft dann, daß man in der Komplexität und Masse der Ermittlungen untertauchen kann.«

»Vielleischt ist es tatsäschlich so?« sagte Francoise leise.

Der Cop Becker schüttelte wieder den Kopf.

»Etwas anderes: Ich habe Ihre Aussagen überprüfen lassen. Es spricht nichts dafür, Sie hier weiter festzuhalten, weil Sie alle drei keine direkten Zeugen sind. Sie können also jederzeit in ihre Heimat zurückkehren. Falls es zu einer Anklage kommen sollte, kann es allerdings sein, daß Sie erneut zu einer Zeugenaussage nach Deutschland geladen werden. Im Vertrauen gesagt halte ich das für ziemlich unwahrscheinlich.«

Er stand auf und drehte den Stuhl wieder um.

»Entschuldigen Sie«, sagte Francoise vorwurfsvoll.

Er blieb vor ihr stehen und schaute sie fragend an.

»Gibt es denn gar nichts weiter? 'at man nicht mal feststellen können, woran sie gestorben sind? Woher das Gift kam?«

Der Cop setzte sich langsam wieder, diesmal richtig herum, und strich mit der Hand durch sein kurzes braunes Haar.

»Der Pathologe sagt, sie seien wahrscheinlich an einer plötzlichen Lähmung des Herzmuskels gestorben. Wir wissen bis jetzt noch nicht, welches Gift das bewirkt hat, weil die Laborergebnisse noch nicht vorliegen. Aber es muß sehr schnell gegangen sein. Das Gas wurde von einem kleinen Apparat unter dem Rednerpult freigesetzt. Wir gehen davon aus, daß es geruchlos ist, denn offensichtlich hat niemand etwas bemerkt. Der Apparat oder die Bombe, wenn Sie so wollen, war höchstwahrscheinlich zeitgesteuert. Aber das können wir nicht mehr zweifelsfrei feststellen, weil der ganze Mechanismus thermisch zerstört wurde.«

»Wie bitte?«

»Er ist verbrannt«, erläuterte ich. Der Cop Becker nickte.

»Es ist kaum etwas davon übrig geblieben. Nur verschmorte Plastikteile. Das wird alles noch im Labor untersucht.«

»Es klingt vielleischt dumm, aber kann es sein, daß der ... Mörder selbst ums Leben gekommen ist?«

Der Cop starrte Francoise an.

»Sie meinen, wie die Bombenattentäter im Nahen Osten, wie ein Kamikaze?«

Francoise nickte.

»Vielleicht ...«

Der Cop klang nicht sehr überzeugt. Er stand wieder auf und verabschiedete sich endgültig.

»Wir haben Ihre Adressen in den Unterlagen des Organisators gefunden. Bitte melden Sie sich, bevor Sie abreisen, in unserem Ermittlungsbüro.«

Er ging ohne sich umzudrehen hinaus.

»Was wirst du jetzt machen?« fragte ich nach ein paar Minuten.

Francoise zuckte mit den Schultern.

»Isch denke, isch werde misch erstmal ans Telefon 'ängen«, seufzte sie und begann, in ihrer Handtasche zu kramen. »Und du?«
Ich antwortete nicht. Sie ließ ihre Hände sinken und blickte mich an.
»Du willst nach 'ause«, stellte sie fest.
Ich nickte trübsinnig.
»So schnell wie möglisch.«
Auch Francoise nickte nun.
»Äh ... glaubst du, daß du ... ich meine ...«
Francoise lächelte traurig.
»Mach dir keine Sorgen um misch. Isch 'abe jemanden, zu dem ich 'eimkomme.«
Ich muß wohl ziemlich überrascht geblickt haben, denn sie fuhr erklärend fort:
»Er 'eißt Marc und wir sind schon lange zusammen. Wir wollten immer schon 'eiraten, aber wir 'aben es immer wieder verschoben. Isch glaube, daß isch es jetzt nischt mehr lange 'inausschieben will.«
Ich blickte trübsinnig aus dem Fenster in das strahlende Bilderbuchwetter. Wenn es wenigstens geregnet hätte. Aber nein, es mußte wieder dieser verdammte blaue Himmel hereinknallen, wie er von allen Postkartenständern leuchtete. Die Sonne knallte herab, die Berge knallten zu allen Fenstern herein.
Francoise legte ihre Hand auf meinen Arm.
»Du 'ast niemanden, der auf disch wartet?«
Ich schüttelte den Kopf.
»Das glaube isch nischt! Jeder 'at jemanden. Was ist mit deiner Familie? Werden sie sisch nischt freuen, daß du gesund nach 'ause kommst?«
Das letzte, was ich jetzt brauchte, war eine Diskussion über meine beschissene Familie in L.A. Also lenkte ich scheinbar ein.
»Janet freut sich vielleicht.«
»Na also!«
»Dann hat sie wieder jemanden, der mit ihr joggen geht.«
Francoise schüttelte verzweifelt den Kopf und stand auf.
»Wir sehen uns«, sagte sie und gab mir zwei Küßchen auf die Wange.
Wir sahen uns nie mehr wieder.

3

Der Heimflug war die übliche Ochsentour. Erschwerend kam noch hinzu, daß ich meinen Abflugtermin vorverlegen mußte. Die Lufthansa war aber auf Tage hinaus ausgebucht. Alles, was sie mir geben konnten, war ein Ticket bei ihrer Partnergesellschaft UNITED. Über London, Seattle, San Francisco. Debattieren, herumsitzen, durch uniforme Tax-Free-Shops tigern und Preise vergleichen, noch mehr debattieren, noch mehr herumsitzen. Schließlich ergatterte ich einen Sitzplatz in der 747 über Seattle nach SFO, allerdings in der Smoking Section.

Aus Garmisch war ich ziemlich überstürzt aufgebrochen. Der Ort, das Hotel, mein Zimmer, die Touristen, alles hatte ich satt bis zum Erbrechen. Als ich mich nach Zügen erkundigte, stellte sich heraus, daß der letzte Zug an diesem Tag bereits in einer Stunde ging. Ohne lange zu überlegen, kaufte ich ein Ticket. Francoise war nicht aufzutreiben, also schrieb ich ihr hastig ein paar Zeilen. Auf dem Weg zum Taxi rannte ich beinahe in Kasurinnen. Er schien sich etwas erholt zu haben, begleitete mich bis zum Wagen und reichte mir zum Abschied eine entsetzlich schlaffe, feuchte Hand. Er sagte fast nichts; ich sagte fast nichts; peinlich genug zu überleben, nicht wahr?

Billiges Hotel in München, gleich beim Bahnhof, mitten im Rotlichtviertel. Was die hier so nennen. Lachhaft harmlos, im Vergleich zu amerikanischen Großstädten. In aller Herrgottsfrühe wieder auf den Beinen, weil der Flughafen wie üblich eine Weltreise vom Stadtzentrum entfernt liegt.

Und jetzt versuchte ich, meine Beine in eine halbwegs bequeme Lage zu bringen und den Rauch zu ignorieren, der mir penetrant ins Gesicht zog. Amerikanische Stewardessen, die Economy Garde. Beim Einsteigen hatte ich einen kurzen Blick auf die Beine der First-Class Garde werfen können. Vielleicht lohnte sich der horrende Aufpreis doch?

Ich mußte lächeln. Bevor ICH mir mal ein Ticket erster Klasse über den Atlantik leisten konnte ...

Die erste Runde Plastic Food wurde ausgeteilt. Die schüchterne Lady neben mir aß nichts. Sie hatte auch schon die Peanuts und den Drink abgelehnt. Eine verkleidete Androidin? Ich musterte sie verstohlen von der Seite, wie sie scheinbar konzentriert in ihrem Buch laß. Ich würde Androidinnen anders gestalten. Ich warf einen verstohlenen Blick in ihr Buch.

»Das Buch Jesaja.« Himmel!

Seattle, natürlich im Regen. Immigration Control, angenehm. Nicht so ein Gedränge wie in SFO oder L.A. Vielleicht war das der Grund, warum die Maschine hier zwischenlandete? Es schienen nämlich kaum Leute auszusteigen.

Noch zwei Stunden warten. Ich war schon so groggy, daß ich nicht mal mehr die Tax-Free-Shops abklapperte.

In der Abenddämmerung endlich San Fran. Ich ließ mich vom Bayporter nach North Berkeley fahren und stieg aufatmend die Treppe zu meinem Appartment hinauf. Kiloweise Werbung und Zeitungen vor der Türe. Ein deutlicher Hinweis für alle Home Robber. Ok, bei mir gab es zwar nichts zu holen, aber kaputtmachen konnte man schon einiges. Und das reichte manchmal auch schon. Zwei Briefe von Carlson & Carlson. Ich schmiß sie ungelesen in den Müll.

Muffige Luft. Ich öffnete das große Fenster. Die Lichter der City glitzerten über das dunkle Wasser der Bay herüber. Die roten Lichter des Golden Gates, die funkelnden Girlanden der Bay Bridge, die blinkenden Warnlichter der Antennen auf Twin Peaks, hinterlegt mit dunkelorangenem Abendrot. Ein paar Minuten hielt mich das vertraute Bild trotz meiner Müdigkeit gefangen.

Duschen, Pizza in die Mikrowelle, eine Corona wegzischen. Vor dem laufenden Fernseher, nur mit einem Duschhandtuch bekleidet, schlief ich ein.

Das Geklirre der Flaschensammler weckte mich. Einen Augenblick lang überlegte ich angestrengt. Donnerstag? Moment, Garmisch, München, Zeitverschiebung, Flug. Konnte hinkommen. Die Kollegen erwarteten mich erst Montag zurück. Mein Hals war steif von der Schieflage im Fernsehsessel. Im Kanal 17 brachten sie Home Shopping. Ich torkelte ins Bett und schlief sofort wieder ein.

Am frühen Nachmittag erwachte ich, weil Nostradamus mir bei dem Versuch, auf meinem Kopfkissen ein Plätzchen zu ergattern, mit der Vorderpfote ins Gesicht stieg. Als ich ihn begrüßte, starrte er mich mit seinen riesigen grünen Augen unbeteiligt an. Erst als ich seine Lieblingsstellen an Schwanzansatz und hinter den faltigen Ohren kraulte, begann er laut zu schnurren. Nostradamus schien es immer völlig egal zu sein, ob ich zu Hause war oder ihn ein paar Tage allein ließ. Niemals ließ er sich Wiedersehensfreude oder Mißbilligung anmerken. Das wäre unter seiner Würde als Kater gewesen. Allerdings berichtete Horace manchmal, daß er öfters sein Futter auf die Treppe kotzte, wenn ich länger weg war. Der Kater, nicht Horace. Demnach war der arme Nostradamus vielleicht doch einsam. Trotzdem blieb er eisern in meinem Appartement und verteidigte Katzenklappe und Futterspender gegen Oppossums und Babywaschbären. Horace, der sich auch um Nostradamus' Futter und Wasser kümmerte, wenn ich aushäusig war, besuchte er nur untertags, um auf seinem zerfetzten Mohairsofa in der Veranda zu dösen.

Ich beschloß, heute nicht auf den Campus zu gehen. Ich bunkerte erst einmal den Kühlschrank für die nächsten zwei Wochen voll. Dann rief ich Janet oder vielmehr ihren Anrufbeantworter an und meldete mich zurück.

Während ich mit der Pizza in der Hand die Simpsons guckte, läutete das Telefon.

»Hi!« rief eine fröhliche Stimme.

»Hi, Sweety.«

»Und?«

»Und was?«

»Wie fühlt man sich als Neugeborener? Waren die Reporter schon da?«

Ich fuhr hoch, und ein Stück Pizza rutschte in die Sofafalte.

»Red' keinen Scheiß! Was für Reporter?«

»Glaubst du, du kannst in dieser Welt einfach so einem Bombenanschlag entkommen und niemand nimmt davon Notiz? Was meinst du, was hier los war!«

Jetzt erst fiel mir auf, daß in Garmisch auffallend wenig Reporter aufgetaucht waren. Ein Fernsehteam war am Abend nach dem Anschlag im Kongresszentrum aufgetaucht, aber sonst? Vielleicht hatte die Polizei in Deutschland mehr Durchsetzungsvermögen gegenüber den Pressegeiern.

»Bei Peters waren sie schon«, fuhr Janet genüßlich fort. »Er hat sich bei mir erkundigt, ob ich dich vielleicht versteckt halte. Ha! Er hat ihnen wahrheitsgemäß gesagt, daß du Montag zurückkommst und ...«

Ich stöhnte.

»Hör mal, Janet ...«, begann ich.

»Nein!«

»Aber es wäre doch nur für eine Woche, bis sie es aufgeben.«

»No, Sir!«

»Ich könnte auf der Veranda schlafen, auf einer Luftmatratze oder in der Hängematte. Du kannst von mir aus die Türe von innen verriegeln.«

»Nein! Warum rufst du nicht KQED an und bringst es hinter dich? Vielleicht zahlen sie dir sogar etwas für ein Exklusivinterview?«

»Du weißt genau, was dann passiert! Horace war auch mal in so eine Sache verstrickt. Er hat sich monatelang mit unerwünschten Besuchern und Anrufern herumschlagen müssen. Bitte, Janet! Die geben doch schon nach einer Woche auf. Dann ist die Nachricht keinen feuchten Furz mehr wert.«

Schweigen in der Leitung. Ich versuchte, die Kerbe in der diamantenen Oberfläche zu vertiefen:

»Ich verpflichte mich auch freiwillig zum Kochen, solange ich da bin.«

Janet lachte.

»Was denn? Microwaved Pizza?«

»Alles, was dein Herz begehrt.«

Janet schnalzte mißbilligend mit der Zunge.

»Ok«, sagte sie schließlich zögernd, »aber du mußt sofort antanzen. In einer halben Stunde bin ich nämlich weg«, und legte auf.

Ich packte fieberhaft, als ob das Haus in Flammen stünde, Nelson, mein altes Oldsmobile, mit dem allerwichtigsten Zeug für eine Woche voll, füllte Nostradamus' Wassernapf bis zum Rande und schlüpfte verstohlen aus dem Haus. Weit und breit kein Reporter oder TV-Wagen zu sehen. Aber natürlich erwischte mich Horace, der sowieso nichts Besseres zu tun hat, als die Aktivitäten seiner Nachbarschaft zu überwachen. Wenn er nicht gerade Yoga auf seinem Deck praktiziert. Wenn er nicht gerade Wein 'kostet'. Wenn er es nicht gerade bei offenem Badezimmerfenster mit seiner Freundin treibt, die auf dem Höhepunkt immer quietscht wie eine tollwütige Gummiente.

»Howdie, kid! Na, wie fühlt man sich als Neugeborener? Schon länger zurück?«

Er schob den dicken Bauch hinter seinem uralten verrosteten Saab hervor, wo er auf mich gelauert hatte.

Keiner in der Gegend weiß, wovon Horace eigentlich lebt. Und nach dem ungeschriebenen amerikanischen Nachbarschaftskodex fragt ihn auch keiner danach. Vor Jahren hatte er mal ein Mädel aus der Junior High zwei Blöcke weiter unten vor einem Gruppenstich gerettet. Das war ziemlich mutig gewesen und er hat Glück gehabt, daß ihm nicht einer der drei Halbstarken einfach ein Klappmesser in den dicken Bauch gerammt hatte. Hinter den Büschen am Tennisplatz hatte er sie überrascht, als sie dem Mädel gerade die Jeans heruntergefetzt hatten. Zwei hielten sie an Armen und Beinen fest, der dritte wollte gerade aufsteigen. Das Mädel hat sich kaum gewehrt; sie war wohl ziemlich stoned. Horace hat im Reflex die Köpfe der zwei vorderen Burschen so heftig zusammengeknallt, daß sie ein paar Sekunden weg waren. Der dritte, der die Beine des Mädels unter Kontrolle hielt, war über Horaces plötzliches und massiges Erscheinen so überrascht, daß er Fersengeld gab. Horace war nicht so dumm, ihn zu verfolgen oder sonstwie herum zu trödeln. Er zog die bewußtlosen Burschen herunter, packte sich das schlaffe Mädel über die Schulter und rannte hinunter zur Oxford Street. Zwei Cops auf Mountain Bikes haben ihn dort aufgegriffen und seine Story zum Glück akzeptiert. Das Mädel war erst vierzehn. Irgendeine blöde Bekannte oder Verwandte von ihrer Mutter hat die Sache dann später ausgeschlachtet und an die Presse verhökert. Der arme Horace wußte sich zum Schluß nicht mehr anders zu helfen, als für ein paar Wochen mit unbekannter Adresse zu verschwinden. In seiner Abwesenheit wurden die Fensterscheiben seines Hauses zur Archstreet herauf eingeschmissen.

»Horace! Du weißt, was für eine abgrundtiefe Scheiße es ist, in die Pressemühle zu geraten!«

Er nickte fröhlich grinsend und funkelte mich mit seinen tiefliegenden, strahlend blauen Augen an.

»Zwei waren schon hier«, sagte er genüßlich, »in voller Kampfausrüstung. Waren mächtig enttäuscht, als sie dich nicht mal hinter dem Haus oder im Keller aufstöbern konnten. Ich habe ihnen gesagt, daß ich ihre gesamte verdammte Studiotechnik unter Wasser setzen würde, wenn sie auch nur einen Fuß auf mein Grundstück setzten.«

Er deutete auf den Feuerlöschschlauch, der in die Wand seines Hauses eingebaut war. Horace hatte, wie viele unserer Nachbarn, nach dem großen Brand von 1991 vorgesorgt.

»Horace, versprich mir eins: Du hast mich heute nicht gesehen und du hast keine Ahnung, ob ich überhaupt jemals wieder zurückkomme, ok? Sag einfach, ich sei in Europa geblieben, ok?«

»Ist gebongt! Ich werde ihnen NICHT sagen, daß du bei Janet steckst.«

Ich schaute ihn verzweifelt an, und sein Lächeln wurde noch breiter.

Er winkte mit der Hand.

»So long, kid. Ich verpasse den zweiten Teil der Simpsons. Mach dir keine Sorgen. Übrigens – eine Woche lang würde ich mindestens wegbleiben.«

Damit verschwand er in seinem flachen weißen Holzhaus gegenüber. Ich knallte Nelsons Kofferraum zu und betete, daß er nach einer Woche Ferien anstandslos anspringen würde. Er tat es.

Janet stand auf der obersten Stufe zu ihrer Veranda und gab sich alle Mühe, genervt dreinzuschauen. Ich lud meine Sachen ab und näherte mich ihr ungefähr so vorsichtig, wie man sich einer schlafenden Tigerin nähert. Sie funkelte mich mit ihren grünen Augen an. Ich schaute ihr über die Schulter, rief: »Wow!« und deutete mit der Hand.

Sie schaute lange genug zur Seite, daß ich ihr einen dicken Kuß auf die Wange drücken konnte. Als Reaktion bekam ich eine schallende Ohrfeige.

»Immer die gleichen blöden Tricks!« schimpfte sie und zauste mir liebevoll das Haar. »Wirst du denn nie erwachsen, Georgiboy?«

»Pardon?«

»Vergiß es. Komm rein.«

Janet und ich waren alte Sandkastenfreunde. Wir wuchsen in derselben Straße auf, gingen auf dieselbe Elementary School und Junior High. Wir lernten zusammen, was Sex ist. Dann trennten sich unsere Wege für lange Zeit. Keinerlei Kontakt für fast zehn Jahre. Ich hatte schon längst mein Grundstudium an der UCB absolviert und arbeitete an meinem PhD, als ich eines Tages in der Center Street einem hochgewachsenen, schlanken Mädchen mit pink-blau getönten Haaren und entsprechend schrillen Klamotten begegnete. Wir sahen uns beide einen kurzen Augenblick länger an, als es der normale Blickkontakt mit unbekannten Passanten erforderte – und gingen aneinander vorbei, ohne uns zu erkennen. Sie war nicht gerade das, was man sexy nannte, eher etwas herb und kühl. Außerdem war sie zu groß für mich. Ihrem Aussehen nach hätte ich auf lesbisch getippt. Andererseits bewegte sich sie mit der Anmut einer Tänzerin. Sie ging mir nicht mehr aus dem Kopf. Und als ich das Mädchen eine Woche später am Eingang des YMCA wiedertraf, stutzten wir beide und sprachen uns gleichzeitig an.

»Janet?«

»Thomas?«

Natürlich konnte sie nicht wissen, daß ich nicht mehr Thomas hieß. Einerseits war es mir unangenehm, daß es nun jemanden in Berkeley gab, der über meine Vergangenheit Bescheid wußte. Andererseits hatte ich nie ernsthaft damit gerechnet, für immer unerkannt zu bleiben. Um ehrlich zu sein, freute es mich sogar ein bißchen, mal wieder mit jemandem zusammen sein zu können, in dessen Gesellschaft man nicht immer auf der Hut sein mußte.

Janet hatte ihr College schneller als ich absolviert und dankend darauf verzichtet, weiter zu studieren. Obwohl ihr Abschluß so gut war, daß sie jeder dazu gedrängt hatte. Sie nahm eine ausgeschriebene Stelle als Sozialarbeiterin bei der Stadt Berkeley an. Ihre Aufgabe war etwas ungewöhnlich: Sie kümmerte sich um die Hypochondrie-Beratungsstelle. Diese Institution war einmalig und gab es nur in

Berkeley. Sie war eingerichtet worden, nachdem es in der Bay Area immer häufiger zu Selbstmordversuchen gekommen war, die durch hypochondrische Anfälle ausgelöst worden waren. Die Betroffenen glaubten fest daran, an einer unheilbaren Krankheit zu leiden. Von dieser fixen Idee getrieben begingen sie Selbstmord, um sich selbst Leiden zu ersparen, um ihren Angehörigen nicht zur Last zu fallen, ja sogar, um in ihren Augen sinnlose Behandlungskosten zu sparen. Da sich die öffentlichen Krankenhäuser wie üblich für nicht zuständig erklärten, andererseits viele der Betroffenen sich keine Behandlung beim Psychiater leisten konnten oder wollten, wurde vor drei Jahren, zunächst probeweise, die Beratungsstelle für Hypochondrie eingerichtet.

Sie war ein Bombenerfolg.

Von Anfang an waren die beiden gebührenfreien 1-800 Nummern rund um die Uhr belegt. Die Stadt Berkeley entschloß sich daraufhin, zwei weitere Sozialarbeiter mit der Aufgabe zu betrauen. Eine Stelle wurde mit Janet besetzt, die andere – mit ihrem Mann.

Janet hatte Carl schon auf dem College geheiratet. Ich hatte nie davon erfahren. Schon ein Jahr, nachdem sie sich in South Berkeley niedergelassen hatten, ging die Ehe in die Brüche. Rein statistisch gesehen der Normalfall. Über achtzig Prozent der Ehen in der Bay Area überdauerten die ersten fünf Jahre nicht.

Janet kämpfte um das alte Haus, im dem sie lebte und das sie über alles liebte, und gewann. Carl verließ die Gegend und lebt jetzt, soviel ich weiß, irgendwo in der Nähe des Mount Shasta. Nach ihrer Trennung hatte Janet sich geschworen, nie wieder ein 'Männchen' in ihr Haus zu lassen, und dieses Prinzip mit bewundernswerter Konsequenz durchgehalten. Was aber nicht bedeutete, daß sie jetzt in klösterlicher Abstinenz lebte. Im Gegenteil! Aber statt der sonst üblichen Frage:

»Gehen wir zu mir oder zu dir?« hieß bei ihr nur noch:

»Unter einer Bedingung: Nur bei dir!«

Daher sah ich es auch als großes Zugeständnis an, daß sie mir gestattete, ein paar Tage auf ihrer Veranda zu nächtigen.

»Wenn ich dir schon Asyl vor den Geiern gewähre, möchte wenigstens ich die Geschichte haarklein serviert bekommen, Georgiboy.«

Wir saßen in ihrer Kuschelecke, ganz oben unterm Dachgiebel des alten Holzhauses und schlürften vorsichtig den frisch gebrühten Kaffee. Endlich wieder Kaffee, von dem man ungestraft zwei, drei Tassen trinken konnte, ohne daß einem das Herz durch die Kehle bumperte. Die Europäer konnten einen umbringen mit ihrem Kaffee!

Ich gab ihr einen knappen Bericht meiner Erlebnisse, wobei ich gewisse Details diskret überging. Nicht, daß es Janet wirklich etwas ausgemacht hätte, zu erfahren, daß ich mit Francoise geschlafen hatte. Wir waren schließlich kein Liebespaar, sondern allenfalls ehemalige TBB. Aber es wäre mir peinlich gewesen, zu erzählen, wie ich schon am nächsten Morgen ohne ein Abschiedswort sang- und klanglos verschwunden war. Ich hatte, schlichtweg gesagt, wegen Francoise ein schlechtes

Gewissen.

Janet konzentrierte ihr Interesse begreiflicherweise mehr auf das Attentat. Sie konnte nicht glauben, daß es gar keine Hinweise oder Spuren auf den oder die Täter gab.

»Woher weißt du denn, ob die Cops euch auch alles erzählt haben? Vielleicht haben sie einen Verdacht und wollen den Täter in Sicherheit wiegen?«

Kein sehr angenehmer Gedanke. Mein überstürzter Aufbruch konnte, in diesem Lichte betrachtet, Anlaß zu Spekulationen geben.

Ich zuckte mit den Schultern.

»Und wenn, kann ich jetzt auch nichts mehr dagegen machen. Laß uns von was anderem sprechen. Die ganze Geschichte geht mir auf's Gemüt. Was machen deine Hypos?«

Janet zuckte mit den Schultern.

»Nichts Besonderes, außer daß das Interesse allmählich abflacht. Wahrscheinlich haben wir jetzt den ersten Berg von aufgestauten Hypochondern in der Gegend verarbeitet. Neue kommen nur noch selten dazu. Wenn, dann eher aus dem weiteren Umkreis, San Fran, Walnut Creek und vor allem Oakland. Die gehören zwar nicht zu unserer Gemeinde, aber wir haben Anweisung, niemanden abzuweisen.«

Janets Job beschränkte sich nicht allein auf Ratschläge am Telefon. Auf Wunsch machten sie oder ihre Kollegen auch Hausbesuche. Manchmal erlebte sie dabei erstaunliche Einblicke in die verschiedenen Schichten der Gesellschaft. Von ganz unten bis ganz oben. Manchmal war nicht ganz klar, an welchem Ende es schlimmer aussah. Am besten kam noch die nicht zu arme Mittelschicht weg. Ab und zu wurde sie auch in Häuser gerufen, wo gar kein Hypochonder, sondern nur ein einsames Herz nach zwischenmenschlichem Kontakt lechzte. Einige wenige Male war sie auch schon sexuell belästigt worden. Seitdem ging Janet nie mehr ohne ihre Lady Smith and Wesson auf Tour. Sie konnte – im Gegensatz zu den meisten anderen unserer bewaffneten Mitbürger – auch tatsächlich damit umgehen. Wir hatten beide vor einem Jahr einen Kurs im Pistolenschießen belegt. Ich schoß mit einer deutschen Waffe, einer Walther, Modell 38.

Janet blickte auf die Uhr und sprang auf.

»Ich muß weg. Telefondienst von zwei bis sieben. Wir sehen uns dann beim Dinner. Du stehst doch zu deinem Versprechen, oder?«

Ich nickte düster.

»Peperoni oder Salami?«

Janet schnitt eine Grimasse, während sie in ihre Jeans schlüpfte.

»Und ich hatte gehofft, du würdest die Erwähnung von Pizza als Wink mit dem Zaunpfahl verstehen.«

Sie zog ihren berühmten alten Schlabberpullover direkt über den knappen Bra. Seit sie sich von Carl getrennt hatte, trug sie ihr braunes Haar wieder auf konventionelle Weise. Zwar relativ kurz, aber flott und praktisch.

»Nur aus beruflichen Gründen«, wie sie nicht müde wurde, immer wieder zu betonen.

»Bis heute abend, Georgiboy!«

Ein Kuß auf die Wange, und weg war sie. Kurze Zeit später sah ich sie mit ihrem roten Flitzer aus der Einfahrt sausen. Ich lehnte mich wieder zurück und trank meinen Kaffee aus. Komisch, wie entspannt und geborgen ich mich fühlte, seit ich hier bei Janet war. Heimatgefühle? Ich schloß die Augen und entschlummerte friedlich, bis es Zeit war, fürs Abendessen zu sorgen.

Am nächsten Morgen rüttelte Janet mich aus der Hängematte. Der Jetlag hatte wieder zugeschlagen. Kopfweh und scheußlicher Geschmack im Mund. Sie drückte mir eine Tasse heißen Kaffee in die Hand und verschwand wieder im Haus. Ich blinzelte in den grauen Himmel. Der 'Pacific Layer', die Nebelschicht, die fast ständig über dem kühlen Pazifik vor dem Golden Gate lauerte, hatte sich, wie häufig um diese Jahreszeit, bis in die Bay und an die Berkeley Hills ausgebreitet. Nachmittags würde es dann wieder schön sein, wenn der Layer sich aufgelöst hatte. Aber jetzt war es kalt und ungemütlich. Ich schälte mich aus dem Schlafsack und tappte barfuß in die warme Küche. Janet saß mit wippenden Füßen an der Theke und aß getoastete English Muffins. Im Hintergrund dudelte das Radio; der Sender war natürlich KQLR, The lying radio, von unserem gemeinsamen Freund Clee. Sie schob mir Muffins und Peanutbutter herüber und wir frühstückten einträchtig, ohne die gemütliche Atmosphäre durch unnötige Worte zu verderben. Danach verschwand Janet in der winzigen Dusche und ich brühte noch eine weitere Ladung Amaretto-Kaffee auf und goß ihn in die Thermoskanne.

»Bleibst du den ganzen Tag hier?« fragte Janet beiläufig, schon in der Türe stehend.

Ich schüttelte den Kopf.

»Ich werde bei Frank vorbeischauen. Und ... äh ... mein Therapeut erwartet mich heute.«

Ich hatte gestern abend angerufen, ob ich kommen könnte.

Janet nickte sachlich.

»Dann treffen wir uns um halb sechs hier, wie üblich?«

Ich nickte.

»Ich werde mich nach Hause schleichen und meine Schuhe holen«, versprach ich.

Janet lächelte erfreut. Dann kam sie doch noch einmal zurück an den Küchentisch und beugte sich über mich.

»Weißt du ... ich freue mich, daß du wieder hier bist – und nicht in Einzelteilen zerlegt in einem Zinksarg zurückgeliefert wurdest.«

Ich zuckte zusammen. Aber Janet lächelte und küßte mich lange und genüßlich auf den Mund. Also, ich meine, sie küßte mich WIRKLICH. Nicht so wie sonst unter Freunden.

»Und ich freue mich wahnsinnig auf heute abend. Seit du weg bist, habe ich kein einziges Mal ...«

Und weg war sie. Ich strich mir nachdenklich über mein unrasiertes Kinn. Janet?

Unmöglich!

Zwei Stunden später stoppte ich Nelson vor Franks Festung in Albany. Ich klingelte Sturm, obwohl ich wußte, daß das ziemlich sinnlos war. Frank machte niemals auf, wenn es an seiner Türe klingelte. Also tat ich, was jeder zwangsweise tun mußte, der Frank unangemeldet besuchen wollte: Ich ging zum Münztelefon an der Ecke, wählte Franks Nummer und verkündete seinem Anrufbeantworter laut und deutlich, daß ich beabsichtigte, ihn, Frank, jetzt und sofort zu besuchen und daß er, verdammt noch Mal, die Türe aufmachen solle. Frank war nämlich fast immer zu Hause und hörte immer mit, wenn sein Beantworter seinen Pflichten oblag.

Ich schlenderte zurück zu seinem elektrisch gesperrten Gartentor mit den Stahlspitzen und wartete geduldig vor dem unbeteiligten Auge der Videokamera. Ein paar Minuten später klickte es und ich vernahm Franks Stimme aus der Wechselsprechanlage:

»Komm rein, George.«

Ich umrundete das Haus und stieg gleich ins Basement hinunter, wo Frank normalerweise arbeitete. Frank hatte so ziemlich den ungewöhnlichsten Beruf, den man sich vorstellen konnte; auch sein schon fast krankhafter Verfolgungswahn rührte daher. Er hatte sich schon im zarten Alter von sechzehn Jahren tiefschürfende Gedanken über den technischen Fortschritt im Bereich der Konsumgüterproduktion gemacht. Eine seiner Beobachtungen war, daß das, was in Amerika mit Hardware bezeichnet wird, also alle Konsumartikel, die keine Verbrauchswaren sind, nicht nur immer besser, einfacher zu bedienen, preiswerter, komfortabler und so weiter wurden, sondern auch immer haltbarer. Die logische Schlußfolgerung war, daß es eines nicht zu fernen Tages einem Produzenten irgendeiner Sache, sagen wir Toilettenpapierhalter, gelingen würde, den absolut unzerstörbaren, ewig haltbaren Toilettenpapierhalter auf den Markt zu bringen. Wenn dann nach kurzer Zeit alle Toiletten der USA mit diesem ausgestattet wären, würde der Hersteller unwiderruflich Pleite gehen, weil er dann nur noch Neubauten ausstatten könnte. Mit diesem einfachen Gedanken war Franks weitere Karriere eigentlich schon vorprogrammiert.

Er gründete die Frank Baiseley Marketing Consult Limited, analysierte den Markt nach geeigneten Herstellern und nahm mit diesen – streng geheime – Verhandlungen auf.

Sicher hat sich schon mancher gewundert, wieso es auch heutzutage, im Zeitalter der Raumfahrt, noch immer passiert, daß Kämme einfach abbrechen, Tauchsieder durchbrennen, Teekannen ohne einen Anlaß einen Sprung bekommen, transistorgesteuerte Autozündanlagen einfach kaputtgehen, Festplatten mit hoher Wahrscheinlichkeit kurz nach dem Ablauf der Garantiefrist crashen. Darum kümmerte sich eben – nicht in allen Fällen, aber doch ziemlich häufig – Frank Baiseleys Marketing Consult. Denn Franks Beratertätigkeit konzentrierte sich ausschließlich darauf, dafür zu sorgen, daß ein neues Produkt nicht aus Versehen zu haltbar wurde. In der überwiegenden Anzahl der Fälle mußte er den Herstellern lediglich bestätigen, daß ihr Produkt bereits genügend Schwachstellen besaß, um eine angemessene, nicht zu ausgedehnte Lebensdauer zu garantieren. In manchen Fällen waren allerdings kleine Änderungen am Design, an der Wahl der Materialien, etc. unumgänglich. So entstanden Kämme und Zahnbürsten mit verborgenen und alterungsabhängigen Sollbruchstellen. Transistorkennlinien wurden in Randbereiche verlegt, wo sie zwar im frischen Zustand einwandfrei arbeiteten, aber nach ein paar Monaten die Wahrscheinlichkeit zum Ausfall rapide anstieg. Haushaltsgeräte wurden mit speziell von Frank entwickelten Schmierfetten ausgerüstet, die sich nach sechs Monaten garantiert in zähes Harz verwandelten, und so weiter, und so weiter.

Franks Firma wurde ein großer Erfolg. Sie hatte nur einen Haken: Sie war nicht expansionsfähig. Denn alle Kunden von Frank bestanden auf äußerste Geheimhaltung. Er war vertraglich verpflichtet, nicht einmal eine Sekretärin zu beschäftigen. So groß war die Angst, daß eventuell die Konkurrenz von der Sache Wind bekam.

Auf diese Weise verdiente sich Frank – einsam – eine goldene Nase, entwickelte aber gleichzeitig einen fast schon pathologischen Verfolgungswahn. Er lebte in ständiger Angst, daß irgendein smarter Käufer eines seiner manipulierten Produkte ihm auf den Trichter kommen und eine Bombe in sein Haus schicken würde.

Aus der Werkstatt im Keller drang ohrenbetäubender Lärm. Die Türe war nur angelehnt, und ich trat vorsichtig ein. Frank stand mit Ohrenschützern bewaffnet an der gegenüberliegenden Wand und winkte mir ungeduldig, näher zu kommen. Wir beobachteten schweigend die Agonie eines aufgeschnittenen Staubsaugerkopfes, der auf der riesigen Werkbank festgeklemmt war. Aus den Lagerfugen der Bürstenwalze drang feiner Rauch und das ohrenbetäubende Quietschen machte deutlich, daß die Lager am Rande ihrer Belastbarkeit angelangt waren. Eine große Digitalanzeige hinter dem Aufbau zeigte die Ziffern 37:47 h an. Eine Videokamera war auf die Werkbank ausgerichtet, aber nicht eingeschaltet.

Frank beobachtete ein paar Minuten schweigend den heulenden Staubsaugerkopf, dann schüttelte er skeptisch den Kopf. Er schaltete die Kamera an, stülpte eine Art Käfig aus Plexiglas über den Versuchsaufbau und winkte mich zur Treppe, die ins Haus hinauf führte. Als sich die schwere Stahltüre hinter uns schloß, atmete ich erleichtert auf, und Frank nahm seine Lärmschützer ab.

»Na, Glückspilz?«

»Du hast ... ?«

»Klar, du warst für zwei Stunden der Hit in den Lokalnachrichten«, sagte Frank, »sogar in CNN kam eine kurze Meldung. Da wurde allerdings dein Name nicht genannt.«

Ich stöhnte.

Wir stiegen in den ersten Stock und setzten uns in die Küche. Frank lud die Kaffeemaschine und schaltete sie an.

Ich beobachtete ihn in seinem schmuddeligen Arbeitskittel. Säurespritzer bedeckten den ganzen Rücken. Gerade noch rechtzeitig umgedreht, dachte ich. Seine Brille war wie immer so verdreckt, daß ich mich fragte, ob er überhaupt noch etwas klar sehen konnte. Ich hatte zum Glück auf beiden Augen 110 % Sehfähigkeit. Zumindest hatten sie das noch vor fünf Jahren, bei meiner letzten Generalüberholung. Ich würde es hassen, eine Brille tragen zu müssen. Sonnenbrillen gingen mir schon genug auf die Nerven.

Frank sah wirklich nicht aus wie ein mehrfacher Millionär. Und genau den Eindruck wollte er auch erwecken.

Mit einem schweren Seufzer ließ er sich auf den knarzenden Küchenstuhl fallen.

»Darf man fragen, was du da unten wieder austüftelst?«

Er nahm vorsichtig einen Schluck Kaffee und betrachtete mich sorgenvoll. So, als ob er erst entscheiden müßte, ob er mir ein Geheimnis anvertrauen könnte. Dabei war ich wahrscheinlich einer der sehr wenigen Menschen, die schon sowieso alles über seinen exotischen Beruf wußten. Er schüttelte den Kopf, sagte dann aber:

»Das Schmierfett mit Aluminiumoxid, du erinnerst dich sicher. Bei Mixmaschinen ein voller Erfolg. Die Lebensdauer der Lager läßt sich bis auf zwei bis drei Wochen genau bestimmen. Ich hatte gehofft, bei Staubsaugerbürsten einen ähnlichen Effekt zu erzeugen, aber es schaut schlecht aus. Die Dinger laufen im Dauerbetrieb zu schnell heiß. Und nach den Statistiken muß man tatsächlich damit rechnen, daß manche Leute ihre Sauger bis zu drei Stunden am Stück laufen lassen.«

Er schüttelte wieder sorgenvoll den Kopf.

»Vor allem die blöden Reinigungsfirmen«, fügte er düster hinzu.

»Weißt du, allmählich bin ich soweit, daß ich meine Haushaltsgeräte nur noch im Ausland einkaufe. Und nur von garantiert nicht-amerikanischen Firmen«, sagte ich im scherzhaften Ton.

Frank lächelte dünn. Er stellte seine Tasse ab und schaute mich an wie ein Nilpferd mit Brille. Das bedeutete, daß er etwas auf dem Herzen hatte, aber nicht selber damit anfangen wollte.

»Was ist los?« fragte ich gehorsam.

Er strich sich über das dünne blonde Haar.

»Soll ich dir was sagen? Ich hab's satt! Satt bis hier oben!«

Er stand auf und begann auf seine charakteristische Weise in der Küche Runden zu drehen. Drei große Schritte an der Küchenzeile entlang, eine knappe Wendung um 90 Grad, zwei große Schritte am Fenster vorbei, wieder Kehrtwendung, diesmal 180 Grad, den gleichen Weg wieder zurück. Und das immer wieder. Währenddessen sprach er und skandierte seine Worte mit seinen großen Schritten.

»An sIch ist das ein zIEmlich mieses GeschÄft, was Ich da betrEIbe. Ich sOrge dafÜr, daß die LEUte diessElben Sachen Immer wieder kAUfen müssen, wEIl sie frÜher kapUttgehen, Als es eigentlich nÖtig wäre. FrÜher habe Ich mein GewIssen noch mit vOlkswirtschAftlichen AlibiargumEnten berUhigt. Der KonsUm muß sein NivEAU halten, bEsser die LEUte kaufen BewÄhrtes und BekAnntes als daß sIE sich auf nEUE und viellEIcht gefÄhrliche TechnologIEn einlassen. Alles QuAtsch! Ich habe gUte Lust, den LAden dicht zu mAchen. In eine Andere GEgend ziehen. Was gAnz normAles anfangen. ViellEIcht einen LAden aufziehen. Am SOnntag im GArten arbeiten, Ohne Angst zu hAben, daß hInter der nÄchsten HEcke der grOße RÄcher lAUert.«

»In letzter Zeit hast du das häufig, Frank«, unterbrach ich ihn. Er blieb stehen und betrachtete mich mißbilligend, genauso wie er seine Maschinen beäugte, wenn sie nicht nach seinen Vorstellungen zu Bruch gingen.

»Wie meinst du das?«

»Ich meine diese moralischen Anfälle. Früher hast du dich keinen Deut darum geschert, was deine Arbeit für andere bedeutete. Abgesehen davon natürlich, daß du deshalb unter Verfolgungswahn leidest. Was sagt eigentlich dein Therapeut dazu?«

»Ich lEIde nicht Unter VerfOlgungswAhn! Und was mEIn TherapEUt meint, geht dIch soviel an wIE .. wIE .. wIE ...«

»Laß gut sein. Gib mir rechtzeitig Bescheid, wenn du die Gegend verläßt. Sprechen wir von was anderem. Hast du gehört, was mir in Europa passiert ist?«

Frank nickte.

»Es war nicht zu überhören.«

»Was hältst du davon?«

Er zuckte mit den Achseln.

»Es gibt eben überall in dieser schönen Welt Verrückte, die anderen Menschen nach dem Leben trachten. Ich kann ein Lied davon singen.«

»Ja, aber: einen ganzen Workshop auslöschen ...«

»Hör zu, George«, unterbrach er mich ungeduldig, »ich höre jeden Abend in den News, daß irgendwo auf der Welt ein, zwei, zehn, hundert Menschen gewaltsam ums Leben kommen. Was meinst du, warum ich kaum noch aus dem Haus gehe? Was erwartest du von mir? Ich kenne die Leute ja nicht mal mit Namen.«

»Du kennst mich.«

»Ja, aber du bist offensichtlich noch am Leben«, stellte er trocken fest und goß uns Kaffee nach.

»Du glaubst also, daß es ein Spinner war«, bemerkte ich nach einer Weile nachdenklich.

»Klar. Wer sonst?«

»Ein Spinner mit tödlichem Nervengas?«

Frank zuckte mit den Achseln.

»Vielleicht ein Neonazi mit Gaskammertrauma?«

»Wie würdest du es machen?«

»Was?«

»Wie würdest du es anstellen, wenn du einen ganzen Saal voller Leute mit Nervengas umbringen wolltest?«
Frank stellte die Tasse weg und überlegte. Sein Tüftlergehirn erwachte zum Leben.
»Ich würde ein Gas verwenden, das bei einer exothermen chemischen Reaktion zweier Stoffe entsteht, von denen mindestens einer flüssig sein sollte. Den flüssigen Anteil würde ich in eine Zellophanhülle mit einer eingeschweißten dünnen Edelstahlschlinge füllen und innerhalb des anderen Reaktionsstoffes anbringen. Elektronische Zeitgeber gibt es in jedem Bastelgeschäft, zum Beispiel mit dem Chip NE555. Wenn die Zeit abgelaufen ist, schließt der Zeitgeber die Batterie – da genügt eine normale neun Volt Blockbatterie – über die Stahlschleife kurz. Der Draht wird in Bruchteilen von Sekunden so heiß, daß er die Zellophanhülle durchtrennt. Die Flüssigkeit schwappt auf den anderen Reaktionsstoff und voilà – das Gas entsteht.«
Er überlegte noch eine Weile.
»Die Batterie wird beim Kurzschließen sehr heiß. Wenn der zweite Reaktionsstoff nicht aggressiv ist, würde ich sie dort einbetten. Die Hitze der Batterie beschleunigt dann die Reaktion. Die Anordnung des zweiten Reaktionsstoffes ist entscheidend dafür, wie schnell das Gas entsteht. Ideal wäre eine Art Schwamm oder so ...«
Ich schüttelte den Kopf.
»Frank, warum nutzt du deine Kreativität nicht besser aus. Warum wirst du nicht Erfinder oder so was?«
Frank lächelt traurig.
»Du siehst ja, daß ich immer nur gute Ideen habe, wenn es darum geht, etwas kaputtzumachen, etwas zu zerstören. Vielleicht hätte ich es in der Rüstungsindustrie zu was gebracht. Aber das geht mir dann doch zu sehr ans Eingemachte. Es ist eine Sache, die Lebenszeit von Staubsaugern zu verkürzen, aber Menschen?«
Er stand auf.
»Apropos. Ich muß weitermachen. Bist du die nächste Zeit im Lande?«
Ich nickte.
»Das Semester geht nächste Woche los. Wenn du einen guten Rat von mir hören willst, Frank. Red dir bloß nicht ein, daß du nur destruktive Ideen hast.«
»Ha!«
Auf dem Weg zu meinem Therapeuten fragte ich mich, ob wir nicht alle hier in der Bay Area etwas gaga waren. Wenn Frank nicht zum Therapeuten ginge, wäre er vielleicht schon längst selber ausgestiegen. Und warum ging ich zum Therapeuten? Ich wußte es selber nicht. Vielleicht nur weil es alle machten. Janet, Frank, Peters, Archie ... die Ausnahmen waren leichter aufzuzählen. Nirgends auf der ganzen Welt lebten und praktizierten so viele Therapeuten auf einem Haufen wie in New York und in der Bay Area. Außer Studenten und Hochschullehrern der drittgrößte Berufsstand in Berkeley.

Nach meiner Sitzung für 26 Dollar fühlte ich mich kein bißchen besser, aber es war nett, Janine mal wieder zu treffen. Außerdem hatte sie schöne Beine, auf die sie großzügige Blicke gewährte, und einen guten Kaffee.

Ich schlich mich wie ein Verbrecher in mein Appartement und holte meine Joggingausrüstung. Nostradamus thronte auf seinem Lieblingsplatz, dem obersten Absatz des steinernen Treppengeländers, und überblickte gelassen sein Revier, den schattigen Hinterhof und den winzigen, vernachlässigten Garten. Seine grünen Augen waren auf Halbmast getrimmt und bewegten sich kaum merklich, als ich vorbei schlich. Die brennende Nachmittagssonne stand schon weit über der City im Südwesten und unser Haus warf seinen Schatten auf das Haus in der zweiten Reihe, in dem eine Gruppe christlicher Studenten hauste. Hier in Berkeley stehen die Holzhäuser zum Teil nur ein bis zwei Meter auseinander. Begreiflicherweise war die Angst vor Bränden groß und die Nachfrage für Jalousien hoch.

Janet kam kurz nach mir nach Hause und brachte eine üble Laune mit.

»Ein Misttag!« schimpfte sie, während sie ihr Auto, das nun wirklich nichts dafür konnte, zuknallte. Ich konnte mir denken, was los war.

»Es ist dir einer entwischt?«

»Du merkst auch alles!« schnaubte sie.

Einer ihrer Dauerkunden war 'entwischt', wie Janet es immer lakonisch ausdrückte. Man könnte auch sagen, er hatte das Handtuch geworfen, war auf die andere Seite übergewechselt, in die ewigen Jagdgründe eingegangen, hatte den Löffel abgegeben, hatte seine Sorgen für immer hinter sich gelassen ...

Erstaunlich, was wir für eine Sprachvielfalt für ein und dieselbe Sache bereithalten! Fast wie für Sex!

Janet betrachtete ein solches Vorkommnis immer als persönliche Beleidigung, als eine Herabsetzung ihrer professionellen Fähigkeiten. Janet nahm ihren Beruf sehr ernst. Was man von den meisten anderen Leuten, mir eingeschlossen, nicht behaupten konnte.

Sie guckte mich finster unter zusammengezogenen Augenbrauen an.

»Ich will nicht darüber reden!« warnte sie mich gleich.

»Ok, ok«, sagte ich beruhigend. »Gehen wir?«

Sie verschwand in ihrem Zimmer und tauchte nach wenigen Minuten im Joggingdreß wieder auf.

Unsere übliche Route führte hinter dem Stadion in den Strawberry Canyon, links vorbei an den Übungsfeldern und dem Schwimmbad der Universität; dann weiter auf der Straße in Richtung Botanischer Garten bis zum staubigen Parkplatz, wo die Faulpelze ihre Wagen abstellten. Am Parkplatz beginnt erst der eigentliche Joggingpfad hinauf auf die Berkeley Hills, welche die Bay gegenüber von San Fran einrahmen. Der Pacific Layer hatte sich im Laufe des Tages aus der Bucht zurückgezogen und lauerte nun wie ein wildes Tier hinter dem Golden Gate, züngelte nur noch ab und zu bis nach Alcatraz oder Angel Island hinein. Die Frühjahrssonne knallte uns auf den Rücken, als wir in die Straße zum Strawberry Canyon einbogen. Der kühle und schattige Weg am Bach unterhalb des Botanischen Gartens entlang war dagegen eine Wohltat, wie ein kühles Glas Champagner nach einem anstrengenden Tanz. Aber jetzt begann die eigentliche Steigung und wir schraubten unser Tempo entsprechend zurück.

Janet und ich liefen normalerweise zweimal die Woche, Dienstag und Freitag. Heute war eine Ausnahme, weil ich länger weggewesen war. Janet lief nie allein. Andere Mädchen taten es und vertrauten auf ihr Glück. Oder ihrer Schnelligkeit. Oder ihrem Glücksengel. Oder sonst etwas. Einzelne Joggerinnen waren leichte Opfer für Gangs oder auch Einzeltäter. Die Zahl der Vergewaltigungen in der Bay Area nahm jedes Jahr zu. Und das Durchschnittsalter der Opfer – und Täter – wurde jedes Jahr geringer.

Unterhalb des Botanischen Gartens ging es zwischen immergrünen Steineichen in einer weiten Schleife nach rechts und schräg den bewaldeten Hang hinauf. Unsere Laufschuhe wirbelten goldenen Staub auf. Der Weg war eigentlich ein Fire Trail und daher so breit, daß ein Feuerwehrwagen darauf fahren konnte. Einzelne Jogger kamen uns schweißdurchtränkt entgegen. Die hatten das steilste Stück, kurz unterhalb des Gipfels, schon hinter sich. Im Woodbridge Metcalf Grove, einem kleinen Hain von uralten Zedern, bog links ein sehr steiler Pfad ab. Den nahmen wir normalerweise, um schneller auf den Gipfel des Hügels zu kommen. Wir liefen jetzt mit ganz kleinen Schritten und hintereinander, damit unsere nackten Waden nicht das Poison Oak an den Büschen streiften. Die letzten hundert Meter waren eine Qual für Lunge und Beinmuskeln. Der Schweiß tropfte mir vom Gesicht auf das T-Shirt, das sowieso schon durchtränkt war.

Janet ließ mich langsam hinter sich zurück. Sie hatte schon immer eine bessere Kondition gehabt als ich. Wenn sie mich damit aufzog, konterte ich immer damit, daß sie immerhin 20 Pfund weniger zu schleppen hätte als ich.

Am Gipfel verschnauften wir lange genug, um den herrlichen Blick über die ausgebreitete Bay im Abendlicht zu genießen. Direkt unter uns lag Downtown Oakland mit seinem bescheidenen Häufchen Skyscrapers. Das charakteristische Federal Building blinkte bereits rot mit seinen Zwillingstürmen. Die Wohnviertel zogen sich in steilen und gewundenen Straßen die Hügel herauf, wo man überall noch die Narben der großen Brandkatastrophe von 1991 sah. Damals konnten viele Häuser nicht gerettet werden, weil die Zugangsstraßen zu eng und steil waren, so daß die Feuerwehren nicht durchkamen. Jetzt war man nach der unbekümmerten amerikanischen Manier dabei, genau dieselben Fehler erneut zu begehen.

Ein europäischer Kollege, ich glaube, es war ein Schwede, hatte mich auf einem Bankett einmal gefragt, warum denn um Gottes Willen die Amerikaner ihre Häuser, kaum daß eine Naturkatastrophe vorüber war, genau an denselben Stellen wieder aufbauten oder gar neue Leute sich dort niederließen. Wenn ein Hurricane in Florida Tausende von Häusern aus Sperrholz zerstörte, warum werden nicht Häuser aus Stein gebaut, die dem nächsten Sturm besser widerstehen. Wenn eine Brandkatastrophe eine Kleinstadt auslöscht, warum werden dann die Häuser wieder aus Holz im Abstand von wenigen Metern aufgebaut?

Ich konnte darauf nichts erwidern, außer daß Amerikaner wohl etwas unbekümmerter und risikofreudiger leben als die Schweden. Wo sonst gibt es in einem hochentwickelten Industrieland so viele Menschen ohne Krankenversicherung wie hier?

Die blendende Sonne tauchte in die Nebelbank hinter San Fran und es wurde sofort kühler. Die Sonnenuntergänge selbst waren selten spektakulär, aber der Abendhimmel in einer Stunde würde grandios sein. Ich dachte an mein großes Fenster zur Bay. Ob Nostradamus die Aussicht genoß, wenn ich nicht da war?

Wir machten uns auf den Rückweg. Diesmal nicht auf dem schmalen Abzweiger, sondern einen breiteren Weg über den Grad hinunter Richtung Westen. Nach einer Weile trafen wir dann wieder auf den Fire Trail, von dem wir abgezweigt waren und liefen zurück zum Strawberry Canyon. Als wir bei Janets Haus anlangten, war es schon fast dunkel und die ersten Sterne zeigten sich über den Berkeley Hills.

4

»Wow! Schaut mal, wer da kommt! Unser Superglückspilz ist zurück!«
Minnis durchdringende Piepsstimme gellte durch das Institut. Ich grinste gequält. Einige Köpfe erschienen in den Öffnungen der Cubicles. Obwohl ich mich seelisch darauf vorbereitet hatte, kostete es mich einige Anstrengung, gute Miene zum albernen Spiel zu machen. Minni, unsere Sekretärin, fünf Fuß groß, mit erstaunlichem Oberweite-zu-Taille-Verhältnis, unbekannter Haarfarbe, da sie die Haarfarbe öfters wechselte als andere die Jeans, strahlte mich aus ihrem Glaskasten heraus an.

»Georgiboy! Wir MÜSSEN einfach mal zusammen essen gehen, damit du mir alles haarklein erzählen kannst. Hier kann man sich ja nicht in Ruhe unterhalten.«

Die letzte Bemerkung wurde mit einer verächtlichen Geste unterstrichen, die das ganze Institut umfassen sollte, vielleicht sogar das ganze Howard-Taylor-Building, vielleicht sogar den ganzen Campus.

Ich lächelte gezwungen und seufzte innerlich. Ich war schon einmal mit Minni ausgegangen. 'Sich in Ruhe unterhalten' bedeutete, daß sie ungestört und ohne Luft zu holen redete, während ihr Date, das Opfer also, sich auf skandierende Brummlaute beschränken durfte. Dazu kam, daß ich in einer schwachen Stunde Minni gegenüber Andeutungen über meine Herkunft gemacht hatte. Seitdem war ich auf ihrer Hitliste ganz oben.

»Mal sehen«, sagte ich vage.

Minni setzte ihren Schmollmund auf.

»Das sagst du immer: mal sehen. Hast du denn gar keine Lust mehr auszugehen?«

Ich beschränkte meine Antwort auf ein Lächeln und leerte mein Postfach. Ein Brief von Carlson & Carlson. Ich warf ihn ungelesen in den Reißwolf neben Minnis Glaskasten.

»Der Chef möchte dich sprechen«, bemerkte Minni mit beleidigter Stimme.

»Ok.«

»Alle anderen Nachrichten sind in deiner Mailbox.«

»Gut.«

Ich schlich in mein Cubicle, wobei ich versuchte, möglichst leise aufzutreten. Trotzdem dauerte es nur Sekunden, bis der erste auftauchte. Ich hatte mich noch nicht mal eingeloggt. Die Buschtrommeln funktionierten immer noch perfekt.

»Howdie. Wenn einer eine Reise tut, da kann er was erleben.«

Joe Kortgochan natürlich. Unser wandelndes Sprichwort- und Aphorismen-Lexikon.

Ich stand auf und öffnete das Fenster, obwohl das verboten war.

»Weißt du was, Joe? Bevor ich jetzt dir und dann jedem anderen die Geschichte einzeln erzähle, warum gehen wir nicht alle zu Hardy und trinken etwas?«

Joe grinste diabolisch.

»Wenn du den Lauf der Dinge nicht aufhalten kannst, versuch ihn in deinem Sinne zu lenken.«

Ich schaute ihn fragend an.
»Weisheiten des Tao.«
»Aha. Ich poste mal kurz den anderen, daß wir uns in einer Viertel Stunde bei Hardy treffen. Läßt du mich inzwischen wenigstens meine Email durchschauen?«
Joe hob abwehrend beide Hände.
»Ok, ok. Ich bin ja schon weg! In fünfzehn Minuten also ...«
Meine Mailbox enthielt 'nur' 86 Nachrichten. Ich löschte als erstes den offensichtlichen Junk und sortierte die restlichen Mails in die Kategorien 'Wichtig', 'Normal' und 'Rest'. Oberflächlich betrachtet, waren keine Katastrophenmeldungen dabei. Ich sperrte mein Terminal und begab mich hinüber zu Hardys Café, um mich der unvermeidlichen Fragestunde zu stellen.
Zu meiner Überraschung traf ich im Lift den Chef.
»George!«
»Hi, John!«
Wir schüttelten uns automatisch die Hände, was wir sonst nie taten, aber es schien irgendwie angebracht zu sein.
John Peters leitete seit sieben Jahren die Gruppe Spracherkennung in unserem Department. Er war ein kleiner und eher korpulent als sportlich gebauter, sehr intelligenter Jude, hatte wolliges dunkles Haar, das an den Geheimratsecken bereits ergraute, und ein fröhliches Gesicht. Seine intelligenten Augen waren grau und in zahlreiche Lachfältchen eingebettet. Die gewaltige Nase wurde durch einen ebenso gewaltigen Mund kompensiert, der meistens zu einem fröhlichen Wolfslächeln verzogen war. Wenn er nicht gerade lachte. Und der Chef lachte gerne.
Was ich am meisten am ihm schätzte, war die gelungene Kombination von Menschlichkeit und messerscharfem Verstand. Er machte selten Fehler. Wenn er welche machte, hatte er keine Hemmungen, sie zuzugeben. Wenn andere Fehler machten, oder sonstige Katastrophen in unserer Gruppe passierten, war er es, der die positiven Seiten der Lage herausstrich und uns immer wieder motivierte weiterzumachen. Überhaupt war er ein unverbesserlicher Optimist. Für ihn war das Glas immer noch halb voll, niemals schon halb leer.
Der Chef betrachtete mich aufmerksam, während wir schweigend hinunter fuhren.
Auf dem kurzen Weg zu Hardys sagte er lediglich:
»Ich bin froh, daß du zurück bist.«
Ich nickte nur. Aber es war mir warm ums Herz.
Hardys Café war um diese Zeit noch wenig frequentiert. Unsere kleine Gruppe besetzte fast alle Tische im Freien, sogar Malcom, der Manager kam heraus, um meine Geschichte zu hören. Archie, Minni, Joe, Fai-Chi, Lee, Howard, John Coite, Andy und Michelle begrüßten mich lautstark.
Ich bemühte mich, es so knapp und nüchtern wie möglich zu machen, aber die vielen Fragen führten dazu, daß ich mich dennoch in die schrecklichen Details ver-

strickte. Als ich endlich schwieg, saßen alle betroffen da und schielten in ihre Kaffeebecher.

»Well«, sagte schließlich der Chef, um den Bann zu brechen, und stützte energisch beide Hände auf die Knie. »Es ist eine üble Geschichte, aber nun mal nicht zu ändern. Verrückte gibt es leider genügend, die solche Untaten begehen. Hier in Berkeley können wir ein Lied davon singen.«

Einige der anderen nickten. Viele dachten wohl an Jonny, unseren Techniker, der bei einem Gang Shooting in San Fran schwer verletzt worden war und nun als Frühinvalide von der Sozialhilfe lebte.

»Das Leben geht weiter, die Erde dreht sich.«

Das war natürlich wieder Joe. Verlegenes Schweigen.

»Hast du eine Liste von den Leuten, die ... umgekommen sind?« fragte der Chef nach einer Weile.

Ich nickte.

»Sechs Leute sind dem Anschlag entkommen. Drei, weil sie nicht im Saal waren; darunter auch ich, Francoise und der finnische Kollege. Und die anderen drei, weil sie noch nicht angereist waren; unter den letzteren ist auch Joseph Harden vom MIT.«

Der Chef nickte bedächtig.

»Ich habe von ihm gehört.«

»Aber ... aber glaubt ihr wirklich, das war ein Verrückter?« platzte Michelle heraus. Alle schauten sie an.

»Ich meine ... das klingt doch nicht nach einem Irren. Giftgas! Wie die Nazis! Das war doch geplant und vorbereitet. Ich meine ...« Sie schwieg verwirrt.

»Was wissen wir, wie irr jemand sein kann«, sinnierte Archie und leerte seinen Kaffee mit einem gewaltigen Schluck. »Ich muß wieder hinauf. Bis später.«

Als wäre das ein Signal zum Aufbruch, standen alle auf.

»Ich sehe dich nachher noch kurz in meinem Büro«, meinte der Chef, und ich nickte und folgte ihm.

Wir besprachen kurz, was unmittelbar zu erledigen war. Dann lehnte sich der Chef zurück und begann, an seinem Brillenbügel zu kauen. Ich wußte, daß nun etwas außer der Routine kommen würde.

»Ich glaube«, begann er, »oder sagen wir mal, ich fände es wünschenswert, wenn du dich dieses Semester etwas mehr als gewöhnlich in der Lehre engagieren würdest. Ich weiß, daß du dafür eine Ader hast, George. Du kannst mit den jungen Leuten gut umgehen. Außerdem habe ich immer wieder erlebt, daß sich erarbeitete Grundlagen und Konzepte für einen selber klären und besser gliedern, wenn man sie unbedarften, aber intelligenten Studenten näher bringen muß. Ich dachte an zwei Dinge. Das erste ist ziemlich einfach und trivial. Wir müssen gegenüber dem Department einen Vertrauensdozenten für Computerfragen benennen. Das erledigst du mit links. Wohlgemerkt«, fügte er rasch hinzu, als er mein entsetztes Gesicht sah, »das bedeutet nicht, daß du bei Software-Problemen helfen sollst. Es

handelt sich um Ergonomie und Arbeitsschutz. Du solltest z. B. dafür sorgen, daß jeder Student, der bei uns arbeitet, über die maximal erlaubten Bildschirmzeiten informiert ist. Oder, wenn jemand über Augenprobleme klagt, kannst du ihn zum richtigen Arzt verweisen. Und so weiter. Kinkerlitzchen, aber jemand muß es übernehmen. Du solltest nominell eine zweiwöchige Sprechstunde einrichten.«
»Ok«, sagte ich.
Der Chef lachte.
»Typisch George. Er redet nicht lange herum, mit wenn und aber. Ok, erledigt. Mal schauen, ob du das zweite auch so einfach schluckst. Ich will, daß du diesmal die Einführung in die Sprechererkennung hältst.«
»Aber ... die Einführung hält doch Archie«, wandte ich ein.
Der Chef nickte langsam.
»Archie ist ein hervorragender Wissenschaftler. Ich halte sehr viel vom ihm. Einer unserer besten Leute. Er hat die Vorlesung jetzt vier Semester lang gehalten. Ich meine, daß du jetzt deine Chance bekommen solltest. Verstehst du mich, George?«
Er blickte mich eindringlich an, und ich verstand. Archies Vorlesungsstil hatte in den letzten Jahren alle Studenten aus der Vorlesung vertrieben. Natürlich war das dem Chef nicht entgangen. Auf die Dauer konnten wir uns aber nicht leisten, daß wir uns keinen Nachwuchs heranzogen.
»Archie wird nicht begeistert sein.«
Der Chef winkte mit seiner Brille.
»Ich habe bereits mit ihm gesprochen. Er ist in gewisser Weise sogar froh, daß er dadurch mehr Zeit für seine wissenschaftlichen Arbeiten hat. Außerdem hat er noch einige Studenten zu betreuen. Er wird dir seine Unterlagen zur Verfügung stellen. Du kannst natürlich auch eigene, neue Wege gehen.«
»Ok. Ist es nicht ein bißchen knapp? Das Semester beginnt nächste Woche.«
Der Chef lächelte.
»Ich war so unverschämt, deine Veranstaltung bereits anzukündigen. Dafür übernimmt Fai-Chi die Übung zu meiner Grundlagenvorlesung.«
Ich atmete erleichtert auf. Zwei Veranstaltungen wären schon etwas viel gewesen. Den Rest des Tages verbrachte ich mit der Erledigung von liegengebliebenen Kleinigkeiten. Archie brachte mir grinsend einen dicken Packen mit Unterlagen zur Vorlesung. Ich blätterte kurz durch den Stoß. Es war wie immer perfekt. Wirklich schade, daß er diese Hemmungen hatte, öffentlich zu sprechen. Er schien mir doch ein wenig verschnupft wegen der Vorlesung, sagte aber nichts. Gegen sechs fuhr ich zu Janets Haus. Frank hatte versprochen, zum BBQ zu kommen.

In den nächsten Wochen begann die übliche Semesterroutine am Institut. Wie immer wurden die Forschungsaktivitäten etwas gedrosselt, schon allein aus dem Grunde, weil die graduierten Studenten sich jetzt mehr um ihre Scheine und Prüfungen kümmern mußten. Für mich war es neu und aufregend, eine eigene Vorlesung zu halten. Die Resonanz war überraschend hoch. In der ersten Stunde meldeten zwölf Studenten ihr Interesse an und immerhin neun blieben mir erhalten. Der Chef bekam eine Einladung, eine key note auf einem wichtigen Kongreß in Hawaii zu halten. Leider hatten wir keine Reisemittel mehr, so daß niemand von uns mitfahren konnte. Archie hielt eine Bewerbungsvorlesung am Oregon Graduate Institute. Er sagte kein Wort darüber, als er zurückkam. Und keiner wagte es, ihn direkt darauf anzusprechen. Ansonsten aber war er ziemlich zufrieden, weil er endlich eine seiner brillanten Ideen erfolgreich bei einem großen Kongreß untergebracht hatte. Minni versuchte regelmäßig, mich zu einem Date zu überreden, und ich machte mir einen Sport daraus, immer abstrusere Ausreden zu erfinden.

Eine Woche nach meiner Rückkehr nahm ich mein gewohntes Mann-plus-Kater-Leben in der Archstreet wieder auf. Zuerst war ich froh, nicht mehr auf der zugigen Veranda in der Hängematte schlafen zu müssen. Schon am ersten Abend zuhause vermißte ich jedoch Janets fröhliche Anwesenheit. Nostradamus ist zwar ein wunderbarer Zuhörer, weil er alles, was man sagt, mit einem zustimmenden Schwanzzucken quittiert. Also ein durchaus brauchbarer Ersatz für einen Therapeuten – wenn man mal von den Beinen absieht. Andererseits kann man nur schwer mit ihm streiten, und das konnte man mit Janet wunderbar. Immerhin trafen wir uns jetzt etwas häufiger als nur zum regelmäßigen Joggen auf die Berkeley Hills.

Mitten im Sommersemester bekam ich überraschend einen Brief von Don Alfonso von der University of Salt Lake City. Er schrieb, daß sie dringend eine Stelle für einen Dozenten für Sprechererkennung zu besetzen hätten, und zwar die Stelle von Heinz Mächtiger, der bei dem Anschlag von Garmisch ums Leben gekommen war. Er fragte, ob ich Interesse hätte und ob ich in zwei Wochen zu einer Bewerbungsvorlesung nach Salt Lake kommen könnte. Thema könnte ich mir aussuchen. Es müßte nicht unbedingt Sprechererkennung sein.

Ich besprach mich mit dem Chef, und dieser riet mir, die Gelegenheit nicht ungenutzt zu lassen.

»Du kannst es dir nachher immer noch anders überlegen, George. Ich würde dich nur ungern weglassen, aber andererseits sind solche Aufforderungen nicht gerade häufig heutzutage. Den Flug können wir dir finanzieren. Kein Problem.«

Die Buschtrommeln rührten sich kräftig. Als ich Johns Büro verließ, wußte es bereits die ganze Abteilung. Ehrliche Glückwünsche und teilweise auch schlecht verhohlener Neid.

»Natürlich sind die Burschen in Salt Lake nicht gerade das Gelbe vom Ei«, meinte Archie überlegen. »Aber man kann sicher was draus machen.«

»Mein Gott! Ich würde jede Chance nutzen«, piepste Fai-Chi mit ihrem dünnen Stimmchen. »Wann bekommt man schon mal so ein Angebot.«

Archie stand auf und ging hinaus. Joe grinste hinterhältig.

»Muß schwer zu verdauen sein, was?«

»Halt die Klappe, Joe!«
Joe zuckte mit den Achseln und nahm seinen Kaffee mit in sein Cubicle.
»Salt Lake? Mormone State? Das würde ich mir aber genau überlegen!« Janet zog ihre Stirne kraus. »Mitten in der Wüste!«
»Palm Springs und Las Vegas liegen auch mitten in der Wüste«, entgegnete ich. »Trotzdem wollen 60 Prozent aller Amerikaner dort leben.«
Janet schnaubte verächtlich.
»Gehörst du zu den 60 Prozent Amerikanern, die nur Brokkoli im Hirn haben?«
Meine eigenen Gefühle: eher zwiespältig. Einerseits fühlte ich mich natürlich geehrt, daß mir eine solche Position zugetraut wurde. Andererseits kam ich mir noch so verdammt unerfahren vor. War das nicht viel zu früh? Archie war schon zwei Jahre länger in dem Fach und hatte noch keine permanente Stelle als Dozent angenommen.
Bei einer Flasche Zinfandel, die wir gemeinsam vor dem großen Fenster leerten, versuchte Horace, meine Bedenken zu zerstreuen.
»Rubbish!« meinte er energisch. »Ich habe mein ganzes bisheriges Leben damit verbracht, vorbeikommende Gelegenheiten beim Schopf zu packen. Nur so kommt man zu was. Die Zauderer und Zögerer bringen es nie weiter. Du mußt auf jeden Fall hinfliegen! Wer weiß, vielleicht lassen sie dich auch gar nicht wieder nach Hause?«
Er lachte dröhnend, so daß sein Kugelbauch auf und ab hüpfte.
Ich blickte nachdenklich zur funkelnden City hinüber. Die Leuchtfeuer auf Alcatraz blinkten weiß. Das Abendrot verglomm hinter den Marine Headlands. Mit dem aufkommenden Sommer verschob sich der Sonnenuntergang vom Golden Gate immer weiter nach Norden. Der Layer leuchtete wie rosa Zuckerwatte auf dem Pazifik.
Am Abend vor meinem Flug nach Salt Lake joggten wir auf unserer gewohnten Route durch den Stawberry Canyon. Es war neblig. Der Pacific Layer hing in den Berkeley Hills und machte alles klamm und feucht. Aber die Luft war mild und gut zum Laufen. Außer uns beiden war keine Menschenseele unterwegs; der Parkplatz im Canyon war leer.
»Der Sommer kommt«, keuchte Janet, als wir in den Fire Trail abbogen. »Der Layer sitzt schon fest in der Bay.«
Ich konnte nur bestätigend nicken. Seit drei Tagen hatte ich eine akute Kehlkopfentzündung. Auch ein Zeichen, daß der kühle Sommer anbrach. Ich machte mir Sorgen wegen übermorgen. Hoffentlich konnte ich meine Probevorlesung in Salt Lake durchhalten, ohne daß mir die Stimme versagte. Im Moment konnte ich nur flüstern, aber der Doc hatte versprochen, daß es bis morgen besser sein würde. Ich entschloß mich, es lieber nicht zu übertreiben und verfiel in eine langsamere Gangart. Janet grinste und bog zehn Yards vor mir auf den steilen Pfad zum Gipfel ab.
Fünf Minuten später holte ich sie ein. Sie stand vornüber gebeugt und schwer

atmend da und spähte rechts durch die Bäume. Der Hang war hier dicht mit alten Zedern bewachsen, die fast alles Sonnenlicht schluckten, so daß kaum Unterholz vorhanden war.

»Was gibt's?« flüsterte ich und schaute ebenfalls in den dunklen Wald.

Ein paar Yards abseits vom Pfad lag eine Gestalt reglos am Boden. Ein Mädchen oder ein Junge; wir konnten das Gesicht nicht erkennen. Blonde Haare, zusammengekrümmt, Arme und Beine in Embryostellung.

»Schläft der?« fragte Janet.

»Wieso der? Es kann auch ein Mädchen sein, lange Haare.«

»He, du!« brüllte Janet plötzlich dicht an meinem Ohr und ich zuckte zusammen. »Alles ok?«

Keine Reaktion.

»Glaubst du, er ist ... ich meine ... betrunken oder stoned oder ...«

»Komische Stellung zum Schlafen. Ihr Kopf liegt ja bergab.«

»Wieso ihr? Ich sag dir, es ist ein Junge.«

Ich zuckte die Achseln und blickte mich um. Kein Mensch oder Tier in der Nähe. Weit konnte man sowieso nicht schauen.

»Wir werden's nicht herausfinden, wenn wir nicht hingehen«, flüsterte ich.

»Ok.«

Janet flüsterte unwillkürlich auch.

»Aber sei vorsichtig. Ich habe so ein komisches Gefühl im Magen.«

»Vermutlich Kohlenhydratmangel.«

Janet gab mir einen Rippenstoß, der mich fast aus dem Gleichgewicht brachte, und ich begann, mich zu der Stelle hinüber zu hangeln. Ich hörte, daß Janet dicht hinter mir blieb.

»He, Mädchen! Ist alles in Ordnung?« flüsterte ich, so laut ich konnte.

Keine Reaktion. Der kleine Körper lag an den Stamm einer mächtigen Zeder geschmiegt. Sonst wäre er auf dem steilen Hang vermutlich hinunter gekollert. Ich ging vorsichtig in die Hocke.

»He! Hallo! Wach auf!«

Ich tastete nach ihrem Arm und bekam einen solchen Schreck, daß ich fast abgerutscht wäre.

»George! Was ist?« Janet hatte bemerkt, daß ich zusammengezuckt war.

Ich zog stärker, bis ich den Arm in der Hand hielt. Er ließ sich ohne Anstrengung vom Rumpf trennen.

Janet stieß eine spitzen Schrei aus.

»George!!!«

Ich richtete mich vorsichtig auf und hielt Janet fest, die verzweifelt versuchte, von der unheimlichen Gestalt wegzukommen.

»Ist schon ok. Keine Panik. Das ist kein Mädchen. Es ist nur eine Puppe. Hörst du? Nur eine Puppe; kein Mädchen«, flüsterte ich hastig.

»Junge«, sagte Janet automatisch, aber sie hörte wenigstens auf, sich zu wehren.

»Eine Puppe? Aber was macht hier oben eine Puppe? Ich meine ...«
»Gute Frage? Vor allem, wer hat sie hier deponiert? Und warum?«
Ich bückte mich wieder, obwohl Janet sich an mir festklammerte, und zog vorsichtig an den blonden Haaren. Eine billige Perücke, unbenutzt. Darunter ein runder Knäuel Dämmaterial, etwa so groß wie ein Kinderkopf.
»Bitte, George. Laß uns hier verschwinden und die Bullen holen. Mir ist das unheimlich.«
Beim Wort Bullen zuckte ich zusammen. Das würde ich auf gar keinen Fall tun. Mit den Cops wollte ich nichts zu tun haben.
Ich hockte mich wieder hin und begann, die komische Puppe auseinander zunehmen.
»George! Spinnst du! Laß das alles so liegen und komm!«
Ich hörte, wie Janet sich zum Pfad zurück hangelte.
»George?«
Ich bedeutete ihr mit Handzeichen, daß ich gleich kommen würde.
Unter den lose ausgestopften Kleidern hatte ich etwas Hartes gespürt. Im Oberkörper der Puppe, der mit alten Lumpen ausgestopft war, fand ich ein graues Kästchen aus Plastik, wie man sie in jedem Elektronikzubehör-Laden kaufen kann. In die Oberfläche war ein Druckschalter eingelassen, keine Beschriftung. Daneben glomm schwach eine grüne Leuchtdiode. Von dem Kästchen führten zwei rote Drähte weg. Ich folgte ihnen mit der Hand und ertastete ein längliches Teil, etwa so lang wie eine Taschenlampe. Als ich es aus dem Lumpenhaufen heraus genestelt hatte, bekam ich den zweiten großen Schreck dieses Tages. Ich hatte zwar noch nie Dynamit in die Finger bekommen, aber selbst ein Kind hätte kapiert, was ich da in den zitternden Händen hielt: zwei Stangen, an beiden Enden mit grauem Klebeband umwickelt. Die beiden Drähte endeten in schwarzen Kappen am Ende des Sprengsatzes.
Instinktiv und ohne nachzudenken zog ich die Kappen ab. Es ging ganz leicht. Nichts passierte. Kein Funke, kein Hollywood-Feuerball, kein schrecklicher Knall.
»George! Was machst du da?!« Janets Stimmlage sagte mir, daß ich sie besser nicht länger warten lassen sollte.
»Ich komme«, flüsterte ich, obwohl sie das wohl kaum hören konnte.
Ich stopfte die beiden Stangen in mein Sweatshirt und steckte das kleine Kästchen in die Tasche. Dabei bemerkte ich, daß noch ein weiterer, dünner Draht zu einer winzigen, silbernen Kapsel führte. Ich stopfte alles in die Tasche und kletterte auf den Pfad hinüber.
Janet beobachtete mich mißtrauisch.
»Was hast du so lange gemacht?« wollte sie wissen.
»Nichts. Komm, wir rufen die Cops.«
Wir liefen das kurze Stück zum Hauptweg hinunter und weiter bis zur Straße. Dort, das wußte jeder, der hier joggte, war eine Callbox, mit der man Hilfe herbei ordern konnte. Janet zog den Hörer heraus.

Leisch, Wenn Stimmen töten

»Hallo? Strawberry Canyon ... Ja ... Nein, das ist noch in Berkeley ... Ja ... Also, auf dem Abkürzungspfad, der hinter dem Woodbridge Metcalf Grove links abbiegt ... Nein, Woodbridge Metcalf Grove ... Ja ... Da liegt eine Puppe, so groß wie ein Mädchen ...«

Ich konnte mir das Gesicht des Cops am Telefon vorstellen. Er lehnte sich jetzt wahrscheinlich gerade zurück, verdrehte die Augen und warf den Stift auf den Tisch. Sieh mal an, eine Puppe auf den Berkeley Hills! Ist ja wirklich ein Notfall! Aber selbstverständlich. Wir schicken sofort ein Überfallkommando. Wir müssen nur noch gerade einen kleinen Brand in Downtown Oakland in den Griff bekommen, ein kleines Shooting am Center Square beenden und zwei Morde aufklären, die letzte Nacht von der Waterfront gemeldet wurden. Aber dann kommen wir sofort, meine Dame, und kümmern uns um diesen mysteriösen Fall. Wiedersehen.

Janets Gesicht wurde zusehends länger.

»Aber ...«, setzte sie noch einmal hilflos an. Dann blickte sie mich mit erstaunten Augen an, den Hörer immer noch am Ohr.

»Er hat gesagt, ich solle sofort aus der Leitung gehen«, sagte sie empört. »Sie bekämen im Schnitt drei Jokes pro echtem Notfall herein. Ob ich wüßte, daß die unnötige Belegung von 911 Nummern strafbar sei.«

Sie hängte den Hörer in den Kasten zurück. Ich legte ihr den Arm um die Schultern, was sie widerwillig duldete.

»Was soll's. Es ist ja niemand verletzt, oder so. Die haben wahrscheinlich wirklich wichtigere Dinge zu erledigen, als sich um irgendwelchen Müll in den Wäldern zu kümmern. Vielleicht sollten wir die Parkverwaltung anrufen?«

»Und zu welchem Park gehört das hier?«

Ich zuckte mit den Schultern.

»Keine Ahnung. Vielleicht Tilden Park?«

Janet schüttelte den Kopf.

»Der endet schon weiter im Norden. Was hast du da drin?«

Sie hatte das Kästchen in meiner Tasche bemerkt. Ich zeigte es ihr.

»Was soll das denn sein?«

Ich sagte lieber nicht, was ich darüber dachte und zuckte indifferent mit den Achseln.

»Keine Ahnung. Ich werde es mir morgen mal genauer anschauen.«

Wir liefen zurück und redeten nicht mehr darüber.

Auf dem Nachhauseweg erinnerte ich mich wieder an den Sprengstoff. Ich wollte kein Dynamit im Haus haben, obwohl ich gehört hatte, daß es ohne Zündkapseln ein ziemlich harmloser Stoff sei. Also wickelte ich die beiden Stangen in eine alte Isomatte, die seit Jahren im Auto herumlag, und ließ das Ganze in Nelsons Kofferraum liegen.

Am nächsten Morgen konnte ich zu meiner Erleichterung die Stimmbänder wieder einigermaßen gebrauchen. Obwohl ich noch an meiner Probevorlesung feilen mußte, nahm ich mir zu allererst das kleine graue Kästchen vor. Im winzigen

Elektroniklabor unseres Instituts löste ich vorsichtig die Schrauben und inspizierte das Innere. Batterien, eine kleine Rasterplatine mit mehreren Bauteilen dicht bestückt. Ich bin kein Elektroniker, aber als alter Hacker erkannte ich sofort die wichtigsten Teile eines sehr einfachen Computers. Der Mikroprozessor war mir zwar unbekannt, aber ich sah einen Quarz für die Taktfrequenz und ein kleines EPROM, worin das Programm kodiert war. Dann waren da aber noch einige Teile, aus denen ich nicht schlau wurde. Die Sache hatte mich gefangengenommen. Ich vergaß die Zeit und besorgte mir immer mehr Meßgeräte. Gegen zwölf Uhr fand mich Minni im Labor.

»George! Hier steckst du also. Hast du vergessen, daß du heute morgen Sprechstunde hast? Zwei Studenten waren schon da, und ich konnte dich nicht finden!«

Ich blickte betroffen auf die Uhr im Labor. Minni hatte Recht. Seit einer Stunde schon sollte ich eigentlich in meinem Büro sein und mir die Computersorgen der Studenten anhören.

»Gerade jetzt ist wieder jemand da.« Minni schaute mich strafend an. »Da hab ich mir gedacht, ich schau jetzt mal in allen Räumen. Was um Gottes Willen machst du denn hier. Da hast du doch sonst nie was zu schaffen. Und außerdem ...«

Ich wartete das Ende der Strafpredigt nicht ab, sondern ließ alles stehen und liegen und begab mich zu meinem Cubicle. Auf dem Besucherstuhl in der Ecke saß ein reizendes Geschöpfchen, die schlanken braunen Beine züchtig zusammengestellt und mit sehr aufrechtem Oberkörper, der ihren knospenden Busen vorteilhaft zur Geltung brachte. Sie sprang wie elektrisiert auf, als ich das Cubicle betrat, und schaute mich mit erschreckten Rehaugen an. Ich begrüßte sie freundlich und entschuldigte mich für meine Abwesenheit. Dann bat ich sie, sich doch wieder zu setzen, und fragte, wie ich ihr helfen könnte. Die Rehaugen zuckten unsicher zur Öffnung meines Cubicles, wo Minni mit kritischem Blick Stellung bezogen hatte.

»Äh ... ich glaube, wir sollten unserem Gast einen Kaffee als Entschädigung für die unnötige Wartezeit anbieten. Was meinst du, Minni?«

Minni schnappte nach Luft und schoß einen tödlichen Blick auf mich ab, räumte aber ohne ein weiteres Wort das Feld.

Das Mädchen senkte den Kopf und verbarg ein Lächeln unter ihren braunen Stirnfransen, die ihr weit ins Gesicht fielen.

»Ich heiße Pat Gonnery«, begann sie, »und bin im ersten Semester Informatik. Undergraduate.«

Ich nickte.

»Hi Pat! Ich bin George – und im ersten Semester Vertrauensdozent. Was kann ich für dich tun?«

Pat lachte kurz und wurde dann rot.

»Ja, also ich weiß nicht mal, ob ich hier richtig bin ... ich meine ... es hat eigentlich nicht direkt was mit dem Computer zu tun ... aber Pam meinte trotzdem, daß ... Vertrauensdozent heißt doch auch, daß man ... ich ... wir haben halt gedacht, es kann so nicht weiter gehen, ohne ... obwohl es war eigentlich nur Pams Idee und dann hatte sie plötzlich keine Lust mehr und meinte, ich soll erstmal alleine gehen ... aber eigentlich wollten wir zuerst zusammen gehen, und ich sagte, dann komme ich mit ... vielleicht war es doch keine so gute Idee zu kommen«, schloß sie verzweifelt und blickte mich unsicher an.

Ich hatte während dieser konfusen Rede den Kopf unwillkürlich immer weiter nach vorne gestreckt und unbewußt die Luft angehalten, um ihre immer leiser werdende Flüsterstimme noch verstehen zu können. Nun lehnte ich mich zurück, holte tief Luft und versuchte, so souverän wie der Chef zu wirken.

»Vielleicht warten wir erst mal auf den Kaffee, und du erzählst mir bis dahin ein paar Sachen über dein Studium, bevor wir auf das Kernproblem zurückkommen. Wohnst du in einem Dorm?«

Ab da ging es besser. Pat erging sich begeistert in einer Vielzahl von Nebensächlichkeiten, nahm dankbar eine Tasse Kaffee von Minni an, erzählte von ihrer Freundin Pam – so ein Zufall, daß sie Pat hieß und ihre beste Freundin Pam, nicht? – und schien völlig zu vergessen, warum sie eigentlich in meine Sprechstunde gekommen war. Nach zehn Minuten versuchte ich behutsam, wieder auf den Grund ihres Besuchs bei mir zurückzukommen. Sofort gingen wieder die Scheuklappen hoch. Sie setzte zweimal zum Sprechen an, dann sprudelte es aus ihr heraus:

»Vertrauensdozent heißt doch, daß du bestimmt niemandem weitererzählst, was ich dich frage?«

Ich nickte überrascht.

»Das ist richtig. Ich unterliege der Schweigepflicht, solange es sich nicht um etwas Kriminelles handelt.«

Sie überdachte diese Information ein paar Sekunden mit krauser Stirne, kam dann aber wohl zum Ergebnis, daß in dieser Richtung keine Gefahr bestehe. Sie beugte sich verschwörerisch vor und flüsterte:

»Ich habe Angst, daß ich von meinem PC sexuell abhängig werde.«

Ich hoffte inständig, daß Minni nicht auf dem Gang lauschte.

»Daß du von deinem PC sexuell abhängig wirst?« wiederholte ich, nicht gerade sehr souverän.

Pat nickte heftig. Die braunen Stirnfransen flogen.

»Äh, wie darf ich das verstehen?« fragte ich vorsichtig.

Pat schaute mich erstaunt an.

»Cybersex«, erläuterte sie kurz, als ob damit alles gesagt wäre.

»Aber«, wandte ich ein, »soviel ich weiß, sind Cybersex-Programme doch eher was ganz Harmloses ... ich meine ... eher so etwas wie Sex-Videos, oder? Wieso meinst du, davon abhängig zu werden?«

Pat wurde wieder knallrot und wand sich auf ihrem Stuhl.

»Das ist kein Video ... ich weiß nicht ... das, was wir, also Pam und ich, im Cybersex machen, ist ziemlich intim ... ich weiß nicht, wie ich darüber reden soll ... genügt es nicht, daß ich glaube, davon abhängig zu werden?«

So hatte ich mir die Beratung nicht vorgestellt. Ich hatte noch nie etwas von Computerprogrammen gehört, die sexuell abhängig machten. Der Schweiß perlte mir auf der Stirne. Nur nichts anmerken lassen. Ich versuchte, meinen Blick von Pats hübschen braunen Teenagerbeinen abzuwenden und die unanständigen Gedanken zu vertreiben, die ihre Worte bei mir ausgelöst hatten.

»Fangen wir noch einmal ganz von vorne an. Vielleicht ist es für dich leichter, wenn ich einfach Fragen stelle und du antwortest – wenn du willst – mit Ja oder Nein. Wenn dir eine Frage nicht gefällt, sagst du es einfach, ok?«

Die Studentin nickte erleichtert.

»Also, es ist ein bestimmtes Programm, das auf deinem PC läuft?«

»Ja, es heißt Wet-Bust-Nine.«

»Und du verwendest es immer wieder und kannst nicht damit aufhören?«

Pat nickte.

»Hast du das Programm aus dem Netz?«

»Nein, ich hab es erst bei Pam ausprobiert. Später hab' ich dann den ersten Upgrade gekauft. Er kostet ...«

»Und dieses ... Bust-Nine«, unterbrach ich sie, »zeigt dann Bilder und produziert Töne, etwa so wie ein Sex-Video?«

Pat schüttelte heftig den Kopf.

»Nein, es zeigt keine unanständigen Bilder, es spricht. Es hat einen Teil für Männer und für Frauen. Der für Frauen hat eine männliche Stimme ...«

»Und was spricht diese Stimme?«

Pat wurde wieder rot.

»Naja, er sagt eben hübsche Dinge, Sachen, die einem Gänsehaut erzeugen, aber angenehme Gänsehaut, irgendwie aufregend.«

»Das ist alles?«

»Nein, er fragt oder bittet um Sachen ... naja, er fragt zum Beispiel, ob man sein T-Shirt ausziehen möchte. Und ... und wenn man das dann bestätigt ...«

»Wie bestätigt man denn?«

»Man muß bestimmte Buttons anklicken. Also, dann macht er so weiter, als ob man es eben getan hätte. Das T-Shirt ausziehen, meine ich. Wenn man es ablehnt, macht er anders weiter. Das klingt jetzt ganz primitiv ... aber das ist es nicht, weil ... es ist jedes Mal ein bißchen anders und trotzdem irgendwie vertraut ...«

»Was sagt er denn zum Beispiel, wenn man sein T-Shirt ausgezogen hat?«

Pat überlegte.

»Naja, dann sagt er vielleicht, daß der Bra toll aussieht, oder daß man wunderschöne Schultern hat. Oder er fragt, ob man Lust hat, sich weiter auszuziehen, und so weiter.«

Ich überlegte.

»Gibt es bei dem Programm irgendein Ziel, oder wie endet es überhaupt?«

Pat wurde so rot wie eine reife Spätsommertomate.

»Darüber möchte ich eigentlich nicht sprechen«, flüsterte sie, »aber ein Ziel ist

sicher, daß man zum Schluß ganz nackt ist.«
Ich versuchte, von der heiklen Frage wegzukommen.
»Du hast gesagt, es sei jedes Mal ein bißchen anders. Wiederholt es sich wirklich niemals?«
Pat überlegte.
»Doch ... nein. Eigentlich wiederholen sich nur kurze Sequenzen. Also zum Beispiel, wenn er fragt, ob man schon mal ... schon mal mit einem Jungen ins Bett gegangen ist, dann reagiert er immer ähnlich auf die Antwort ...«
»Und bist du?«
»Was?«
»Hast du einen Freund, oder hast du schon mal einen gehabt?« fragte ich geduldig.
»Nein, noch nie.« Die Antwort war nur ein Lufthauch, kaum noch wahrnehmbar. Ich seufzte. Wenn sie so weitermachte, würde es wohl auch kaum noch dazu kommen.
»Wohnst du allein oder bei deinen Eltern?«
»Ich wohne mit Pam zusammen. Wir kommen aus der gleichen Gegend. Meine Eltern wohnen in einer Spießerkleinstadt in Ohio.«
Pat schnitt eine Grimasse, die ihre Meinung über die Spießerkleinstadt deutlich dokumentierte.
»Ok, Pat. Ich glaube, du brauchst dir erst mal keine Sorgen darüber zu machen. Alle Mädchen und Jungs haben sexuelle Phantasien, die sie mehr oder weniger in ihrem Privatleben herauslassen. Das ist ganz normal und überhaupt nichts Schlechtes daran. Ich zum Beispiel habe mir als kleiner Student auch mal eine Zeitlang jede Nacht ausgemalt, wie ich es mit der tollen Schwester meines besten Freundes treiben würde. Da hat auch schon mal das Bett gewackelt, das kannst du mir glauben. Ich bin mir sicher, daß du irgendwann das Interesse an dem Programm verlieren wirst, weil es langweilig wird. Und dann wirst du dich an das Ganze nur noch als lächerliche Spielerei erinnern.«
Ich versuchte, möglichst sicher und allwissend zu wirken, souverän eben.
Pat schaute mich zweifelnd an.
»Aber ich habe doch schon versucht, damit aufzuhören. Seit vier Monaten mach ich es jetzt schon. Und Pam schon seit sechs. Jeden Tag mehrere Stunden. Wir streiten dauernd um den Rechner. Und wir kaufen jeden Upgrade, der rauskommt. Wir haben schon sieben; das geht ganz schön ins Geld ...«
Meine vorgetäuschte Souveränität lag in Scherben am Boden.
»Äh, soll das heißen, du ... ihr müßt immer wieder einen Upgrade kaufen, weil das Programm sonst nach einer gewissen Zeit ausläuft?«
»Nein, das Programm läuft nicht aus, aber mit jedem Upgrade passiert etwas Neues im Wet-Bust-Nine. Es ist wie ... wie eine Seifenoper. Man will keine Folge verpassen.«
»Und was kostet so ein Upgrade?«

»Der letzte hat 265 Dollar gekostet«, flüsterte Pat.
Ich riß die Augen auf.
»Und das Programm selber?«
»Das kostet nichts. Es ist frei kopierbar.«
»Die Upgrades aber nicht.«
Pat schüttelte den Kopf.
»Die sind an den Prozessor gebunden.«
Eine teuflische Idee. Erst wird das Programm mit einem minimalen Set von Daten frei verteilt, bis die Kids davon abhängig sind. Dann, nach ein paar Monaten verkauft man ihnen teure Upgrades. Eine todsichere Sache! Und wahrscheinlich völlig legal!
Pat schaute mich erwartungsvoll an. Ich holte tief Luft.
»Ok, ihr habt da ein Problem. Am besten wäre es natürlich, wenn du ... wenn ihr beide mal mit jemandem sprechen würdet, der sich besser mit seelischen Problemen auskennt als ich. Moment«, unterbrach ich Pat, die schon zum Widerspruch ansetzte, »ich will damit nicht sagen, daß ihr eine Therapie braucht. Nach meiner Auffassung seid ihr beide ganz normal, ihr seid bloß in eine etwas ungewöhnliche Sache hineingeraten und wir müssen versuchen, euch da wieder herauszubekommen. Wenn du also einverstanden bist, werde ich mich mit jemandem über die Sache beraten. Natürlich unter Wahrung eurer Anonymität.«
Pat nickte zögerlich.
»Dann treffen wir uns wieder und sehen weiter. Am besten bringst du Pam gleich mit. Und das Programm auch, ok?«
Pat nickte.
»Und sonst? Was sollen wir inzwischen machen?«
Ich überlegte einen Augenblick. Am Anfang immer versuchen, sie bei der Stange zu halten und ihr Vertrauen zu gewinnen, sagte Janet immer. Wenn man sie gleich zu Beginn überforderte, kamen sie vielleicht niemals wieder in die Beratung.
»Ich würde nicht versuchen, sofort damit aufzuhören. Aber vielleicht könnt ihr euch vornehmen, denn nächsten Upgrade vorerst mal nicht zu kaufen. Das wäre doch schon mal ein Fortschritt, ok?«
Pat nickte erleichtert, genau wie ich es mir gedacht hatte.
»Ok, aber Pam wird nicht herkommen wollen, wenn ich das Programm mitbringe. Könnten wir ... ich meine, würde es dir was ausmachen, zu uns zu kommen? Hier ist alles irgendwie so ... öffentlich!«
Sie blickte unbehaglich zur Öffnung meines Cubicles.
Ich lächelte.
»Ich werde es mir überlegen. Laß mir deine Email da, dann sag ich dir Bescheid, sobald ich mehr weiß.«
Nachdem Pat gegangen war, wischte ich mir den Schweiß von Stirne und Nakken und rief vorne bei Minni an.
»Sind noch mehr Studenten für mich da?«

»Nope. Deine Sprechstunde ist auch schon vorbei.«
»Ein Glück. Danke noch mal, daß du mich gefunden hast.«
»Was wollte denn das Häschen bei dir?«
In ihrer Stimme schwang deutliche Mißbilligung mit.
»Tststs, Minni! Beratung von Studenten erfolgt auf vertraulicher Basis.«
Sie knallte den Hörer so heftig auf die Gabel, daß ich es bis in mein Cubicle hören konnte. Arme Minni. Machte sich immer noch Hoffnungen auf den reichen Hollywood-Erben.
Ich hatte den Hörer kaum aufgelegt, als das Telefon wieder klingelte.
»Hallo?«
»Hallo Thomas! Hier ist Ken Carlson. Ich versuche schon seit zehn Tagen, dich zu erreichen ...«
Ich legte auf und begann zu zählen. Bei siebzehn klingelte es wieder. Ich riß den Hörer von der Gabel.
»Hören Sie, Ken! Ich sag's nur noch einmal: Ich will weder mit Ihnen noch mit meinem Vater, noch mit sonst irgendwelchen Bevollmächtigten, Beauftragten, Untergebenen, Sklaven, etc. meiner Familie etwas zu tun haben! Verstanden?!«
»Aber Sie verlieren einen Haufen Geld, wenn ...«, hörte ich ihn noch winseln, bevor ich den Hörer wieder auf der Gabel hatte.
Geld! Natürlich! In L.A. drehte sich alles nur um Geld! Immer drehte sich alles nur um Geld! Seit ich denken konnte, war es das beherrschende Thema meiner Kindheit gewesen. Hoffentlich verlor ich ordentlich. Haufenweise Geld. Berge von Geld. Ich konnte mir Kens Gesicht vorstellen. Hochrot mit Schweißtropfen auf der kahlen Stirne und der fetten Oberlippe, den Zeigefinger der linken Hand im Hemdkragen, weil er vor Erregung nicht genug Luft bekam. Ken Carlson bereitete es körperliche Schmerzen, wenn Geld verloren ging. Natürlich hauptsächlich, weil da teilweise auch sein Geld verloren ging. Er konnte es und würde es bis ans Grab nicht begreifen, daß mir das Geld meines Vaters nichts bedeutete. Nicht nur, daß es zum Teil gewaschenes Geld war, das war schon schlimm genug, aber das Geld an sich hatte meine Mutter in den Wahnsinn getrieben, meine Schwester drogenabhängig gemacht, meinen Vater in einen skrupellosen Finanzhai verwandelt und mich beinahe in den Bau gebracht ...
Vor sieben Jahren, als ich aus der Untersuchungshaft entlassen wurde, hatte ich eine definitive Entscheidung getroffen. Ich war fest entschlossen, meinen Vater nicht zu beerben. Mit ein paar tausend Dollar war es mir gelungen, über Nacht eine neue Identität anzunehmen – und zwar legal. Nur ein Richter in Santa Rosa und einige Beamte des Staates California wußten davon. Fünf Jahre lang hatte ich unbehelligt von meiner maroden Familie und ihren Anwälten in Berkeley ein neues Leben begonnen. Dann hatten sie mich wieder aufgespürt. Wie ihnen das gelungen war, wußte ich bis heute nicht genau. Angeblich hatten sie mit Hilfe eines geschickten Hackers eine profilgesteuerte Suche in den Archiven der Social Security und des Department of Motor Vehicles und anderen Datenbanken durch-

geführt. Bei einer solchen – ziemlich aufwendigen – Suche wird nicht nach Namen oder Vornamen gesucht, sondern nach einem Profil, das möglichst viele Parameter enthält, die man nicht so einfach ändern kann. Zum Beispiel die Körpergröße, die Haarfarbe oder der Daumenabdruck. Ich konnte mir vorstellen, daß mit entsprechendem finanziellen Aufwand auf diese Weise jeder untergetauchte amerikanische Staatsbürger wieder aufgespürt werden konnte. Jedenfalls überschütteten sie mich seitdem mit Briefen, Faxen und Emails, die ich samt und sonders ungelesen in den Müll warf, und versuchten, mich bei jeder Gelegenheit telefonisch festzunageln. Einen Anwalt hatte ich auch schon mal aus meinem Haus geworfen und die Polizei geholt.

Das Telefon klingelte wieder. Ich schaltete die Lautstärke herunter und ging wieder zurück ins Labor.

Zu meiner Überraschung stand Joe am Labortisch und beugte sich über meine Meßanordnung. Joe machte normalerweise um alle Labors einen weiten Bogen. Er war ein echter Vollbluthacker, der lieber ein 80-poliges digitales Filter programmiert hätte, als auch nur einmal einen Lötkolben in die Hand zu nehmen.

Als er mich kommen hörte, sprang er wie angestochen auf.

»Wozu in die Ferne schweifen, wenn das Gute liegt so nah«, sagte er grinsend und – wie mir schien – etwas zu hastig.

»Wieso baust du dir das«, er zeigte auf das graue Kästchen, »so umständlich in Hardware auf? Du kannst das Ganze doch im SimBus modellieren.«

SimBus war unser Standard-Simulator für digitale Schaltungen, bis hin zum Mikroprozessorboard.

»Ich habe das nicht gebaut«, erklärte ich. »Im Moment versuche ich lediglich herauszubekommen, was das verdammte Ding eigentlich macht.«

»Aha? Woher ... wer hat es denn gebaut?«

Irgend etwas in Joes hungrigem Blick ließ mich zögern.

»Ach, nur eine Spielerei von einem Freund ... Frank. Er meinte, das wäre vielleicht was für mich ... Warum interessiert dich das?«

»Mich? Oh, äh ... interessiert mich eigentlich weniger. Du weißt ja, ich bevorzuge, alles in Software zu machen. Ich kam nur zufällig herein, weil ich Kaffee geholt hatte ...«, er winkte mit der Packung, » ... und da sah ich den Aufbau. Ist ja schon eine Weile her, daß hier jemand was mit Meßgeräten und so ... Also ich geh dann schon mal nach vorne. Die anderen warten sicher schon auf den Kaffee ...«

Er machte einen raschen Abgang und ich blickte nachdenklich auf die geschlossene Labortüre. 'Vorsicht – Teile führen Hochspannung', stand groß darauf.

Eine Stunde später wußte ich, was das Ding machte, aber ich konnte es nicht glauben. Um sicher zu sein, schleppte ich das Zeug in mein Cubicle und spielte ihm mehrere Sprachproben aus unserer Sprecherdatenbasis vor. Meine Vermutung bestätigte sich. Verwirrt packte ich das Ganze in einen leeren Karton und nahm es mit nach Hause.

5

Im Flugzeug nach Salt Lake fand ich endlich Zeit, meinen Vortrag zu memorieren. Ich war ziemlich nervös und das war gut so. Denn aus Erfahrung wußte ich, daß ich nur gute Leistungen erbrachte, wenn ich unter Streß stand. Bei Routinearbeiten dagegen unterliefen mir nur allzu leicht peinliche Fehler.

Die Southwest-Airlines-Maschine war pünktlich von Oakland aus gestartet und landete ebenso pünktlich in Salt Lake. Schon am Gate wartete Ian auf mich. Ich hatte ihn gestern spät abends noch am Telefon erwischt, und er hatte es sich nicht ausreden lassen, mich vom Flughafen abzuholen.

»George!«

»Ian!«

Wir schauten uns prüfend an.

»Du schiebst eine ganz schöne Kugel vor dir her. Die Ehe bekommt dir also«, grinste ich.

»Ehrlich gesagt, wirst du schon grau an den Schläfen. Tststs. Das Junggesellentum bekommt dir gar nicht.«

Wir lachten beide und marschierten durch die sengende Sonne zu Ians Schrottkiste, einem uralten dunkelroten Sedan. Daß er in besseren Tagen einmal dunkelrot gewesen war, konnte man allerdings nur noch mit viel Phantasie feststellen.

»Dein Auto hat sich dagegen gar nicht verändert«, meinte ich.

Ian stutzte.

»Was ist eigentlich mit deiner Stimme los?«

»Ausheilende Laryngitis.«

Ian hob die Augenbrauen und ließ sich auf die quietschenden Polster des Fahrersitzes fallen. Anstatt den Motor zu starten, verschränkte er beide Arme über dem Steuer und blickte nachdenklich durch die verdreckte Windschutzscheibe.

»Wie lange warst du nicht mehr hier? Zwei Jahre?«

»Zweieinhalb!«

Ian schüttelte den Kopf und betätigte den Anlasser. Der Sedan spuckte und keuchte und sprang mit lautem Dröhnen an.

»Weißt du, ehrlich gesagt denke ich manchmal, wir vergeuden unsere Zeit mit zuviel Routine und nicht mit den wirklich wichtigen Dingen. Warum zum Teufel sehen wir uns so wenig? Es liegt doch nicht daran, daß wir es uns nicht leisten könnten, mal in die Bay Area zu kommen, oder daß wir partout keine Zeit hätten. Man ist einfach so träge in seiner täglichen Routine.«

Er bog mit quietschenden Reifen auf den Highway ab, wobei er nach alter Gewohnheit mit dem Hinterreifen über den Randstein holperte. Nach Trägheit sah mir das nicht gerade aus!

Ich betrachtete ihn nachdenklich von der Seite. Er sah immer noch gut aus, braungebrannt mit leuchtend blauen Augen und blonder Mähne. Um den Hals trug er ein blaues, verwaschenes Cowboy-Tuch. Die Ärmel seines rot karierten Holzfällerhemdes hatte er aufgekrempelt, so daß man seine Unterarmmuskeln unter der tiefgebräunten Haut spielen sah. Früher waren ihm die Mädchen gefolgt wie ein Fliegenschwarm dem Honigtopf. Ich fragte mich, ob Kerstin ihn gut im Griff hatte.

»Ich meine«, fuhr er fort, während er elegant einem Müllaster die Vorfahrt nahm, »plötzlich merkt man, daß wieder zwei Jahre vorbei sind, und man hat die ganze Zeit seinen besten Freund nicht gesehen.«

Hinter uns ertönte ein wütendes Hupkonzert. Ian drückte aufs Gas.

»Zweieinhalb.«

»Was?«

»Zweieinhalb Jahre. Genaugenommen zwei Jahre und sieben Monate.«

»Pedant!«

»Schlamper!«

Er grinste.

»Ehrlich gesagt, daß sie dich an der UCB loswerden wollen, wundert mich gar nicht. So einen Korinthenzähler könnte ich auch nicht als Dozent ertragen. Hoffentlich geben sie dir hier in Salt Lake überhaupt eine Chance.«

»Kein Wunder, daß du noch keine von deinen Erfindungen groß herausgebracht hast«, konterte ich, »bei so einer Einstellung. Ein Erfinder, der eine solche Schrottkiste als sein Auto bezeichnet, hat in dieser Zeit sowieso ausgespielt.«

Ian lachte schallend.

»Touche!« rief er fröhlich und patschte auf die offene Hand, die ich ihm hinhielt. Die 'Schrottkiste' machte einen gefährlichen Schlenker in Richtung Straßengraben, aber Ian fing sie rechtzeitig ab.

Wir fuhren ein paar Minuten in zufriedenem Schweigen dahin, das man nur bei sehr guten Freunden genießen kann.

»Willst du gleich zur Uni? Oder sollen wir vorher noch frühstücken?« fragte Ian, als wir den Ortsrand erreichten.

Ich blickte auf die Uhr.

»Ich habe nicht mehr viel Zeit. Setz mich am Campus ab, und ich ruf dich an, sobald ich fertig bin, ok?«

Ian nickte.

Zehn Minuten später irrte ich durch die University of Salt Lake City auf der Suche nach Dons Büro.

Um halb vier Uhr nachmittags holte Ian mich wieder ab.

»Und?«

»Soso«, seufzte ich und ließ mich auf den staubigen Vordersitz fallen.

»Sie haben nichts gesagt?«

Ich schüttelte den Kopf.

»Ich glaube nicht, daß ich den Posten bekomme. Es lief nicht besonders.«

Ian schwieg ein paar Blöcke weit.

»Willst du darüber reden?« fragte er dann.

Ich schüttelte wieder den Kopf.

»Nicht jetzt. Ist Kerstin zu Hause?«
»Noch nicht. Aber sie kommt um fünf. Ich habe Teriaki Chicken zum BBQ besorgt.«
Ians Haus unterschied sich durch nichts von den fünfhundert anderen Wohnhäusern in der Suburb. Ein flacher Holzbau mit Steinimitat an der Vorderfront und geschindeltem Dach. Im Gegensatz zu den meisten anderen seiner Nachbarn hatte Ian jedoch seine Garage zum Erfinderlabor umfunktioniert. Deshalb betrat man sein Haus auch – entgegen aller amerikanischer Tradition – nicht durch die Garage, sondern durch den Hauseingang.
»Mach's dir bequem. Du weißt ja, wo du schläfst. Ich besorge uns was zu trinken.«
Nachdem er uns beide mit einer eiskalten Corona ausgestattet hatte, zeigt mir Ian seine neuesten Projekte.
»Ein Autoradio?«
»Yup, aber mit einem kleinen Extra. Dieses Radio speichert automatisch die letzten fünf Verkehrsdurchsagen, auch wenn es nicht eingeschaltet ist. Paß auf, ich schalte es ein und hier erscheint die Anzeige 5. Das bedeutet, daß fünf Meldungen innerhalb der letzten zwei Stunden aufgezeichnet wurden. Und wenn ich jetzt hier drücke ...«
Eine synthetische Stimme verkündete eine Uhrzeit, 2 Uhr 57. Danach wurde eine Verkehrsmeldung wiedergegeben.
»Siehst du?« sagte er stolz. »Das war vor fast zwei Stunden. Jetzt hören wir uns mal die letzte an ...«
Er drückte viermal auf einen der Knöpfe. Wieder ertönte die synthetische Zeitansage und eine aufgezeichnete Meldung:
»Vier Uhr siebzehn. Der Flughafen von Salt Lake wurde vor wenigen Minuten bis auf weiteres geschlossen. Eine offizielle Verlautbarung über den Grund der Schließung liegt derzeit noch nicht vor. Aus unterrichteten Kreisen war jedoch zu hören, daß es sich um eine Bombendrohung handele. Die Flüge ...«
Wir lauschten beide.
»Wow. Da hast du ja Glück gehabt. Wenn das schon heute morgen passiert wäre, hättest du deinen Termin verpaßt«, meinte Ian mit hochgezogenen Augenbrauen.
»Komisch. Ist das erste Mal, daß es hier in Salt Lake Bombenalarm gibt. An sich ist das 'ne ruhige Gegend hier«
Ich zuckte mit den Achseln.
»So, wie die Sache heute gelaufen ist, wäre es wahrscheinlich auch egal gewesen.«
Ian legte das Autoradio zurück ins Regal.
»Hast du schon einen Abnehmer dafür?« fragte ich.
Ian seufzte und schüttelte den Kopf.
»Ehrlich gesagt, George, es geht ziemlich schlecht im Erfindergeschäft.«
Er setzte sich quer in einen alten Holzsessel, der verloren mitten in der Garage stand, und ließ seinen Blick über die dicht besetzten Regale ringsherum streifen.

»Wenn ich damals nicht die Idee mit der Mautgebührenberechnung über den Tacho gut verkauft hätte, säßen wir schon lange auf dem Trockenen. Und ab und zu mache ich halt Consulting für ein paar kleinere Firmen in der Gegend. Aber, ehrlich gesagt, ohne Kerstins Einkommen würden wir nicht so leicht überleben.«
Wir leerten schweigend unsere Coronas.
»Aber im Moment bin ich an einer ganz heißen Sache dran. Ehrlich.«
Er sprang auf und zerrte mich hinüber ins Wohnzimmer. Ich hatte vorhin schon, als wir hereinkamen, zu meinem Erstaunen bemerkt, daß der Fernseher lief. Ian und Kerstin sahen normalerweise nie fern. Sie wußten, wie alle verliebten und vernünftigen Leute, besseres mit ihrer spärlichen freien Zeit anzufangen. Neben dem billigen Videorecorder stand ein Gerät, das selbstgebaut aussah.
»Hier«, sagte Ian mit leuchtenden Augen und legte seine braune Pranke zart auf das Aluminiumgehäuse. »Das kann was ganz Großes werden. Paß mal auf.«
Er nahm die Fernbedienung des Videorecorders und drückte auf Aufnahme. Dann zappte er durch die Kanäle und blickte auf die Armbanduhr. In dem gewählten Kanal lief irgendeine soap-opera.
»Moment, gleich, noch ein paar Sekunden.«
Die aufschwellende Filmmusik kündigte den nächsten Werbespot an. Giftgrüne Zahnpasta, irgendeine mir unbekannte Marke, quoll zu fröhlicher Muzak über den Bildschirm. Ian beobachtete gespannt den Recorder. Plötzlich blinkte eine rote Leuchtdiode und der Videorecorder stoppte. Kurz darauf begann er, im Bildmodus zurückzuspulen. Er lief ein paar Sekunden und stoppte wieder.
Ian strahlte.
»Gesehen?«
Ich nickte beeindruckt.
»Und ich dachte immer, das ginge nicht, weil die TV Firmen die Variabilität der Werbespots absichtlich hoch halten, damit niemand mit Bilderkennung die Werbung ausblenden kann.«
»Tja, ha«, rief Ian triumphierend. »Aber ich arbeite nicht mit Bilderkennung allein. Mein Gerät hat statistisches Wissen über jeden Sender, wie, wann und in welcher Form die Werbung eingeblendet wird. Dadurch wird die Erkennung des Übergangs viel sicherer, auch wenn der Sender ständig seinen Werbevorspann ändert.«
Inzwischen war der Werbeblock zu Ende gelaufen und die Sendung ging weiter. Mit einer leichten Verzögerung lief auch der Videorecorder wieder an.
»Das scheint mir das größere Problem zu sein«, bemerkte ich. »Wenn du nicht schnell genug abschaltest, kannst du zurückspulen und den exakten Beginn des Werbeblocks nachträglich finden. Aber beim Wiedereinsetzen der Aufnahme darf es eigentlich zu keiner Verzögerung kommen, sonst verpaßt man ein paar wertvolle Sekunden vom Film.«
»Du brauchst gar nicht zu spotten«, meinte Ian beleidigt. »Ein Problem nach dem anderen. Ich bin schon froh, daß die Erkennung einigermaßen funktioniert.«

»Wie hoch ist denn die Trefferrate?« fragte ich interessiert.

Ian fuhr sich mit der Hand durch seine dichte Mähne und blies die Backen auf.

»Hängt stark vom eingeschalteten Kanal und von der Empfangsqualität ab«, sagte er. »Aber im Schnitt so etwa 97 Prozent.«

Ich pfiff anerkennend und Ian strahlte wieder.

»Die Sender werden dich entweder auskaufen oder lynchen«, meinte ich ernsthaft.

Ian nickte begeistert.

Gegen sechs kam Kerstin nach Hause. Ich bekam wie immer ein freundschaftliches Küßchen, das nach mehr schmeckte, auf jede Backe. Kerstin war in Paris aufgewachsen. Sie duftete nach irgendeinem teuren und aufregenden Parfüm. Während sie ihre Einkaufstüte in die Küche brachte, hatte ich wieder einmal Gelegenheit, ihre klasse Figur in dem engen Kostüm zu bewundern. Ian ist ein Glückspilz, daß er mit so einem Engel verheiratet ist, dachte ich ein wenig neidisch. Anders als bei vielen anderen Ehepaaren, die ich kannte, hatte ich bei Kerstin und Ian noch nie das unangenehme Gefühl gehabt, die Ehegemeinschaft sei ein ständiger Kampf der Geschlechter. Die beiden harmonierten so natürlich und ohne Probleme, daß ihre ganze Umgebung entspannt und fröhlich wirkte.

Nach dem BBQ saßen wir in der lauen Abendluft auf der Terrasse und klönten. Die Moskitos umschwirrten uns und suchten nach ungeschützten Angriffspunkten; irgendwelche Vögel machten einen halben Block weiter die Straße hinauf ziemlichen Krach. Gegen neun zog Kerstin sich zurück, um noch ein paar Briefe zu schreiben, und schon bald hörten wir auf der Terrasse die Tastatur ihres Laptops klappern.

Ian schwieg und schaute träumerisch in den Sternenhimmel. Nach einer Weile holte ich das graue Kästchen aus der Tasche und stellte es vor ihn auf den Gartentisch. Ian nahm es beiläufig in die Hand, öffnete es und schaute hinein.

»Was ist das? Hast du das gebaut?«

Ich verneinte und erzählte ihm die ganze Geschichte. Als ich zu den beiden Stangen Dynamit kam, setzte er sich mit einem Ruck aufrecht hin und war nun ganz Ohr.

»Moment mal. Willst du damit sagen, daß ... das gibt's doch nicht!«

Ich schaute ihn nur an.

»Woher weißt du überhaupt, daß es sich wirklich um Sprengstoff handelt? Kennst du dich aus?«

»Ich habe früher so viel – zu viel – mit Sprengstoffen zu tun gehabt, daß ich mich da ganz bestimmt nicht irre.«

Ian überlegte.

»Hast du die beiden Stangen auch dabei? Ach, nein. Natürlich nicht. Du bist ja mit dem Flugzeug gekommen. Ich hätte da nämlich was für dich, warte mal ...«

Er sprang auf und verschwand im Haus. Als er zurückkam, hielt er mir ein winziges kompliziertes Teil vor die Nase. Ich drehte es ratlos in den Händen hin und her. Es hatte zwei nadelartige Spitzen an einer Seite. Auf der anderen Seite war so etwas wie ein Spannhebel, ein kleiner Schalter und ein winziger Regler.

»Ok, ich geb's auf. Was ist das?«

Ian lächelte zufrieden.

»Ehrlich gesagt, nur eine hübsche kleine Spielerei aus meiner pyromanischen Phase.«

Er lachte wie über einen besonders guten Witz.

»Paß auf!«

Er nahm mir das Teil ab, drückte den Spannhebel ganz herunter – er rastete in dieser Position mit einem leisen Klicken ein – und knipste den winzigen Kippschalter an. Eine gelbe Leuchtdiode begann schwach zu glimmen. Dann legte er das Teil vorsichtig vor uns auf den Gartentisch und holte ein billiges Cellular Phone aus der Tasche, schaltete es ein und drückte dreimal eine Nummer. Im selben Augenblick klickte etwas in dem winzigen Kästchen und der gespannte Hebel schnellte mit einem kleinen Knall zurück in seine Ausgangslage. Gleichzeitig sprang zwischen den beiden Nadeln am anderen Ende ein kräftiger blauer Funke über.

»Gesehen?« strahlte Ian.

Ich nickte verblüfft und griff nach dem kleinen Teil.

»Es reagiert auf das Pilotsignal des Cellulars, wenn man die Null dreimal rasch hintereinander drückt«, erklärte Ian stolz. »Der Empfänger entriegelt magnetisch den gespannten Hebel und dieser schlägt beim Zurückfliegen auf einen Piezokristall. Die dabei entstehende Hochspannung leite ich auf die Nadeln und es gibt einen herrlichen Funken.«

»Und wozu ist der Regler?« fragte ich und hielt mir das Ding dicht vor die Augen.

»Ach, das ist mehr was Konventionelles. Du kannst damit eine Zeitverzögerung einstellen. Der Regler geht von etwa fünf bis zwanzig Minuten. Dann mußt du den Kippschalter aber in die andere Richtung umlegen, um ihn scharf zu machen.«

»Wie bist du bloß auf die Idee gekommen, so etwas zu entwerfen?«

Ian zuckte die Achseln.

»Ich wollte mal etwas bauen, das auf elegante Weise Elektronik und Mechanik verbindet. Außerdem war ich damals wie gesagt noch in meiner pyromanischen Phase. Jetzt habe ich schon lange keine Verwendung mehr dafür. Warum nimmst du es nicht mit und jagst damit dein Dynamit in die Luft. Irgendwo in der Wildnis, meine ich. Das Ding ist genauso gut wie eine Zündkapsel.«

»Du willst es mir schenken?« wunderte ich mich.

Ian zuckte wieder mit den Achseln.

»Warum nicht?«

»Danke«, sagte ich automatisch. »Aber ich glaube kaum, daß ich so ein technisches Wunderwerk in die Luft jagen werde. Das bekommt einen Ehrenplatz in meiner Sammlung.«

Ian strahlte.

»Aber«, fing er wieder an und deutete auf das graue Kästchen, »was hat es mit dem Ding da auf sich? Ist es ein einfacher Zeitzünder, oder was? Was hat denn die Polizei dazu gesagt?«

Er schaute mich forschend an. Ich schwieg.

»Oder hast du ... natürlich! Du hast die Polizei gar nicht informiert. Typisch!«

Ich schüttelte den Kopf.

»Wozu auch? Es ist ja nichts passiert.«

»Aber es hätte etwas passieren können!« insistierte Ian. »Warum bist du der Polizei gegenüber immer so negativ eingestellt? Das war schon immer so bei dir ...«

Ich beschloß, das Thema zu wechseln. Ian hatte noch nie mit der Polente zu tun gehabt, also hatte er auch keine Ahnung.

»Ich habe mir die Elektronik bei uns im Labor genauer angeschaut«, sagte ich, »und dabei etwas Erstaunliches herausgefunden.«

Ich nahm die winzige silberne Kapsel, die über einem hauchdünnen Draht mit dem Kästchen verbunden war, zwischen Zeigefinger und Daumen.

»Dieses Ding ist ein hochempfindliches Electret-Mikrofon. Und da drin ...«, ich deutete auf das geöffnete Gehäuse, »ist ein zwar einfacher, aber kompletter Spracherkenner eingebaut.«

Ian guckte verwundert in das Kästchen.

»Du meinst, ein Mustererkenner, der bestimmte Worte erkennen kann? Na, das fällt ja wohl mehr in dein Gebiet, nicht?«

»Genau. Aber er scheint nicht zu funktionieren. Oder ich habe noch nicht herausgefunden, worauf er trainiert wurde. Weißt du, das Problem bei dieser Technik ist, daß man nachträglich nicht mehr so leicht herausfinden kann, für welche Worte so ein Ding eigentlich entworfen wurde.«

»Du meinst, du kannst aus der allgemeinen Struktur des Programms erkennen, daß es sich um einen Spracherkenner handelt, aber was er erkennen soll, kannst du nicht rekonstruieren? Wieso kannst du die gespeicherten Sprachmuster nicht einfach abspielen?«

»Das ist nicht so einfach, weil moderne Erkenner keine Muster mehr abspeichern, wie in der Steinzeit der Mustererkennung. Sie verwenden nur noch ein statistisches Modell der Sprachlaute. Und das kann man nicht hörbar machen.«

Ian drehte das Kästchen in der Hand hin und her.

»Kurios«, meinte er schließlich, »und was glaubst du, wozu das Ganze gedient hat.«

Ich hob die Schultern.

»Ich habe nicht den blassesten Schimmer. Vielleicht ein Verrückter, der auf besonders elegante Weise Selbstmord begehen wollte. Und wir haben ihn dabei gestört oder er hatte es sich plötzlich anders überlegt.«

»Klingt nicht sehr plausibel«, grinste Ian. Er stand auf und reckte sich gähnend.

»Ich glaube, ich sollte jetzt auch in die Heia gehen. Wir sehen uns dann beim

Frühstück.«

Er winkte und verschwand im Haus. Jetzt erst fiel mir auf: Das Geklappere der Tastatur war bereits seit geraumer Zeit verstummt.

Ich wachte schon um fünf Uhr morgens auf und konnte nicht mehr schlafen. Leider passiert mir das ziemlich häufig, wenn ich in fremden Betten schlafe. Ich wälzte mich eine Weile erfolglos hin und her und suchte nach einem angenehmen Traumeinstieg. Alles, was mir einfiel, war die nahezu perfekt geformte Kurve von Kerstins hübschem Hinterteil. Schließlich warf ich das Handtuch und stand leise auf.

In der Küche machte ich mir einen Nescafé. Dann stand ich da und überlegte, was ich mit der Zeit bis zum Frühstück anfangen konnte. Ich beschloß, ein wenig frische Luft zu schnappen und verließ das Haus lautlos durch die Terrassentür. Die Luft war angenehm kühl und frisch. Die Morgendämmerung war schon so weit heraufgezogen, daß die Farben der Blumen und Bäume gerade von grau nach bunt wechselten. Der hohe, wolkenlose Himmel färbte sich gelb und purpur. Kaum ein Geräusch zu hören; ab und zu quiekte die Alarmanlage eines Wagens und kurz darauf hörte man Türenschlagen und Anlaßgeräusche in der Ferne. Die Luft war trocken, kein Tau auf den Pflanzen in den vielen Gärten der Suburb.

Eingedenk früherer Erfahrungen mit künstlich angelegten Vorstädten hielt ich mich immer links, um mich in den gekrümmten Straßen nicht zu verlaufen. Normalerweise gelangt man auf diese Weise früher oder später wieder beim Ausgangspunkt an. Die Morgenluft war doch noch ziemlich kühl. Ich steckte die Hände in die Tasche meines Sweatshirts und fühlte wieder das kleine mysteriöse Kästchen. Meine Gedanken kreisten um dieses Rätsel, während ich friedlich dahin trottete. Plötzlich kam mir ein neuer Gedanke. Ich blieb stehen und versuchte, mich an die Einzelheiten des Programms im EPROM der Schaltung zu erinnern. Dann drehte ich um und eilte zurück zu Ians Haus. Dort betrat ich leise die Garage und suchte nach einer Batterie. Ich fand statt dessen ein kleines Labornetzteil. Das ging auch. Mit fliegenden Händen schloß ich die Kabel an. Die Leuchtdiode blinkte grün. Ok, jetzt kommt der Test, dachte ich und sprach langsam und deutlich auf das kleine Gerät ein. Nichts. Ich veränderte die Lage des Mikrofons etwas und sprach noch einmal. Plötzlich wechselte die Leuchtdiode von grün nach rot, blinkte dreimal und wechselte wieder nach grün.

Ich schaltete den Strom ab und verstaute das Kästchen sorgfältig wieder in meiner Tasche. Dann setzte ich mich in die Küche und dachte nach, bis Kerstin, in ein blauseidenes Pyjamaoberteil gewandet, erschien und mir verwundert einen guten Morgen wünschte.

Auf dem Weg zum Flugplatz berichtete ich Ian, was ich entdeckt hatte. Er schüttelte nur den Kopf.

»Du hast dich bestimmt getäuscht. Versuch es in deinem Labor noch einmal unter kontrollierten Bedingungen. Und wenn du Recht hast«, fuhr er fort, »dann ist es wirklich an der Zeit, daß du mit der Polizei redest.«

Ich gab dazu keinen Kommentar ab. Ian umarmte mich zum Abschied am Gate und wie jedes Mal beteuerten wir beide halbherzig, daß es diesmal nicht wieder so lange bis zum nächsten Mal dauern würde. Und beide wußten wir, daß es dann doch immer anders lief, als geplant.

Die 737 nach Oakland war nur halb besetzt und die Sitze neben meinem Fensterplatz blieben frei. Da ich nichts zum Lesen dabei hatte, begann ich, aus Langeweile in den Flugmagazinen zu blättern. In einem fand ich auf der letzten Seite einen Routenplan der Southwest-Airlines. Die Flugrouten waren als feine rote Linien auf eine sehr gute topografische Karte geplottet. Ich versuchte, unseren Flug anhand der Karte zu verfolgen, aber das erwies sich als schier unmöglich. Die Wüste draußen unter uns sah in allen Richtungen gleichförmig aus. Laut Routenplan flogen wir aus dem Großraum Salt Lake City heraus zunächst ein paar Dutzend Meilen nach Süden, um dann fast exakt auf Westkurs zu gehen. Dann kam eine lange Strecke nur Wüste und Gebirge. Im Süden lag Austin, aber das konnte ich nicht sehen, weil ich auf der rechten Seite saß und somit nach Norden hinaus schaute. Irgendwann müßte rechts Mt. Tobin mit seinen knapp 10.000 Fuß zu sehen sein und dahinter Winnemucca. Ich spähte vergeblich. Vielleicht flog der Pilot doch eine andere Route? Pyramid Lake sah ich erst, als wir bereits darüber hinweg flogen. WENN es Pyramid Lake war. Welcher See kam sonst noch in Frage? Ich studierte noch einmal die Karte. Rye Patch Reservoir? Das hatte eine ganz andere Form. Also doch Pyramid Lake. Dann waren wir schon weiter, als ich geschätzt hatte. Ich blickte auf die Uhr. Knapp eine halbe Stunde waren wir in der Luft. Konnte also schon stimmen. Dann müßte jetzt links Reno zu sehen sein. Ich stand auf und versuchte, durch eines der gegenüberliegenden Fenster zu spähen. Tatsächlich, die charakteristische Skyline der Casinos war deutlich zu erkennen. Dahinter ragten die Berge von Lake Tahoe auf. Die 737 schwenkte ganz sanft nach links und nahm Kurs auf die Bay. Jetzt waren wir schon über dem Gold Country, also im guten alten Kalifornien. Der Flieger nahm Schub weg und begann den Landeanflug. Jetzt schon? Ich konsultierte wieder die Karte. Ein bißchen früh, fand ich.

Die Anschnall/Nicht-Rauchen-Lampen leuchteten auf. Das konnte gar nicht sein. Wir waren doch kaum hinter Reno. Eine Stewardeß eilte vorbei und überhörte meine Frage. Der Flieger ging jetzt stark herunter, stärker als ich es bislang erlebt hatte. Hinter mir ächzte jemand, als die negative Beschleunigung uns die Mägen hob. Aber niemand rief oder protestierte. Ich schaute aus dem Fenster. Der Boden war uns schon beträchtlich näher gekommen. Ich entschied, daß mir die Sache nicht gefiel.

Gerade als hinter mir die ersten Rufe laut wurden, nach Erklärung verlangten, ertönte die geölte Stimme einer Stewardeß aus den Lautsprechern. Wegen 'eines kleinen technischen Problems' habe sich der Kapitän entschieden, in Reno eine Zwischenlandung einzulegen. Wenn das Problem behoben sei, würden wir sofort unseren Weiterflug nach San Fran wieder aufnehmen.

Der Flieger war immer noch im steilen Sinkflug. Rumpelnd fuhr das Fahrwerk aus und der Pilot vergrößerte mit den Klappen die Tragflächen. Die ersten Anzeichen von Stadt wurden in meinem Blickfeld sichtbar. Suburbs, zum Verwechseln ähnlich der von Ian und Kerstin. Der Pilot fing den Sturzflug ziemlich heftig ab und schwenkte in eine scharfe Linkskurve. Ich sah nur noch Himmel. Dann richtete sich die 737 wieder auf und setzte zur Landung an. Rechts von der Landebahn sah ich rote Fahrzeuge mit Blinklichtern beschleunigen. Die Sache gefiel mir immer weniger.

Die 737 setzte tadellos auf und gab Gegenschub. Noch bevor sie auf Taxigeschwindigkeit abgebremst hatte, kam eine Durchsage des Kapitäns. Er berichtete vage von einem technischen Problem, dessen Behebung es leider erforderte, daß alle Passagiere für kurze Zeit das Flugzeug verließen. Er entschuldigte sich vielmals für die Verzögerung des Flugs, was mich etwas beruhigte. Wenn der Kapitän sich über eine Verspätung Gedanken machte, konnte es wohl nicht so schlimm sein. Der Kapitän schloß mit der Bitte, möglichst zügig das Flugzeug zu räumen, damit umgehend mit der Reparatur begonnen werden könnte.

Das Flugzeug rollte mitten auf der Landebahn aus und blieb mit einem Ruck stehen. Die roten Feuerwehrfahrzeuge hatten uns eingeholt und umkreisten die 737 wie wütende Bienen den Bären, der es auf ihren Honig abgesehen hat.

Die Anschnallzeichen erloschen. Alle erhoben sich gehorsam, um nach vorne zum Ausgang zu gehen. Dann ging plötzlich alles sehr schnell. Eine weibliche Stimme kreischte weiter vorne. Eine Stewardeß kam uns im Gang entgegen gelaufen, drängte sich rücksichtslos an uns vorbei und begann, an den Hebeln des Notausgangs auf der rechten Tragfläche zu zerren. Eine Sekunde lang standen alle wie erstarrt. Dann schrie jemand ganz klassisch, wie im Kino: »Feuer!« und alles kam in Bewegung.

Die Stewardeß hatte den Notausgang aufbekommen und begann, die zunächst stehenden Passagiere hinaus zu scheuchen. Von vorne kamen weitere Passagiere in Panik angelaufen und drängten uns in den Schwanz des Flugzeugs. Ich blickte mich nach der zweiten Stewardeß um, konnte sie aber nicht entdecken. Plötzlich begann es brenzlig zu riechen, nach verschmortem Gummi und brennendem Plastik. Ich drehte mich um und drängte mich durch die ängstlichen Passagiere hinter mir zum Ende des Flugzeugs. Soviel ich mich erinnerte, war dort noch eine Türe. Ich spähte durch die kleine Sichtscheibe, die in die Hecktüre eingelassen war. Kein Feuer, kein Rauch, ein Mann in schwarzer Uniform lief rasch von links nach rechts durch mein begrenztes Blickfeld. Ich packte den schweren Hebel und versuchte ihn umzulegen. Er rührte sich nicht. Ich starrte auf die Türe und überlegte, was ich wohl falsch machte. Hinten im Gang drängte sich immer noch ein Haufen schreiender Passagiere um den einen, winzigen Notausgang. Feiner Rauch drang von vorne in die Kabine. Man hörte die ersten Leute husten.

An der Türe war ein weiterer kleiner Hebel angebracht, mit einer teilweise durchsichtigen Plexiglashaube abgedeckt, wahrscheinlich damit man ihn nicht aus Versehen umlegte. Er hatte die Beschriftung 'Automatic' und 'Manuell'. Er stand auf 'Automatic'. Ich legte ihn um auf 'Manuell'. Nichts passierte. Ich versuchte wieder den großen Hebel zu bewegen. Nun ging es ganz leicht. Die Türe schwang auf meinen Druck plötzlich nach oben weg und eine rote Gummirutsche entfaltete sich mit lautem Zischen und Krachen zu meinen Füßen. Ich rannte zurück in den Gang und versuchte, das dort herrschende Chaos zu überschreien. Niemand beachtete mich. Alle versuchten, sich zu dem einen offenen Notausgang über dem rechten Flügel durchzukämpfen. Durch die linken Fenster sah man nun Flammen hochschlagen. Der Rauch in der Kabine wurde dichter. Ich mußte jeden einzeln von hinten an den Schultern packen, herumdrehen und zu der offenen Heckklappe deuten. Zum Glück kapierten es die meisten sofort und sprinteten los. Wenigstens gab es auf diese Weise kein Gedränge hinten am Ausgang. Als ich sah, daß der Rest den neuen Fluchtweg erkannt hatte, ließ ich mich mit den anderen zum hinteren Ausgang treiben und sprang auf die rote Rutsche. Blöderweise hatte ich meine Schuhe nicht abgestreift und überschlug mich ein paar Mal schmerzhaft auf der langen Fläche, ohne mir jedoch ernsthaft weh zu tun. Jemand packte mich an Arm und zerrte mich hoch. Ein Feuerwehrmann in silbernem Schutzanzug. Er deutete und brüllte etwas. Ich lief, so schnell ich konnte, in die angegebene Richtung zu einem Bus, der etwa 300 Yards weit weg vom Flugzeug stand. Erst dort drehte ich mich um.

Hinter der 737 quoll schwarzer Qualm empor. Weißer Schaum schwappte manchmal über den langen Zylinder des brennenden Flugzeugs. Direkt vor der Schnauze stand ein großes rotes Fahrzeug und überschüttete die linke Seite mit Löschschaum. Hinter dem Flugzeug mußte noch so eine Spritze im Einsatz sein. Aus dem dunklen Notausgang auf dem Tragflügel kletterten gerade zwei Männer, beide in weißen Hemden und dunklen Hosen. Wahrscheinlich der Kapitän und der Kopilot. Ganz klassisch: der Kapitän ließ sich als letzter von der Tragfläche herunter und lief zusammen mit seinem Kollegen zu einem kleineren Fahrzeug, das mit rotierendem Blinklicht hinter dem großen Löschfahrzeug stand.

Der Qualm wurde nun deutlich weniger. Eine Stewardeß mit Megafon bat uns eindringlich, in den wartenden Bus zu steigen. Wie betäubt gehorchten die Passagiere und bestiegen in Zeitlupe den Flughafenbus. Erst auf der Fahrt zum Flughafengebäude lösten sich die Zungen.

»Mein Gott! Mein Gott! Mein Gott ...«
»Was haben wir für ein Schwein gehabt!«
»Und einen guten Piloten! Vergeßt den Piloten nicht! Er hat uns heruntergebracht!«
»Was wird Walter dazu sagen ...«
» ... und wenn der Treibstoff, na dieses Zeugs, wie heißt es doch gleich?«
»Was haben wir für ein Schwein gehabt! So ein Schwein!«
» ... überhaupt nicht gemerkt, daß es brennt. Und plötzlich sagt Hubert – Hubert ist mein Mann; er sitzt da vorne. Nein, der mit der roten Kappe – also plötz-

lich sagt Hubert, ...«
» ... Mein Gott! Mein Gott! Mein Gott ...«
» ... erst geglaubt, die macht Witze. Aber als sie dann den Notausgang geöffnet hat ...«
» ... ein Riesenschwein, sage ich ...«
»Ich hab immer nur gedacht: Wenn nur der Treibstoff nicht hochgeht!«
»Quatsch! Den lassen die doch schon vorher ab. Schon bevor sie notlanden. Da ist dann kein Tropfen mehr im Tank«
» ... und Walter hat noch gemeint, also bevor wir uns überhaupt entschieden hatten, hat er gemeint, in so eine Kiste würde er sich niemals ...«
»Mein Gott! Mein Gott! ...«
»Und was brennt dann da so? Was, frage ich ...«
»Ich sag's ja die ganze Zeit: Ein Riesenschwein, das wir da gehabt haben ...«
Sie brachten uns in einen abgetrennten Wartebereich und versorgten uns mit warmen Getränken. Die weniger mitgenommenen Passagiere belagerten sofort die drei Fernsprecher, die uns kostenlos zur Verfügung gestellt wurden, damit wir unsere Angehörigen beruhigen konnten. Plötzlich tauchten vier Flugbegleiter mit riesigen Packen Decken auf und verteilten sie trotz der schweißtreibenden 80 Grad an die Passagiere. Gegen den Schock, wie man mir auf meine Frage freundlich mitteilte. Ich verzichtete auf eine Decke und bat um einen Bourbon mit Eis. Ich bekam aber keinen.

Ein Arzt erschien mit zwei Gehilfen, und wir wurden alle eingehend nach Verletzungen befragt. Dann kamen noch mehr Angestellte mit Stapeln von Formularen, die von allen Passagieren ausgefüllt werden mußten.

Erst sehr viel später bekamen wir etwas Vernünftiges zu essen und zu trinken. Dann hieß es, die Ersatzmaschine sei auf dem Weg hierher.

Gegen elf Uhr abends landete das Ersatzflugzeug mit einer erschöpften Schar von Passagieren in Oakland. Ein paar Blitzlichter zuckten auf, als wir das Flugzeug verließen. Janet erwartete mich am Gate. Ich hatte sie von Reno aus angerufen und gebeten, mich abzuholen. Sie klammerte sich etwas heftiger und länger als nötig an mich, sagte kein Wort, aber zerdrückte heimlich ein paar Tränen. Als wir uns zum Ausgang wandten, sprach mich ein uniformierter Angestellter der Southwest an.

»Mister Moltke?«

Ich bejahte. Er war sehr höflich und korrekt, ließ aber eine gewisse Autorität durchschimmern. Sein Gesicht war kantig und dunkel gebräunt, ein Hispanic. Wahrscheinlich ein Sicherheitsbeauftragter.

»Sir, es tut mir sehr leid, daß ich Sie nach diesem unglücklichen Ereignis noch ein paar Sekunden behelligen muß. Es geht um folgendes: Unser Expertenteam hat inzwischen festgestellt, daß der Brand an Bord des Fluges SW1298 im Gepäckraum ausgebrochen ist.«

Er blickte kurz auf ein Papier, das er in der Hand hielt. Augenscheinlich ein Fax.

»Genauer gesagt«, fuhr er fort, »im Container zwölf auf der Backbordseite. Unter anderem befand sich in diesem Container Ihr Gepäckstück. Wir sind nun verpflichtet, alle Besitzer dieser Gepäckstücke zu befragen, ob sie irgendwelche brennbaren Materialien in ihrem Gepäck mit sich führten.«
»Aber ich verstehe das nicht«, sagte ich verblüfft. »Sie sagten, daß ausgerechnet MEIN Gepäckstück in diesem Container war?«
Er blickte zur Sicherheit noch einmal auf sein Fax.
»Sie sind George Moltke aus Berkeley?«
»Ja, aber ...«
»Laut unserer Passagierliste haben Sie in Salt Lake City ein Gepäckstück mit 23 Pfund Gewicht eingecheckt. Gepäckgutschein Nummer SW1298-00347.«
Ich hob meine alte Aktentasche.
»Das ist mein ganzes Gepäck. Ich habe weder auf dem Hinflug noch auf dem Rückflug etwas eingecheckt. Ich war nicht mal am Check-In, weil ich den Expreß-Check-In verwendet habe. Moment ...«
Ich kramte nach meinem Ticket. Der Sicherheitsmann nahm ungerührt das zerknitterte Papier und studierte es sorgfältig.
Dann nickte er und gab es mir zurück.
»Sieht so aus, als ob sich jemand für Sie ausgegeben und auf diese Weise eine Brandbombe an Bord geschmuggelt hat. Die Bundesluftfahrtbehörde untersucht den Vorfall. Wir werden die Information an sie weiterleiten. Wahrscheinlich werden Sie dann von denen direkt hören. Könnte sein, daß Sie ein wichtiger Zeuge sind. Das ist alles. Auf Wiedersehen. Sir. Ma'm.«
Er tippte noch einmal an seine Schirmmütze und ließ uns stehen.
Ich stöhnte. Irgendwoher kannte ich diesen Satz.

6

Ich erwachte, weil Janet mir die Bettdecke fortzog.
Es war noch dämmrig, spätestens vielleicht halb sechs, aber ich war sofort hellwach.
Wie immer in fremden Betten.
Offensichtlich versuchte mein Körper, mich zum Zölibat zu erziehen. In fremden Betten war es mit dem erholsamen Schlummer schlagartig vorbei. Zuhause, in meinem eigenen Bett konnte ich beliebig lange schlafen. Auch in Gesellschaft.
An gestern abend konnte ich mich nur noch vage erinnern. Janet hatte, entgegen ihren Prinzipien, darauf bestanden, daß ich bei ihr übernachtete. Wie ich in ihr Bett gekommen bin, wußte ich allerdings nicht mehr so genau. Ich konnte mich nur noch an unendliche Müdigkeit und Erschöpfung erinnern.
Janet lag neben mir und schlummerte friedlich. Sie war mit einem cremefarbenen Seidenpyjama bekleidet. Ein diskreter Blick unter die Bettdecke bestätigte meine Vermutung: der Pyjama setzte sich dort fort, und auch ich war züchtig in meine Boxershorts gewandet. Wir hatten also nicht ...
Gut. Es wäre mir auch peinlich gewesen, mich nicht mehr daran erinnern zu können.
Ich zog vorsichtig an der Decke, und als dies nichts fruchtete, schmiegte ich mich näher an Janets bettwarmen Körper. Sie duftete angenehm, ganz zart nach Vanille. Janet murrte unwillig wie eine Katze, die gleich kratzen wird, und wandte mir den Rücken zu.
Wenigstens ist es keine kalte Schulter, dachte ich und versuchte, wieder einzuschlafen.
Es ging nicht. Die Bilder von gestern stiegen hübsch säuberlich in Kodachrom und chronologisch sortiert aus meinem Langzeitgedächtnis herauf. Nach einer weiteren halben Stunde gab ich es auf und schlüpfte vorsichtig aus dem Bett. Janet reagierte auch darauf mit einem unwilligen Murren, schlief aber weiter.
Ich machte mir Amaretto-Kaffee in der Küche und beobachtete die Morgendämmerung über den Berkeley Hills bei einer ersten Tasse mit viel Zucker und Milch.
Ich dachte über Janet und mich nach. Wer sagt eigentlich immer, daß Sandkastenbekanntschaften keine Gefährten für's Leben wären?
Janet tappte schlaftrunken in die Küche und witterte in Richtung der Kaffeemaschine.
»Kannst du nicht schlafen? Wieso machst du jetzt schon Kaffee?«
Bevor ich antworten konnte, fuhr sie in vorwurfsvollem Ton fort:
»Weißt du eigentlich, daß du schnarchst?«
Ich nickte ernst.
»Männer müssen nachts laut schnarchen, um ihre Weibchen vor den wilden Tieren zu schützen.«
Janet bedachte mich mit einem Erzähl-mir-doch-so-einen-Scheiß-nicht-am-frühen-Morgen-und-ich-bin-nicht-dein-Weibchen-Blick und füllte sich auch eine

Tasse mit Amaretto-Kaffee.

»Ok«, gab ich zu, »war nicht so gut. Ist auch nicht von mir, sondern aus einem Film geklaut. Der war aber gut. Der Film, meine ich.«

Janet hockte sich auf die Anrichte, ließ die nackten Füße baumeln und schlürfte wortlos ihren Kaffee. Ohne Zucker, ohne Milch. Ich betrachtete sie nachdenklich. Sie war bestimmt keine Schönheit im Sinne Hollywoods. Ihr kurzes braunes Haar war vom Schlaf zerwühlt, die grünen Augen noch ganz klein vor Schläfrigkeit. Sie war schlank, aber nicht so schlank wie ein Model sein sollte. Die Beine etwas zu muskulös und braungebrannt. Ihren Busen konnte ich nicht sehen, aber ich wußte, daß er etwas zu groß war für das allgemeine Schönheitsideal, dafür aber wohlgeformt wie zwei runde Früchte und mit süßen braunen Nippeln besetzt. Wenn sie so dasaß, konnte man ein kleines Bäuchlein sogar durch den Pyjama ahnen. Eines von Janets Dauer-Kummer-Themen. Wenn sie sich streckte, war davon allerdings nichts mehr zu sehen. Ihre Füße waren etwas zu groß, aber hübsch gebaut.

Wie gesagt, keine Schönheit im Sinne Hollywoods. Warum hatte ich dann solche Mühe, meine deutlich sichtbaren Gefühle in meinen Boxershorts zu kaschieren?

Ich seufzte.

»Was für einer?« fragte sie plötzlich.

»Äh ... wie bitte?« erwiderte ich völlig überrumpelt.

»Der Film. In was für einem Film kommt das vor?«

»Ach so. 'Männer' von Doris Dörrie. Ein deutscher Film über einen Ehemann, dem seine Frau Hörner aufsetzt und der sich dann ... ach was! Das ist viel zu kompliziert zum Erzählen. Den Film kennt hier sowieso keiner. Ich habe ihn vor Jahren im Berkeley Film Museum gesehen.«

Janet nickte und versenkte ihr Gesichtchen wieder in der Kaffeetasse. Ihre Augen wurden langsam größer. Dann begann sie, fürs Frühstück den Kühlschrank zu plündern.

»Was wirst du heute machen?«

Ich zuckte die Achseln. Was würde ich schon machen? Das Übliche halt. Um halb elf hatte ich Vorlesung ... Dabei fielen mir Pat und Pam wieder ein.

»Hör mal. Ich habe da ein Problem mit zwei Studentinnen ... Nein, nicht was du denkst. Die eine ist in meine Sprechstunde gekommen und hat behauptet, sie sei von einem Cybersex-Programm sexuell abhängig geworden ...«

Janet bedachte mich mit einem weiteren Erzähl-mir-doch-so-einen-Scheiß-nicht-am-frühen-Morgen-Blick.

»Doch, wirklich! Das ist kein Witz. Erst habe ich auch gedacht, sie spinne nur ein wenig, oder wolle sich aufspielen. Aber was sie mir erzählt hat, klingt doch ziemlich ernst. Die beiden Girls lassen sich von dem Programm so aufputschen, daß sie es sich pausenlos ... naja, du weißt schon.«

Janet beäugte mich mißtrauisch.

»Und was hast du damit zu tun?«
Ich erklärte ihr, mit was für einem verantwortungsvollen Posten der Chef mich für dieses Semester betraut hatte, und gab ihr noch ein paar Details.
»Schick sie zum Therapeuten«, meinte Janet kurz und schob sich ein weiteres English Muffin mit Peanutbutter in den Mund.
Ich erklärte ihr, daß die beiden von diesem Vorschlag nicht besonders angetan waren.
Janet seufzte.
»Ok. Wenn du dich wirklich darauf einlassen willst: Zuerst mußt du ihr Vertrauen gewinnen, so daß sie auf keinen Fall das Gefühl haben, du könntest ihre Lage in irgendeiner Weise ausnutzen. Jeder, der sich an einen Unbekannten um Hilfe wendet, hat zunächst unterbewußt diese Abwehrhaltung. Du mußt sie also mehrmals sprechen und ihnen das Gefühl geben, daß du für ihr Problem eine strikt neutrale Position einnimmst.«
Sie unterbrach sich und fixierte mich mit scharfem Blick.
»Verstehst du das?«
Ich versicherte ihr, daß mir das völlig klar sei.
Janet schaute mich zweifelnd an und fuhr fort:
»Dann darfst du auf gar keinen Fall versuchen, ihnen die Benutzung dieses Programms auszureden. Vielmehr mußt du Alternativen aufzeigen. Damit sie von selber davon loskommen.«
Sie überlegte einen Moment.
»Wie wäre es, wenn sie ein paar nette Jungs kennenlernen könnten? Das wäre doch die eleganteste Lösung.«
Ich nickte zustimmend.
»Ich fürchte nur, bei ihrem derzeitigen Hobby haben die für so etwas gar keine Zeit. Und wenn ihnen mal ein hübscher Junge Avancen macht, sind sie vielleicht schon, naja, wie soll ich sagen, sexuell etwas übersättigt ...«
Janet schüttelte heftigst den Kopf.
»Das glaube ich nicht. Selbstbefriedigung ist zwar eine nette Beschäftigung, aber einen richtigen knackigen Jungen im Bett kann sie nicht ersetzen.«
Ich staunte.
»Was glotzt du mich so groß an? So ist es nun mal«, sagte Janet unbekümmert und verschlang noch einen Muffin.
Das Telefon düdelte. Janet klemmte sich den Hörer unters Kinn.
»Hallo?«
Ein Schwall von aufgeregten Lauten ertönte aus dem Hörer. Janet verdrehte die Augen und nahm sich noch ein Muffin. Die nächsten zehn Minuten beschränkte sich ihr Beitrag zum Gespräch auf monotone »Aha«, »Nein«, »Ja«, »Das glaube ich nicht«, »So«, »Bleib' auf dem Teppich« – ungefähr in dieser Reihenfolge. Dann begann alles wieder von vorne.
»Wenn dich das verrückt macht«, sagte sie schließlich, »dann bitte geh zu Dr.

Hernandes und laß ihn endlich eine gründliche Untersuchung machen.«
Ein erneuter Wortschwall schwappte aus dem Telefonhörer.
»Hör zu«, unterbrach Janet mit ruhiger Stimme, »ich muß jetzt ins Büro. Du kannst mich dort unter der üblichen Nummer erreichen, ok?«
Ohne eine Antwort abzuwarten, legte sie auf.
»Wer war das?«
»Christine«, stöhnte Janet und blickte auf den Küchenwecker. »Und das am frühen Morgen. Sie ist eine meiner Hypos. Eine der schlimmsten. Jetzt hat sie eine verdächtige Verfärbung am linken Wadenköpfchen entdeckt und hält es für eine Metastase ...«
Sie überlegte einen Moment.
»Ich habe keine Ahnung, wo das Wadenköpfchen überhaupt ist. Manche von denen kennen sich besser aus als die Halbgötter in weiß. Aber glaubst du, daß sie freiwillig hingehen würden? Hinschleifen muß man sie!«
Sic blickte auf die Uhr und sprang auf.
»Ich muß jetzt los. Laufen wir heute abend? Oder mußt du dich um deine Studentinnen kümmern.«
Etwas in ihrem Tonfall machte mich stutzig. Ich versicherte nachdrücklich, daß ich um nichts in der Welt unseren gemeinsames Joggen verpassen würde. Janet sah mich einen Moment seltsam an; dann lächelte sie plötzlich und strich mir sanft über die Wange.
»Mein Gott! Du kratzt vielleicht ...«
Sie sagte es, wie man ein gelungenes Kunstwerk lobt, und weg war sie.
Und ich saß da, immer noch in meinen ausgebeulten Boxershorts, und guckte dumm den Gefrierschrank an.
Peters fing mich noch vor Beginn der Vorlesung im Flur ab und ließ sich kurz über meine Antrittsvorlesung berichten. Ich sagte ihm wahrheitsgemäß, daß ich kaum mit einem weiteren Interview rechnete. Er sah mich zweifelnd an und lächelte.
»Wir werden ja sehen. Hast du übrigens schon gehört, daß Archie als Chairman für die Session Sprechererkennung beim SSPW eingeladen worden ist?«
Der 'Speech Signal Processing Workshop', kurz SSPW, fand dieses Jahr in Frankreich statt. Von uns hatte keiner dort ein Paper eingereicht, aber es war eine renommierte Veranstaltung.
Der Chef lächelte zufrieden.
»Er fliegt morgen nach Paris. Ich hoffe, das wird ihm etwas Aufwind geben. Er war in letzter Zeit etwas deprimiert, wegen ... naja, du weißt schon.«
Ich nickte und sagte, daß ich mich sehr für ihn freute.
»Stört es dich, wenn ich mich heute mal in die letzte Reihe setze?« fragte der Chef ganz unvermittelt.
Obwohl es mich sehr störte, sagte ich natürlich genau das Gegenteil. Der Chef saß also die ganze Stunde in der hintersten Ecke, machte mich und die Studenten

nervös und hörte meinem Unterricht zu. Zum Glück waren die Studenten fair und löcherten mich nicht wie sonst mit allen möglichen und unmöglichen Fragen. Am Ende der Stunde verschwand Peters ohne ein weiteres Wort aus dem Saal. Ich seufzte erleichtert auf.

In meiner Mailbox befand sich unter anderem auch eine Email mit einer mir unbekannten Adresse:

```
beckerh@secsist.de
```

Sie hatte folgenden Inhalt:

```
Lieber Mister Moltke,

Sie werden sich vielleicht gar nicht mehr an mich erinnern
koennen. Ich bin der Kriminalbeamte, der Sie nach dem Gift-
gasanschlag in Garmisch vernommen hatte.
Wie Sie sehen, ist es mir gelungen, Ihre Email Adresse
aufzutreiben. Das ist schneller und bequemer als snail Mail
:-)
Also, wie Sie ja wohl mitbekommen haben, ist der Fall bis
jetzt nicht aufgeklärt worden. Ich war die letzte Zeit nicht
selber damit befasst, da ich zur Zeit des Anschlags nur zur
Aushilfe nach Garmisch beordert worden war. Inzwischen bin
ich aber von Interpol beauftragt worden, eine Studie über
den Fall anzufertigen.
```

Ich stöhnte. Eine 'Studie'. Hervorragend. Die Cops waren doch auf der ganzen Welt die gleichen.

```
Zu diesem Zweck muss ich mich natuerlich auch noch einmal
mit den Zeugen und Ueberlebenden befassen. Daher dieser
Brief.

Einige Informationen zu dem Fall:
- Die beiden zunächst Festgenommenen, ein Albaner und ein
Kroate, wurden bald wieder auf freien Fuss gesetzt. Man
konnte keinerlei Verbindung zwischen Ihnen und dem Anschlag
finden. Wahrscheinlich waren sie nur zufällig in der Nähe,
als es passierte.
```

- Das Gas konnte identifiziert werden. Es handelt sich um P
... ... , ein Nervengas, das sowohl ueber die Atemwege,
als auch (langsamer) durch die Haut aufgenommen werden kann
und in kürzester Zeit zur Laehmung der Atemmuskulatur und
des Herzmuskels fuehrt.
P ... ... kann durch Reaktion zweier Ausgangsstoffe
erzeugt werden. Allerdings ist einer davon extrem giftig und
daher schwer zu beschaffen. Eine Nachforschung ergab keinerlei Hinweise, dass die Chemikalien in Deutschland besorgt
wurden.
- Der Mechanismus, der das Gas freigesetzt hat, war mit
ziemlicher Wahrscheinlichkeit kein normaler Zeitzuender.
Unser Labor konnte mehrere elektronische Teile identifizieren. Die meisten wurden jedoch durch einen Thermitbrandsatz
voellig zerstoert, der kurz nach dem Entstehen des Gases
gezuendet wurde. Eine Liste der identifizierten Teile befindet sich in einem Attachment zu dieser Mail. Die Schaltung
konnte nicht rekonstruiert werden. Nach Ansicht der Experten
kann es sich z. B. auch um eine ferngelenkte Zuendung gehandelt haben.

Nun zu den Zeugen/Ueberlebenden:

- F.Leduc hat ihren Job am CNRS aufgegeben und lebt jetzt
mit ihrem Lebensgefaehrten in Dijon. Auf Befragung hat sie
ihrer Aussage unmittelbar nach dem Anschlag nichts
hinzugefuegt.
- J. Kasurinnen lebt in Helsinki und arbeitet an der dorti-
gen technischen Hochschule. Er wurde vor einer Woche von mir
befragt. Er wollte seiner Aussage nichts hinzufuegen, aber
ich hatte den Eindruck, dass er etwas ueber das Motiv des
Anschlags ahnte oder zu wissen glaubte.

Das sind schon die wichtigsten Fakten. Der mühsamste Teil
der Arbeit steht mir noch bevor: Ich muss saemtliche Opfer
auf moegliche Feinde etc. abklopfen.

```
Sollte Ihnen inzwischen etwas eingefallen sein, was Sie bei
der Aussage nicht angegeben hatten, dann schreiben Sie mir
bitte. Es kann Ihnen noch so unwichtig erscheinen. Viel-
leicht hilft es uns doch weiter. Am besten waere es sogar,
wenn Sie den ganzen Hergang noch einmal mit allen Details
aufschreiben wuerden. Aber ich kann Sie natuerlich nicht
dazu zwingen.

Mit freundlichem Gruss,

Hermann Becker, Kriminaldirektion Muenchen, Germany
```

Ich überlegte, ob ich gleich antworten sollte, entschied mich aber, es auf später zu verschieben, und speicherte die Mail erst einmal ab.

Der Rest des Tages verging mit Routinearbeiten. Gegen drei Uhr nachmittags rief mich Minni an.

»Georgiboy!! Du bist ja wieder da!!«

Ich legte den Telefonhörer auf den Tisch. Minni war aus irgendeinem Grunde der Überzeugung, daß man sie durch das Telefon nicht so gut verstehen könne. Deshalb brüllte sie grundsätzlich so laut ins Mikrofon, daß ich sie mühelos auch ohne Telefon bis in mein Cubicle hören konnte.

»Was gibt es denn?« fragte ich.

»Ein gewisser Ian aus Salt Lake City will dich sprechen!! Du wirst uns doch nicht verlassen, oder ?! Wann gehen wir eigentlich endlich mal zusammen essen?!«

»Sobald ich mein Erbe angetreten habe und es mir leisten kann«, erwiderte ich sarkastisch.

»Du bist ein Ekel, George!! Achtung, ich stelle durch!!«

Ians fröhliche Stimme, mindestens 60 dB leiser, ertönte aus dem Hörer. Ich hielt den Hörer erleichtert wieder dichter ans Ohr.

»Ian?«

»Hi, George. Sag mal, wie lange dauert es denn, bis die bei euch weiterverbinden? Ehrlich gesagt, eure Sekretärin muß entweder stocktaub sein oder sie ist sadistisch veranlagt. Mein rechtes Ohr ist noch fast taub von ihrer Begrüßung.«

Ich erklärte ihm kurz, daß er da nicht das einzige Opfer sei.

»George. Ich habe gestern, als ich die Werbung von CNN trainierte, von deiner Notlandung gehört. Ich meine natürlich nicht deine, sondern die des Flugzeugs, du weißt schon. Ist dir auch nichts passiert? Seit gestern versuchen wir, bei dir zu Hause anzurufen, aber es geht immer nur dein Blechtrottel 'ran.«

Ich berichtete kurz, was passiert war und daß ich die Nacht bei einer Freundin verbracht hatte. Letzteres traf natürlich bei Ian auf großes Interesse.

»Bei einer FREUNDIN? Wieso wissen wir denn gar nichts davon? Wann ist denn die Hochzeit?«

Ich seufzte.

»Hör zu, Ian. Du kannst dir deine anzüglichen Bemerkungen sparen. Janet ist eine alte Schulkameradin von mir. Wir joggen nur gelegentlich zusammen.«

»So kann man es natürlich auch nennen«, kommentierte Ian trocken.

Ich gab einen genervten Laut von mir.

»Aber etwas verstehe ich nicht«, fuhr er ernsthaft fort. »Wenn du noch nicht mal zu Hause warst, wer hat dann deinen Blechtrottel abgeschaltet?«

»Was meinst du mit 'abgeschaltet'?« fragte ich verblüfft.

»Na, seit etwa zwei Stunden hebt unter deiner Nummer niemand mehr ab. Man kann es ewig klingeln lassen. Vielleicht ist das Band voll? Ich möchte wetten, es ist voll mit den Anrufen lauter besorgter Girls, die wissen wollen, ob dein Luxuskörper die Notlandung gut überstanden hat.«

Er lachte schallend. Im Telefonhörer schepperte es verzerrt.

»Na, wie dem auch sei. Ich muß jetzt Schluß machen. Ich bin heilfroh, daß es dir gut geht.«

»Grüß Kerstin von mir«, konnte ich gerade noch sagen. Dann war er weg.

Ich legte auch auf und wählte meine Nummer zu Hause. Es klingelte sechsmal und ich unterbrach verwirrt die Verbindung. Normalerweise hob mein Macintosh schon nach dem dritten Klingeln ab, und das VoiceEmail-Programm meldete sich. War der Mac abgestürzt? Oder der Strom ausgefallen?

Ich hatte den Hörer kaum auf der Gabel, als das Telefon erneut klingelte. Es war Horace. Seine Stimme klang düster und rau:

»Howdie, Kid. Du kommst mal besser ganz schnell nach Hause. Die Cops und die Feuerwehr sind in deiner Wohnung.«

»Waaas?«

»Bist du plötzlich schwerhörig geworden, oder was? Ich sagte, die Feuerwehr ist in deinem Appartement. Und ein paar Cops treiben sich auch da herum.«

»Aber ... aber wieso? Brennt es etwa?« stammelte ich fassungslos.

»Schaut nicht so aus«, brummte Horace maulfaul, »aber irgend etwas riecht da fischig.«

Es klickte; er hatte aufgelegt.

Als ich Nelson über den Hügel steuerte, sah ich gerade noch einen Feuerwehrwagen aus der Archstreet biegen. Vor dem Haus stand ein schwarzer Wagen der Berkeley City Police. Ich parkte Nelson dahinter und stieg aus. Kein Cop zu sehen. Gegenüber trat Horace auf seine Veranda und winkte mit den Augen hinauf zu meinem Appartement. Ich lief die Treppe hinauf und stoppte abrupt. Meine Wohnungstür hing nur noch an einer Angel. Sie war mit irgendeinem Werkzeug brutal aufgebrochen worden. Drinnen hörte ich Stimmen. Meine Kiefermuskeln verkrampften sich. Ich ging vorsichtig durch die Türöffnung. An meinem Schreibtisch stand ein dicker Cop in schwarzer Uniform und wandte mir den Rücken zu. Das große Fenster stand sperrangelweit offen. Aus dem Nebenraum hörte man Geräusche, als würde dort noch jemand herumkramen. Sonst sah eigentlich alles

ganz normal aus. Auf den ersten Blick fehlte nichts; keine sonstigen Zerstörungen.
Ich schloß für einen Moment die Augen und versuchte mich zu entspannen. In meinem Magen krampfte es bereits. Dann sagte ich mit beherrschter Stimme:
»Darf ich fragen, was Sie in meinem Appartement zu suchen haben? Haben Sie einen Hausdurchsuchungsbefehl?«
Der dicke Cop am Schreibtisch versteifte sich und drehte sich rasch um. Er betrachtete mich einen Augenblick prüfend, dann entspannte er sich sichtlich. Aus dem Nebenzimmer kam ein zweiter Cop, jünger und mit ziemlich dümmlichem Gesicht. Er stellte sich halb hinter seinen korpulenten Kollegen und betrachtete mich verächtlich. Offensichtlich war er der Hilfs-Cop und der andere der Wortführer. Der Dicke schob seine Kappe mit dem Daumen in den Nacken und sagte gelangweilt:
»Sind Sie der Besitzer dieses Appartements?«
Ich starrte ihn an. Er starrte ungerührt zurück.
»Allerdings. Ich sagte es bereits. Ich möchte jetzt sofort den Grund für Ihr gewaltsames Eindringen in meine Wohnung erfahren. Wenn Sie keine Legitimation dafür haben, können Sie sich auf was gefaßt machen. Ich kenne mich aus mit meinen Rechten.«
Der Wortführer setzte die Hände auf seine fetten Hüften und schaute gelangweilt über die Schulter zu seinem Hilfs-Cop. Dieser verzog sein einfältiges Bauerngesicht zu einem dämlichen Grinsen.
In mir kochte es. Die typischen Scheißkerle! Keinen Deut besser als in L.A.!
Der Dicke schraubte seinen Kopf betont langsam zurück in meine Richtung und nickte zur aufgebrochenen Türe hin.
»Das da waren nicht wir, sondern die Kollegen von der 3. Brandschutzdivision.«
Als ob damit alles gesagt sei, drehte er sich um und nahm einen Formularblock vom Schreibtisch.
»Name?« fragte er im Routineton.
»Aber wieso, verdammt noch mal? Wieso bricht die Feuerwehr meine Wohnung auf? Brennt es hier etwa?«
Der Hilfs-Cop mit dem dämlichen Grinsen begann, gelangweilt von unserer Unterhaltung, an meiner CD-Sammlung herumzufingern. Das war zuviel. Mein Magen drehte sich um und ich würgte einen Augenblick, um das aufsteigende Mittagessen unten zu behalten.
»Lassen Sie Ihre verdammten Pfoten da weg!« brüllte ich. »Wenn Sie keinen Grund oder Durchsuchungsbefehl vorweisen können, dann verschwinden Sie beide jetzt schleunigst aus meiner Wohnung, bevor ich mich beim District Attorney beschwere!«
Der Wortführer senkte den Formularblock und sagte mit ruhiger Stimme:
»Sir, in Ihrem Apartment war ein Gasleck. Die Nachbarn haben die Feuerwehr informiert. Und die haben dann die Türe aufgebrochen und alle Fenster geöffnet,

damit das Gas abziehen kann. Sie können von Glück sagen, daß Sie so aufmerksame Nachbarn haben. Sonst wäre das ganze Haus in die Luft geflogen. Die Fenster waren nämlich alle geschlossen. Das gibt einen hübschen Knalleffekt.«

Ich sagte nichts und ging an ihm vorbei in die Küche. An der Gasleitung, die zum Herd führte, war ein rotes Pappschild befestigt. Darauf stand in großen Buchstaben 'Vorsicht – Gasleck' und etwas kleiner darunter: 'Leitung darf erst nach Abnahme durch PG&E wieder in Betrieb genommen werden'. Anschließend waren die einschlägigen Paragraphen aufgelistet, die bei Zuwiderhandlung wirksam wurden. Stempel und unleserliche Unterschrift, wahrscheinlich von der Feuerwehr. Auch in der Küche stand das Fenster weit offen.

Ich seufzte und drehte mich um. Der dicke Polizist stand im Türrahmen und feixte böse.

»Ok, nachdem wir uns jetzt etwas beruhigt haben, brauche ich Ihre Personalien für das Ordnungsgeld.«

Nachdem die beiden Cops endlich abgezogen waren, ging ich ins Badezimmer und gab von mir, was von meinem Lunchsandwich noch übrig war. Dann setzte ich mich erschöpft in die Küche und las den Wisch sorgfältig durch, den sie mir ausgehändigt hatten. Leider war die Sache ziemlich eindeutig. Ich mußte 280 Dollar an die Stadtkasse entrichten, wegen 'fahrlässiger Gefährdung der öffentlichen Sicherheit' und 'Verletzung der Brandsicherheitsvorschriften der Stadt Berkeley, Paragraphen sowieso, Absatz sowieso und sowieso'. Mist!

»Howdie!«

Horace stand in der aufgebrochenen Wohnungstür und begutachtete mit fachmännischem Blick den Schaden.

»Na, die haben nicht lange gefackelt! Schade, daß auch die Angel aus dem Türrahmen gebrochen ist. Sonst müßtest du nur das Schloß ersetzen. Was haben sie denn gesucht?«

Ich holte eine angebrochene Flasche Chardonnay und zwei Gläser aus der Küche. Dann berichtete ich kurz über den Grund der Aktion.

Horace schüttelte den Kopf.

»Du solltest ihnen dankbar sein, daß euer Haus nicht abgebrannt ist, Kid. Wer hat den Braten denn gerochen?«

»Keine Ahnung«, sagte ich, »die Cops sagten, ein Nachbar hätte den Gasgeruch bemerkt. Sie haben nicht gesagt, welcher.«

Horace nickte, leerte mit einem gewaltigen Schluck sein Glas und schmatzte mißbilligend.

»Was ist denn das für ein Fusel? Wird Zeit, daß ich dir mal was über die hohe Kunst des Weinkaufes beibringe ... «

Wir gingen zusammen in die winzige Küche und untersuchten die Gasleitung.

»Da ist tatsächlich 'ne Muffe locker«, sagte Horace. »Wieso ist das nicht schon längst vorher leck geworden. Hast du nie Gas gerochen in der letzten Zeit?«

Ich überlegte. Genaugenommen hatte ich den Herd schon seit langem nicht mehr in Betrieb gehabt. Für mein Frühstück brauchte ich nur die Kaffeemaschine und den Toaster. Zum Abendessen war ich fast immer mit Janet unterwegs.

»Ich weiß nicht. Es roch immer schon etwas nach Gas. Vor allem, wenn das Fenster zu war und man von draußen herein kam. Aber ich dachte immer, das seien die Pilotflämmchen.«

Horace runzelte die Stirne.

»Wieso hat sich das ausströmende Gas eigentlich nicht sofort entzündet?« fragte er. »Die Pilotflämmchen brennen doch weiter, auch wenn ein Leck in der Leitung ist.«

»Vielleicht war das Leck so groß, daß die Pilotflämmchen ausgegangen sind. Oder die Gaskonzentration war einfach noch nicht hoch genug«, mutmaßte ich.

Horace schüttelte wieder den Kopf.

»Und trotzdem hat man den Gasgeruch aber schon draußen riechen können? Kid, ich sage dir, irgendetwas ist fischig hier. Hat du Werkzeug im Haus? Dann können wir versuchen, die Muffe wieder anzuziehen. Zwei Drittel Zoll müßte passen.«

Ich ging hinunter ins Basement, wo wir eine gemeinschaftlich benutzte und entsprechend chaotisch eingerichtete Werkstatt hatten. Unterwegs klingelte ich bei Pete und Susi, aber es öffnete niemand.

Die Kellertüre war offen, weil wir alle zu faul waren, immer hinter uns abzusperren. Außerdem war da unten sowieso nichts Wertvolles zu holen. Ich kramte in der uralten Werkbank nach den Schraubenschlüsseln. Ausgerechnet der 2/3 Zöller war natürlich nicht da. Ich nahm statt dessen einen Engländer und ging wieder hinauf. Auf der dunklen Kellertreppe klirrte es plötzlich metallen unter meinem Fuß. Ich tastete mit der Hand auf der Treppenstufe entlang und hielt plötzlich einen Schraubenschlüssel in der Hand. Es war der 2/3 Zöller!

In meiner Wohnung stand Horace vor dem großen Fenster und telefonierte.

»Ja, ich weiß, aber verstehen Sie nicht. Ich möchte doch nur gern wissen, ob die Pilotflämmchen im Herd noch gebrannt haben ... ach so. Ah, ja, verstehe. Gut, na, dann nochmals vielen Dank. Byebye!«

Er legte auf und nahm mir den Schlüssel aus der Hand.

»Die Deppen haben das Gas von außen abgedreht«, brummte er, »noch bevor sie die Tür aufgebrochen haben. Ist ja klar. Hätten wir uns denken können. Da konnten die Flämmchen ja gar nicht mehr brennen.«

Er zog vorsichtig die lockere Muffe fest.

»So, Kid. Das Problem bei diesen Dichtungen ist: Wenn sie einmal locker waren, ist nicht gesagt, daß sie noch dicht halten. Du mußt also sowieso eine Dichtungsprüfung machen lassen. Kostet etwa 30 Dollar. Aber vielleicht sparst du dir auf diese Weise wenigstens die Reparaturkosten.«

Ich erzählte ihm von der Ordnungsstrafe. Horace lachte.

»Naja, es trifft ja keinen Armen«, feixte er.

Ich ging hinüber zum Küchenfenster und beugte mich hinaus. Auf dem schmalen Absatz, der sich unter dem Fenster entlang zog, waren zahlreiche Schmutzspuren, die mit viel Phantasie als Fußspuren durchgingen.
»Was gibt's da, Kid?« fragte Horace von innen.
»Das Gasleck war kein Unfall«, meinte ich und zog den Kopf zurück.
»Was?«
»Das Küchenfenster steht sonst immer offen«, erklärte ich. »Jemand ist in den Keller gegangen und hat diesen Schlüssel ...«, ich deutete auf das Werkzeug in Horaces Hand, » ... geholt, ist durchs Küchenfenster hier eingestiegen und hat die Muffe gelockert. Dann hat er wahrscheinlich die Pilotflämmchen ausgelöscht, alle Fenster geschlossen und ist hier wieder hinausgeklettert. Das Fenster läßt sich von außen leicht herunterdrücken. Ach ja, und den Anrufbeantworter hat er auch ausgeschaltet. Ich frage mich, bloß ... Dann hat er aus irgendeinem Grund – vielleicht hat ihn jemand gestört – den Schraubenschlüssel nur die Kellertreppe hinuntergeworfen und ist abgehauen. Dort habe ich ihn nämlich gerade gefunden. Den Schlüssel, meine ich.«
Horace starrte auf das Werkzeug in seiner Hand, als ob es jeden Moment zuschnappen könnte.
»Du meinst, da könnten Fingerabdrücke drauf sein? Mensch, Kid. Wieso hast du das nicht vorher gesagt?«
Ich lächelte schwach.
»Heutzutage weiß jedes Baby, daß man bei so einer Aktion besser Handschuhe trägt, nicht? Also vergiß das mit den Fingerabdrücken.«
Ich nahm ihm den Schlüssel aus der Hand, und Horace wischte sich instinktiv die Pfote an seinem schmuddeligen Eddie Bauer Pullover ab.
»Brandstiftung?« begann er wieder. »Aber wieso hat er dann die Pilotflämmchen gelöscht? Wenn er wollte, daß das Haus abbrennt, wäre das doch die todsicherste Methode ...«
»Er wollte nicht, daß das Haus abbrennt. Naja, indirekt natürlich schon«, erwiderte ich und ging hinüber ins Schlafzimmer.
Horace folgte mir auf dem Fuße.
»Was wollte er dann, Kid?« fragte er erregt. »Ich habe das Gefühl, du weißt, verdammt noch mal, mehr über die Sache, als dir gut tut.«
Ich holte meine Walther aus ihrem Versteck und ließ das leere Magazin herausschnappen.

»Er wollte, daß die ganze Chose erst dann hochgeht, wenn ich nach Hause komme. Weißt du, was passiert, wenn man in einem mit Gas gefüllten Raum das Licht anknipst? Die Chancen sind gut, daß du dir dann über Ordnungsgelder keine Gedanken mehr zu machen brauchst. Aus dem gleichen Grund hat er auch den Anrufbeantworter ausgeschaltet. Jedes eingeschaltete elektrische Gerät hätte zu einer verfrühten Explosion führen können. Und genau das wollte er nicht.«

Horace beobachtete mich unruhig, während ich sorgfältig das Magazin der Walther füllte.

»Kid, das sind doch nur Spekulationen. Es kann auch ein ganz normales Leck gewesen sein. So was kommt vor.«

Ich schüttelte den Kopf.

»Das Küchenfenster war zu, haben die Cops gesagt. Wenn ich wegfahre, ist es immer auf, damit Nostradamus herein kann, solange ich weg bin. Auf dem Sims draußen sind Fußspuren. Die Pilotflämmchen waren aus. Der Anrufbeantworter war aus, aber heute morgen ging er noch. Auf der Kellertreppe liegt ausgerechnet der Schraubenschlüssel, der auf die gelockerte Muffe paßt. Und dazu kommt noch, daß niemand weiß, wer eigentlich die Feuerwehr gerufen hat. Pete und Susi sind nämlich diese Woche in der Sierra Nevada. Die 'Nachbarn' waren es also sicher nicht. Das sind mir zu viele Zufälle, Horace. Und wenn ich bedenke, was mir in letzter Zeit so alles passiert ist, paßt das Ganze. Bis auf ...«

Ich brach plötzlich ab und überlegte.

Horace hob ungläubig die Hände und ging hinüber zum großen Fenster. Die Sonne versank als roter Feuerball hinter den Marine Headlands.

»Aber das gibt doch keinen Sinn, Kid. Erst macht er sich so viel Mühe, deine Wohnung und dich in die Luft zu jagen. Dann ruft er in letzter Sekunde die Feuerwehr.«

»Stimmt«, gab ich nachdenklich zu. »Das gibt für mich im Moment auch keinen Sinn. Aber ich werde es herauskriegen. Vor allem werde ich von nun an vorsichtiger sein.«

Ich schob das volle Magazin in die Walther, lud aber nicht durch. Dann steckte ich die gesicherte Waffe hinten in meinen Hosenbund und zog mein Sweatshirt darüber.

Horace beobachtete mich mit sorgenvoller Miene.

»Wie wär's mit Dinner?« schlug er vor. »Ich habe heute genug für zwei. Komm einfach rüber, wenn du Hunger bekommst.«

Er wandte sich zur Türe.

»Liebend gerne. Ich komme in einer Stunde«, rief ich ihm nach. »Und ... danke, Horace.«

Er winkte nur und polterte kopfschüttelnd die Treppe hinunter. Nostradamus erschien in der aufgebrochenen Türe und blickte mich mit seinen grünen Augen an, als wollte er sagen:

»Na, da hast du ja wieder was Schönes angestellt!«

Ich nahm ihn auf den Arm, aber er wollte nicht gestreichelt werden. Kurz darauf hörte ich ihn in der Küche sein Trockenfutter knacken.

Ich beobachtete meinem Kater nachdenklich vom Wohnzimmer aus. Schade, daß er so wenig mitteilsam war. Lassie hätte mir den Bösewicht schon längst frei Haus geliefert.

Nostradamus sprang auf die Anrichte und installierte sich auf seinem Lieblingsplatz zwischen Kaffeemaschine und Mikrowelle. Er zog die Pfoten so weit wie möglich unter den Körper, ließ die Augenlieder auf Halbmast sinken und versank in einer seiner ausgedehnten Zen-Meditationen.

7

Diesmal kamen sie zu zweit. Pam war fast das gegenteilige Spiegelbild ihrer Freundin Pat. Pat war blond, Pam brünett. Pat hatte lange Haare, Pam kurze. Pat war braun gebrannt, Pam bleich wie der Tod. Aber beide waren auf ihre Art hübsche College Girls.

Sie schauten sich eine Weile verlegen an, dann übernahm Pat wieder die Sprecherrolle:

»Nein, wir haben es nicht mitgebracht. Ich .. wir dachten, es wäre peinlich, wenn das jemand hier mitbekommen würde ...«

Ich nickte beruhigend.

»Macht ja auch gar nichts«, sagte ich. »Und? Habt ihr Fortschritte gemacht? Ich wollte sagen«, fügte ich hastig hinzu, »habt ihr das neueste Upgrade von Wet-Bust-Nine gekauft oder ... ?«

Beide schüttelten den Kopf.

»Ok, das ist doch schon mal ein Anfang.«

Ich beschloß, es auf die direkte Art zu versuchen. Keine Tricks oder Finten; das lag mir sowieso nicht.

»Also, paßt auf. Ich bin kein Therapeut und ich habe auch keinerlei Kenntnisse in der Richtung. Wie ich Pat schon das letzte Mal gesagt habe, bin ich zu einer sehr guten Freundin von mir gegangen – auch keine Therapeutin – und habe sie um Rat gefragt. Sie hat mir gesagt, daß es am einfachsten für euch wäre, wenn ihr ein bißchen mehr unter die Leute kommen und vielleicht mal ein paar nette Jungs kennenlernen würdet.«

Die beiden rutschten auf ihren Stühlen hin und her und wechselten unbehagliche Blicke, sagten aber nichts.

»Ja ... äh ... was haltet ihr davon? Kennt ihr nicht ein paar nette Kommilitonen von euch, die ab und zu was unternehmen? Geht ihr auf Parties?«

Wieder keine Antwort. Beide betrachteten konzentriert die spärliche Einrichtung meines Cubicles. Ich wartete. Plötzlich platzte Pam heraus:

»Sie wollen doch nur, daß wir mit irgendwelchen Jungs ins Bett gehen!«

»Pam!«

»Ist doch wahr! Genauso habe ich's mir vorgestellt. Mann, wozu bin ich bloß hergekommen! Das ist doch alles sinnlos!«

Sie hatte eine ganz helle kindliche Stimme.

»Pam! Wir haben das doch besprochen. Du willst doch auch davon loskommen!«

Pat versuchte, Pam, die bereits aufgesprungen war, zurückzuhalten.

Pam setzte sich widerwillig wieder hin und blickte mich trotzig an.

»Ich habe aber keine Lust, mich mit irgendwelchen doofen Jungs verkuppeln zu lassen!«

Ich seufzte innerlich. Da hatte der Chef mir was eingebrockt. Vertrauensdozent für Computerfragen. Das schaffst du doch mit links, hatte er gesagt. Ich fragte mich, ob der Chef wohl jemals solche Fälle in seiner Sprechstunde gehabt hatte.

Ich überlegte, wie ich weitermachen sollte. Im Prinzip hatte Pam ja recht. Genau den Hintergedanken hatte ich natürlich gehabt. Vielleicht sollte ich lieber weiter auf der ehrlichen Schiene bleiben.

»Na, gut«, sagte ich, »nehmen wir mal an, ihr würdet ein paar nette Jungs kennenlernen und mit ihnen öfters ausgehen. Ob ihr mit ihnen ins Bett geht, bleibt ja dann immer noch euch überlassen, nicht wahr? Aber meint ihr nicht, daß ihr dann vielleicht mal auf andere Gedanken kommt, und nicht mehr soviel Zeit mit Wet-Bust-Nine verbringt?«

»Jungs sind doof und albern!« sagte Pam aggressiv.

»Die meisten Jungs, mit denen wir studieren, sind wirklich ziemlich kindisch«, erklärte Pat in entschuldigendem Ton. »Man kann mit ihnen irgendwie gar nicht richtig reden. Sie ... sie albern immer nur herum ... und versuchen, einen zu küssen und so ...«

»Aber so sind Jungs nun mal, wenn sie ein Mädchen hübsch und attraktiv finden«, sagte ich verzweifelt.

Die beiden schauten mich an wie einen Traktor.

»Sie meinen, die sind nur so albern, weil sie uns ... hübsch finden?« fragte Pam fassungslos. »Ich hatte immer nur den Eindruck, die wollen uns nur ärgern und verlegen machen.«

Ich schüttelte den Kopf.

»Quatsch! Wenn ein Junge in eurem Alter mit euch herumalbert, ist das das sicherste Zeichen, daß er mit euch ins Bett gehen möchte.«

Die beiden sahen leicht geschockt aus und verdauten erst mal diese außergewöhnliche Information. Man konnte aber sehen, daß es begann, ihnen zu gefallen. Ich beschloß, auf der Schiene weiterzufahren.

»Habt ihr denn noch nie ... ich meine, wart ihr denn noch nie mit einem Jungen alleine zusammen, den ihr ganz nett fandet?«

Beide schüttelten zögernd ihre Köpfchen.

»Wir waren auf einer reinen Mädchenschule«, erklärte Pat.

Oh Gott, hilf mir, dachte ich.

»Also, paßt auf. Wenn ihr nur Angst davor habt, daß alle Jungs mit euch schlafen wollen, dann sollte das gar kein Problem sein. Im Gegenteil. Viele Mädchen wären froh, wenn sie so hübsch wären wie ihr beide und die Jungs hinter ihnen her wären. Wenn ihr nicht mit einem Jungen schlafen wollt, der mit euch herumflirtet, dann sagt es ihm einfach. Da ist überhaupt nichts Böses dabei, versteht ihr? Der Bursche ist dann vielleicht etwas traurig, aber das verdauen die Jungs ziemlich schnell. Und wenn ihr vielleicht doch mal Lust habt, es mit einem zu probieren, dann tut es doch einfach. Es ist doch nichts Schlimmes daran. Am besten sagt ihr ihm aber, daß es das erste Mal ist, ok?«

Die beiden saßen da, vermieden es, mir in die Augen zu schauen und nickten zaghaft.

»Wißt ihr eigentlich über Verhütung und so weiter Bescheid? Wie ihr euch vor

Aids schützen müßt und so?« forschte ich weiter.

Die beiden wurden knallrot, nickten aber wieder brav.

»Gut. Bitte vergeßt das nicht, wenn's soweit kommen sollte.«

Plötzlich kam mir ein Gedanke.

»Und was das Wet-Bust-Nine angeht«, fuhr ich fort. »Ich finde, ihr sollt damit ruhig weitermachen, solange es euch Spaß macht. Aber vielleicht keine neuen Updates kaufen. Und am besten fände ich es, wenn ihr das Programm mal jemand anderem zeigen würdet.«

»Aber wieso?« wollte Pam wissen. Es war klar, daß ihr dieser Gedanke äußerst unangenehm war.

»Nur so. Ich glaube, daß das ganz gut wäre ...«, meinte ich vage. Insgeheim dachte ich, wenn sie das Ding mal jemand Fremdem vorführten, merkten sie vielleicht, wie flach, schal und künstlich das alles ist, verglichen mit der Wirklichkeit.

Die beiden verabschiedeten sich artig und trotteten hinaus.

Keine fünfzehn Sekunden später erschien Minni in der Öffnung meines Cubicles.

»Wieso waren es jetzt schon zwei Häschen?« wollte sie wissen.

»Ich gebe jetzt einen Crash-Kurs für junge College-Studentinnen«, sagte ich beiläufig und nahm ein Manuskript vom Schreibtisch.

»Einen Crash-Kurs? Was für einen Crash-Kurs? Und wieso nur für Mädchen?«

»Das Thema des Kurses lautet: 'Wie wimmele ich erfolgreich unliebsame Einladungen zum Abendessen ab?'», sagte ich boshaft.

Minni schoß einen ihrer berüchtigten Tötungsblicke auf mich ab.

»Da bist du ja sicher Experte!« fauchte sie und verschwand wutschnaubend in ihrem Glaskasten.

Ich setzte mich bequemer hin und nahm das Manuskript wieder zur Hand. Die Walther drückte mich im Kreuz. Seit vier Tagen schleppte ich das blöde Ding schon mit mir herum. Die Stelle am Rücken war schon ganz wund. Ein paar Mal hatte ich den Eindruck, daß mich jemand beschattete, aber jedes Mal wenn ich mich umdrehte oder in einem Türeingang stehen blieb, konnte ich niemanden entdecken. Entweder ich bildete mir das alles nur ein oder der Bursche war einfach zu gut für mich. Janine, meine Therapeutin, verhielt sich dazu indifferent. Aber sie meinte, ich sollte die Sache möglichst bald aufklären, weil sie 'meine Entwicklung behinderte'. Tolle Hilfe!

Einen Moment lang mußte ich grinsen. Da saß ich nun und gab jungen Studentinnen Tips für ihr Sexualleben, und selber konnte mir mein Therapeut auch nicht helfen. Absurd!

Der Chef erschien in der Öffnung meines Cubicles. Er hatte seit zwei Tagen eine Mordserkältung und sah gar nicht gut aus. Er ließ sich schwer in den Sessel fallen, auf dem Pam gerade noch gesessen hatte, und sagte:

»George. Es tut mir sehr leid, aber ich muß dich um einen Gefallen bitten. Meine Grippe wird eher schlimmer als besser, und mein Arzt hat mir verboten, weiter

ins Büro zu kommen, geschweige denn, nach Europa zu fliegen. Ich habe übermorgen ein Meeting in Cambridge am University College über unser SPROUT Projekt. Eigentlich nur Routine. Aber immerhin bekommen wir Geld von der Europäischen Union und müssen daher präsent sein. Ich möchte dich bitten, statt mir zu fahren und unsere Gruppe bei dem Meeting zu vertreten.«
»Cambridge in England?« fragte ich überrascht.
Der Chef nickte.
»Der Flug geht morgen mittag. Archie ist schon weg nach Paris. Joe ist noch zu unerfahren für die Sache. Ich weiß, daß du das gut erledigen kannst. Es sind im wesentlichen nur Berichte abzuliefern. Manfred Caspone ist unser direkter Partner in Cambridge. Er wird sich um dich kümmern. Und es werden natürlich Vertreter von allen anderen Partnern dort sein. Du könntest das Wochenende dranhängen und dir London anschauen.«
»Ok«, sagte ich und der Chef lächelte.
»Ich wußte, daß du dich nicht lange bitten läßt. Ich bringe dir nachher die Unterlagen und sage Minni, daß sie das Ticket auf deinen Namen umschreibt. Am besten schaust du die Berichte heute kurz durch und rufst mich morgen noch einmal zu Hause an, wenn du Fragen hast.«
Er stand ächzend auf und hustete.
»Blöde Erkältung. Und das mitten im Sommer. Danke, George.«
Er lächelte traurig und ging hinaus.
Donnerwetter, dachte ich, in der letzten Zeit komme ich ganz schön in der Welt herum. Der Gedanke an den letzten Flug war allerdings nicht so angenehm. Hoffentlich hatte Janet recht, daß das alles nur ein Zufall war.
Ich ging nach vorne zu Minni, die meine Bosheit von vorhin schon wieder vergessen hatte, und mich prompt fragte, ob ich nicht noch vor meiner Abreise mit ihr zusammen zum Essen gehen möchte. Unverbesserlich. Ich bat sie, das Ticket gleich so umzubuchen, daß ich erst am Sonntag zurückfliegen mußte.
Dann fuhr ich mit Nelson nach Hause und erklärte Nostradamus, der unbeteiligt zuhörte, daß er wieder mal ein paar Tage auf sich allein gestellt sein würde.
Nach dem Joggen erzählte ich Janet von meiner bevorstehenden Reise.
»Oh, London«, seufzte sie und schaute mich neidisch an. Janet war kurz nach dem College für drei Monate in England gewesen.
»Schade, daß ich nicht mitkommen kann.«
»Wieso eigentlich nicht?« fragte ich. »Nimm Urlaub und komm einfach mit.«
»Weißt du, wie viel Urlaub ich im Jahr habe?« seufzte Janet. »Außerdem, wenn ich schon meine kostbare Urlaubszeit mit dir verbringe, möchte ich was von dir haben und nicht allein durch London pilgern, während du in endlosen Meetings hockst.«

Der Flug war ereignislos bis langweilig, wenn man von meiner erhöhten Nervosität absah. Ohne meine Walther fühlte ich mich schutzlos, aber ich konnte schlecht eine Pistole mit ins Ausland nehmen. Ich flog in der Economy-Klasse, weil der Chef nichts davon hielt, daß er besser als seine Untergebenen reiste. Zum Glück wurde der Flug zum Nichtraucherflug erklärt, was von der Mehrzahl der Passagiere mit erleichtertem Klatschen quittiert wurde. Ich ließ mir einen doppelten Jack Daniels auf Eis geben, und schaffte es sogar, ein paar Stunden zu schlafen.

London war grau und, auf den ersten Blick, enttäuschend. Nach Janets begeisterten Erzählungen war ich natürlich mit viel zu hohen Erwartungen hierher gereist. Man sollte sich eben nie vorher begeisterte Reiseerzählungen anhören. Meistens ist dann der erste Eindruck eher negativ. Und der erste Eindruck entscheidet oft; zumindest prägt er mehr, als man vor sich selber zugeben möchte.

Ich fuhr mit einem sehr langsamen Nahverkehrszug hinaus nach Cambridge und suchte das College, in dem ich ein Zimmer bekommen sollte. Ich rannte gleich in Manfred Caspone, der gerade den portugiesischen Kollegen ihre Zimmer zeigte. Er war ein großer dunkelhaariger, sehr sorgfältig und geschmackvoll gekleideter Mann in den Fünfzigern und sprach wundervolles Oxfordenglisch. Mit seinem warmen Lächeln und seiner herzlichen, aber dennoch distanziert-höflichen Art war er mir sofort sympathisch. Wenn er lächelte, sah man zahlreiche Goldzähne funkeln. Er zeigte mir ein kleines, aber gemütliches Zimmer und entschuldigte sich tausendmal für die altertümlichen sanitären Einrichtungen.

»Wir sind nun einmal ein traditionelles College«, meinte er lachend. »Der moderne Luxus sickert nur langsam in die alten Gemäuer.«

Ich versicherte ihm, daß alles ausgezeichnet wäre und ich mir schon immer gewünscht hätte, einmal in einem echten englischen College zu wohnen.

Beim anschließenden, verspäteten Frühstück mit Rührei, Würstchen, Speck und Kartoffelpuffern lernte ich gleich ein paar der Kollegen aus dem SPROUT Projekt kennen. Zwei Portugiesen, die in den Zimmern neben mir logierten und alles sehr lustig fanden, ein sehr schweigsamer Deutscher, ein Pärchen aus Dänemark, von dem offensichtlich nur die attraktive Frau an dem Meeting teilnahm, während ihr unscheinbarer Mann sie lediglich begleitete, und ein junger Franzose namens Julien.

Zufällig kannte letzterer Francoise vom Studium an der Ecole National de Telecommunication in Paris. Ich fragte ihn, ob er noch mit ihr Kontakt habe und wisse, wo sie sich aufhalte. Aber er hatte sie schon vor Jahren aus den Augen verloren.

Nach dem ausgiebigen Frühstück ging ich auf mein Zimmer und schlief von Müdigkeit übermannt bis zum späten Nachmittag. Ich wußte, daß dies der schlechteste Weg war, den Jetlag zu überwinden, aber ich konnte meine Augen einfach nicht länger offen halten.

Der ganze nächste Tag, ein Freitag, war eine Mischung aus interessanten Themen, Anstrengung und Langeweile. Unser Bericht, den ich im Flugzeug memoriert hatte, fand allgemeinen Anklang und es gab nur wenige Fragen. Nach dem Mittagessen, das wir im altehrwürdigen Speisesaal des Colleges in Gegenwart des

Prinzipals einnahmen, war ich so müde, daß ich nur mit Mühe den Vorträgen folgen konnte. Das Meeting zog sich hin. Erst um halb sieben konnten wir aufatmend unsere Unterlagen zusammenpacken und zum Essen gehen.

Gegen elf Uhr, als die meisten Kollegen sich schon längst in ihre Zimmer zurückgezogen hatten, war ich hellwach. An Schlaf war gar nicht mehr zu denken.

Ich rief AT&T an und wählte Minnis Nummer im Institut. Während die Verbindung hergestellt wurde, entfernte ich vorsorglich den Hörer etwas von meinem Ohr.

Minni mußte gerade erst vom Lunch an ihren Arbeitsplatz zurückgekommen sein. Sie hatte ihre volle Lautstärke noch nicht wieder erreicht.

Ich fragte, ob sie die Reise für Archie vorbereitet habe. Ob sie denn noch wisse, in welchem Hotel er in Paris untergebracht sei. Nach einigem Suchen gab sie mir die Adresse. Hotel International, welch einfallsreicher und origineller Name! Bevor Minni mit langschweifigen Fragen kommen konnte, hatte ich mich schon wieder verabschiedet.

Ein sehr höflicher Hotelangestellter in Paris versicherte mir, daß Mister Horace außer Haus sei. Ich bat ihn, Archie eine Nachricht mit meiner Adresse und Telefonnummer zu hinterlassen.

Dann saß ich da und überlegte, was ich noch anfangen könnte, um mir die schlaflose Zeit zu vertreiben. Das dänische Pärchen im Nebenzimmer machte liebliche Geräusche, aber auch die erstarben bald nach einem beachtlichen Endspurt. Einen Fernseher hatte das Zimmer nicht. Aus Langeweile stöberte ich ziellos in meinem Powerbook herum. Dabei stieß ich wieder auf die Mail von diesem deutschen Cop. Ich las sie noch einmal sorgfältig durch. Für einen Cop eigentlich ganz nett geschrieben, mußte ich widerwillig zugeben. In einfacher Sprache und ohne das arrogante Getue, das er zu Beginn gezeigt hatte. Es klang so, als ob sie mit ihren Ermittlungen nicht viel weiter gekommen wären. Ich überlegte, ob ich irgendetwas Nützliches zur Aufklärung beisteuern konnte, wie er es in seinem Brief erbat. Aber mir fiel nichts ein. Antworten mußte ich aber auf jeden Fall.

Ich extrahierte das Attachment mit der Liste der elektronischen Teile und betrachtete nachdenklich die paar Angaben. Was ich da sah, gefiel mir gar nicht.

Nach kurzem Überlegen beschloß ich, Kasurinnen zu kontaktieren. Ich rief den AT&T Operator an und nach einigem hin und her bekam ich einen Operator in Helsinki in die Leitung. Er gab mir die Nummern von drei Juhanna Kasurinnens in Helsinki. Kasurinnen mußte ein häufiger Name in Finnland sein. Bei der ersten Nummer meldete sich niemand. Bei der zweiten hob nach dem dritten Klingeln ein Anrufbeantworter ab und spulte eine finnische Ansage ab. Ich wollte schon auflegen, weil ich sowieso nichts verstand, als die Ansage abrupt von einer schläfrigen Stimme unterbrochen wurde.

»Äh, entschuldigen Sie die späte Störung. Sprechen Sie Englisch?«

Die schläfrige Stimme bejahte. Sie klang wie die eines Mädchens.

»Kann ich mit Juhanna Kasurinnen sprechen?«

»Juhanna ... ist nicht hier«, kam es mühsam durch die Leitung. Man konnte hören, wie das Mädchen nach Worten suchte.
»Juhanna ...«
»Ja?«
»Er ist nicht hier. Er ist in Stockholm.«
Sie sprach Stockholm völlig anders aus als ich.
»Er ist in Stockholm«, wiederholte ich laut und deutlich. »Kann ich ihn dort erreichen. Ich meine, kann ich ihn dort anrufen?«
»Ja, ich glaube ... Moment.«
Man hörte jemanden im Hintergrund sprechen.
»Ja, er ist dort an der Universität. Die Universität heißt KTH.«
Sie sagte 'ha' statt 'eidsch', aber ich verstand sie auch so.
»Haben Sie eine Nummer, die ich anrufen kann?« fragte ich erneut.
»Ja ... Moment.«
Sie sprach wieder ein paar Sekunden mit jemandem, dann gab sie mir ganz langsam eine Nummer durch.
Ich bedankte mich vielmals und legte auf. Nach drei Versuchen schaffte es der AT&T Operator, mich mit der Nummer in Schweden zu verbinden. Die Telefonzentrale eines Hotels, dessen Namen ich nicht verstand, meldete sich.
»Kann ich bitte mit Mister Juhanna Kasurinnen sprechen?«
»Augenblick bitte.«
Zehn Sekunden vergingen. Dann meldete sich eine andere Stimme, aber nicht die von Juhanna Kasurinnen.
»Ja?«
»Ich würde gerne mit Juhanna Kasurinnen sprechen«, wiederholte ich.
»Wer spricht da, bitte?«
Ich erklärte, daß ich ein Kollege von Kasurinnen aus USA sei.
»Aha, verstehe. Sehen Sie, es gibt da ein Problem. Mister Kasurinnen ist nicht hier im Hotel. Er hatte heute morgen einen Unfall und daher befindet er sich zur Zeit in der Universitätsklinik.«
»Hat er ... ich meine, ist er schwer verletzt?«
»Darüber kann ich Ihnen leider keine Auskunft geben, aber ich kann Ihnen die Nummer des Hospitals geben.«
Er gab mir die Nummer durch und ich bedankte mich.
Zwanzig Minuten später hatte ich den richtigen Stationsarzt an der Strippe. Zum Glück sprach er sehr gut Englisch. Seine Stimme klang leise und abgespannt.
»Sehen Sie, ich darf Ihnen am Telefon keine genaueren Auskünfte geben, aber es geht Herrn Kasurinnen den Umständen entsprechend erstaunlich gut. Er ist ansprechbar und wird morgen oder übermorgen wahrscheinlich von der Intensivstation verlegt werden können. Sofern keine Komplikationen eintreten«, fügte er vorsichtig hinzu.
»Kann ich ihn sprechen?«

»Nein, tut mir leid. Das geht wirklich nicht.«
»Aber, kann man ihn wenigstens besuchen?«
Warum fragte ich das überhaupt. Ich war doch hier in London.
Der Arzt zögerte.
»Sind Sie ein guter Freund von Herrn Kasurinnen?«
Ich gab zu, daß ich ihn nur flüchtig kannte, aber gerade zufällig in Europa war und lediglich vorgehabt hatte, Kasurinnen zu besuchen.
»Ich denke, daß er ab morgen Besuche empfangen kann, aber eigentlich gestatten wir nur Angehörigen ... Ach was. Besuch ist immer gut. Kommen Sie ruhig vorbei. Die Besuchszeiten sind ...«
Ich saß da und schaute das Telefon an. Kasurinnen im Hospital. Ein Unfall? Was hatte der Cop über Kasurinnen geschrieben? Ich las noch einmal seine Mail durch. Irgendwie hatte ich ein schlechtes Gewissen. Ich hatte dem Arzt gegenüber so getan, als ob ich mich ernsthaft um Kasurinnen kümmern wollte. Dabei saß ich hier in London fest.
Fest? Wieso eigentlich? Ich hatte noch zwei Tage zu meiner freien Verfügung.

An Bord der SAS Maschine von London nach Kopenhagen ließ ich mir das Ganze noch einmal durch den Kopf gehen. 500 Dollar für einen Tag in Stockholm. Was bist du für ein Chaot, schalt ich mich selbst.
Der Gedanke gefiel mir irgendwie.
In Stockholm war deutlich schöneres Wetter als in London. Es erinnerte mich fast an Kalifornien. Der nette Schwede im Flughafenbus neben mir versicherte allerdings, daß es nur im Hochsommer und dann auch nur für ganz kurze Zeit so warm hier sei.
»Und dann ist die Stadt plötzlich wie leergefegt, weil alle hinaus auf ihre Inseln fahren«, lächelte er wehmütig. »Und nur die armen Familienväter kommen Woche für Woche zurück und schwitzen in der Stadt.«
»Haben Sie auch eine Familie auf einer Insel?« fragte ich höflich.
Der Schwede lachte kurz und strich sich durch sein sorgfältig frisiertes Haar.
»Oh, nein. Sehen Sie, ich bin schwul. Ich lebe das ganze Jahr über in Stockholm.«
Er blickte mir mit seinen offenen freundlichen Augen direkt ins Gesicht.
Das erklärte einiges. Er war mir schon in Kopenhagen beim Einsteigen aufgefallen. Die Stewardessen waren ganz hin und weg von seiner ausgesucht höflichen und charmanten Art. Ich mußte ebenfalls kurz lachen. Er schaute mich fragend an.
»Es ist nichts«, sagte ich, »ich dachte nur gerade an die armen Stewardessen.«
Er grinste.
»Ich sehe«, sagte er verstehend, »daß Sie öfters mit Homosexuellen zu tun haben. Sie sind aber selbst keiner.«
Das war eine Feststellung, keine Frage.
Ich schüttelte den Kopf.

»Nein, ich schätze, ich bin ein ziemlich normaler Hetero. Aber ich lebe in Berkeley, nahe San Francisco ...«

Er bekam leuchtende Augen. Auf der ganzen restlichen Fahrt, ja bis zur Gepäckausgabe, erging er sich in begeisterten Schilderungen der Bay Area. Er unterbrach sich, um der Zollbeamtin seinen Paß zu reichen. Das arme Mädchen starrte ihn fasziniert an und winkte uns durch.

»Wie ich Sie beneide«, schloß er schließlich in der Ankunftshalle. »Äh ... bleiben Sie länger in Stockholm?« fragte er höflich. »Vielleicht bis zum Water Festival?«

Ich schüttelte den Kopf und erklärte, daß ich lediglich einen verunglückten Freund im Hospital besuchen wollte.

Der schöne Schwede bot mir an, mich bis zum Hospital in seinem Wagen mitzunehmen, und ich nahm dankbar an.

»Mein Name ist George«, stellte ich mich vor. »George Moltke.«

Er verbeugte sich leicht. Ich hatte den Eindruck, daß er damit ein unmerkliches Zögern zu verbergen suchte.

»Ich heiße Jöre Bergenson. Moltke. Sind Sie irgendwie verwandt mit ... ?«

»Nein«, sagte ich rasch.

Er ließ es sich nicht nehmen, mich ins Hospital zu begleiten.

»Falls Sie Schwierigkeiten bekommen«, sagte er vage.

Tatsächlich gelang es Jöre Bergenson mühelos, die kratzbürstige Empfangsdame zu überzeugen, daß ich extra aus den Staaten hierher gekommen war, um meinen schwer verunglückten Freund ein letztes Mal lebend zu sehen, und daß es in so einer Situation doch wohl unmenschlich sei, auf so banale Dinge wie Besuchszeiten zu pochen, und blablabla ...

Im Aufzug bedankte ich mich für seine Hilfe und fügte freundlich hinzu:

»Nur damit wir uns recht verstehen: Ich bin wirklich hetero und habe auch nicht vor, in nächster Zeit etwas daran zu ändern.«

Er nahm es mir nicht übel, sondern lachte wieder fröhlich.

»Keine Angst. Ich lebe schon seit Jahren in einer festen Beziehung.«

Jöre wurde plötzlich ernst.

»Nein«, sagte er, »ich helfe Ihnen, weil Sie mir in die Augen geschaut haben, als ich sagte, daß ich schwul bin, und Sie haben nicht weggeschaut, sondern einfach gelacht. Sie haben mich nicht sofort ausgegrenzt, wie die meisten anderen, sondern nur die Komik der Situation genossen. Dafür bin ich Ihnen dankbar.«

»Ich muß gestehen«, sagte ich einigermaßen verlegen, »daß das wahrscheinlich nur daher kommt, weil ich es mehr als andere gewöhnt bin, mit Schwulen zusammen zu leben, die zur ihrer Sexualität auch stehen. In der Bay Area ist das nichts Besonderes. Wir gehen alle zur großen Gay Parade in San Francisco jedes Jahr und feiern zusammen.«

Jöre zuckte nur mit den Achseln, als ob er »Trotzdem« sagen wollte, und wir betraten die Station, auf der Kasurinnen untergebracht war.

Juhanna sah nicht gut aus, aber er war bei Bewußtsein und erkannte mich sofort wieder. Äußere Verletzungen waren eigentlich nicht sichtbar, wenn man von einem leichten Kopfverband absah, aber er hing immer noch am Tropf.

»Moltke«, sagte er leise, »was um Gottes Willen machen Sie hier. Sie waren doch gar nicht auf der Teilnehmerliste ...«

Ich erklärte Juhanna, daß ich zufällig in Europa war, als ich von seinem Unfall hörte.

Er nickte ganz leicht und schaute fragend hinüber zu meinem schönen Begleiter. Dieser lächelte freundlich und sagte etwas auf Schwedisch oder vielleicht auch Finnisch. Kasurinnen lächelte schwach.

»Nur ein schwedischer ... Bekannter, der mir behilflich war«, erklärte ich.

Kasurinnen bedeutete mit der Hand, daß ich mich auf die Bettkante setzen sollte.

»Moltke ... George ist doch Ihr Vorname, nicht? Kann ich Sie George nennen? Also, George. Ich habe noch lange über ... unser schreckliches Erlebnis in Deutschland nachgedacht. Dieser unangenehme Polizist war hier. Nein, nicht hier. Bei mir zu Hause natürlich.«

Kasurinnen schluckte mühsam. Die Krankenschwester hinter uns räusperte sich mißbilligend.

»Er hat noch nichts herausgefunden«, fuhr Kasurinnen fort. »Verstehen Sie das? Die haben nicht die leiseste Ahnung, wer es war. Der läuft also immer noch frei herum ...«

Er hustete mühsam und schloß einen Moment die Augen. Die Krankenschwester trat einen Schritt vor. Kasurinnen riß die Augen auf.

»Nein ... ich bin noch nicht ... einen Moment noch, bitte.«

Die Schwester schaute zweifelnd, verließ dann aber wortlos das Zimmer.

»Es war kein Unfall«, flüsterte Kasurinnen. »Niemand glaubt mir hier, aber ich weiß, daß es kein Unfall war. Glauben Sie mir, George. Sie und die Kollegin aus Frankreich, wie heißt sie noch gleich ...«

»Francoise Leduc.«

»Richtig. Was wollte ich sagen?«

Er blickte uns hilfesuchend an.

»Ach ja. Sie sind beide in Gefahr. Ich bin hier relativ sicher. Wenn er es hier noch einmal versuchen sollte, würde er Verdacht auslösen. Aber Sie beide sind in Gefahr. Wir sind die einzigen, die übrig sind, verstehen Sie? Die einzigen!«

Er hatte erregt meinen Arm gepackt und hielt ihn mit erstaunlicher Kraft fest. Ich sagte beruhigend:

»Wir sind nicht die einzigen Überlebenden, Juhanna. Es waren einige Kollegen noch gar nicht eingetroffen, als der Anschlag passierte.«

Er blickte mich verwirrt an, als ob er den Sinn meiner Worte nicht erfassen könnte.

»Die einzigen«, flüsterte er, »die letzten. Passen Sie auf, George.«

Ich nickte beruhigend und entwand ihm meinen Arm.

Die Schwester kam zurück und erklärte kategorisch, daß der Patient jetzt Ruhe brauchte. Ich verstand zwar kein Wort, aber der Sinn war klar. Wir ließen uns mit sanfter Gewalt hinaustreiben. Draußen auf dem Gang erwartete uns ein älterer Arzt in weißem Kittel. Er hatte müde Augen und stank unglaublich stark nach Zigarettenrauch. Unter seinem offenstehenden Kittel trug er einen Norwegerpullover und speckige Lederhosen. Er wechselte ein paar Worte auf Schwedisch mit meinem Begleiter, dann wandte er sich an mich:

»Bitte, äh, mein Name ist Görensen. Ich bin der, äh, Doktor von Herrn Kasurinnen. Bitte, Herr Kasurinnen hat, seit er bei uns in Behandlung gekommen ist, hat er die, äh, Vorstellung, daß er ... daß er ...«, dann folgten einige schwedische Worte.

Ich blickte hilfesuchend zu meinem Begleiter.

»Der Doktor meint, daß Ihr Freund unter Verfolgungswahn leidet – sagt man so?«, übersetzte dieser bereitwillig. »Er glaubt, daß er nicht Opfer eines Verkehrsunfalls war, sondern eines Mordanschlags. Die Polizei hat dies aber völlig ausgeschlossen. Herr Kasurinnen ist vom Bürgersteig auf die Fahrbahn gestolpert, genau vor ein anfahrendes Taxi. Er hat eine schwere Gehirnerschütterung und einige angebrochene Rippen. Aber ansonsten hat er Glück gehabt.«

»Gibt es Zeugen für den Unfall?« fragte ich natürlich.

Nach einigem Hin und Her erfuhr ich, daß nur der Taxifahrer gesehen hatte, wie Juhanna zwischen zwei parkenden Lieferwagen direkt auf die Fahrbahn gefallen sei.

Der Arzt betrachtete mich neugierig. Dann versuchte er noch einmal sein Schulenglisch:

»Bitte, Sie sind Herr Moltke, nicht wahr? Herr Kasurinnen hat dauernd von Ihnen gesprochen. Sind Sie vielleicht verwandt mit ... ?«

Ich schüttelte den Kopf.

Wir verließen schweigend das Hospital.

»Was werden Sie jetzt machen?« fragte Jöre Bergenson, während er sein Auto aufsperrte.

Ich zuckte mit den Achseln und schaute mich um. Die Nachmittagssonne brannte vom dunstigen Himmel. Braungebrannte Mädchen mit superkurzen Shorts und langen blonden Haaren gingen vorüber.

»Ein Hotel in der Innenstadt suchen und mir die Stadt anschauen. Morgen früh werde ich Kasurinnen noch einmal besuchen. Mittags geht mein Flug zurück nach London.«

Jöre nickte.

»Ich werde Sie bei einem kleinen Hotel in der Innenstadt absetzen. Von dort können Sie zu Fuß die Altstadt erreichen. Ich würde Sie auch gerne bei uns beherbergen, aber unser Appartement ist leider zu klein für Gäste.«

Vor dem Hotel in der Nähe von Kungsträdgarden verabschiedeten wir uns, und ich gab Bergenson meine Visitenkarte. Er sagte, daß er leider keine Karte dabei habe, aber er schrieb mir seine Telefonnummer auf. Beim Wegfahren winkte er und ich blickte ihm nachdenklich hinterher, bis der schwere Wagen um die Ecke verschwand.

Das Zimmer war teuer, aber ansprechend. Von meinem Fenster aus konnte ich über einen der vielen Wasserarme Stockholms hinüber auf die zauberhafte historische Altstadt blicken. Entsprechend ruhig war das Zimmer auch. Ich nahm eine Dusche und legte mich für ein paar Minuten auf das riesige Bett. Dann griff ich zum Telefon und rief die Rezeption.

»Können Sie mir eine Nummer in Stockholm geben?«
»Selbstverständlich, Sir.«
In der gepflegten Stimme des Portiers war so etwas wie Entrüstung zu hören.
»Gut. Ich brauche die Nummer von Jöre Bergenson in Stockholm.«
Der Portier ließ sich den Namen buchstabieren und verschwand aus der Leitung. Etwa zwei Minuten später meldete er sich wieder.
»Sir, dieser Eintrag ist in Stockholm nicht vorhanden. Ich war so frei, auch die Telefonbücher der umliegenden Bezirke zu prüfen. Auch dort ist keine Nummer unter diesem Namen vorhanden.«

Ich bedankte mich und legte auf. Draußen wurde es dämmrig. Wer hatte gesagt, daß in Skandinavien im Hochsommer die Sonne kaum noch unter den Horizont sank? Nun, ich würde es heute nachprüfen können.

Jöre, der gute Engel. Ich lächelte grimmig. Oder ein kleiner Teufel? Wer weiß ... Ich zog mich an und verließ das Hotel in Richtung Gamla Stan.

Die Sonne war nun doch untergegangen und die mittelalterlichen Straßenlaternen, obwohl mit modernen Leuchtkörpern ausgestattet, erhellten die engen Straßen nur notdürftig. Ich ließ mich von der Feiertagsmenge treiben, bog jeweils in die Gasse ab, in die die meisten Passanten weiter schlenderten. Noch nie in meinem kurzen Leben hatte ich so viele hübsche Blondinen auf einmal gesehen, wie auf diesem kurzen Spaziergang. Obwohl Jöre behauptet hatte, die Stadt sei im Sommer wie ausgestorben, wimmelte es in der Altstadt von braungebrannten und semmelblonden Teenagern. Aber auch die Jungs waren ausgesprochen ansprechend. Wie junge Lichtgötter mit hellblauen Augen und sportlichen Figuren, folgten sie eifrig den flanierenden Mädchengruppen.

Ich ging betont langsam und begutachtete ab und zu interessiert eines der hell erleuchteten Schaufenster. Nach etwa einer halben Stunde fand ich, was ich suchte. Eine Seitengasse, gut erleuchtet, aber wenig begangen, führte von der belebten Straße hinunter zu einem der vielen Wasserläufe. Ich blieb an der Ecke stehen und beobachtete ein paar Sekunden die Menge, die an mir vorbei strömte. Dann bog ich rasch in die Gasse ab und lief etwa fünfzig Yards weit bis zu einem pompösen Portal – anscheinend ein Regierungsgebäude – in dessen geräumigen und schattigen Eingang ich mich versteckte.

Ich brauchte nicht lange zu warten. Schon nach einer halben Minute hörte ich hastige Schritte näherkommen. Dem Geräusch nach zu urteilen, lief er auf meiner Seite den schmalen Gehsteig entlang. Ich hatte eigentlich gar keinen bestimmten Plan, aber ich konnte der günstigen Konstellation einfach nicht widerstehen und stellte meinem Verfolger im letzten Moment ein Bein in den Weg. Er versuchte noch auszuweichen, stolperte aber dennoch und ging mit einem überraschten Ausruf halb in die Knie. Bevor er sein Gleichgewicht wiederfinden konnte, hielt ich seine Arme von hinten umklammert und zog ihn vom Gehsteig in den dunklen Eingang des Gebäudes. Plötzlich bereute ich, daß ich ihn nicht einfach hatte weiterlaufen lassen. Durch das leichte Jacket fühlte ich deutlich eine Waffe unter seinem linken Arm.

Er keuchte und versuchte, seine Arme loszureißen. Ich verschränkte meine Hände hinter seinem Nacken und flüsterte:

»Ganz ruhig. Sonst breche ich Ihnen das Genick. Überhaupt kein Problem.«

Ich spannte meine Armmuskeln etwas und in seinem Nacken knackte es leise. Ich fühlte, wie seine Muskeln plötzlich erschlafften. Das konnte aber auch nur ein Trick sein. Er wedelte locker mit seinen freien Händen und krächzte auf Englisch:

»Ok, ok, Sie haben gewonnen. Brechen Sie mir nicht aus Versehen den Hals.«

Es war natürlich Jöre Bergenson.

»In meiner Innentasche ist ein kleiner Revolver. Nehmen Sie ihn von mir aus heraus, aber seien Sie vorsichtig damit. Ich lasse die Hände solange oben.«

Ich löste vorsichtig meinen Griff und tastete nach der Waffe. Sie steckte nicht in einem Schulterhalfter, sondern einfach in der Innentasche seines Jacketts. Ein dunkel eloxierter stumpfnasiger Revolver. Er war geladen und gesichert. Ich ließ Bergenson los und trat rasch zwei Schritte zurück.

»Sie können die Arme jetzt herunternehmen«, sagte ich.

Er drehte sich lächelnd um.

»Und jetzt«, fuhr ich fort, »möchte ich gerne wissen, wer Sie wirklich sind, Herr Jöre Bergenson. Und keine Phantasiegeschichten mehr.«

»Ich glaube«, erwiderte er mit ruhiger Stimme, »am einfachsten ist es, wenn ich Ihnen meinen Dienstausweis zeige. Darf ich ... ?«

Er griff sich vorsichtig in die andere Innentasche und holte eine lederne Brieftasche hervor. Er reichte sie mir aufgeklappt herüber. Ich studierte den Lichtbildausweis kurz.

»Sie sind also britischer Polizeibeamter des Scotland Yard. Heißen nicht Jöre Bergenson, sondern Charles Rocher. Wie spricht man das aus? Aha. Wenn Sie das nächste Mal nach Ihrem Namen gefragt werden, sollten Sie erstens nicht überlegen müssen, zweitens einen Namen nehmen, der auch im Telefonbuch steht.«

Ich steckte die Waffe vorerst in meine Jackentasche.

»Damit Sie dann dort anrufen und den richtigen Mann interviewen?« fragte er lächelnd.

»Stimmt auch wieder«, gab ich zu. »Sie sind mir aus London hierher gefolgt und haben – ziemlich erfolgreich, wie ich zugeben muß – alle meine Schritte hier überwacht. Darf ich fragen, warum?«

Er lachte kurz.

»'Ziemlich erfolgreich' würde meine Chefin das nicht mehr nennen, wenn ich schon am ersten Tag enttarnt werde. Ok, wir sollten vielleicht irgendwo hin gehen, wo wir länger reden können, ohne aufzufallen.«

Zögernd willigte ich ein. Ich ließ ihn vorangehen. Er führte mich zurück zur Hauptstraße, dann nach rechts und kurz darauf verschwand er wieder rechts in einem niedrigen Torbogen. Ein kleiner Innenhof öffnete sich nach wenigen Yards, auf dem zwei Garküchen ihre Tische und Stühle aufgestellt hatten. Rocher holte zwei Flaschen Bier und bestellte etwas zu essen. Dann setzten wir uns an den hintersten Tisch.

»Sind Sie nun schwul, oder war das auch nur ein Trick, mich einzulullen?« eröffnete ich das Gespräch.

Rocher nickte lächelnd.

»Das funktioniert meistens recht gut. Allerdings nicht bei allen Männern. Bei Frauen ist es die Masche. Ich bin nicht schwul, aber ich kann mich so verhalten, als ob. Die meisten können sich nicht vorstellen, daß von einem Homosexuellen eine Bedrohung ausgehen könnte, außer vielleicht, ... naja, das übliche halt.«

Er lachte kurz und nahm noch einen Schluck.

»Wie haben Sie gemerkt, daß ich Sie verfolgt habe? Ich dachte ich wäre einigermaßen gut ...«

Eine lärmende Gruppe von Teenagern besetzte zwei Tische neben uns.

»Ich wußte, daß Sie mir auf den Fersen waren«, sagte ich. »Es gibt keinen Jöre Bergenson im Stockholmer Telefonbuch, und ihr Wagen war gemietet. Auf dem Nummernschild war das Hertz Firmenzeichen. Warum sollten Sie mir so einen Quatsch erzählen? Der einzige vernünftige Grund war, daß Sie mich überwachen sollten. Daß Sie allerdings von Scotland Yard sind, hatte ich nicht erwartet. Woher können Sie so gut Finnisch und Schwedisch?«

Er hob die Augenbrauen.

»Tja, ich war nicht immer nur beim Yard. Früher habe ich Skandinavistik gelehrt. In Oxford. Aber das akademische Leben wurde mir zu eintönig. Also habe ich den Beruf gewechselt.«

Ein orientalisch aussehender Mann mit kohlschwarzen Augen brachte uns zwei heiße Teigtaschen gefüllt mit allerlei Gemüse und Fleisch. Es roch nach Zimt und Koriander.

Rocher nahm sich eine der Taschen und biß hungrig hinein.

»Versuchen Sie's«, sagte er mit vollen Backen und deutete auf die zweite Portion. »Falaffel. Die besten, die Sie sich vorstellen können.«

Ich wollte jetzt endlich wissen, woran ich war. Ich beugte mich vor, stützte meine Ellbogen auf den wackligen Tisch und fixierte ihn scharf.

»Ich warte immer noch auf eine plausible Erklärung, Rocher!«

»Meine Güte, sind Sie ungeduldig.«

Er wischte sich sorgfältig weiße Soße vom Kinn und begann:

»Die Sache ist nicht ganz einfach zu erklären. Es hängt alles damit zusammen, daß Sie und Kasurinnen und diese Französin den Massenmord in Deutschland vor zwei Monaten überlebt haben. Wie Sie vielleicht wissen, sind die Ermittlungen der deutschen Behörden schon lange steckengeblieben. Da die Opfer aus vielen europäischen Ländern stammen, hat die deutsche Polizei die Ermittlungen an eine Interpol Task Force abgegeben. Unter anderen gehöre auch ich dieser Gruppe an. Ich wurde informiert, daß Sie nach Europa zurückkommen, und ... nun, ja, als ich erfuhr, daß Kasurinnen verunglückt ist und Sie plötzlich nach Stockholm fliegen wollten, habe ich mich an Sie drangehängt.«

Der glutäugige Mann brachte uns zwei weitere Flaschen Bier. Das Bier war gut. Die Falaffel auch.

»Aber warum?« wollte ich wissen.

Charles Rocher zögerte.

»Tja, ich weiß nicht ...«

Er fuhr sich mit der Hand durch sein gepflegtes Haar. Ich bemerkte, daß er echt goldene Manschettenknöpfe trug. Schließlich schien er sich zu einem Entschluß durchzuringen.

»Sehen Sie, George« sagte er mit fester Stimme und blickte mir direkt in die Augen. »Wir, das heißt, genauer gesagt, unser deutscher Kollege, hat sich natürlich auch ausführlich mit dem Hintergrund der beteiligten Personen beschäftigt. Dabei ist uns natürlich nicht entgangen, daß sich Ihr Leben nur bis zu einem bestimmten Punkt zurückverfolgen läßt. Selbst die amerikanischen Behörden waren ... sagen wir mal, nicht besonders hilfsbereit, was Auskünfte über Sie anging. Damit waren Sie im Moment der einzige Ansatzpunkt, von dem wir uns einen Fortschritt versprachen. Folglich haben wir uns ein wenig auf Sie konzentriert.«

Er blickte mich erwartungsvoll an. Ich sagte aber nichts. Noch nicht.

»Die Vergangenheit holt einen immer wieder ein«, hatte der Richter damals in Santa Rosa gesagt. »Wir können es nur ein wenig hinauszögern, aber letztendlich werden Sie eines Tages wieder damit konfrontiert. Und damit müssen Sie rechnen und sich darauf vorbereiten.«

»George?«

Der Mann von Scotland Yard schaute mich forschend an.

»Äh, ich war einen Moment ... ich habe gerade an etwas anderes gedacht«, sagte ich rasch und riß mich zusammen. »Ich verstehe. Sie haben mich im Verdacht gehabt, weil ich einen riesigen weißen Fleck in der Vergangenheit habe.«

Rocher nickte.

»Alle anderen Überlebenden und noch einige mehr haben wir überprüft. Alles ganz normal. Nur bei Ihnen ...«

»Nur bei mir konnten Sie nichts erfahren, was länger als acht Jahre zurückliegt.«

Rocher nickte wieder bestätigend.

»Aber jetzt hat sich die Sache geändert«, sagte er.

»Wieso?«

»Die einzelnen Gründe kann ich Ihnen nicht nennen, aber alles deutet jetzt eher

auf einen Täter oder eine Tätergruppe außerhalb Ihres Kreises hin. Genaugenommen«, er unterbrach sich und lächelte, »bin ich zu Ihrem Schutz abkommandiert worden – nicht um Sie zu überwachen.«
Das mußte ich erst einmal verdauen.
»Zu meinem Schutz«, sagte ich tonlos und starrte ihn an.
»Zu Ihrem Schutz«, nickte er und leerte sein Glas mit einem gewaltigen Schluck. Es war schon sein drittes Bier. Aber das Bier war, wie gesagt, gut.
»Dann ... dann leidet Kasurinnen vielleicht doch nicht unter Verfolgungswahn?«
Rocher schaute mich nur an, ohne die Miene zu verziehen.
»Ich verstehe«, sagte ich langsam. »Sie haben schon mehr gesagt, als unter diesen Umständen ratsam ist.«
Er nickte langsam. Ich überlegte. Seine Geschichte klang plausibel, und der Dienstausweis war zweifellos echt. Ich hatte mich von Anfang an über sein tadelloses britisches Englisch gewundert, dies aber auf die bessere Ausbildung an den europäischen Schulen geschoben.
»Die Vergangenheit wird Sie immer wieder einholen.«
Nun gut. Es würde hoffentlich nicht allzu sehr schaden, wenn ein Mann von Scotland Yard etwas mehr über mich wußte, als mir normalerweise lieb war. Ich holte tief Luft.
»Ich mache Ihnen einen Vorschlag: Ich kläre Sie – im Groben – über die weißen Flecke in meiner Vergangenheit auf. Und Sie geben mir im Gegenzug alles, was Sie sonst noch über den Fall wissen.«
Er überlegte einen Moment, dann bestellte er zwei weitere Biere und nickte einmal kurz.
Also erzählte ich ihm alles. Nicht ganz detailliert, aber doch so, daß er genug wußte, um zu verstehen. Über meine verkorkste Kindheit, mein chaotisches Elternhaus. Wie ich ausgebrochen war und mir die falschen Freunde gesucht hatte. Wie ich die ersten Hacker kennenlernte. Wie ich mit meinen Computerkenntnissen bald selbst zu einem gefragten Hacker in der Gegend von L.A. wurde. Ich verschwieg auch nicht die illegalen und halb illegalen Dinge, die ich damals im Wahn meiner rechentechnischen Allmacht begangen hatte. Dann der Fall 'Medusa'. Wie ich plötzlich mit unwiderleglichen Beweisen gegen die Mafia dasaß und genau wußte, daß allein der Besitz dieser Daten mich den Kopf kosten könnte. Nur weil ich meinte, meine neugierige Nase in jeden Rechner stecken zu müssen. Vom meinem zunächst anonymen Kontakt mit dem FBI, berichtete ich. Dann von der fingierten Verhaftung und dem Hochsicherheitstrakt, wo sie mich bis zur Verhandlung unter Verschluß hielten. Schließlich erklärte ich ihm, warum sie meine Vergangenheit nicht weiter als etwa acht Jahre hatten zurückverfolgen können. Von meinem Handel mit den Bundesbehörden und dem besorgten Richter in Santa Rosa, den ich überzeugen mußte. Und schließlich, daß ich froh war, weit weg von L.A. und meiner Familie ein neues, ungetrübtes Leben in Berkeley beginnen zu dürfen.

Schließlich schwieg ich und schaute in mein leeres Bierglas. Es war spät geworden. Der glutäugige Besitzer der Kneipe begann, die Stühle der benachbarten Tische zusammenzustellen und mit einem langen Stahlkabel fest zu schließen. Charles Rocher richtete sich in seinem Stuhl auf und seufzte.

»Das war ... sehr informativ und ... beeindruckend, George. Oder sollte ich lieber Thomas sagen?«

Ich sagte ihm, daß ich lieber meinen jetzigen Namen hörte, und er nickte verständnisvoll. Wir saßen ein paar Sekunden schweigend da und sahen dem Kneipenbesitzer beim Aufräumen zu.

»Und jetzt?« fragte ich schließlich.

Charles räusperte sich.

»Ich denke, daß ich nicht alles an die Kollegen weitergeben muß. Es ist augenscheinlich, daß wir Sie endgültig von der Liste streichen können.«

Er sagte nicht, was für eine Liste, aber ich konnte es mir auch so denken. Dann blickte er auf seine schwere Armbanduhr.

»Ich werde auf jeden Fall hier bleiben, bis Kasurinnen wieder einigermaßen auf dem Damm ist. In der Zwischenzeit kann ich versuchen herauszufinden, was an seinem Verfolgungswahn wirklich dran ist.«

Er blickte mich fragend an.

»Und Sie?«

»Ich muß morgen abend zurück in London sein. Ich glaube«, fügte ich zögernd hinzu, »nachdem, was wir heute gesehen haben, hat es wenig Sinn für mich, Kasurinnen noch einmal zu besuchen.«

Charles lächelte.

»Die Schwestern werden uns kaum an ihn heranlassen, wenn sie mitbekommen, daß wir seine 'Wahnvorstellungen' unterstützen. Nein, überlassen Sie Kasurinnen ruhig uns. Aber passen Sie selbst auf sich auf. Ich hoffe ja immer noch, daß wir alle das Opfer einer Massenpsychose sind. Aber man kann nie wissen ...«

Wir standen auf und machten uns durch die leergefegten Straßen der Gamla Stan auf den Weg zurück zum Hotel. Charles hatte sich der Einfachheit halber im Nachbarhotel eingemietet.

Ich überlegte kurz, ob ich Charles von meinen seltsamen Erlebnissen der letzten Zeit erzählen sollte, entschied mich aber, es nicht zu tun. Da kam mir ein anderer Gedanke.

»Was ist mit den anderen Überlebenden des Garmisch Workshops?«

»Alle wohlauf. Bis jetzt.«

»Haben Sie zufällig eine Telefonnummer von Francoise Leduc?«

Charles grinste wissend.

»Hab ich. Aber warum sollte ich sie herausrücken? Kennen Sie Leduc näher?«

Sein Tonfall sagte mir alles. Also tat ich ihm den Gefallen.

»Wir haben zusammen eine Nacht verbracht; das wollen Sie doch hören, oder? Bekomme ich jetzt die Nummer?«

Charles lachte.

»Nichts für ungut, George. Aber Sie wissen, daß sie mit einem festen Freund zusammen lebt?«

Ich nickte.

»Trotzdem würde ich sie gerne mal sprechen, wenn ich schon hier in Europa bin.«

Charles kramte in seinem Notizbuch und schrieb mir die Nummer auf einen Zettel. An der Rezeption meines Hotels verabschiedeten wir uns.

»Viel Glück!«

»Passen Sie auf sich auf, George!«

Erst auf meinem Zimmer fiel mir der kleine Revolver ein. Ich nahm ihn aus der Tasche und schaute ihn nachdenklich an. Ich hatte den ganzen Abend mit einem Cop verbracht, hatte einem Cop meine ganze Lebensgeschichte erzählt, hatte mit einem Cop zusammen Bier gesoffen und gegessen und ... ich mochte ihn. Plötzlich fiel mir auf, daß ich von Rocher im Gegenzug keinerlei neue Informationen erhalten hatte. Vielleicht hatte er gar keine?

Ich legte die Waffe kopfschüttelnd in meinen Koffer und ging ins Bett.

Noch vor dem Frühstück rief ich Francoises Nummer in Frankreich an. Eine männliche Stimme meldete sich auf französisch. Ich fragte nach Francoise und nach einigem Hin und Her kam sie selbst ans Telefon.

»Ah, George. Was für eine Überraschung? Bist du etwa 'ier in Frankreisch?«

Sie klang fröhlich und glücklich. Ich beschloß, gar nichts von der ganzen Geschichte zu erwähnen, um sie nicht unnötig zu beunruhigen. Wir plauderten ein paar Minuten, das heißt, die meiste Zeit erzählte Francoise.

»Isch bin rischtig froh, daß isch weg von Paris bin. Die Wissenschaft ist doch nichts für misch, George. 'ier bei Marc bin isch viel glücklischer. Isch arbeite jetzt an der Schule 'ier. Englisch und Mathematik.«

Ich beglückwünschte sie zu ihrer neuen Berufswahl und nach ein paar weiteren Plaudereien verabschiedeten wir uns. Nicht ohne uns vorher beiderseitig zu versichern, daß wir uns unbedingt gegenseitig besuchen müßten, und so weiter.

Später versuchte ich noch einmal die Nummer von Archies Hotel in Paris. Diesmal hatte ich Glück.

»George?«

Er klang ziemlich überrascht. Kein Wunder.

»Du bist wo? In Stockholm? Was, um Gottes Willen machst du da?«

Ich erzählte ihm kurz die Hintergründe.

»Was? Moment mal, ich komme da nicht ganz mit. Du bist nur nach Stockholm geflogen, um diesen ... Finnen zu besuchen?«

Ich klärte ihn über den eigentlichen Zweck meiner Reise auf.

»Ach, so! Das SPROUT Projekt. Stimmt ja. Das war diese Woche. Cambridge, nicht wahr?«

Er klang erleichtert.

»Und ich dachte schon, jetzt hat es dich voll erwischt! Fliegst wegen diesem Fin-

nen, den du kaum kennst nach Europa! Und was machst du jetzt?«
Ich sagte ihm, daß mein Flug nach San Fran in ein paar Stunden ginge.
»Wie ist der Workshop?« fragte ich.
»Der Workshop? Ach so. Ja, nicht schlecht. Ich war ja diesmal Chairman. Ganz schön komisch, plötzlich auf dem Podium zu sitzen. Aber nicht schlecht, wie gesagt. Ich habe auch einen Beitrag gehalten. Ein paar Leute haben sogar Fragen gestellt, die darauf schließen lassen, daß sie meinen Vortrag verstanden haben.«
Er versuchte, unbeteiligt zu klingen, aber der unterschwellige Stolz in seiner Stimme war deutlich herauszuhören.
»Super«, sagte ich anerkennend. »So eine Veröffentlichung kannst du dir einrahmen.«
Archie lachte.
»Naja. Wieder eine mehr auf der Veröffentlichungsliste. Manchmal denke ich, was für ein Schwachsinn dieses System ist. Aber du weißt ja: Wenn die Anzahl deiner Veröffentlichungen sinkt, landest du gleich bei den Full Time Lecturers.«
Ich nickte.
»Publish or perish.«
»Genau. Und deshalb wird ja in diesem Land auch jeder Furz viermal veröffentlicht.«
»Wobei er nach dem vierten Mal endgültig sein Aroma verloren hat.«
Archie lachte.
Wir wechselten noch ein paar Belanglosigkeiten und verabschiedeten uns. Er sagte, er würde in drei Tagen wieder in Berkeley sein.
Um zwölf nahm ich den Flughafenbus nach Arlanda. Vor dem Check-In erwartete mich bereits Charles Rocher. Wir schüttelten uns die Hände, obwohl wir es gestern schon getan hatten. Komische Sitte in Europa, sich bei jeder Gelegenheit die Hände zu reichen.
»Äh, haben wir nicht eine Kleinigkeit vergessen?« fragte Charles scheinheilig.
Ich lachte und öffnete meinen kleinen Koffer.
»Ehrlich gesagt, ich hatte schon überlegt, ob ich ihn einfach bei der Rezeption abgeben sollte«, sagte ich und reichte ihm den Revolver, sorgfältig in eine Plastiktüte gewickelt.
»Also dann. Vielleicht auf ein Wiedersehen.«
»Passen Sie auf sich auf!«

8

Nostradamus erwartete mich auf seinem üblichen Beobachtungsposten, der Steinsäule auf dem Treppenabsatz. Ganz entgegen seinen normalen Gewohnheiten sprang er herunter und folgte mir hinauf in die Wohnung. Er schnurrte laut und strich mir angelegentlich um die Beine.

»Was ist los, alter Freund? Du bist doch sonst nicht so anhänglich. Hat Horace dich etwa ausgesperrt?«

Ich beseitigte den üblichen Berg Werbung, Zeitungen und Post vor meiner Türe. Dann ging ich als erstes ins Schlafzimmer und holte die Walther aus ihrem Versteck. Seit der Landung in San Fran und auf dem ganzen Weg nach Hause hatte ich mich unsicher gefühlt. So ein komisches Gefühl, wenn es im Nacken anfängt zu kribbeln, und man sich dauernd umdreht und niemanden sehen kann.

Nostradamus saß vorwurfsvoll in der Küche – vor seinem leeren Futterspender. Aha! Daher der plötzliche Liebesbeweis. Der Bursche hatte Hunger. Liebe geht durch den Magen. Auch bei Katzen.

Nachdem ich unter einer sehr heißen Dusche den Schweiß und Schmutz der langen Reise weggespült hatte, rief ich bei Janet an. Ausnahmsweise nahm sie selbst den Hörer ab.

»George!«

»Hey! Das hört sich ja richtig froh an. Hast du mich etwa vermißt?«

»Natürlich nicht! Noch so eine freche Bemerkung und du kannst bleiben, wo der Pfeffer wächst!«

Ich lächelte. Gut, wieder zu Hause zu sein.

»Hast du Lust, mit mir zusammen zum Essen zu gehen? Ich verspreche auch, ganz artig zu sein und meine Finger unter Kontrolle zu halten.«

»Wenn du versprichst, das blöde Teenager-Gehabe abzulegen und wieder normal mit mir zu reden, dann ja. Wohin gehen wir?«

»Wie wär's mit Zacharis Pizza?«

»Ok.«

»Ich hole dich ab.«

»Gleich?«

»Gleich. Ich bin gerade gelandet, habe in den letzten 24 Stunden dreimal plastic food serviert bekommen. Ich brauche sofort was Vernünftiges zwischen die Kiemen.«

»Hmm. Na gut, bis gleich, und ...«

»Ja?«

»Nichts.«

Es klickte in der Leitung.

Draußen wurde es bereits dunkel. Keine so lange Dämmerung wie in Stockholm, dachte ich, als ich die Treppe hinunterlief. Nelson stand wie üblich unter seiner Stammlaterne und schaute staubiger und älter aus denn je. Ich hatte den Zündschlüssel schon im Schloß, als ich plötzlich zögerte. Dann stieg ich wieder aus und öffnete die Motorhaube. Der Verschluß funktionierte schon seit Jahren nicht mehr. Man brauchte bloß mit dem Daumen unter die Kante zu greifen und den Sicherheitsverschluß zu lösen. Im Motorraum selbst war es viel zu dunkel, um irgendetwas zu erkennen. Ich ließ die Haube zuknallen und schimpfte mich selbst einen Psychopathen. Trotzdem konnte ich mich nicht überwinden, den Motor anzulassen. Ich stand noch ein paar Sekunden da und blickte mich um. Kein Mensch weit und breit. Fast alle Häuser in der Nachbarschaft hatten die Jalousien heruntergelassen. Wenn jemand wollte, könnte er ganz leicht und ungesehen an einem geparkten Auto herumbosseln.

Ich lief die Archstreet hinunter und rechts die Cedar entlang bis zur Oxford. Dort winkte ich mir ein Taxi.

»Spinnst du?« empfing mich Janet verwundert. »Wieso kommst du mit dem Taxi? Ist dein alter Nelson nicht angesprungen?«

Ich nickte. Die kleine Notlüge würde mir Nelson hoffentlich verzeihen. Ich wußte, Janet würde sofort auf Psycho-Beratung umschalten, wenn sie jetzt von meinen Wahnvorstellungen erfuhr. Ich hatte jetzt aber keine Lust auf gutgemeinte Ratschläge.

Komisch, früher hatte ich Frank mit seinem Verfolgungswahn nie begreifen können. Jetzt verstand ich ihn ein wenig besser. Ein saublödes Gefühl. Als ob man auf einer Zielscheibe festgebunden wäre und jeden Moment mit einem Treffer ins Schwarze rechnen müßte. Sogar im Taxi ertappte ich mich, daß ich dauernd in den Rückspiegel des Fahrers starrte.

»He! Hörst du mir überhaupt zu? Ich wette, du hast kein Wort mitgekriegt von dem, was ich dir die ganze Zeit erzähle. Was ist denn los?«

»Nichts«, sagte ich, »ich bin nur ziemlich erledigt. Was hast du gefragt?«

Janet plauderte weiter über ihre Psycho Christine, die sich wohl einiges geleistet hatte. Meine Gedanken schweiften wieder ab. War der dunkle Honda nicht schon seit der Ashby hinter uns?

Plötzlich merkte ich, daß Janet nicht mehr redete. Ich schaute sie an.

»Wenn du mir nicht zuhörst, brauche ich mich ja wohl auch nicht zu bemühen«, sagte sie beleidigt. »Hast du irgendwas?«

Ich nickte zögernd. In diesem Moment hielt das Taxi vor Zacharis in der College Avenue.

»Gleich«, sagte ich und wir stiegen aus.

Obwohl wir keinen Tisch bestellt hatten, bekamen wir gleich einen Platz, sogar am Fenster. Vorne an der Theke herrschte das übliche Chaos, das die zahlreichen Abholer verursachten. Zacharis war in der ganzen Bay Area für seine gefüllten Pizzas berühmt. Das meiste Geschäft machte er allerdings über den Thekentisch, nicht in seinen beiden winzigen Restaurants. Hauptsächlich bei den Studenten war Zacharis einfach hip. Keine wirklich gute Party ohne ein oder zwei von Zacharis riesigen, fetten Pizzas.

Wir bestellten und Janet sah mich auffordernd an.

»Also los. Erzähl schon. Wie war London? Warum bist du so besorgt?«
»Besorgt?«
Sie verdrehte die Augen.
»Das sieht doch ein Blinder mit 'nem Krückstock. Klar bist du besorgt. Ist es nur, weil Nelson nicht anspringt?«
Ich mußte lächeln. Dann erzählte ich ihr die ganze Geschichte. Über kurz oder lang würde sie sowieso alles aus mir herausgekitzelt haben. Das Erzählen zog sich hin; teilweise auch deshalb, weil Janet Millionen von Fragen auf mich abfeuerte. Erst beim Kaffee und Tiramisu kam ich zum Schluß meines Berichts.
Janet schüttelte ungläubig den Kopf.
»Also, erst dachte ich, du leidest nur unter einem traumatischen Verfolgungswahn. Aber dieser schwedische Cop. Ach, Unsinn! Der war ja gar kein Schwede! Ich meine, die scheinen ja ernsthaft zu glauben, daß irgendjemand alle Leute, die auf diesem verdammten Workshop waren, koste es was es wolle, umbringen will. So was gibt's doch gar nicht! Warum denn? Was haben die denn alle gemeinsam?«
»Das wissen wir eben nicht. Vielleicht sind wir ja auf der ganz falschen Spur. Vielleicht war es wirklich nur die Tat eines Verrückten. Andererseits ...«
Wir schwiegen ein paar Minuten.
»Aber«, fing Janet wieder an, »es haben doch noch mehr Leute den Anschlag überlebt, außer dir und diesem Finnen. Was ist denn mit denen?«
Ich hob die Schultern.
»Charles sagte, sie seien alle wohlauf. Ich habe selber nur mit Francoise telefoniert. Es geht ihr gut.«
Janet sah mich scharf an.
»Sooo?« schienen ihre Augen zu sagen.
»Sie ist eine Frau«, sagte sie bedeutungsvoll.
»Na, und?«
»Waren die anderen Überlebenden alle männlich?«
Ich überlegte.
»Ja, schon«, sagte ich zögernd, »aber du glaubst doch wohl nicht ...«
Janet zuckte mit den Achseln und blickte sich ziellos im Lokal um.
Ich seufzte und kramte meine Kreditkarte heraus.
»Ich finde«, sagte Janet plötzlich, »du solltest dich mit diesem deutschen Cop in Verbindung setzen. Er hat doch Email, nicht? Vielleicht könnt ihr zusammen etwas auftun.«
»Vielleicht mach' ich das wirklich«, meinte ich zerstreut.
Ich legte das Trinkgeld auf den Tisch und wir gingen hinaus in die laue Nacht. Von Zacharis war es nicht weit bis zu Janets Haus, also machten wir einen Abendspaziergang die College Avenue entlang. Ziemlich genau zwischen Oakland und Berkeley war ein längeres Stück mit nur sehr wenigen Straßenlaternen.
Janet hängte sich bei mir ein und flüsterte:
»Hier ist es mir immer unheimlich. Allein würde ich hier nicht langgehen.«

Ich lachte kurz.

»Glaub' ja nicht, daß sich jemand durch meine Anwesenheit davon abhalten ließe, sich unserer Brieftaschen zu bemächtigen. Ziemlich genau hier haben sie dem armen Hinjii eins übergezogen und ihm seinen Geldbeutel mit fünf Dollar geklaut. Er hatte eine leichte Gehirnerschütterung und eine dicke Platzwunde über dem Auge.«

»Hör auf«, sagte Janet.

Auf ihrer Veranda ließ sich Janet zu einem langen, genüßlichen Gute-Nacht-Kuß hinreißen. Als meine Hände vorsichtig nach mehr tasteten, entwand sie sich allerdings schnell und geschickt und ging auf Distanz.

»Bevor ich's vergesse«, sagte sie und ordnete ihren zerzausten Haarschopf, »Frank hat gestern angerufen. Er hat vorgeschlagen, mal wieder zum Blackjack zu gehen. Wir haben mal, ohne dich zu fragen, morgen abend ausgemacht. Du warst ja nicht da ...«

Ich sagte natürlich, daß es mir recht sei. Ich spielte zwar nicht so gerne wie Frank, aber es machte mir Spaß zu kiebitzen. Janet war eine begeisterte Black-Jack-Spielerin. Und sie war gut darin. Sie spielte nach der Chaos-Methode, aber sie erzielte damit meistens mehr Gewinne als Frank und ich, die wir es streng wissenschaftlich mit der Statistik der 10er Karten versuchten.

»Fein. Dann holen wir dich ab. So etwa um halb acht, ok?«

Ich nickte und bekam dafür noch einen Abschiedskuß, diesmal aber nur auf die Wange.

Ich ging hinüber zur Ashby und wartete auf ein Taxi. Kaum war ich wieder allein, war das Gefühl, beobachtet zu werden, zurück. Ich tastete unauffällig nach der Walther in meinem Kreuz und blickte mich mehr um, als nötig gewesen wäre.

Zum Glück hielt bald ein Berkeley City Cab und ich ließ mich aufatmend auf den Rücksitz fallen. Wenn das nicht bald besser wurde, brauchte ich vielleicht wirklich professionelle Hilfe. Professionelle Hilfe, auch so ein Unsinn. ICH zumindest kenne keine Amateur-Therapeuten.

Am nächsten Tag war wieder Sprechstunde. Zum Glück tauchte niemand auf, der sich beraten lassen wollte; nicht mal Pat und Pam. Als der Zeiger auf der Uhr in meinem Display auf die Zwölf rückte, atmete ich erleichtert auf und holte mir zur Feier des Tages ein Tuna-Sandwich zum Lunch. Archie war noch nicht zurück aus Europa, der Chef war immer noch krank. Also lunchte ich zusammen mit Joe, Minni und Fai-Chi bei Hardy's.

»Was ist nun mit Salt Lake?« wollte Fai-Chi wissen.

Ich zuckte mit den Achseln.

»Noch nichts gehört.«

»Mormone State. Das wäre doch was für dich. Die dürfen mehr als eine Frau heiraten«, sagte Minni boshaft.

»Quatsch!« Joe schüttelte den Kopf. »Das dürfen die schon lange nicht mehr.«

»Aber sie machen's trotzdem«, beharrte Minni.

»Wann kommt Archie zurück aus Paris?« versuchte ich das Gespräch von meiner potentiellen Polygamie weg zu lenken.
»Heute abend. Wie war's eigentlich in London? Alles grau in grau wie immer?« Joe konnte seinen Ärger darüber, daß der Chef mich als Vertretung ausgewählt hatte, nur schwer verbergen.
Ich zuckte betont gleichgültig mit den Achseln.
»Von London hab' ich fast nichts mitgekriegt. Leider.«
»Aber du hast doch das ganze Wochenende drangehängt«, insistierte er hartnäckig.
Ich erzählte, daß ich am Wochenende in Stockholm einen verletzten Kollegen im Hospital besucht hatte.
»Du bist extra deshalb nach Schweden geflogen?« Fai-Chi war fassungslos. »Kennst du ihn denn so gut? Hätte es nicht genügt, ihn anzurufen?«
»Er durfte noch nicht telefonieren«, verteidigte ich mich schwach.
Trotzdem war die allgemeine Meinung, daß ich ein Spinner, Geldverschwender und zu sentimental sei. Ich ließ es dabei bewenden. Es gab schließlich schlimmere Urteile.
»Wahrscheinlich hat er nur zuviel Geld«, setzte Minni noch eins 'drauf.
»Was soll das heißen!« sagte ich scharf.
»Nichts. Gar nichts«, erwiderte Minni in beleidigtem Ton und stand auf, um zu gehen. Sie hatte ein sichtlich schlechtes Gewissen.
Damals hatte sie mir hoch und heilig versprochen, niemandem auch nur eine Andeutung über meine wahre Identität zu machen. Zum hundertsten Male ohrfeigte ich mich innerlich für meine damalige Blödheit. Wieso hatte ich ausgerechnet dieser Schwatzbase mein Herz ausschütten müssen. Aber wer denkt im Bett schon immer an die möglichen Folgen? Die heutige Überbevölkerung macht ja deutlich, daß es wohl den meisten Menschen so geht wie mir ...
Erst gegen sieben steuerte ich Nelson in die Archstreet. Heute morgen hatte ich zusammen mit Horace, der keine Gelegenheit ausließ, unter eine Motorhaube zu gucken, den ganzen Motorraum nach verdächtigen Manipulationen abgesucht. Natürlich hatten wir nichts gefunden. Die Blicke, die Horace mir dabei zuwarf, sprachen Bände.
Ich parkte Nelson unter seiner Stammlaterne und stieg die Treppe zu meinem Appartement hinauf. Es dämmerte schon und die schwarzen Rabenvögel mit den langen Schwänzen und gelben Augen versammelten sich in dem alten Eukalyptusbaum in Horaces Garten. Bei Pete und Susi rührte sich immer noch nichts. Vielleicht hatten sie ihren Trip spontan verlängert. Denen war das schon zuzutrauen. Pete arbeitete als freier Mitarbeiter bei einer Zeitschrift und Susi als Kindermädchen. Flexible Leute also.
Ich 'schloß' meine immer noch nicht reparierte Türe auf. Eigentlich tat ich das nur aus Gewohnheit; man konnte die Türe auch ganz leicht so aufdrücken. Plötzlich erstarrte ich mitten in der Bewegung. Hatte da nicht gerade etwas geknackt?

Ich hielt den Atem an, den Finger noch am Lichtschalter, den ich noch nicht gedrückt hatte, und lauschte. Nichts zu hören. Meine rechte Hand tastete nach der Walther. Ich wartete ein paar Sekunden, die Waffe in der Hand. Dann ging ich soweit in die Hocke, wie es ging, und machte das Licht an. Nichts. Alles war an seinem Platz. Kein dunkel maskierter Einbrecher stürzte sich auf mich. Ich schaute automatisch hinter die Türe und in die Küche. Meine Muskeln entspannten sich etwas. Gerade wollte ich die Walther auf den Schreibtisch legen, als im Schlafzimmer, dessen Türe wie immer offen stand, etwas raschelte.

Meine Nackenhaare stellten sich auf. Ich fühlte, wie das Adrenalin durch meinen Körper schoß. Diesmal hatte ich mich nicht getäuscht. Etwas hatte sich im Schlafzimmer bewegt. Meine Gedanken schossen wild durcheinander: Nostradamus konnte es nicht sein, der saß friedlich auf seinem Posten unten an der Treppe. Ein Waschbär oder ein Oppossum? Manchmal drangen diese lästigen Viecher nachts durch die Katzenklappe ein und plünderten den Mülleimer in der Küche. Aber im Schlafzimmer hatte ich noch nie einen erwischt. Außerdem hätte Nostradamus jeden Eindringling, den er bemerkte, sofort vertrieben.

Ich behielt die Walther in der Hand und entfernte mich, so als ob ich nichts gehört hätte, aus dem Blickfeld der offenen Schlafzimmertüre. Ich zwang mich, zu räuspern und murmelte etwas vor mich hin, das wie ein unterdrückter Fluch klang, öffnete die Türe, löschte das Licht wieder und ließ die Tür ins Schloß fallen, ohne hinauszugehen. Dann stand ich mit klopfendem Herzen in der Ecke hinter der Türe, die Walther entsichert und mit beiden Händen in die Dunkelheit haltend, und wartete. Zuerst hörte ich nur meinen eigenen Herzschlag. Durch das große Fenster fiel genug Licht von den Straßenlaternen herein, so daß ich die dunkle Öffnung zum Schlafzimmer deutlich erkennen konnte. Da! Da war wieder ein Geräusch; es klang wie ein leises Seufzen oder Räuspern. Ich streifte meine Schuhe ab und schlich lautlos an der Wand entlang zur Schlafzimmertür. Mit der linken Hand tastete ich nach dem Lichtschalter. Ich zögerte noch eine Sekunde; alles blieb still. Bildete ich mir das nur ein, oder hörte ich leises Atmen?

Ich knipste das Licht an und sprang gleichzeitig geduckt so weit wie möglich schräg ins Zimmer. Ich meinte einen gedämpften Schrei zu hören. Die Walther mit beiden Händen erhoben, wie auf dem Schießstand schwenkte ich rasch durch's ganze Zimmer. Nichts.

Verblüfft richtete ich mich auf. Das Fenster war geschlossen, Schrank hatte ich keinen, wo man sich verstecken könnte. Plötzlich sah ich eine Bewegung, aber da, wo ich meinen Feind am allerwenigsten vermutet hätte:

Unter der Bettdecke zuckte es hektisch, und nun hörte ich auch, was ich als Schrei interpretiert hatte. Unter der Bettdecke versuchte jemand krampfhaft, sein Kichern zu unterdrücken.

Mit einem Schritt war ich am Bett und zerrte die Decke fort. Pat lag wie ein Rauschgoldengel splitternackt in die Kissen gebettet und lächelte mich verlegen an. Dann, bevor einer von uns ein Wort sagen konnte, fiel ihr Blick auf die Walther, die ich immer noch erhoben in der rechten Hand hielt. Ein spitzer Schrei, der mich aus meiner Erstarrung aufschreckte; sie entriß mir die Bettdecke und zog sie sich bis unters Kinn hoch.

»Oh ... äh«, sagte ich, nicht sehr schlagfertig. »Kein Angst. Ich ... äh ... will dir nichts tun ... ich ...«

Ich legte die Waffe hastig außer Sichtweite auf den Boden.

»Pat! Um Gottes Willen, was machst du hier. Ich ... ich hatte dich für einen Einbrecher gehalten.«

»Mister Moltke«, flüsterte sie.

»George«, sagte ich automatisch. »Wenn du schon nackt in meinem Bett liegst, dann nenn' mich bitte auch George.«

Meine Nerven beruhigten sich etwas. Die Situation entbehrte nicht einer gewissen Komik, das mußte ich zugeben. Ich setzte mich auf den Bettrand.

»Ich kann's mir zwar schon ungefähr denken, aber vielleicht erklärst du mir doch ganz kurz, was du in meinem Bett machst.«

»Ich wollte ... ich wollte doch mal richtigen Sex kennenlernen«, flüsterte sie kaum hörbar und wurde knallrot. »Ich dachte, Sie würden vielleicht Lust haben mit mir zu schlafen, Mister Moltke.«

»George«, sagte ich, »ich heiße George. Man siezt sich nicht, wenn man miteinander ins Bett gehen will, ok?«

Sie nickte ernsthaft. Ich holte tief Luft.

»Hör mal zu, Pat. Das war sicher eine sehr nette Idee und ich weiß es auch sehr zu schätzen, daß du mir so vertraust, aber ...«

Ein erschreckter Ausdruck trat in ihr hübsches Mädchengesicht.

»Finden Sie ... findest du mich nicht sexy?«

Sie zog langsam die Decke herunter und entblößte zwei hübsche steile Hügelchen mit kleinen rosa Brustknospen.

Ah-oh. Hier hieß es vorsichtig sein. Sonst hatte sie einen Komplex weg fürs ganze Leben.

»Natürlich finde ich dich sexy. Du bist sicher eines der hübschesten Mädchen, die ich im meinem Leben zu Gesicht bekommen habe, aber ...«

Meine unbeholfenen Ausführungen wurden jäh unterbrochen.

»George? Wo steckst du? Hast du unsere Hupe nicht gehört?«

Janet kam, ohne lange zu fackeln, ins Schlafzimmer und blieb abrupt in der offenen Türe stehen.

Pat tauchte blitzschnell unter die Bettdecke ab, aber es war schon zu spät. Janet hatte alles gesehen.

»George!!!«

Ich fuhr auf und begann, obwohl es natürlich sinnlos war:

»Janet. Es ist nicht so, wie du denkst. Hör mal ...«

»Du hinterfotziger Casanova! Verführst du jetzt schon deine Studentinnen? Das hätte ich nie, nie ...«

»Janet! Es ist alles ganz anders. Ich wußte gar nicht ...«
Janet fuhr mir zornbebend über den Mund:
»Ist das eine Studentin oder nicht?!«
»Es ist eine«, mußte ich notgedrungen zugeben, »aber wir haben nicht ...«
»Du bist ein hinterhältiger Betrüger!« giftete sie mich mit blitzenden Augen an. Ich ging auf sie zu und versuchte, ihre Hand zu nehmen. Mit einem wütenden Aufschrei wich sie zurück und verpaßte mir, schnell wie eine Katze, eine schallende Ohrfeige, daß mir der Kopf dröhnte.
»Das hätte ich nie von dir gedacht, George! Mit dir bin ich fertig! Ich will nichts mehr mit dir zu tun haben!«
Wie eine Furie stampfte sie zur Türe, dort verhielt sie noch einen Augenblick und schoß einen wütenden Blick auf die arme Pat ab, die ängstlich unter ihrer/meiner Bettdecke hervorlugte, dann war sie draußen.
»Janet, warte«, rief ich und rannte stracks in Frank, der gerade heraufkam, um zu erfahren, wieso wir nicht kamen.
»Himmel, George, paß doch auf! Was ist denn passiert? So wütend habe ich Janet ... oh!«
Er hatte Pat bemerkt.
»Frank! Ich habe jetzt keine Zeit für lange Erklärungen. Ich muß Janet erwischen, bevor sie ...«
Das laute Aufheulen eines Wagens und das Quietschen von gequälten Reifen unterbrachen mich. Wir starrten uns an.
»Mein Wagen!« schrie Frank. »Sie kann doch nicht einfach ...«
»Mist!« unterbrach ich ihn. »Du bleibst jetzt hier und paßt auf Pat auf. Laß sie nicht weggehen, klar?«
Ich wollte zur Tür hinaus, aber Frank hielt mich eisern am Arm gepackt.
»Moment noch! Wie konntest du nur so etwas machen, George. Du wußtest doch, daß wir kommen. Hättest du nicht einen besseren Termin für dein Schäferstündchen finden können? Ist dir nicht klar, daß Janet bis über beide Ohren in dich verknallt ist?!«
Mir fiel der Unterkiefer herunter. Ich blickte hilflos zu Pat hinüber, die sich im Bett aufgesetzt hatte und verzweifelt von einem zum anderen blickte.
»Ich wollte doch nicht ... ich wußte doch nicht. Oh, Gott. Es tut mir so leid, Mister Moltke!«
Bei den letzten Worten brach ein Tränensturm über das arme Mädchen herein.
»Mister Moltke?« fragte Frank baff erstaunt. »Siezt du dich mit deinen Bettbekanntschaften?«
Er ließ mich los, ging hinüber zu Pat und begann, ihr die Schultern zu tätscheln. Dabei gab er die typischen Geräusche von sich, mit denen Iren normalerweise hysterische Frauen beruhigen.
»Nanana, nicht weinen, Mädchen. Ich werde diesem Schuft sämtliche Knochen im Leibe brechen, wenn er dir etwas angetan hat.«

Die Situation begann, mir über den Kopf zu wachsen. Ich versuchte mich zusammenzunehmen und sagte mit möglichst beherrschter Stimme:
»Frank! Ich habe jetzt keine Zeit, mit dir 'rumzustreiten oder dir zu erklären, wie dieses Mädchen in mein Bett gekommen ist. Alles, was ich von dir verlange, ist daß du auf sie aufpaßt, während ich versuche, Janet zu finden, ok? Ich habe Angst, daß sie etwas Dummes anstellt.«

Frank nickte gottesergeben und setzte sich neben Pat aufs Bett.
»Ok. Im Zweifel für den Angeklagten. Zisch ab! Und Janet soll mir gefälligst mein Auto wiederbringen!«

Letzteres rief er mir noch nach, während ich schon zwei Stufen auf einmal nehmend die Treppe hinunterstürzte. Ich klemmte mich hinter Nelsons Steuer und drehte den Zündschlüssel herum. Er begann zögernd zu orgeln.

Komm schon, dachte ich, du verdammte alte störrische Klapperkiste! Laß mich diesmal nicht im Stich!

Das Orgeln erstarb mit einem asthmatischen Husten. Ich ließ den Zündschlüssel los und zählte bis zehn.

Ok, dachte ich intensiv und streichelte das Lenkrad, es war nicht so gemeint. Du bist keine verdammte alte Klapperkiste, sondern nur schon etwas in die Jahre gekommen. Wenn du jetzt brav anspringst, spendiere ich dir einen Ölwechsel. Ich verspreche es.

Ich drehte wieder den Zündschlüssel. Nach der ersten mühsamen Umdrehung sprang der Motor mit einer lauten Explosion an. Ich warf die Automatik ein und fuhr sämtliche Verkehrsregeln mißachtend zu Janets Haus im Süden Berkeleys.

Wie ich vermutet hatte, stand Franks Wagen rauchend vor ihrer Haustür. Oberflächlich betrachtet war der Wagen in Ordnung. Ich atmete auf. Wenigstens hatte sie keinen Unfall gebaut. In Janets Haus brannte Licht, die Verandatür war natürlich verschlossen. Ich läutete und klopfte gleichzeitig. Nichts rührte sich drinnen.

»Janet!« rief ich. »Ich bin's, George. Komm, mach mir auf. Ich kann dir alles erklären ...«

Oh, Gott klang das lahm. Wie aus einer miesen Soap Opera. Ich biß mir auf die Lippen und begann wieder zu klopfen. Plötzlich traf mich eine eiskalte Woge von oben und mir blieb buchstäblich die Luft weg.

Janet stand am oberen Schlafzimmerfenster, einen leeren Zwei-Gallon-Eimer in der Hand.

»Wenn du noch mehr willst, brauchst du bloß dort stehenzubleiben und weiter zu klopfen!« rief sie drohend und knallte das Fenster zu, bevor ich wieder genug Atem hatte, um etwas zu erwidern.

Bei den Häusern ringsherum begannen die ersten Lichter anzugehen. Besorgte Nachbarn spähten aus den geöffneten Fenstern. Und ich stand als begossener Pudel auf Janets Verandatreppe, eine gut einsehbare Bühne für alle Zaungäste.

Ich fühlte, wie der Zorn in mir hochstieg. Ich konnte Janets Reaktionen ja bis zu einem gewissen Grade verstehen, aber diese kalte Dusche hatte ich nicht verdient!

Ich schlug noch ein letztes Mal kräftig mit der Faust gegen die Türfüllung, wandte mich meinem immer zahlreicher werdenden Publikum an Fenstern, Türen und Balkonen zu und rief mit lauter Stimme:

»Na schön, Janet! Wenn du unbedingt willst, kann ich meine Erklärung, warum du mich mit einem Mädchen im Bett erwischt hast, auch hier draußen in aller Öffentlichkeit abgeben!«

Eine erwartungsvolle Stille breitete sich in der Straße aus.

»Vielleicht ist einer der Anwesenden noch so freundlich, seine verdammte Videokamera herauszuholen!« brüllte ich, nun wirklich zornig. »Damit diese einmalige Szene für die Medien nicht verlorengeht!«

Ein paar junge Leute am Fenster gegenüber lachten und pfiffen laut. Ich hörte, wie hinter mir die Tür entriegelt wurde.

»Also, paßt alle gut auf ...«, begann ich wild entschlossen.

Janet riß die Verandatür hinter mir auf und zerrte mich hinein.

»Hast du jetzt komplett den Verstand verloren«, zischte sie mich an.

Wir blickten uns ein paar Sekunden in die Augen. Dann brach irgendetwas den Bann und wir klammerten uns wortlos aneinander.

»Oh, George. Es tut mir leid«, flüsterte Janet in mein Ohr.

Ich küßte sie lange und sagte leise:

»Nun, da du mir wieder zuhörst: Es war falscher Alarm.«

Sie stützte ihre Hände auf meine Brust und schaute mich an.

»Wie meinst du das, falscher Alarm? Wer war das Mädchen und was hat sie in deinem Bett gemacht?«

Ich erklärte ihr rasch die unglückliche Situation.

»Man kann ihr nicht mal einen so großen Vorwurf machen«, schloß ich. »Schließlich war ich es ja, der ihr geraten hatte ... na, du weißt schon.«

Janet lachte leise und schmiegte sich wieder an mich.

»Mein Gott. Und ich hätte dich umbringen können vor Wut ... äh, naja ... bildlich gesprochen, meine ich.«

»Janet?«

»Hmm?«

Ich zögerte.

»Frank sagte ... als du so wütend abgehauen bist, sagte er ... naja, er meinte, ich sei ein Idiot, weil er natürlich dachte, daß ich mit Pat ins Bett gegangen sei, und ...«

Irgendwie verlor ich den Faden. Janet sah mich aufmerksam an.

»Was hat Frank gesagt, George?«

»Ach, vergiß es. Es war vielleicht auch nicht wichtig ...«

»WAS hat er gesagt?«

»Naja«, stotterte ich und ließ meinen Blick ziellos durch den Raum schweifen, »er meinte, daß du mich vielleicht ganz gerne leiden würdest, und daß ich mich schämen solle, und so ... verstehst du?«

Wie von einem Magneten angezogen fanden sich unsere Blicke. Janet sah mich lange schweigend an, dann lächelte sie sanft.

»Du dummer großer Idiot«, sagte sie zärtlich und riß mich an den Haaren. »Natürlich mag ich dich gut leiden. Ich liebe dich einfach.«

Zack! Da war es heraus. So simpel. Ich liebe dich einfach. Warum hatte ich das nicht sagen können? Ich beeilte mich, es gebührend nachzuholen.

Eine Stunde später fuhr ich plötzlich hoch.

»Janet! Wir haben Frank ja ganz vergessen.«

Ich sprang aus Janets gemütlichem Bett und begann, mich hastig anzukleiden.

»Was is los?«, murmelte Janet schlaftrunken.

»Frank! Er ist immer noch in meinem Appartement und paßt auf das Mädchen auf. Außerdem müssen wir ihm seinen Wagen zurückbringen. Los, komm! Raus aus den Federn. Ich kann nicht zwei Autos gleichzeitig fahren.«

»Fahr DU mit Franks Auto und nimm dann sofort ein Taxi hierher«, murmelte sie und vergrub ihren süßen Wuschelkopf wieder in den Kissen. »Ich warte hier auf dich«, fügte sie unnötigerweise noch hinzu.

Ich küßte sie noch einmal auf ihren süßen Po, der dekorativ aus den Laken herausschaute, was sie mit einem zufriedenen Schnurren quittierte, und machte mich auf den Weg.

In meinem Appartement brannte Licht. Aber nur Nostradamus begrüßte mich im Schlafzimmer. Er hatte es sich auf meinem Kopfkissen bequem gemacht, obwohl das strengstens verboten war. Seine grünen Augen funkelten amüsiert, so als ob er sagen wollte:

»Ist ja endlich mal richtig was los in dieser langweiligen Bude! Und was kommt jetzt?«

Ich wollte ihn gerade wie gewohnt mit dem anderen Kissen vom Bett scheuchen, als ich einen Zettel bemerkte, den jemand unter sein Halstuch gestopft hatte.

»Hallo George«, stand darauf in Franks krakeliger Schrift. »Pat hat mir alles erklärt. Tut mir leid, alter Junge, daß ich dich unnötig verdächtigt habe. Aber bei dir weiß man ja nie! Wir haben lange auf dich gewartet (keine Angst: Uns ist die Zeit nicht lang geworden). Dann habe ich Pat zum Essen eingeladen. Ich ruf dich morgen an. Gruß, Frank.«

Und darunter in einer anderen Schrift, ganz klein:

»Lieber George, es tut mir so leid, daß deine Freundin so böse auf dich war. Wenn du willst, kann ich ihr alles erklären. Pat.«

Ich lächelte in mich hinein. Das würde nun nicht mehr nötig sein. Ich stand da und lauschte. Es war ganz ruhig in der Nachbarschaft. In der Ferne hörte man das Rauschen der Großstadt. Irgendwo bellte ein Hund periodisch. Immer dreimal, Pause, dann viermal, Pause, dann wieder dreimal. Neben dem Bett lag immer noch die Walther, da, wo ich sie hingelegt hatte. Ich bückte mich und hob sie auf. Dabei fiel mir etwas auf: Mein Bett war total zerwühlt. Mehr, als ich es in Erinnerung hatte.

Ich steckte den Zettel in die Tasche und wandte mich zur Tür. Janet wartete auf mich. Ein warmes Gefühl durchflutete mich. Jemand wartete auf mich.

9

Die kleine blonde Hosteß reichte mir lächelnd den Becher mit dem dampfenden Kaffee. Ich machte ihr ein Kompliment über ihre hübschen langen Beine, die sie unter ihrem weißen Miniröckchen freigiebig zur Schau stellte. Sie verstand nur die Hälfte, das konnte ich an ihrem Gesicht sehen, aber sie kicherte erfreut und plapperte etwas mit ihrer Kollegin. Dann nahm sie mich bei der linken Hand und zog mich sanft aber bestimmt quer durch das riesige Foyer. Ich war überrascht, aber auch nicht so überrascht.

»Suchen wir uns ein ruhiges Plätzchen?« fragte ich, während ich mich bemühte, im Gehen den heißen Kaffee nicht zu verschütten. Sie lachte, und ich blickte überrascht auf. Plötzlich stand Janet vor mir und hielt mich an der Hand. Sie trug das gleiche lächerliche Hostessengewand mit kurzärmligem besticktem Hemdchen, großzügigem Ausschnitt und dem albernen Miniröckchen. Wieso fand ich das Miniröckchen plötzlich albern? Ihre Beine waren fast noch hübscher als die der Hosteß. Ich blickte mich nach der Hosteß um, aber die war plötzlich verschwunden. Janet lachte mich an und zerrte mich weiter auf die große hellbraun getäfelte Saaltüre zu. Mit jedem Schritt fühlten sich meine Beine schwerer an. Janets Lachen wurde schriller und lauter. Irgendetwas stimmte nicht mehr. Die Türe vor uns wurde immer größer, und obwohl wir hastig darauf zu stolperten, schien sie sich zu entfernen.

»Janet«, keuchte ich. »Ich glaube, wir finden hier kein ruhiges Plätzchen. Das ist eine Konferenz ...«

Sie bog den Kopf nach hinten und lachte hysterisch. Es klang fast wie ein Schrei.

»Janet! Glaub' mir. Da sind alle möglichen schrecklichen und langweiligen Leute hier. Sie lungern an allen Ecken herum und lauern auf Sensationen. Wir können hier nirgends ... Laß uns lieber zurück ins Hotel ...«

Etwas veränderte sich. Zuerst verstand ich nicht, was. Aber dann sah ich den blau leuchtenden Türspalt. Die Saaltüre öffnete sich! Ich wußte plötzlich, daß sie sich nicht öffnen durfte. Unten quoll blauer Nebel durch den Spalt. Im Spalt leuchtete es stärker; es blendete bläulich.

»Janet!« keuchte ich verzweifelt. »Diese Türe muß geschlossen bleiben. Hörst du? Sie MUSS zu bleiben!«

Janet schien mich nicht zu hören. Sie klammerte sich an mein linkes Handgelenk und zog mich von der Türe weg. Aber ich mußte doch dorthin! Jemand mußte die Türe schließen, zuhalten, sich dagegen stemmen, etwas unternehmen. Plötzlich war das Foyer voller Leute. Sie standen da, tadellos gekleidet, hielten Konferenztaschen unter den Armen und Cocktailgläser in der Hand und beobachteten uns pikiert. Keiner machte Anstalten, mir zu helfen, die Saaltüre zu erreichen, aus der unaufhaltsam der blaue leuchtende Nebel quoll und ins Foyer floß. Ich versuchte, mich von Janet loszureißen, aber in diesem Moment bohrten sich ihre spitzen Fingernägel tief in das Fleisch meines Unterarms. Ich stöhnte laut auf und schleifte sie hinter mir her.

»Nein!« gellte ihre Stimme in mein Ohr. »Du darfst nicht dorthin!«
Aber ich wußte, daß ich das einzig Richtige tat. Niemand von diesen Ölgötzen um mich herum würde etwas unternehmen!
»DU DARFST NICHT DORT HINEIN! NEEEEIN!«
Ich hatte die Saaltüre erreicht. Sie war wieder normal groß. Mit der rechten Schulter stemmte ich mich dagegen und nach einer ewig langen Sekunde begann sie sich zu schließen.
»Mein lieber ... äh ... Mister Moltke ... äh ...«
Prof. Peekocks Maul öffnete und schloß sich dicht vor meinen Augen.
»Sie ... äh ... sollten auch etwas trinken ... ja ... äh ... alle trinken hier, nicht wahr?«
Mein Magen krampfte und begann sich umzudrehen.
»Aber ... aber ich habe doch schon etwas zu trinken ...«, stammelte ich und hob den dampfenden Kaffeebecher. Der Becher war plötzlich bis zum Rand gefüllt mit stinkenden Zigarettenkippen. Ich spürte, wie der Druck der Türe in meinem Rücken stärker wurde. Janet war plötzlich verschwunden, aber meine linke Hand schmerzte entsetzlich.
»Ah ... äh ... aber warum, na! Warum trinken Sie dann nicht?!«
Ein gellender Schrei ließ mich herumfahren.
»NEIN! NEEEIN!«
Janet wurde von zwei gesichtslosen Männern in weißer Hospitalskleidung weggetragen. Sie war in eine Zwangsjacke geschnallt. Ich wollte zu ihr hin, ihr helfen. Aber Peekock stand mir immer im Wege und wollte, daß ich mit ihm trinke. Er brabbelte Unverständliches über seine Nieren und daß er keine Ohren mehr habe, sondern plastische Attrappen. Alle Augen im Foyer waren plötzlich auf uns gerichtet. Ich fühlte, wie mir der Schweiß ausbrach.
»Nein, nein, äh, mein Lieber. Ich habe den alleinigen Anspruch auf die ... äh ... Wahrheit. Na! Das wäre ja noch ... äh ... schöner! Haben Sie keinen Respekt vor ... vor ... vor ... Also trinken Sie endlich!«
Die näselnde Stimme ging mir so auf die Nerven, daß ich die Beherrschung verlor. Ich schüttete Peekock die Zigarettenkippen mitten in die grinsende Visage.
Augenblicklich verstummte Janets Schreien. Sie hing nur noch leblos im festen Griff der Irrenwärter; ihre bloßen Füße schleiften über das helle Parkett.
»Das hätten Sie ... nein, das hätten Sie nicht tun sollen!«
Peters stand neben dem versteinerten Peekock und schüttelte strafend den Kopf. Entsetzt mußte ich mitansehen, wie Peekocks Gesicht sich aufzulösen begann. Obwohl er scheinbar ganz ruhig in seiner üblichen, etwas gebückten Haltung vor uns stand, in der einen Hand das Cocktailglas, die andere hinter dem Rücken versteckt. Sein Gesicht wurde flüssig, bläulicher Rauch quoll auf und floß an ihm herab. Zuerst sank Peters stumm zu Boden; dann fielen im ganzen Raum die Menschen um. Ersticktes Keuchen war alles, was noch zu hören war. Sekunden später, die wie Äonen dauerten, war ich allein mit lauter leblosen Körpern. Das war zuviel; ich schrie, so laut ich konnte, um Hilfe.

»He! Wach auf, du Dummkopf!«
Ich brauchte zwei ganze lange Sekunden, um wieder in die Realität zurückzukehren.
»Wach auf! Du hast schlecht geträumt!«
Janets verschlafene Stimme. Das erste Morgenlicht drang durch das offene Fenster. Ihre Hand rüttelte sanft an meiner Schulter. Der ganze linke Arm war taub und begann nun schmerzhaft zu kribbeln.
Erleichtert ließ ich mich in die Kissen zurückfallen. Ich fühlte, wie sich alle meine Muskeln entspannten. Janet murmelte noch etwas und suchte eine bequemere Stellung für ihren Kopf an meiner Schulter. Dann war sie schon wieder eingeschlafen. Auch ich schloß die Augen. Welch ein Glück, wenn man aufwachen darf!

Janet hatte heute keine Zeit für mich. Also ließ ich mir auf dem Heimweg von der Uni Zeit und hielt kurz vor dem Tempel der Zen-Buddhisten. Ich bin nicht besonders gläubig, nie gewesen. Als Kind war ich auf dem Papier Mitglied in einer christlichen Gemeinde; über meine Eltern – nicht aus eigenem Antrieb heraus. Mit meinem neuen Leben hier in Berkeley hatte auch diese Scheinzugehörigkeit ihr Ende gefunden. Eine Weile hatte ich mit dem Gedanken gespielt, mich den Zen-Buddhisten anzuschließen. Aber das war wohl auch eher nur eine Mode; zu einer bestimmten Zeit war es in der Bay Area einfach hip gewesen, Zen zu betreiben. Ganz besonders in Hackerkreisen.
Trotzdem, die konzentrierte Ruhe der Meditationshalle hatte etwas für sich. Manchmal kam ich hierher, um ein paar Räucherstäbchen anzuzünden und etwas Geld zu spenden. Dann saß ich einfach da und beobachtete, wie die Stäbchen herunterbrannten. Dabei versuchte ich halbherzig, meinen Kopf zu leeren und auf 'die Stille in mir zu horchen', wie es mein Zen-Meister immer genannt hatte.
Natürlich funktionierte es ebenso wenig wie damals, als ich noch begeisterter Zen-Anhänger gewesen war und zusammen mit hundert anderen Zen-Adepten genau hier, in dieser Halle, versucht hatte, die Schmerzen des Lotussitzes zu ignorieren.
Jetzt saß ich bequemer da, einfach im Schneidersitz und mit gekrümmtem Rücken, und überlegte in aller Ruhe, was ich mir von den unsterblichen Mächten erbitten sollte – als Gegenleistung gewissermaßen für meine gestifteten Räucherstäbchen und die Spende an den Tempel. Das tat ich immer, obwohl es auf den ersten Blick kindisch wirkte. Bei richtiger Anwendung ließ sich daraus ein außerordentlich positives Gefühl ableiten. Man macht einen Handel: Rauch und Geld gegen die Erfüllung von Wünschen. Der Verhandlungspartner war zwar nicht direkt ansprechbar, aber das machte die Sache womöglich noch reizvoller. Die Kunst bestand darin, sich keine unmöglichen Sachen zu wünschen. Das frustrierte nur, und außerdem glaubte ich dann von vorne herein nicht an die Erfüllung. Anders war es dagegen mit alltäglichen kleinen Wünschen, kleinen Freuden und Genüssen. Zum Beispiel wünschte ich mir, daß Nelson morgen wieder anspringen wür-

de. Oder daß kein Student in die nächste Sprechstunde käme. Solche Wünsche gingen leichter in Erfüllung. Und die Freude darüber war dann irgendwie verdoppelt – obwohl das natürlich unlogisch war. So unlogisch wie eben Zen.

Zen, oder die Kunst, sich Wünsche auszudenken.

Ich lächelte und beobachtete die zarten Rauchspiralen vor dem blauen Hintergrund. Es war sehr still in der niedrigen Halle. Ganz vorne saß ein Adept in perfekter Haltung vor einer großen Zen-Kalligrafie.

Meine Gedanken schweiften ab. Ich dachte an letzte Nacht, an Janet und das ewig alte Spiel der Liebe. Erst spät in der Nacht waren wir erschöpft eingeschlafen, hatten den Wecker einfach überhört und waren erst gegen Mittag hochgeschreckt. Mein seltsamer Alptraum fiel mir wieder ein. Ich konnte mich kaum noch daran erinnern, aber er war sehr beängstigend gewesen. Seit meiner Pubertät hatte ich keinen so schlimmen Traum mehr gehabt. Aber worum ging er? Es hatte irgend etwas mit Garmisch zu tun gehabt.

Heute vormittag hatte ich Frank angerufen. Er war bester Laune. Ich sagte ihm, daß ich das Auto vor seinem Haus abgestellt hatte, und entschuldigte mich für die gestrige Aufregung.

»Vergiß es, Kleiner. Hab' mich selten so amüsiert.«

»Frank!«

»Ich meine ... ich wollte sagen ...«, stotterte er.

Nach und nach kitzelte ich die ganze Story aus ihm heraus. Er hatte Pat natürlich zum Essen eingeladen und so weiter. Na gut, dachte ich, ein Problem weniger auf der Welt. Vielleicht sogar zwei. Frank erwähnte nämlich, ganz gegen seine sonstigen Gewohnheiten, mit keinem Wort seinen notorischen Verfolgungswahn.

Gegen Mittag war Archie plötzlich in meinem Cubicle erschienen.

Er war gestern abend aus Paris eingeflogen und sah sehr zufrieden aus. Ich fragte ihn nach seiner Session auf der SSWP und er – ganz gegen seine sonstige Art – erging sich in einer begeisterten Schilderung der Konferenz mit allen Einzelheiten. Dann fragte er mich über meinen Trip nach Stockholm aus. Ich berichtete ihm kurz, was mich bewogen hatte, dorthin zu fliegen. Ich weiß nicht, warum, aber ich erzählte ihm sogar die ganze Geschichte mit Charles Rocher. Seine Augen wurden größer und größer, und er begann, immer mehr Fragen zu stellen. Schließlich hatte er fast die ganze Geschichte aus mir herausgeholt. Es folgte das Unvermeidliche: Er meinte, ich solle sofort zur Polizei gehen und ich sei ja wohl lebensmüde, daß ich immer noch so einfach in der Gegend herum spazierte. Ich tat so, als ob ich seinen sicher gut gemeinten Ratschlag beherzigen wollte. Um ihn zu beruhigen, zeigte ich ihm die Walther, die ich jetzt immer bei mir trug. Das schien ihn aber eher noch mehr aufzuregen. Nachdem ich ihm noch das Versprechen abgenommen hatte, die Sache nicht an die große Glocke zu hängen und um Gottes Willen nicht den Kollegen, vor allem nicht Minni, zu erzählen, verschwand er kopfschüttelnd in sein eigenes Cubicle am anderen Ende des Flures.

Der Zen-Schüler erhob sich langsam und ging, ohne mich zu beachten, nach hinten hinaus. Ich runzelte die Stirn und versuchte, zum Thema zurückzukommen. Also, was sollte ich mir wünschen? Ich wünsche mir ... ja, ich wünsche mir, daß Janet morgen abend genauso in mich verknallt ist, wie ich in sie. Das war ein guter Wunsch. Ein sehr guter sogar!

Die Räucherstäbchen waren zu Ende. Ich erhob mich und steckte noch ein paar Scheine in den diskreten Schlitz unter dem blauen Buddhabildnis.

Als ich den Tempel verließ, war es bereits dunkel. Ich hatte reuevoll Überstunden gemacht, um mein Zuspätkommen von heute morgen auszugleichen. Kein Joggen mit Janet mehr heute.

Nelson stand im Parklizenzbereich und versuchte, unscheinbar auszusehen, damit keiner Meter Maid auffiel, daß er hier nichts zu suchen hatte. Erleichtert über meine Rückkehr sprang er sofort an und wurde von mir entsprechend gelobt.

Während wir uns auf der Shattuck Avenue in den dichten Feierabendverkehr einfädelten, dachte ich an die komische Mail, die ich heute vom Finger-Dämon erhalten hatte. Es war eine automatisch erzeugte Mitteilung, die besagte, daß in letzter Zeit auffällig viele Zugriffe auf meine User-Information erfolgt seien. Dann folgte ein Protokollauszug der letzten 72 Stunden. Tatsächlich hatte jemand dutzende Male den Finger-Befehl auf meinen Namen ausgeführt. Es war allerdings nicht zu erkennen, welcher User dahintersteckte. Die Rechner wechselten, aber am häufigsten waren die quasi öffentlichen Modemzugänge der Uni darunter. Ich hatte solche Mails schon früher mal bekommen. Ab und zu spielten Studenten einfach mit dem Finger-Befehl herum und wählten sich eben irgendeine Email-Adresse, die sie gerade zur Hand hatten. Trotzdem, irgendwie beunruhigte mich das Ganze. Ich nahm mir vor, morgen Howard, unseren Systemverwalter, zu bitten, meine User-Information für den Finger-Dämon zu sperren.

Vor mir staute sich der Verkehr; wahrscheinlich ein Unfall im Zentrum. Ich bog nach links ab, um die Störung weiträumig zu umfahren. Ich fuhr langsam durch Wohngebiete, wo oftmals Bumpers den Verkehr am schnellen Vorankommen hinderten.

Andererseits, spann ich den Gedanken weiter, was konnte man mit der Information, die der Finger-Dämon weitergab, schon groß anfangen. Der volle Name, die Zimmernummer an der Uni, die Telefondurchwahl und wann ich das letzte Mal meine Mail gelesen hatte, das waren alles keine großartigen Geheimnisse.

Ich bog ein paar Mal rechts und links ab, um ein paar Sackgassen zu umgehen, die die Stadtverwaltung geschickt in die Wohngebiete einbaute, um den Durchgangsverkehr zu behindern.

Plötzlich fiel mir auf, daß der weiße Corsica schon ein wenig länger hinter mir war, als es die Statistik erforderte. Ich verlangsamte und spähte angestrengt in den Rückspiegel. Der Corsica hatte dunkel getönte Scheiben; ich konnte nicht erkennen, wie viele Personen darin saßen. Ich bog noch einmal links und nach einem Block wieder rechts ab. Der Corsica fuhr geradeaus weiter.

Ich schüttelte den Kopf und versuchte, mich zu orientieren. Ich war schon viel zu weit hinunter nach Westen geraten. Hier begannen die weniger sicheren Wohngebiete Berkeleys. Hauptsächlich Schwarze und Hispanics lebten hier. Die Dichte der Straßenlaternen nahm ab. Ich versuchte die nächste Querstraße nach rechts. Fehlanzeige. Eine dieser künstlichen Sackgassen, die einen wieder zum Ausgangspunkt zurückführten. Ich fuhr noch einen Block weiter nach Westen und versuchte es erneut. Nach meiner Rechnung müßte ich schon bald auf die San Pablo Avenue treffen, aber sicher war ich mir nicht. Die Straßennamen hier sagten mir alle nichts.

Endlich fand ich eine Querstraße, die weiter nach Norden führte. Nach drei Blöcken bog ich nach Osten ab, um näher an die nördlichen Hügel zu kommen. Ein Wagen schwenkte hinter mir in dieselbe Straße ein. Als ich zufällig in den Rückspiegel blickte, fühlte ich, wie sich die Härchen auf meinem Hinterkopf aufstellten. Es war ein weißer Corsica. Neuestes Modell, genau wie der von vorhin.

Ich tastete mit der Rechten nach der Walther und zog sie aus ihrem Versteck hervor. Sie lag beruhigend warm und schwer in meiner Hand. Ich entsicherte die Waffe und legte sie zögernd auf den Beifahrersitz. Unser Instruktor im Schießclub hatte uns immer verboten, eine ungesicherte Waffe aus der Hand zu legen. Aber jetzt konnte es sein, daß ich bald alle Hände voll zu tun haben würde.

Ich fuhr mit steten 25 weiter Richtung Osten. Der Wagen hinter mir hielt gebührenden Abstand, fast einen halben Block, versuchte weder aufzuschließen noch zu überholen.

Ich atmete dreimal tief durch und versuchte, meine verkrampften Nackenmuskeln zu lockern.

Die Straße endete bei einer Ampel an der Shattuck. Ich wußte jetzt wieder, wo ich war. Der weiße Corsica hielt brav hinter mir.

»Ok, Nelson«, murmelte ich grimmig. »Es tut mir zwar leid um deine Reifen, aber es muß sein.«

Schon bei den letzten Worten wechselte die Ampel auf grün. Der Fahrer des weißen Corsicas setzte den Wagen langsam in Bewegung, aber ich blieb stehen. Er stieg auf die Bremse, um nicht auf mich aufzufahren. Ich konnte den Widerschein der Bremslichter in der Dunkelheit erkennen. Jetzt hatte er den Fuß auf der Bremse. Ich gab Gas, gerade soviel, daß Nelsons Reifen die Haftung nicht verloren, und bog nach links ab. Obwohl ich die Antriebsenergie optimal auf die Straße gebracht hatte, quietschten die Reifen entsetzlich, als Nelson um die Verkehrsinsel schlingerte. Ich sah den weißen Corsica mit etwa zehn Sekunden Verzögerung in meine Spur einschwenken. Die Fahrbahn vor mir war frei. Ich drückte das Gaspedal ganz durch. Der Abstand vergrößerte sich.

Ein Corsica ist kein Rennwagen, eher eine Familienkutsche. Aber er war – im Gegensatz zum alten Nelson – ein modernes und vor allem leichtes Fahrzeug, viel wendiger als meine Kiste. Es blieb mir nur eine Chance: Ich mußte auf der Geraden bleiben und einen Vorsprung herausarbeiten.

Ich weiß nicht mehr, wie viele Ampeln ich bei Rot durchfuhr, es müssen etliche gewesen sein; die Shattuck ist voll davon. Zum Glück war hier so weit nördlich kaum noch Verkehr. Irgendwann verlor ich den verfolgenden Corsica aus den Augen. Ich bog zweimal ab, stellte mich an den Straßenrand, schaltete die Scheinwerfer aus und wartete mit laufendem Motor. Ich wartete fast eine viertel Stunde. Nichts. Ich hatte ihn abgeschüttelt.

Zeit zum Überlegen. Er würde kaum die Gegend nach mir absuchen. Wozu auch? Er wußte, wo ich wohnte, wo Janet wohnte, wahrscheinlich sogar, wo Frank wohnte.

Was würde ich an seiner Stelle tun? Diese Frage war schwer zu beantworten. Es hing davon ab, was er eigentlich vorhatte. Mich zu beschatten? Mir Angst einzujagen? Mich umzulegen?

Egal. Am wahrscheinlichsten wird er sich daheim in der Archstreet auf die Lauer legen. Er wird den Wagen irgendwo abstellen, wo er nicht gleich ins Auge fällt und zu Fuß in die Archstreet kommen. Dann wird er sich irgendwo plazieren. Wo? In meinem Appartement? Im Garten? Oder irgendwo anders, von wo er meine Eingangstür und die Fenster beobachten kann?

Ich wischte mir den Schweiß von der Stirn und ließ die Kupplung kommen. Nelson rülpste mißmutig und blieb mit einem unsaften Ruck stehen. Die heiße Jagd hatte ihm wohl mißfallen; der Motor war abgesoffen.

Ich wendete und fuhr durch Nebenstraßen zurück in Richtung Archstreet. Hier kannte ich mich wenigstens einigermaßen aus. Ich fuhr bis zum Backsteingebäude der Jesuiten, noch zwei Blöcke oberhalb der Archstreet und parkte Nelson dort. Ein paar Minuten blieb ich im dunklen Wagen sitzen und lauschte durch das geöffnete Fenster. Nichts. Nur das Knacken des erhitzten Motors.

Ich steckte die Walther ein – nicht ohne sie vorher gesichert zu haben – und machte mich auf den Weg.

Es dauerte lange, bis ich ihn fand. Ich mußte den Block mit meinem Haus vorsichtig umgehen, damit mich mein Verfolger nicht zufällig sehen konnte. Aber schließlich fand ich ihn. Ich kam um die Ecke und da stand er, keine dreißig Yards von mir entfernt, ganz normal auf der Straße geparkt, im Schatten eines riesigen Mammutbaums. Der weiße Corsica war leer, das sah ich schon von weitem. Aber neben dem Wagen, auf der Fahrerseite stand gebückt eine dunkle Gestalt.

Ich tauchte in den Schatten des nächsten Vorgartens und hoffte, daß ich keinen Hund aufschrecken würde. Die Person neben dem Wagen hatte mich offensichtlich nicht bemerkt; sie war mit irgendetwas beschäftigt. Ich zog die Walther hervor und näherte mich vorsichtig dem Corsica, durch zahlreiche Rhododendronbüsche in den Vorgärten gut geschützt. Die nachtfeuchten fleischigen Blätter wischten mir unangenehm übers Gesicht; ab und zu knackten Zweige unter meinen Füßen.

Ich konnte immer noch nicht erkennen, was der Typ da machte. Schließlich stand ich kaum zehn Yards von ihm entfernt im dunklen Schatten des Mammuts, als plötzlich die Fahrertür aufsprang und das Licht im Wageninneren anging. Ich hörte einen unterdrückten Ruf und das Licht fiel dem Mann voll ins Gesicht. Es war ein junger Schwarzer, vielleicht 16 oder 17, eventuell auch jünger; bei unseren schwarzen Studenten verschätzte ich mich auch oft. Er trug einen blauen Rollkragenpullover, soviel konnte ich noch erkennen, bevor das Licht wieder erlosch. Ich stand unschlüssig da und wartete, daß der Motor angelassen würde, aber erst mal geschah gar nichts. Plötzlich fiel bei mir der Groschen und ich sprang aus meiner Deckung über den Gehweg und riß die Beifahrertür auf. Zwei riesige dunkle Augen starrten entsetzt auf die Walther, die ich ihm unter die Nase hielt.

»Keinen Laut«, knurrte ich und schwang mich in den Wagen. »Hände ans Steuer, dalli!«

Er gehorchte anstandslos, den Blick starr auf die Waffe fixiert. Ich klopfte ihn vorsichtig ab, fischte ein Springmesser aus seiner Innentasche und warf es nach hinten auf die Hutablage.

Wohl doch eher 16 Jahre, korrigierte ich meine Schätzung. Kleidung ziemlich heruntergekommen. Schweißperlen an der Schläfe. Zwei Narben im Gesicht, eine davon sah noch relativ frisch aus. Ich wußte, woher die stammten. Armer Kerl. Sein linker Unterarm war sauber. Kein Fixer also, nur ein normaler Automarder. Inzwischen hatte er seine Stimme wiedergefunden und kapiert, daß ich kein Bulle sein konnte.

»Ey, Mann! Was soll die beschissene Kacke? Knallst hier rein wie John Wayne und fuchtelst mit deinem beschissenen Waffenladen herum. Bist du völlig daneben, oder was ...«

»Halt die Luft an, Greenhorn!« fuhr ich ihn an.

Ich deutete auf die heraushängenden Zündkabel.

»Du wolltest die Mühle verschieben! Die Sache ist ganz einfach, Hosenscheißer: Ich hab die Knarre und du sitzt nackt da! Du hast die Wahl: Entweder ich liefer' dich hübsch verschnürt bei den Bullen ab, oder ...«

Ich winkte einladend mit der Walther.

» ... du verziehst deinen Mahagoniarsch ganz schnell aus der Nachbarschaft und vergißt gründlich alles, was mit der beschissenen Karre zu tun hat.«

Er blickte mich an, Verblüffung auf seinem jungen Gesicht. Dann griff er rasch zum Türgriff.

»Moment noch, Hosenscheißer!«

Ich drückte ihm die – übrigens immer noch gesicherte – Walther an den Hals.

»Hast du gesehen, wer die Kiste hier abgestellt hat? Wann? Und wo ist er hingegangen?«

Plötzliches Verstehen blitzte in seinen Augen auf. Noch bevor er antworten konnte, drückte ich den Pistolenlauf etwas fester in seinen weichen Hals und knurrte:

»Keinen Bullshit, Freundchen! Mit mir ist heute nicht zu handeln. Ich hatte eine wirklich beschissenen Tag hinter mir, comprende? Wenn du mir was vormachst, kriege ich dich an den Eiern, klar?«

Die Straßen L.A.s hatten mich gelehrt, welche Sprache die Burschen verstanden.

Er schluckte mühsam und krächzte:
»Ein Weißbrot ... ein Weißer, mein' ich. Dunkler Mantel und Hut ... und dunkle Haare, etwa sechs Fuß ...«
»Wo ist er hin? Wann?«
Er hustete. Ich zog die Walther einen halben Zentimeter zurück. Auf seiner Schokoladenstirn standen feine Schweißtröpfchen.
»Vor etwa einer halben Stunde. Er is' da vor und dann rechts hinunter ...«
Er nickte zur nächsten Kreuzung. Nach rechts ging es zur Archstreet.
»Hau ab! Wenn ich dich noch mal hier in der Gegend erwische, schick ich dich auf die letzte Reise, comprende? Verpiß dich, Hosenscheißer!«
Er war deutlich schneller draußen, als er beim Einbrechen gebraucht hatte. Ich hörte seine Turnschuhe auf den Beton klatschen, als er nach hinten wegsprintete. Ich vergewisserte mich, daß er wirklich verschwunden war und unterzog den Wagen einer kleinen Leibesvisitation. Zu meiner Überraschung fand ich eine Hertzbroschüre im Handschuhfach und einen Aufkleber in der Nähe der Fahrgestellplakette, die den Wagen als Leihwagen auswies. Sonst nichts. Kein Papier, keine persönlichen Sachen. Einfach gar nichts.

Ein Schatten, der einen Leihwagen benutzte? Ich schüttelte den Kopf und ließ den Wagen offen stehen.

Von der Scenic Avenue gibt es einen kleinen Durchgang zur Archstreet, den nur die Ansässigen benutzen. Er mündet zwar nicht genau bei meinem Haus, aber immer noch besser als offen die Archstreet entlang zu marschieren. Die Bäume und Büsche in den Vorgärten geben auch hier gute Deckung. Ich installierte mich hinter einem Haselbusch und spähte durch die Blätter zu meinem Apartment hinüber. Bei Pete und Susi war Licht; die beiden hatten also endlich ihren Mammuturlaub zu Ende gebracht. Oder das Geld war ihnen ausgegangen. Ich wartete ein paar Minuten und überlegte, während ich systematisch die Umgebung musterte. Nichts rührte sich. Zu viele Ecken, die im tiefen Schatten lagen. Der Kerl konnte überall stecken. Wo würde ich mich plazieren, wenn ich meine Wohnung im Auge behalten wollte? Vielleicht bei Horace, im dunklen Schatten neben der Veranda? Oder gleich neben der Treppe in unserem eigenen Hinterhof? Einfach zu viele Möglichkeiten.

Vielleicht konnte ich ihn irgendwie aus seinem Versteck locken oder ...

Meine taktischen Überlegungen wurden jäh unterbrochen. Ich hörte ein schwaches Zischen, ein harter Schlag traf meine rechte Hand von unten und schleuderte die Walther im hohen Bogen ins Gebüsch. Es schmerzte höllisch. Bevor ich mich von meinem Schrecken erholen konnte, lag ich am Boden auf dem Bauch, den linken Arm brutal auf den Rücken gebogen und bekam keine Luft mehr, weil irgendetwas Schweres mein Gesicht in den feuchten Rasen drückte. Ich fühlte, wie eine Hand systematisch meine Taschen abtastete. Der Sauerstoff begann mir auszugehen. Ich zappelte verzweifelt mit allen freien Gliedmaßen, um loszukommen. Endlich, kurz bevor mir schwarz vor Augen wurde, war das Gewicht plötzlich weg und mein rechter Arm wieder frei. Ich stützte mich stöhnend auf die Unterarme und holte keuchend Luft. Einen Moment lang hatte ich gedacht, es sei vorbei, aus, über den Jordan.

Ich wälzte mich vorsichtig herum. Mein Angreifer stand drei Schritte weg von mir und hielt meine eigene Pistole auf mich gerichtet. Automatisch registrierte ich, daß sie immer noch gesichert war. Aber er hatte den Daumen auf dem Sicherungshebel. Er war groß und schlank, hatte einen unauffälligen dunklen Mantel an und trug einen ebenso dunklen Hut, tief ins Gesicht gezogen.

Wie dramatisch, dachte ich mit Galgenhumor, wie aus einem Bogart-Film entsprungen. Fehlt nur noch die glimmende Zigarette im Mundwinkel.

Sein Gesicht konnte ich nicht erkennen, es lag im Schatten des verdammten Hutes. Wir blickten uns etwa eine Minute lang an, ohne daß ein Wort zwischen uns fiel. Mein keuchender Atem beruhigte sich etwas.

»Wenn Sie das nächste Mal mit gezogener Pistole durchs Gebüsch schleichen, sollten Sie an Ihre Rückendeckung denken. Immer den Rücken frei halten.«

Ich stutzte. Die Stimme mit dem deutschen Akzent kam mir bekannt vor.

Er schob sich mit der Linken den Hut ins Genick und das Licht der nächsten Straßenlaterne fiel ihm voll ins Gesicht.

Ich stöhnte erleichtert auf. Der deutsche Cop. Der mich in Garmisch verhört hatte. Das arrogante Ekel. Oh Gott, war ich erleichtert!

Wir ließen gleichzeitig unsere Bierbüchsen zischen. Er hatte seine theatralische Aufmachung abgelegt und sah jetzt wieder ganz harmlos aus, wie damals in Garmisch. Graue Hose, hellgrauer Rollkragenpulli, schwarze Lederschuhe. Der Drei-Tage-Bart stand ihm gut, war aber wohl nicht beabsichtigt. Ich fragte mich, wo er seine Waffe versteckt hatte. Im Mantel?

Wir nahmen zwei Schlucke und sahen uns über den Küchentisch an. Dann nickte er zu der Walther, die zwischen uns auf dem Tisch lag.

»Können Sie damit umgehen?«

Ich nickte.

»Bin Sportschütze.«

Wir nahmen wieder einen Schluck. Der Cop Becker sah müde und abgespannt aus. Seine Augenwinkel waren rot und entzündet. Er stellte die Büchse auf den Tisch und räusperte sich.

»Im ersten Moment wußte ich nicht, wer da durchs Gebüsch kommt. Deshalb habe ich Sie vielleicht ein bißchen zu hart angefaßt. Tut mir leid.«

Ich schüttelte den Kopf. Ohne eine Erwiderung meinerseits abzuwarten, fuhr er in seinem komischen Akzent fort:

»Ich bin schon eine Weile auf Ihren Spuren. Sie haben's ja offensichtlich gemerkt. Zuerst ... nun ja, wir wollten ein paar Sachen überprüfen. Aber jetzt schaut die Sache ein bißchen anders aus. Wir haben das Gefühl, daß es irgendjemand auf Sie abgesehen hat ...«

»Wer ist 'wir'?« unterbrach ich ihn.
Er grinste.
»Einen kennen Sie schon: Sie sind in Stockholm aneinandergeraten.«
»Charles«, sagte ich und Becker lachte.
»Er hat uns berichtet, wie Sie ihn enttarnt haben. Kasurinnen ist immer noch gut bewacht im Hospital. Sein 'Unfall' war mit hoher Wahrscheinlichkeit keiner. Die schwedischen Kollegen von der Rykspolis kümmern sich um ihn. Leduc ist seit ihrer Rückkehr aus Deutschland nicht behelligt worden. Aber von Ihnen wissen wir, daß Sie in letzter Zeit Ärger hatten ...«
Ich lachte bitter.
»Ärger ist leicht untertrieben. Was wissen Sie denn?«
Er berichtete ziemlich freigiebig, was er wußte. Es war erstaunlich viel. Die Sache mit der Bombe war allerdings nicht dabei. Wie hätte er das auch erfahren sollen? Ich gab keinerlei Kommentar zu dem ab, was er sagte. Er verlangte auch keinen. Zum Schluß schnitt er das Thema 'Motiv und Täter' an.
»Es könnte sein, daß die Täter es nur auf Männer abgesehen haben ...«
Ich blickte ihn ungläubig an.
»Klingt zwar abstrus, aber immerhin wurde Francoise Leduc seit Garmisch nicht mehr belästigt. Desgleichen Mary Leecumber von Edinburgh. Sie kam einen Tag zu spät zum Workshop. Ich habe eine Email von ihr erhalten, in der sie schreibt, daß es zu keinerlei ungewöhnlichen Ereignissen gekommen sei.«
Becker hatte eine eigenartige Art, die Sätze zu verschrauben. Das war mir schon damals in Garmisch aufgefallen.
»Und was ist mit den übrigen Teilnehmern, die zu spät kamen« fragte ich. »Da waren doch noch mehr ...«
Becker nickte langsam und blickte an die Decke.
»Joseph Harden aus Boston und Manfred Wotke aus Wiesbaden. Harden kann nichts Auffälliges berichten. Er hat nach dem Anschlag in Garmisch zusammen mit seiner Frau eine längere Europatour gemacht und dabei mehrere Forschungsstätten besucht. Seit drei Wochen unterrichtet er wieder in Cambridge und arbeitet am MIT. Manfred Wotke arbeitet normalerweise am Bundeskriminalamt in Wiesbaden, Deutschland. Die haben dort ein kleines Labor, das sich mit forensischer Phonetik, vor allem Stimmerkennung, beschäftigt. Er liegt seit etwa fünf Wochen mit einer Gürtelrose im Bett. In der Zeit davor ist ihm nichts aufgefallen.«
Mir kam eine vage Idee.
»Haben Sie die Email Adressen von den ganzen Leuten?«
»Ja, aber ...«
»Kann ich die haben?«
Er sah mich reserviert an.
»Wozu?«
»Ich würde gerne selber mit den Leuten in Kontakt treten. Schließlich arbeite ich

in dem Feld. Vielleicht fällt mir etwas auf, was die Leute verbindet, beziehungsweise nicht verbindet ...«

»Na gut«, sagte er zögernd, »aber offiziell haben Sie die nicht von mir bekommen, verstanden?«

Er holte einen Stift heraus und notierte die Adressen auf einem alten Kalenderblatt.

Nostradamus kam selbstbewußt herein und wetzte sich an seinem Futterspender.

»Und jetzt?« fragte ich.

Becker hob die Schultern.

»Ich kann Ihnen keine Vorschriften machen. Ich habe hier offiziell nur Beobachterstatus. Sie haben jederzeit die Möglichkeit, sich an die lokale Polizei zu wenden ... .«

Ich schnaubte verächtlich. Er betrachtete mich interessiert von der Seite und nahm wieder sein Bier zur Hand.

»Sie halten nicht sehr viel von der Polizei, hab ich Recht? Rocher machte auch schon so eine Bemerkung ...«

»Sie kennen ja wohl jetzt meine Biographie, oder? Können Sie sich vorstellen, daß ich besonders freundliche Gefühle für Polizisten hege?!«

Er schüttelte mißbilligend den Kopf.

»Ich will mich darüber nicht streiten. Zurück zum Thema: Wenn Sie sich nicht unter offiziellen Polizeischutz begeben, haben wir eine Chance, die Täter zu erwischen.«

Er sah mich abwartend an.

»Ein Lockvogel, wie?« knurrte ich. »Deshalb waren Sie dauernd so dicht auf meinen Fersen.«

Er nickte.

»Wieso eigentlich 'die Täter'? Woher wissen Sie, daß es mehrere sind?«

Becker rieb sich das unrasierte Kinn.

»Eigentlich nur eine Vermutung. Wenn es sich um einen Einzeltäter handelt, muß er enorm beweglich sein.«

Wir beobachteten beide Nostradamus, wie er sich über das Trockenfutter hermachte. Es klang wie ein knackendes Kaminfeuer.

»Und wie soll das funktionieren? Ich spaziere frischfröhlich in die gestellte Falle und dann kommen Sie mit der Crew der Enterprise 'runtergebeamt und retten mich in letzter Sekunde?«

Becker sah mich verständnislos an.

»Wie bitte?«

»Vergessen Sie's. Also, wie soll die Sache ablaufen?«

»Wir müssen eine unauffällige Art der Kommunikation vereinbaren. Sonst sollten wir uns nicht mehr treffen. Ich bleibe im Hintergrund und versuche, immer in der Nähe zu bleiben. Ich habe noch eine Kollegin hier, Madeleine Kortner. Wir wechseln uns ab. Wenn Sie oder wir etwas Verdächtiges bemerken, informieren wir Sie und umgekehrt. Haben Sie ein Handy?«

»Sie meinen, ein Cellular? Ja ...«

»Nehmen Sie's von nun an immer mit. Für den Notfall. Für die normale Kommunikation, würde ich vorschlagen, nehmen wir Email. Ich habe Zugang zu verschiedenen Rechnern hier in der Bay Area. Hier ist eine Adresse, die mich überall erreicht.«

Er gab mir eine blanke Visitenkarte mit einer handgeschriebenen Email-Adresse. Ich schaute sie nachdenklich an.

»Einverstanden?« fragte Becker.

Ich nickte langsam.

»Mir bleibt ja kaum eine andere Wahl, nicht?«

Ich schaute noch einmal auf die Karte.

»Haben Sie in letzter Zeit öfters auf mich gefingert?«

Zuerst verstand er den Ausdruck nicht. Ich erklärte, was ich meinte, und Becker lachte.

»Ja, das waren wir. Eine einfache Methode, um festzustellen, ob Sie an Ihrem Arbeitsplatz sind ...«

Ich lächelte säuerlich.

Er wurde wieder ernst.

»Haben Sie in letzter Zeit irgendetwas Auffälliges bemerkt, das uns weiterhelfen könnte?«

Ich erwähnte den weißen Corsica, aber er winkte ab.

»Das war ich oder Madeleine. Sonst noch was?«

Ich schüttelte den Kopf.

»Übrigens schulden Sie mir noch ein Bier«, sagte ich.

Becker blickte unwillkürlich auf die leeren Bierdosen auf dem Tisch.

»Nein, nicht deswegen. Wegen Ihrem weißen Corsica.«

Ich erzählte ihm, wie ich sein Mietauto vor dem jungen Automarder gerettet hatte. Becker stöhnte.

»Das heißt, daß er die ganzen Zündkabel 'rausgerissen hat, stimmt's? Das ist jetzt schon der zweite Wagen. Hertz wird sich freuen ...«

Becker telefonierte kurz mit der Verleihfirma, daraufhin zog er sich an.

»Ich muß weg. Madeleine besorgt einen neuen Wagen. Also, wir bleiben in Kontakt?«

Seine Stimme lag irgendwo zwischen Frage und Feststellung. Gleichzeitig hielt er mir seine Hand hin, wie um einen teuflischen Pakt zu besiegeln. Eine komische europäische Sitte, dieses dauernde Händeschütteln.

Ich schlug ein.

10

»Du hast Besuch«, sagte Minni und versuchte, gleichzeitig geheimnisvoll und schadenfroh dreinzuschauen. »Er sitzt im kleinen Besprechungsraum.«

»Er?«

»Du wirst ja auch mal was anderes als nur Damenbesuch empfangen, oder?« bemerkte Minni spitz und wandte mir demonstrativ den Rücken zu.

Ich ging zuerst in mein Cubicle und warf meine Mappe auf den Stuhl. Daß Minni den Besucher nicht in meinem Büro plaziert hatte, sondern im Besprechungsraum, war ein schlechtes Zeichen. Besprechungsraum bedeutete offizieller Besuch. Offizieller Besuch bedeutete normalerweise Ärger. Ärger hatte ich im Moment genug. Ich traute mich ja nicht mal mehr, allein im Aufzug zu fahren. Ob Becker wirklich rund um die Uhr auf mich aufpaßte? Die letzten zwei Tage hatte ich nichts von den deutschen Cops bemerkt ...

Auf dem Weg zum kleinen Besprechungsraum traf ich auf Archie. Er grinste mich an und sagte:

»Du hast Besuch.«

»Ich weiß.«

»Tja, irgendwann kommen sie jedem drauf ...«

»Affe!«

»Selber einer«, lachte er und verschwand nach vorne.

Der Besprechungsraum B war unser kleiner Treffpunkt für die Projekttreffen, die wir regelmäßig – meistens montags – abhielten. Im Besprechungsraum A, der viel größer war, fanden unsere Seminare mit den graduierten Studenten statt. Ein glatzköpfiger, ziemlich korpulenter Mann saß mit dem Rücken zur offenen Türe und las in einem Dokument, das er vor sich ausgebreitet hatte. Seinen schnieken Aktenkoffer mit Schlangenlederimitat hatte er aufgeklappt vor sich auf den Konferenztisch gestellt. In seiner blanken Glatze spiegelten sich die Leuchtstoffröhren an der Decke. Seine großen rosa Ohren standen auffällig vom runden Schädel ab.

Ich erkannte ihn sofort, sogar von hinten, obwohl er noch weniger Haare hatte, obwohl er noch fetter geworden war. Mein Magen begann sich umzudrehen. Ken Carlson. Anwalt, Broker, Vermittler zwielichtiger Geschäfte, mit gutem Draht zur korrupten Staatsanwaltschaft, zur korrupten Polizeibehörde, zum korrupten Finanzamt, manche behaupteten sogar, mit Beziehungen zur Hollywood-Mafia, und außerdem – die rechte Hand meines Vaters.

Ich seufzte und fügte mich in das Unvermeidliche. Ich wußte, daß Ken mir notfalls bis nach Hause folgen würde. Also kämpfte ich den Brechreiz hinunter, ging hinein und schloß die Türe hinter mir. Für die anderen im Institut bedeutete das: Auf keinen Fall stören!

»Thomas!« Ken versuchte, seine 240 Pfund aus dem tiefen Clubsessel zu hieven. Ich setzte mich ihm gegenüber ans andere Ende des Konferenztisches, faltete die Hände und blickte ihn schweigend an.

»Äh ... Verzeihung. Ist mir so 'rausgerutscht. George, nicht wahr?

George Moltke.«
Ich nickte langsam.
»Ja, da werde ich mich wohl nie dran gewöhnen, Junge. Gut schaust du aus. Das Leben hier im Norden bekommt dir anscheinend. Ich sage immer zu deinem Vater, Linus, sage ich, ...«
»Was wollen Sie?«
Er nahm seine Halbbrille ab, was seinem feisten Gesicht etwas Trauriges gab, lehnte sich zurück und blickte mich weitsichtig, mit zusammengekniffenen Augen an.
»Mein lieber Junge. Du wirst dir denken können, daß der alte Ken nicht ohne Grund hierher kommt. Es gäbe allerdings viele Gründe, daß wir dich mal wieder gerne unten in L.A. sehen würden. Wenn ich allein daran denke, wie viele Mündelgelder dir entgehen, nur weil du dich weigerst, einmal vor Gericht zu erscheinen und ein paar Male mit dem Kopf zu nicken ...«
»WAS WOLLEN SIE?«
Er seufzte und setzte seine Brille wieder auf. Ein Schriftstück zur Hand nehmend sagte er leise:
»Deine Mutter ist letzte Woche verstorben, Thomas.«
Darauf war ich nicht gefaßt gewesen. Ich stand auf und wandte Ken den Rücken zu. Ich hatte meine Mutter seit 22 Jahren nicht mehr gesehen. Damals war sie endgültig hinter den ledergepolsterten Toren einer geschlossenen Anstalt verschwunden. Unser Vater wollte nie, daß wir sie danach noch einmal zu Gesicht bekamen. Er meinte, es wäre besser, wenn wir sie so in Erinnerung behalten würden, wie sie vor ihrem endgültigen Zusammenbruch war. Drogen und Alkohol, und – indirekt – die vielen Affären meines Vaters mit Stars und Starlets hatten sie in den Wahnsinn getrieben. Die Ärzte diagnostizierten eine massive Hirnschädigung infolge Medikamentenmißbrauchs. Wir Kinder wußten, daß es nicht nur Medikamente waren.

Ich hatte nie ein besonders inniges Verhältnis zu meiner Mutter. Bevor ich alt genug werden konnte, war sie schon eine ganz andere Person, als die Mutter meiner Kleinkindertage. Eine völlig andere Persönlichkeit, abweisend, empfindlich und – böse.

Es klingt brutal, aber letztendlich hatten meine Schwestern und ich es mit Erleichterung aufgenommen, als wir erfuhren, daß Mutter niemals wiederkommen würde. Und jetzt war sie gestorben. Nach 22 Jahren in der Anstalt. Für mich war sie schon viel früher gestorben; trotzdem bewegte mich die plötzliche Nachricht heftiger, als ich es erwartet hatte.

Ken räusperte sich hinter meinem Rücken. Ohne mich umzudrehen, sagte ich:
»Und?«
»Deine Mutter war krank, entmündigt und hilflos, aber sie war eine schwerreiche Frau. Wenn Entmündigte sterben, tritt normalerweise die gesetzliche Erbfolge ein. Es sei denn, es existiert ein rechtsgültiges Testament aus der Zeit vor der

Entmündigung. Deine Mutter hat ein solches Testament schon vor Jahren hinterlegen lassen. Laut diesem Testament sollst du ihr gesamtes Vermögen erben ...«

Ich schwieg ein paar Sekunden und betrachtete konzentriert die Weißtafel vor mir. 'H = -p log(p)' hatte jemand mit grüner Farbe darauf geschrieben. Und in der unteren linken Ecke stand: 'Morgan anrufen' und eine Telefonnummer.

»Was ist, wenn ich die Erbschaft nicht antrete?«

Ken keuchte entsetzt.

»Willst du nicht erst einmal wissen, auf wie viel sich die Erbschaft beläuft?«

»Was passiert, wenn ich die Erbschaft nicht antrete?« wiederholte ich stur und drehte mich halb um.

Ken schnaufte und wischte sich mit einem taubengrauen Taschentuch über die Stirne.

»Dann tritt die gesetzliche Erbfolge in Kraft. In diesem Fall verteilt sich das Vermögen deiner Mutter nach einem bestimmten Schlüssel auf deinen Vater und deine beiden Schwestern, aber ...«

»Ich brauche das Geld nicht«, sagte ich langsam und beobachtete Ken genau. Seine Augen glitzerten unsicher.

»Aber ich werde nicht dulden, daß Sie oder mein Vater oder meine Schwestern damit noch mehr Unheil anrichten können. Ich trete die Erbschaft an.«

Ken schnaufte erleichtert auf. Wahrscheinlich hatte er mit bedeutend mehr Widerstand gerechnet. Es folgte ein Wust von Papieren und Unterschriften. Ich konnte Ken nicht in allem folgen, aber ich versuchte, wenigstens darauf zu achten, daß er mich nicht allzu sehr übers Ohr haute. Eine Stunde später waren wir fertig. Ken Carlson hatte es auf einmal sehr eilig.

»Äh, ja. Fast hätte ich es vergessen«, schnaufte er schon auf dem Weg zum Ausgang und kramte noch einmal in seinem Pilotenkoffer. »Hier ist ein Brief von deinem Vater. Und hier eine grobe Aufstellung des Vermögens, Stand März dieses Jahres. Und hier die Adresse und Telefonnummer des Vormundschaftsverwalters. Wenn du Fragen hast ...«

Ich war froh, ihn los zu sein. Es war mir ernst gewesen, mit der Bemerkung über meinen Vater und meine Schwestern. Ich wußte, daß sie das Geld nur dazu verwenden würden, noch mehr Geld anzuhäufen, was sie sowieso schon taten – und daß sie dabei, wenn nötig, über Leichen gingen.

In meinem Cubicle ordnete ich die Papiere und legte sie in einen Hängeordner. Den Brief meines Vaters warf ich ungeöffnet in den Papierkorb. Dann rief ich Frank an. Er meldete sich verschlafen.

»'alloh?«

»Weißt du eigentlich, wie spät es ist? Wo ist denn dein sprichwörtlicher Fleiß geblieben?« zog ich ihn auf.

Im Hintergrund hörte ich eine weibliche Stimme maulen.

»Aha, verstehe. Hör zu, Frank. Ich brauche deine Hilfe. Mir ist ein Haufen Geld in den Schoß gefallen und ich möchte das Zeug in Sicherheit haben, bevor die

Geier über mich herfallen.«

»Ein Haufen Geld?« Seine Stimme klang plötzlich hellwach. »Laß das, Schatz! Nicht jetzt! Hallo? Bist du noch dran? Wie groß ist denn der Haufen?«

Ich holte die Vermögensaufstellung hervor und suchte nach einer Gesamtsumme, aber so einfach war das nicht. Ich las Frank ein paar der ganz unten aufgeführten Posten vor. Er pfiff durch das Telefon, daß es mir in den Ohren klirrte.

»Rühr dich nicht vom Fleck. Ich komme sofort ... äh, sagen wir in einer halben Stunde, ok? Ruf niemanden mehr an und erzähl auch niemandem davon, ok?«

»Ok.«

»Äh, wo bist du überhaupt?«

Ich sagte es ihm.

»Und schöne Grüße an Pat«, fügte ich hinzu. »Du kannst ihr sagen, Janet sei nicht mehr böse auf sie.«

Er lachte und legte auf.

Eine halbe Stunde später stand er in der Öffnung meines Cubicles, mit zerwühltem Haar, das Gesicht mit zahlreichen Lippenstiftspuren übersät.

»Wie geht's Pat?« fragte ich höflich.

»Gut, wieso?«

»Wir haben dahinten ein paar Restrooms, wenn du dich vielleicht kurz frisch machen willst ...«

»Häh?«

Als Antwort deutete ich in den Rückspiegel an meiner Workstation.

»Oh, ok. Ich bin gleich wieder da.«

Zehn Minuten später tauchte er wieder auf.

»Das geht vielleicht schwer weg, das Zeug. Was tun die denn da rein, daß das so klebt? Also, erzähl mal ...«

Ich berichtete und zeigte ihm die Dokumente, die Ken mir dagelassen hatte. Frank sah sich alles genau an; schließlich sagte er mit hochrotem Kopf:

»Mann, Junge! Damit kannst du dich zur Ruhe setzen!«

»Genau das will ich nicht«, meinte ich bestimmt, »ich will, daß du mir eine Firma besorgst, die mich nicht allzu sehr ausnimmt, und die dafür sorgt, daß ich mit dem ganzen Kram so wenig wie möglich zu tun habe. Vor allem diskret soll sie sein. Außer uns beiden soll niemand etwas davon erfahren, klar?«

Frank starrte mich an.

»Das war jetzt ein bißchen viel auf einmal. Heißt das, du willst diesen Haufen Geld einfach ignorieren? Also, wenn du ihn loswerden willst, ich wüßte schon einen Abnehmer ...«

»Frank! Ich meine es ernst. Glaub mir, ich weiß, wie viel Schaden man mit zu viel Geld anrichten kann. Wenn man genug zum Leben hat, ist das natürlich eine feine Sache. Wenn man aber mehr davon hat, als man vernünftig ausgeben kann, wird's gefährlich.«

Frank schüttelte den Kopf.

»Ich versteh's nicht, aber es ist schließlich dein Geld. Du kannst es auch den Republikanern stiften, wenn du unbedingt willst. Oder der katholischen Kirche. Ok, ok«, winkte er ab, »ich hab's schon kapiert. Ich besorge dir eine solide Firma in der City, zufrieden? Diskret und nicht gerade billig.«
Er stand auf und schüttelte die Papiere zusammen.
»Ich ruf' dich an, wenn ich was habe, ok? Dann bis bald ...«
Ich saß da und starrte die graue Wand meines Cubicles an. Eine Stunde später wurde mir klar, daß ich heute nichts Vernünftiges mehr zu Wege bringen würde. Ich schaute kurz beim Chef vorbei und sagte ihm, daß meine Mutter gestorben sei und daß ich den Rest des Tages nicht im Institut sein würde. Auf dem Gang begegnete ich noch einmal Archie.
»Und?«
»Nichts weiter. Nur eine Familienangelegenheit. Ein Todesfall in der Familie«, erläuterte ich.
»Oh.« Archie sah mich prüfend an. »Mein Beileid.«
»Danke.«
Ich hatte gerade mein Display gesperrt und wollte mein Büro verlassen, als plötzlich das Cellular fiepte.
Es war Becker; er klang ziemlich aufgebracht.
»Was ist das eigentlich für eine Gegend hier«, schimpfte er. »Diesmal haben sie uns das Auto nicht nur aufgebrochen, sondern gleich mitgenommen.«
Ich mußte unwillkürlich grinsen.
»War es wieder ein Corsica?«
»Ja, ein blauer diesmal. Aber ... aber woher wissen Sie das?«
Ich erklärte ihm, daß es einige Autoknacker gab, die sich auf Mietwagen spezialisiert hatten. Corsica war nun mal ein typischer Mietwagen in Kalifornien. Und wenn er auch noch ein 'Y' auf dem Nummernschild hatte, dann war sowieso alles klar. Es war keine Seltenheit, daß Touristen, mehrmals hintereinander ihres Mietwagens beraubt wurden. Der Grund dafür war leicht einzusehen. Erstens waren die Mietwagen meistens relativ neu und gut in Schuß; der Dieb ging also wenig Risiko ein, ein altes oder reparaturbedürftiges Vehikel zu erwischen. Zweitens waren Mietwagen natürlich versichert, was bedeutete, daß sich eigentlich niemand besonders darüber aufregte, wenn mal wieder einer verschwand. Die Polizei registrierte den Vorfall zwar für ihre Akten, aber effektiv getan wurde in solchen Fällen gar nichts.
Ich riet Becker, beim nächsten Mal einen anderen Typ zu verlangen. Warum nicht einen Ford Mustang?
»Viel zu auffällig«, knurrte Becker mißmutig. »Na, jedenfalls können wir im Moment nicht in der Nähe sein, verstanden? Passen Sie auf sich auf und rufen Sie mich sofort an, wenn etwas Ungewöhnliches passiert.«
Ich versprach, dies zu tun, und unterbrach die Verbindung.
Und dann machte ich einen Fehler, den ich in den folgenden Tagen noch viel-

fach bereuen würde: Aus purer Zerstreutheit und weil meine Gedanken um den Tod meiner Mutter kreisten, ließ ich das Cellular neben der Workstation liegen.

Langsam fuhr ich Nelson in Richtung Heimat. Unterwegs versuchte ich, meine Gefühle zu analysieren. Warum konnte ich keine Trauer verspüren? Jeder normale Mensch ist traurig, wenn seine Mutter oder sein Vater stirbt. Ich hatte nur ein Gefühl der plötzlichen Leere in mir. Wie man es eben von Zeit zu Zeit hat – meistens ohne konkreten Anlaß. Dieses überwältigende Gefühl, daß alles, was man unternimmt, doch eigentlich sinnlos ist und so weiter. Normalerweise geht das bald vorüber, daher maß ich dem auch keine größere Bedeutung zu – auch wenn meine Therapeutin Janine da ganz anderer Meinung war. War das ein Zeichen von Gefühlskälte, daß ich beim Tod meiner Mutter nur eine leichte Depression verspürte? Vielleicht lag es einfach daran, daß meine Familie für mich schon seit vielen Jahren gestorben war. Meine Mutter, dann mein Vater, meine Schwestern. Sie existierten einfach nicht mehr in meinen Gedanken und ich hatte alles Menschenmögliche unternommen, um sie aus meinem neuen Leben auszuklammern. Ich überlegte, wie ich wohl reagieren würde, wenn Janet etwas zustieße.

Zuhause zog ich meine Jogging-Sachen über und fuhr weiter zu Janets Haus. Meine anderen Klamotten nahm ich mit, falls wir nach dem Joggen noch Lust hätten auszugehen. Der kühle, neblige Sommer war nun endgültig vorbei und die Spätnachmittagssonne schien angenehm warm. Alle Mädchen trugen Shorts oder kurze Röcke und zeigten ihre braungebrannten Beine. Die Jungs fuhren zum Teil mit nacktem Oberkörper auf ihren Mountain Bikes, die Kappen verkehrt herum aufgesetzt. Jetzt war die beste Zeit in der Bay Area: Trocken und warm bis spät in die Nacht, keine Hitze tagsüber, wie in den anderen Teilen Kaliforniens. Und wem es in der Bay noch nicht warm genug war, der fuhr einfach die paar Meilen über die Berkeley Hills und schon war er in der flirrenden Sommerhitze des Central Valleys. Nelson tuckerte friedlich vor sich hin, ich hatte die Fensterscheiben heruntergelassen und freute mich trotz der schlechten Nachrichten meines Lebens.

Das änderte sich schlagartig, als ich von der Ashby in Janets Straße einbog. Vor ihrem Haus standen zwei mir unbekannte Männer auf dem Gehsteig. Beide trugen dunkle Sonnenbrillen; der eine war ein Weißer, der andere hatte eine dunklere Hautfarbe und schwarze glänzende Haare, wahrscheinlich ein Mex. Der letztere hatte Janet die Arme auf den Rücken gedreht und hielt sie fest. Ihr Gesicht war schmerzverzerrt; sie wandte den Kopf heftig hin und her, als ob sie nach Hilfe Ausschau hielte. Der Weiße hielt ein Cellular ans Ohr gepreßt und schaute in meine Richtung. Im selben Augenblick, als ich um die Ecke bog, gab er dem Mex mit dem Cellular ein Zeichen und sie stießen Janet hastig in einen dunklen Plymouth, der mit geöffneten Türen vor ihnen am Bordstein parkte. Bevor ich mit Nelson auf fünfzig Yards herangekommen war, beschleunigte der Plymouth mit quietschenden Reifen und bog rechts um die Ecke. Ohne zu überlegen drückte ich aufs Gaspedal und folgte dem Wagen, erst bis hinauf zur College, dann rechts bis zur

Ashby, dann links in Richtung Berkeley Hills. Mein Gehirn hatte sich vorübergehend ausgeschaltet; ich dachte nur noch daran, den dunklen Wagen nicht aus den Augen zu verlieren. Vor dem Clairmont Hotel war es dann soweit: Ich wußte nicht, ob sie rechts nach Oakland hinunter oder geradeaus den Hügel hinauf gefahren waren. Ich wählte den Weg bergauf und drückte das Gaspedal voll durch. Nelsons alter Motor dröhnte und versuchte tapfer den steilen Hang hinauf noch etwas zu beschleunigen. Mit quietschenden Reifen schnitt ich die vielen Kurven der hier ziemlich engen Straße.

Wenn sie hier irgendwo abgebogen sind, dachte ich verzweifelt, finde ich sie nie mehr.

Auf dem Hügelkamm teilte sich die Hauptstraße: Geradeaus ging es auf den Freeway 13 zu den südlichen Teilen der Bay, links bog die Schnellstraße 24 ab, die durch einen langen Tunnel unter den Berkeley Hills hindurch nach Walnut Creek ins Landesinnere führte. Der schwarze Plymouth beschleunigte gerade auf der Linksabbiegerspur und fuhr durch die Ampel, die natürlich gerade in dem Moment auf Rot schaltete, als ich in Sichtweite kam. Ich konnte nicht hinterher; zuviel Gegenverkehr. Wie auf glühenden Kohlen saß ich da und beobachtete, wie der dunkle Wagen über den nächsten Hügel verschwand. Die wenigen Sekunden Wartezeit bewirkten aber, daß sich mein Denkapparat wieder einschaltete; bis dahin war alles nur ein reflexartiges Handeln gewesen.

Für eine Entführung hatten sich die Burschen zu blöde angestellt. Und selbst wenn es wirklich nur ein dummer Zufall war, daß ich ausgerechnet in dem Moment um die Ecke gebogen kam, als sie Janet aus dem Haus holten, selbst dann hätten sie mich inzwischen mit ihrem Plymouth längst abhängen können.

Hatten sie aber nicht. Was folgerten wir daraus? Sie hatten es nicht auf Janet, sondern auf mich abgesehen.

Konsequenz? Ich durfte ihnen nicht weiter folgen, weil sie mich nur in eine Falle locken würden. Im Gegenteil mußte ich so schnell wie möglich Hilfe herbeiholen.

Einen Moment lang dachte ich bitter an die beiden deutschen Cops, die jetzt wahrscheinlich gerade bei Hertz herumlungerten und sich ein neues Mietauto aussuchten.

Ich reihte mich auf dem Freeway nach Walnut Creek ein. Der schwarze Plymouth war längst im Tunnel verschwunden, aber sie konnten nur auf dieser Straße sein. Der Verkehr staute sich wie immer vor der Einmündung des Caldecott-Tunnels, weil hier der fünfspurige Freeway auf zwei Spuren zusammengeführt wurde. Ich versuchte, auf die linke Spur zu kommen, aber auch dort rollte der Verkehr nur konstant mit 50 Meilen dahin. An Überholen war in der Rush Hour sowieso nicht zu denken.

Ich spann den Gedanken von vorhin weiter. Wenn die Kette meiner Schlußfolgerungen richtig war, durfte ich ihnen nicht weiter folgen, sondern mußte schnellstens die Polizei alarmieren. Ich fluchte mich zehntausendmal in die unterste Hölle, daß ich mein Cellular hatte im Büro liegen lassen. Die einzige Möglichkeit, die Polizei oder Becker zu alarmieren, wäre ein öffentliches Telefon oder die Notrufsäulen entlang des Freeways. Ende der Logik.

In Wirklichkeit dachte ich nicht im Traum daran, von der Verfolgung abzulassen. Da vorne drin saß Janet, vielleicht sogar verletzt, in der Gewalt von zwei skrupellosen Gangstern und wurde wer weiß wohin entführt, vielleicht sogar umgebracht, wenn ich nichts unternahm. Ich konnte sie nicht einfach im Stich lassen, und wenn tausend logische Gründe dafür sprachen!

Ich hatte den Tunnel schon lange hinter mir gelassen, als ich den dunklen Plymouth endlich wieder vor mir ausmachen konnte. In einer weiten Linkskurve zog sich der Freeway durch das Tal und ganz am Ende, da wo die Krümmung wieder in die andere Richtung umschlug, konnte ich den Wagen erkennen. Er fuhr auf der linken Spur und zwar ziemlich schnell. Hier war der Freeway wieder fünfspurig und ich gab Nelson die Sporen. Aber trotz beträchtlicher Überschreitung der Höchstgeschwindigkeit gelang es mir nicht, bis Walnut Creek näher an den Wagen der Entführer heranzukommen.

Vor Walnut Creek staute sich wieder der Verkehr. Ich konnte noch erkennen, daß sich der dunkle Wagen links einordnete. Also wollten sie den Freeway 680 in Richtung Vallejo nehmen. Ich betrachtete zweifelnd Nelsons Benzinuhr. Hoffentlich würde die Fahrt nicht allzu lange dauern. Ich schätzte, daß ich nur noch für etwa hundert Meilen Treibstoff im Tank hatte.

Kurz hinter der Abzweigung nach Concord verließ der Plymouth den Freeway. Ich schaffte es, mich bis auf drei Wagen zwischen uns heranzuarbeiten. Während wir Richtung Concord weiterfuhren, zog ich die Walther aus dem Gürtel und legte sie entsichert auf den Beifahrersitz.

Einer der Wagen vor mir bog rechts ab. Jetzt war nur noch ein Lieferwagen vom Federal Express zwischen mir und dem Auto der Entführer. Die Straße wand sich durch wüstenartiges Gelände hinunter in ein ausgetrocknetes Flußbett. Kurz nach der Brücke brach der schwarze Plymouth plötzlich nach rechts aus und rollte, eine gewaltige weiße Staubwolke aufwirbelnd, auf der befestigten Uferböschung aus.

Ich schaffte es gerade noch, Nelson, ohne zu schleudern, von der Straße zu bekommen. Der FedEx-Wagen fuhr geradeaus weiter.

Etwa zehn Yards hinter dem Plymouth brachte ich Nelson zum Stehen und packte die Walther. Durch den aufgewirbelten Staub konnte ich den Wagen und seine Insassen nur schemenhaft erkennen, aber es schien niemand auszusteigen.

Ich öffnete die Fahrertür und bereitete mich darauf vor, zur nächsten Deckung, einem Schutthaufen etwa fünf Yards links von mir, zu stürzen, als mich eine Stimme in meinem Rücken erstarren ließ:

»Waffe sichern und auf den Boden legen! Hände über den Kopf, Scheißkerl!«

Ich drehte den Kopf, bis ich über die rechte Schulter zur Beifahrertür blicken konnte. Ein großer massiger Schwarzer stand dort, breitbeinig mit eingeknickten Knien. Er hielt mit beiden Händen eine automatische Waffe durch das geöffnete

Beifahrerfenster direkt auf meinen Kopf gerichtet. Ein zufriedenes Lächeln lag auf seinem glänzenden Gesicht. So etwa, wie ein Königstiger seine hilflose, in die Enge getriebene Beute betrachtet. Er machte eine winzige Bewegung mit der Waffe.
»Keinen Scheiß, Weißbrot. Du brauchst hier nicht den Helden zu spielen. Schön die Spritze sichern und auf den Boden legen. Aber ganz langsam. Faß sie mit dem Lauf an! Ich habe einen nervösen Zeigefinger in solchen Situationen, Scheißkerl!«
Ich sah starr in seine großen wachsamen Augen und tat, was er gesagt hatte. Im Hintergrund hörte ich Türenschlagen.
»Gute Arbeit, Francis!«
Die Fahrertür wurde aufgerissen und ich wurde grob am Arm heraus gezerrt. Es war der Weiße mit der dunklen Sonnenbrille. Er trug kurioserweise ein blaues Business-Jackett. Er drehte mich mit geübtem Griff zum Wagen um und begann mich abzutasten. Der grinsende Schwarze hielt mich von der anderen Seite in Schach. Der Weiße, ich entschloß mich, ihn Boss zu nennen – klaubte meine Walther aus dem Wagen, vergewisserte sich, daß sie gesichert und geladen war und steckte sie in die Seitentasche seines Jacketts.
Ich hörte ein vertrautes Klicken. Meine Hände wurden auf den Rücken gerissen und ich fühlte die schwere Kühle der Handschellen an meinen Gelenken. Erst jetzt sah ich, daß hinter Nelson ein weiterer Wagen gehalten hatte. Ein großer verstaubter Nissan-Jeep, in dem ein junger Weißer, fast noch ein Kind, am Steuer saß.
»Gute Arbeit, Jungs. Es geht weiter, wie geplant.«
Ohne ein weiteres Wort zerrte er mich zu dem Jeep und ließ mich auf den Beifahrersitz einsteigen. Er legte mir sogar den Sicherheitsgurt an. Der junge Bursche hielt einen Revolver lässig auf mich gerichtet, sagte aber kein Wort. Ich beobachtete durch die verstaubte Windschutzscheibe, was weiter geschah. Der Boss ging zurück zu meinem Wagen und sprach mit dem Schwarzen. Der Mex zerrte Janet, die offensichtlich ebenfalls Handschellen trug, aus dem Plymouth und brachte sie hierher. Der Boss übernahm sie, sagte noch ein paar Worte zu den anderen Ganoven und ließ sie auf den Rücksitz hinter mir einsteigen. Ich blickte sie über die Schulter an. Ihre Augen schwammen in Tränen und ihre Lippen zitterten krampfhaft. Auf dem linken Wangenknochen hatte sie eine dunkle Schramme. Sie schaute mich verzweifelt an, sagte aber kein Wort.
Der Boss stieg auf den Rücksitz neben sie und schnippte mit den Fingern. Der Fahrer reichte ihm wortlos, ohne sich dabei umzudrehen, den Revolver nach hinten und startete den Motor. Ich blickte wieder nach vorne. Der Mex hatte den Plymouth gewendet und fuhr hupend an uns vorbei zur Straße. Auch Nelson würgte und hustete: Der Schwarze saß hinter seinem Steuer. Auch er wendete und fuhr zur Straße. Unser Wagen folgte. Wir bogen auf die Straße ein und fuhren zurück in Richtung Freeway. Vor uns Nelson; den dunklen Plymouth konnte ich nicht mehr sehen. Der Boss zündete sich eine Zigarette an und reichte sie dem Jungen am Steuer. Dann zündete er sich selber noch eine an.
»Irgendwelche Kommentare?«, sagte ich mit zusammengebissenen Zähnen.

»Klappe«, sagte der Boss, ohne die Stimme zu heben, und blies mir Rauch in den Nacken. »Das gilt für euch beide. Für jeden Quatsch, den ihr von euch gebt, oder sonstigen Bullshit, den ihr veranstaltet, gibt's für den anderen was aufs Maul, klar? Unser Täubchen hier weiß inzwischen schon, wie sich das anfühlt.«

Ich spürte, wie ohnmächtige Wut mich innerlich schüttelte. Ich hatte zwar gewußt, daß ich in die Falle gehen würde, aber ich konnte nicht behaupten, daß es mir Spaß machte.

Wir bogen wieder auf den Freeway nach Vallejo ein. Unser Wagen überholte Nelson, aber im Rückspiegel konnte ich sehen, daß er konstant hinter uns blieb. Der Fahrer hielt sich genau ans Geschwindigkeitslimit. Keiner sprach während der nächsten Stunde ein Wort.

Es wurde rasch dunkler. Kurz hinter der Abzweigung nach Vallejo hielten wir an einer einsamen Tankstelle.

»Keinen Mucks und keine Faxen«, knurrte der Boss.

Der Junge stieg aus und tankte auf. Er bezahlte mit Kreditkarte direkt an der Zapfsäule; ein Tankwart war nirgends zu sehen. Im Rückspiegel sah ich, wie der Schwarze namens Francis Nelsons Tank auffüllte. Inzwischen war es stockdunkel; die Uhr an Armaturenbrett zeigte kurz vor neun Uhr an. Wieder auf dem Freeway holte der Boss zwei schwarze Samtbänder aus der Jackentasche und verband uns die Augen. Das Sitzen mit den gefesselten Armen im Rücken wurde immer unangenehmer. Ich setzte mich seitlich hin, so daß nur die linke Schulter auf der Rückenlehne anlag. Dabei merkte ich, daß die Anschnallgurte nicht nachgaben wie sonst. Irgendwie hatten unsere Entführer die Aufrolleinrichtung gesperrt.

Ich konnte mich kaum rühren.

Wir fuhren schweigend durch die Dunkelheit. Nur die Scheinwerfer der entgegenkommenden Autos erhellten als regelmäßiges Flackern die Ränder meiner Augenbinde. Ich versuchte, mich auf Richtungsänderungen des Fahrzeugs zu konzentrieren, aber schon bald kamen einige Aus- und Einfahrten, in denen der Wagen große Schleifen durchfuhr, und ich hatte die Orientierung verloren. Immerhin schienen wir immer noch auf einem Freeway oder mehrspurigen Highway zu sein, denn ich konnte hören, wie der Junge mehrmals, ohne die Geschwindigkeit zu ändern, die Fahrspur wechselte.

Irgendwann wurde die innere Anspannung zu groß und ich platzte heraus: »Verdammt noch mal! Wohin bringt ihr uns? Was soll das Ganze?«

Ein hartes Klatschen und ein schwacher Aufschrei Janets ertönte vom Rücksitz. In ihr hilfloses Wimmern fiel die harte Stimme des Boss:

»Ich sagte, du hältst die Klappe, verstanden?«

Ich biß mir so fest auf die Unterlippe, daß ich den warmen Eisengeschmack des Blutes auf der Zunge spüren konnte. Mein Magen drehte sich um. Ich konnte den Brechreiz gerade noch beherrschen.

Die Zeit schien sich endlos zu strecken. Wir fuhren ohne Pause, mit immer gleichbleibender Geschwindigkeit. Ich verlor jedes Zeitgefühl und in meinem

Kopf drehte sich alles. Manchmal hatte ich ein so deutliches Gefühl, ins Bodenlose zu stürzen, daß ich Mühe hatte, nicht zu schreien.

Irgendwann muß ich trotzdem eingeschlafen sein, denn ich wurde davon geweckt, daß mir jemand den Kopf an den Haaren nach hinten zog. Es war immer noch stockdunkel. Kalte Luft zog über mein Gesicht. Ich konnte fühlen, daß die Beifahrertüre geöffnet war.

»Vorwärts, Bürschchen!«

Das ewig dauernde Motorengeräusch war verschwunden. Jemand zerrte mich am rechten Arm aus dem Wagen. Da ich immer noch blind war, strauchelte ich und ging unbeholfen in die Knie. Jemand lachte, und ich wurde wieder auf die Beine gezerrt. Der Stimme nach war es der Schwarze, Francis.

»Keine Müdigkeit vorschützen, Bürschchen. Ihr fahrt doch sowieso in den Urlaub. Flitterwochen. Da habt ihr noch genügend Zeit zum Ausruhen. Viel, viel Zeit ...«

»Klappe, Idiot!« fuhr die Stimme des Boss dazwischen. Du redest wieder mal zuviel, Arschwichser! Bring ihn 'rüber, dalli!«

Der riesige Schwarze schob mich ohne ein weiteres Wort vor sich her. Ich konnte seinen warmen Atem an meinem Hinterkopf spüren. Er mußte mindestens einen Kopf größer sein als ich. Hinter uns hörte ich Janet erschreckt aufschreien und mein Körper versteifte sich unwillkürlich.

»Keine Angst, Bürschchen«, flüsterte Francis in hämischem Ton an meinem Ohr. Es machte ihm offensichtlich Spaß, mit mir zu sprechen, aber er wollte nicht, daß der Boss es merkte. »Deiner Braut passiert schon nichts. Noch nicht!«

Er lachte lautlos, wie über einen guten Witz.

»Was habt ihr mit uns vor?« flüsterte ich. Vielleicht konnte ich Francis' sadistisches Kommunikationsbedürfnis für mich ausnutzen. Als Antwort erhielt ich nur einen schmerzhaften Stoß in die Nieren, der mich fast zu Boden warf.

»Hat der Boss nicht gesagt, du sollst die Klappe halten, Milchgesicht?« flüsterte er. »Eigentlich sollte ich jetzt deiner Braut dafür die hübsche Fresse polieren. Du hast Glück, daß der Boss dich nicht gehört hat.«

Er schob mich weiter über unwegsames Gelände, Geröll und große Steine. Jedesmal, wenn ich stolperte, hielt er mich wie ein Schraubstock am linken Arm aufrecht. Der Kerl mußte über beträchtliche Kräfte verfügen.

»Hier rein!«

Ich hörte, wie eine Autotür geöffnet wurde; dann drückte Francis meinen Kopf herunter und ich flog halb auf einen Autositz. Mit den Armen auf dem Rücken kam ich mir völlig hilflos vor. Der Schwarze richtete mich auf und stopfte meine Füße hinein. Offensichtlich saß ich jetzt auf Nelsons Beifahrersitz; ich erkannte meinen guten alten Nelson am typischen Geruch der alten Polsterung. Hinter mir wurde Janet auf den Rücksitz verfrachtet. Ich konnte an ihrem fliegenden Atem hören, daß sie große Angst hatte. Trotzdem war ich erleichtert. Ich hatte schon befürchtet, sie würden uns trennen. Noch zwei Leute stiegen ein und der Motor orgelte. Neben mir, hinter dem Steuer saß jetzt Francis; ich konnte ihn an seinem typischen Körpergeruch erkennen. Hinten saß wahrscheinlich wieder der Boss. Er würde uns nicht dem blassen Jüngelchen überlassen.

Nelson holperte eine Weile über unwegsames Gelände, dann beschleunigte er auf einer befestigten Straße. Wir fuhren wieder schweigend durch die Dunkelheit. Ich lauschte angestrengt, konnte aber keinen Gegenverkehr hören. Freeway war das bestimmt keiner. Die Fahrbahn war auch in ziemlich schlechtem Zustand. Hinter mir raschelte es und bald darauf hörte ich Eßgeräusche neben und hinter mir. Ich ging dabei leer aus. Meine Zunge klebte sowieso schon vor Durst am Gaumen, aber ich wagte nicht, etwas zu sagen.

Nach und nach schien es heller zu werden. Zu den Rändern meines Augenverbandes drang immer mehr Streulicht herein. Nach einer ewig langen Zeit – so kam es mir jedenfalls vor – verlangsamte Nelson und bog auf eine unbefestigte Piste ab. Ich hörte, daß der Wagen nur noch im zweiten Gang fuhr, trotzdem wurden wir ordentlich hin- und hergeschüttelt. Der Boss fluchte leise und sagte etwas, was ich nicht verstand. Daraufhin wurde das Tempo noch langsamer. Durch das Geruckel hatten sich meine gefesselten Hände tief in die Lücke zwischen Lehne und Sitzpolster gebohrt. Ich wollte sie gerade wieder herausziehen, als ich an meinen Fingerknöcheln eine scharfe Kante spürte. Ich tastete, so gut es ging, mit den Fingerspitzen nach dem Ding. Es war klein und eckig und fühlte sich kühl-metallisch an. Plötzlich hätte ich fast aufgeschrien. Etwas sehr Spitzes hatte sich in meinen Mittelfinger gebohrt. Gleichzeitig wußte ich, um was es sich handelte: Ians Wunderkästchen. Ich hatte das Ding schon fast vergessen. Es mußte nach meiner Rückkehr aus Salt Lake irgendwie aus meiner Reisetasche gefallen und zwischen die Polster gerutscht sein. Es hatte keinen Sinn, es jetzt herauszuholen; mit meinen gefesselten Armen konnte ich es nicht in meiner Tasche oder sonst wo verstecken. Also zog ich meine Hände heraus und versuchte, eine bequemere Stellung zu finden.

Es wurde allmählich wärmer. Ich konnte die Strahlen der Sonne auf meinem Bauch spüren. Die Fahrt wurde immer langsamer. Steine und Gras kratzten an der Unterseite des Wagens entlang. Fast glaubte ich, daß wir gar nicht mehr auf einer Piste fuhren, sondern einfach quer durchs Gelände. Mehrfach kurbelte der Fahrer wie wild am Lenkrad; ab und zu hielt er sogar und setzte ein Stück zurück. Bei einer dieser Gelegenheiten hörte ich durchs offene Fenster den Motor eines anderen Wagen aufheulen. Plötzlich krachte und knirschte es laut, der Wagen kippte auf die linke Seite und der Motor heulte im Leerlauf auf. Die Hinterräder drehten pfeifend durch. Francis fluchte.

»Wir sitzen fest!«

Auch der Boss zerdrückte einen Fluch zwischen den Zähnen und sprang aus dem Auto. Man hörte, wie sie draußen debattierten.

»Janet? Janet, bist du ok?« flüsterte ich laut, ohne den Kopf zu drehen.

»Ja«, kam die geflüsterte Antwort. »Aber ich hab' solche Angst, George. Was werden die mit uns machen? Was wollen die von uns?«

Ich wußte nicht, was ich erwidern sollte.

»Ich meine, wir sind doch nicht reich. Es hat doch keinen Sinn, uns zu entführen, oder?«

Der Gedanke war mir noch gar nicht gekommen. Daß es sich vielleicht gar nicht um Killer handelte, sondern um Kidnapper? Die es auf das Geld meiner Familie abgesehen hatten? Durchaus möglich. Der Schutz meiner neuen Identität war ja in letzter Zeit immer löchriger geworden. Der Gedanke gab mir Hoffnung. Geld konnten sie haben, soviel sie wollten. Wenn sie nur Janet nichts antaten.

»Es wird alles gut werden, Janet. Kopf hoch. Wenn sie Geld wollen, kann ich welches beschaffen.«

»Aber ...«

Die Fahrertür wurde wieder aufgerissen und jemand stieg hinters Steuer. Draußen heulte der Motor des anderen Wagens, vermutlich der große Jeep, in dem wir den ersten Teil der Fahrt verbracht hatten. Nelson ruckte nach vorne und richtete sich wieder auf.

Ein Abschleppseil, dachte ich. Sie schleppen den armen Nelson ins Gelände. Da kommen wir nie wieder 'raus.

Der Boss stieg wieder ein und die holprige Fahrt ging weiter. Offensichtlich schleppte uns jetzt der Jeep brutal über die Steine. Es knirschte und krachte entsetzlich vom Fahrzeugboden herauf.

Die Fahrt dauerte endlos. Es wurde immer heißer im Wageninneren. Der Schweiß lief mir in Strömen vom Gesicht den Hals hinunter auf mein Jogging Sweatshirt.

Endlich gab der Boss ein kurzes Kommando, Francis drückte auf die Hupe und der Wagen kam schaukelnd zum Stehen.

»Motor laufenlassen«, befahl der Boss. »Der Tank muß leer sein. Klemm irgendwas aufs Pedal.«

Ich wurde aus dem Wagen gezerrt und jemand riß mir die Binde herunter. Geblendet schloß ich die Augen. Eine gleißende Steinwüste war um uns herum. Die hellen Felsen reflektierten das Licht der hoch am Himmel stehenden Mittagssonne schmerzhaft in meine entwöhnten Augen. Es dauerte fast eine Minute, bis ich blinzelnd die Augen öffnen konnte. Wir standen inmitten einer flachen Senke zwischen zwei schroffen Felssockeln. Im Hintergrund der Senke erhoben sich weitere Hügel, alle kahl, gelb und mit verkarsteten Felsen bedeckt. Keine Vegetation weit und breit. Nelson stand hinter uns, verstaubt und ziemlich ramponiert. Sein Motor lief heulend im Leerlauf, weil der Schwarze gerade einen schweren Stein auf das Gaspedal gelegt hatte. Blauer Rauch quoll aus seinem Auspuff. Ein paar Yards vor Nelson hatte der große staubige Nissan-Jeep gehalten. In der hellen Sonne konnte man sehen, daß er ursprünglich mal grün gewesen sein mußte. Das blasse Jüngelchen mit der schwarzen Sonnenbrille rollte gerade das Abschleppseil auf. Neben mir stand Janet und blinzelte mit gesenktem Kopf durch ihre spärlichen

Stirnfransen. Vor uns hatte sich der Boss mit seiner Kanone aufgebaut und grinste uns an. Jetzt konnte ich ihn das erste Mal genauer betrachten. Er hatte extrem kurze, militärisch geschnittene Haare. Die Farbe war fast weißblond – vielleicht gefärbt? Er hatte ein kantiges, rosiges Gesicht mit einem kleinen Mund und Stupsnase. Im Mundwinkel hing eine erloschene Zigarette. Seine Augen waren durch die dunkle Sonnenbrille verdeckt. Er schien glänzender Laune zu sein.

Den Revolver über das Tal schwenkend sagte er:

»Wie gefällt euch euer Urlaubsdomizil? Entzückend, nicht? Es gibt ja jetzt immer mehr Leute, die Urlaub in der Wüste machen wollen. Überlebenstraining, heißt das ja jetzt wohl. Übrigens, ihr könnt jetzt ruhig euer Schweigegelübde brechen. Beim Thor, hier kann euch keiner hören.«

Er lachte lautlos. Ich sah ihm an, daß er nur darauf wartete, unsere Fragen abzuschmettern. Also tat ich ihm den Gefallen erst gar nicht. Ich drehte mich langsam um meine Achse und musterte die weitere Umgebung. Meine Augen hatten sich soweit an die gleißende Helligkeit gewöhnt, daß ich, ohne zu blinzeln, links und rechts zu den schroffen Hügeln hinauf blicken konnte. Ein azurblauer Himmel ohne auch nur den Hauch einer Wolke wölbte sich über der Wüstenlandschaft. Die Sonne stand fast senkrecht über uns und brannte auf Kopf und Schultern; es mußte etwa um die Mittagszeit sein. Ich sah weder ein Gebäude, noch Ruinen, noch eine Piste; nichts von Menschenhand Geschaffenes. Sie mußten einfach querfeldein gefahren sein. Armer Nelson.

Hinter uns scheppterte es. Francis, der Schwarze, war dabei, Campingausrüstung aus dem Jeep zu werfen. Janets Campingausrüstung; ich erkannte ihren ausgewaschenen blauen Schlafsack wieder.

Janet räusperte sich leise.

»Ich habe Durst ...«

Der Boss fuhr herum und strahlte sie an. Er schnalzte verneinend mit der Zunge und wackelte ihr albern mit dem Zeigefinger vor dem Gesicht herum. Janet wich etwas zurück und betrachtete ihn mit zurückgelegtem Kopf wie ein besonders abstoßendes Insekt.

»Wer wird denn beim Überlebenstraining Essen und Trinken wollen? Das hieße doch gegen die Spielregeln verstoßen, nicht wahr?«

Er grinste sie hämisch an.

»Gehört es auch zum Überlebenstraining, daß man die Hände auf den Rücken gebunden hat? Macht das nicht einen schlechten Eindruck bei der Leichenbeschau?« fragte ich sarkastisch.

Der Boss schaute mich an. Sein Grinsen war verschwunden. Francis hatte sich fünf Schritte von uns entfernt aufgebaut und betrachtete, die mächtigen Fäuste in die Hüften gestemmt, mißbilligend die Szene.

Der Boss trat betont langsam an mich heran und schaute mir von nächster Nähe ins Gesicht, wie er es eben noch bei Janet gemacht hatte. Nur, daß er bei mir hinauf schauen mußte.

»Schau mal unseren kleinen Klugscheißer hier an«, sagte er. »So ein helles Köpfchen. Hat schon alles kapiert. Dann können wir uns ja weitere Erklärungen sparen. Leg sie an die Leine!«

Letzteres schnauzte er in Richtung des Schwarzen und ließ uns stehen.

Francis schob uns grob hinüber zur Rückseite des Jeeps und schloß mein rechtes Handgelenk an der Anhängerkupplung fest. Dann öffnete er eine der Handschellen von Janet und schaute sich unschlüssig nach einem weiteren Festmachpunkt um. Schließlich ließ er die Stahlfessel grinsend um mein linkes Fußgelenk zuschnappen.

»Ich habe Durst«, wiederholte Janet, »und Hunger.«

»Es gibt nichts, Süße«, brummte der Schwarze und verschwand.

Im Hintergrund heulte Nelsons Motor mit unverminderter Lautstärke. Der Junge stand zehn Yards von uns entfernt und beobachtete Janet, wie sie versuchte, mehr in den Schatten des Jeeps zu gelangen. Sein hungriges Rattengesicht ließ böse Ahnungen in mir aufsteigen. Wir versuchten, es uns mit Hilfe der herumliegenden Campingausrüstung etwas bequemer zu machen. Leider war nur sehr wenig Schatten vorhanden. Und die Sonne brannte mörderisch. Meine Zunge begann trocken zu werden. Ich überlegte, wann ich das letzte Mal etwas getrunken hatte. Gestern nachmittag im Büro, eine Cola Light. Der Gedanke an die kühle köstliche Flüssigkeit bereitete mir fast körperliche Schmerzen vor Verlangen. In dieser Hitze würden wir keinen weiteren Tag überleben. Vielleicht noch einen, wenn wir Glück hatten. Die Gangster wollten sich offensichtlich solange hier aufhalten, bis sie sich sicher waren, daß wir hier verendeten. Sonst hätte uns Francis kaum an ihrem Jeep angekettet. Außerdem mußten sie ihre Spuren beseitigen, damit es wirklich so aussah, als ob wir aus Unachtsamkeit in der Wüste steckengeblieben und verdurstet waren. Leider kam das immer wieder vor, daß abenteuerlustige junge Leute in den Wüsten Kaliforniens umkamen. Folglich würde es wenig Bedürfnis nach genauer Spurensicherung geben, wenn sie uns endlich fanden.

Wenn sie uns fanden.

Francis hatte ein Feuer entzündet und wirtschaftete in meinem Wagen herum. Von Zeit zu Zeit warf er etwas ins Feuer. Mit der Isomatte in der Hand tauchte er aus dem Kofferraum auf und hielt sie unschlüssig in der Hand. Ein eisiger Schreck durchzuckte mich. Dann kam er herüber zu uns und warf sie wortlos auf den Haufen Campingzeug. Ich atmete vorsichtig auf. Wenn er sie ins Feuer geworfen hätte ...

Janet saß mit dem Rücken an den hinteren Kotflügel des Jeeps gelehnt und blickte mit erloschenem Blick ins Leere. Ich machte mich so klein wie möglich und streichelte ihr übers Gesicht. Als Antwort blickte sie mich nur verzweifelt an und ein paar Tränen kullerten ihr lautlos über die Wangen. Ich flüsterte ihr ein paar beruhigende, aufmunternde Sätze ins Ohr, die ich bei Frank gelernt hatte. Aber meine eigenen Sorgen ließen mich wohl nicht sehr überzeugend klingen.

Janet zuckte zusammen und blickt auf. Ich drehte mich mühsam um. Hinter uns stand das Bürschchen mit dem hungrigen Rattengesicht, in der Hand eine Dose Bier, und betrachtete uns grinsend.

»Könntest auch einen Schluck vertragen, Lady, häh?«

Er trank genüßlich, ohne dabei Janet aus den Augen zu lassen.

»Das ließe sich schon machen, wenn du nett zu mir bist ...«

Janet schluckte hart, den Blick fest auf die Bierdose gerichtet, und blieb stumm. Der Junge war höchstens 16 Jahre alt, schätzte ich. Er sah dem Boss entfernt ähnlich, vielleicht ein Sohn oder Neffe. Seine Haare hatten dasselbe helle, fast weiße Blond; allerdings waren sie lang und zu einem fettigen Rattenschwanz zusammengebunden. Lange rötliche Stoppeln standen ihm um das schwächliche Kinn.

Er blickte sich wachsam um und ging plötzlich in die Hocke.

»Was hältst du davon, Lady«, flüsterte er heiser und griff nach Janets nacktem Fuß. Janet erschauderte, sagte aber immer noch nichts. Der Junge hielt ihr die Bierbüchse hin, aber immer noch so weit weg, daß sie sie unmöglich erreichen konnte, und fuhr mit der anderen Hand ihren Unterschenkel hinauf. Ich bereitete mich darauf vor, bei ihm einen linken Schwinger zu landen, sobald er in Reichweite käme. Plötzlich tauchte, wie aus dem Nichts, der Boss auf und beförderte die Bierbüchse mit einem gezielten Fußtritt im hohen Bogen zwischen die umliegenden Felsen. Er mußte dabei auch die Hand des Jungen empfindlich getroffen haben, denn dieser stieß einen Schrei aus und verlor das Gleichgewicht. Er ruderte mit dem anderen Arm und setzte sich ziemlich unelegant auf seinen Hintern, glücklicherweise in meiner Reichweite. Ich verpaßte ihm eine Kopfnuß aufs rechte Ohr, die er sobald nicht vergessen würde. Sein ganzer Oberkörper flog zur Seite und er begann hysterisch zu schreien. Seine Hand auf die Platzwunde an seinem Ohr gepreßt, aus der reichlich Blut spritzte, kam er taumelnd wieder auf die Beine. Fassungslos schaute er einen Augenblick auf seine blutbesudelten Hände; dann wollte er mit den Füßen auf mich losgehen. Der Boss riß ihn an der Schulter zurück.

»Das Schwein hat mich geschlagen!« kreischte er mit sich überschlagender Stimme. »Er hat mich fast umgebracht! Das zahl' ich dir heim, du Motherfucker! Ich mach' dich kalt! Dich und deine beschissene Schickse!«

Der Boss packte ihn mit beiden Händen an den Schultern und schüttelte ihn kräftig durch.

»Hast du immer noch nicht kapiert, worauf's ankommt, du Idiot?!« brüllte er mit einer Lautstärke, die ich ihm gar nicht zugetraut hätte.«

Francis kam ums Auto herum und betrachtete die Szene, ohne die Miene zu verziehen.

»Du wirst es nie zu etwas bringen, wenn du so einfache Sachen nicht kapierst, du Kindergartenheld, du Vollidiot, du Arschgeige!« Bei jedem Schimpfwort schüttelte er den Jungen wie eine Puppe. Dann ließ er ihn los.

»Ich wollte doch nur ein wenig Spaß mit der Puppe haben«, versuchte sich der Junge mit quengeliger Stimme zu rechtfertigen. »Es ist doch egal ...«

»Es ist eben nicht egal!« fuhr der Boss dazwischen.
»Er hat Recht«, brummte auf einmal der Bass des Schwarzen dazwischen. »Wir sollten unseren Spaß mit der Zuckerpuppe haben, solange sie noch einigermaßen frisch ist!«
Der Boss fuhr herum und starrte ihn an.
»Was, zum Teufel ...«
Er ging rasch drei Schritte und starrte dem Schwarzen aus nächster Nähe ins Gesicht. Der blickte ruhig und ohne zu blinzeln zurück in die dunklen Augengläser. Ein ganz leise angedeutetes Lächeln spielte um seine breiten Lippen.
Nach zehn Sekunden begannen der Boss und Francis gleichzeitig zu lachen. Sie boxten sich gegenseitig abwechselnd in die Schultern.
»Fast wäre ich drauf reingefallen«, japste der Boss. »Von dem kannst du noch was lernen«, rief er dem Jungen zu, der finster die Szene beobachtete und sich immer noch die Hand aufs Ohr preßte. Mit einem lauten Fluch ging er zum Jeep und begann mit der linken Hand, Verbandszeug herauszukramen.
Francis nahm seine Beschäftigung, Nelson auszuweiden, wieder auf. AAA Karten, ein Kugelschreiber, zwei alte Pappbecher, Bonbons, alles wanderte ins lodernde Feuer.
»Warum macht er das?« flüsterte Janet an meinem Ohr.
»Vielleicht, damit es so aussieht als ob wir hier schon länger gecampt haben«, flüsterte ich zurück, froh, daß Janet ihren Schock zu überwinden begann. Den wahren Grund sagte ich ihr lieber nicht.
Mit dem freien Fuß angelte ich mir die Isomatte heran und benutzte sie als Nackenstütze. Ich konnte die beiden eingewickelten Dynamitstangen fühlen.
»Ich hab' solchen Durst«, stöhnte Janet leise. Sie saß mit geschlossenen Augen dicht neben mir und hatte den Kopf in den Nacken gelegt. Ihre Lippen waren rissig aufgesprungen. Unter den Augen hatte sie dunkle Ringe; wahrscheinlich hatte sie ebensowenig geschlafen wie ich.
»Mach dir keine Hoffnungen, Kleines«, brummte ich. »Sie werden uns nichts geben.«
Janet öffnete die Augen. Sie waren gerötet und an den Augenwinkeln verkrustet von getrockneten Tränen.
»Du meinst, sie warten, bis wir verdurstet sind«, stellte sie mit ruhiger tonloser Stimme fest. Ich schüttelte den Kopf.
»Solange werden sie nicht warten können. Sie haben fast keinen Proviant dabei. Sie werden nur noch solange hierbleiben, bis sie sich sicher sind, daß wir aus eigener Kraft nicht mehr hier wegkommen.«
»Und wann wird das sein?«
Ich zuckte mit den Achseln.
»Morgen wahrscheinlich.«
Wieder verging eine Stunde. Die Sonne brannte unbarmherzig auf unsere ungeschützten Beine. Ich schätzte die Temperatur mindestens auf 95 Grad. Das Schluk-

ken fiel mir immer schwerer. Gleichzeitig hatte ich aber das krampfartige Bedürfnis zu schlucken. Es war quälend.

Francis hatte aufgehört, Sachen ins Feuer zu werfen. Alle drei waren außer Sichtweite. Wahrscheinlich saßen sie irgendwo im Schatten der Felswand hinter uns. Das monotone Heulen von Nelsons Motor wurde plötzlich unterbrochen. Der Motor setzte aus, spuckte und rülpste noch ein paar Male, dann kam er quietschend zum Stillstand. Etwas zischte leise; wahrscheinlich war der Kühler übergekocht.

In der plötzlichen Stille hörten wir die Stimmen von Francis und dem Boss; sie mußten etwa 30 Yards von uns entfernt sein. Ich lauschte angestrengt, aber die quengelnde Stimme des Jungen konnte ich nicht ausmachen. Es bestand also immer noch die Möglichkeit, daß er sich hier irgendwo herumdrückte.

Janet stieß mich an und deutete mit den Augen nach unten. Sie machte ihre kleine Hand ganz lang und krümmte die Handfläche so weit wie möglich. Dann rutschte sie aus der Handschelle und sofort wieder hinein. Ich senkte bejahend die Augen und legte den Finger an die Lippen. Sie nickte ganz unmerklich, aber ihre Augen hatten wieder etwas Glanz bekommen.

11

Die Dämmerung brach so plötzlich herein, als ob jemand das Licht gedimmt hätte. Ein angenehmer kühler Wind kam kurz vorher auf und kündigte die Nacht an. Am östlichen Himmel zeigten sich schon Sterne, während im Westen noch die Abendröte wie eine Feuersbrunst hinter dem Horizont leuchtete.

Wir hatten natürlich nichts bekommen, weder zu essen noch zu trinken. Das Urinieren wurde schon schmerzhaft, ein erstes Anzeichen, daß wir schon gefährlich dehydriert waren.

Unsere Entführer waren weitgehend außer Sichtweite geblieben. Jetzt hörte man sie hinter dem Jeep herumwirtschaften. Offensichtlich bereiteten sie sich dort ihr Nachtlager. Der Strahl einer Taschenlampe zuckte gespenstisch über die Felsabhänge. Immer mehr Sterne zeigten sich. Die Positionslichter von Verkehrsflugzeugen zogen ruhig und unbeteiligt über den samtblauen Nachthimmel. Wenn wir nicht in einer so verzweifelten Lage gewesen wären, hätte man die Nacht genießen können. Aber meine Gedanken drehten sich nur noch um eines: Trinken, Wasser, Trinken, Wasser, ...

Jemand kam auf uns zu. Es war der Schwarze mit einer blendenden Maglite in der Hand. Er leuchtete uns stumm ins Gesicht; Janet etwas länger als mir, bis sie den Kopf wegdrehte. Dann brummte er etwas, bückte sich und prüfte den Sitz unserer Fesseln. Befriedigt wandte er sich ab und warf uns den Schlafsack zu, der bisher außer unserer Reichweite gelegen hatte. Dann verschwand er wieder hinter dem Jeep.

Der Wind wurde kühler. Ich versuchte mich zu erinnern, was ich über die kalifornischen Wüsten gelesen hatte. Die Temperatur konnte selbst in der heißen Jahreszeit nachts empfindlich tief sinken. Allerdings hing das auch stark mit der Höhe über dem Meeresspiegel zusammen. Außerdem, wer wußte, ob wir noch in Kalifornien waren. Ich hatte auf der Fahrt hierher jegliches Zeitgefühl verloren. Keine Ahnung, wie lange wir tatsächlich unterwegs gewesen waren. Es konnten nur ein paar hundert Meilen, aber auch locker zehn bis zwölf Stunden Fahrt gewesen sein.

Erdkundeunterricht, 5. oder 6. Klasse Junior High, Wüstengebiete. Mojave-Wüste? Zu bekannt. Zu viele Touristen und Wanderer. Obwohl, sie erstreckt sich über etwas mehr als 2.000 Quadratkilometer; da konnte man schon einen Landstrich finden, wo normalerweise nie jemand hinkommt. Coloradowüste? Zu klein. Death Valley? Zu viele deutsche Touristen. Baja California? Ausgeschlossen. So weit konnten wir nicht gefahren sein. Eher noch die riesigen, namenlosen Wüstengebiete nördlich von Las Vegas, die sich hinter der Sierra fast durch ganz Nevada hinaufziehen. Sinnlos darüber nachzudenken; wir hatten im Moment andere Probleme.

Die Stimmen der drei hinter dem Jeep waren verstummt. Janet lehnte reglos an meiner linken Schulter. Die Stoßstange des Jeeps drückte sich unangenehm in mein Kreuz. Wie lange sollten wir warten?

Ich kramte in meinem Gedächtnis, was Louis mir über die Schlafzyklen beigebracht hatte. Nach der Einschlafphase, die etwa 10 Minuten dauert, kommt gleich eine erste Tiefschlafphase mit etwa 90 Minuten Länge. Dann kommt der erste REM-Schlaf mit etwa 10 Minuten. Im REM-Schlaf wacht man leichter auf als sonst; das konnte gefährlich werden. Ich beschloß, zwei Stunden zu warten; dann sollten die drei in der zweiten Tiefschlafphase sein, und falls einer nicht einschlafen konnte, war die Wahrscheinlichkeit groß, daß er nach zwei Stunden weggeduselt war.

Da wir beide keine Armbanduhr hatten, mußte ich die verstreichende Zeit anders abschätzen. Ich suchte mit den Augen den Nordpolarstern, der gerade gegenüber von uns tief über dem Horizont stand. In Gedanken teilte ich den Raum darum herum im vier Sektoren, dann den Sektor über dem Horizont noch einmal in drei Teile. Der Himmel dreht sich in 24 Stunden einmal um sich selber. Zwei Stunden entsprechen also einem der Teile. Ich merkte mir einen hellen Stern und die Position am Horizont, die er in zwei Stunden haben sollte und – wartete.

Janet atmete gleichmäßig mit geöffnetem Mund. Wir hatten uns in der Dämmerung, so gut es eben ging, nebeneinander auf eine der Schaumstoff-Isomatten gesetzt und uns mit Janets altem Schlafsack zugedeckt. Der Schlafsack roch muffig und schlecht gelüftet. Noch war es angenehm warm. Man konnte spüren, wie die Felsen der näheren Umgebung ihre gespeicherte Sonnenwärme an die Luft abgaben.

Ich schreckte hoch. Fast wäre ich eingeschlafen. Hinter dem Jeep hörte ich leises Schnarchen; von wie vielen Personen konnte man nicht unterscheiden. Mein Stern war kaum weitergekommen. Die abendliche Brise hatte völlig aufgehört. Außer dem Schnarchen und Janets leisem Atmen an meiner Schulter war kein Laut zu hören. Die Sterne strahlten mit unnatürlicher Helligkeit. Obwohl Neumond war, konnte ich die nähere Umgebung im Sternenlicht einigermaßen klar erkennen. Das Sternenlicht erschien mir aus irgendeinem Grunde leicht grünlich. Wieder zog ein Passagierflugzeug mit roten und weißen Positionslichtern über den Himmel.

Ich dachte an Louis und unsere leichtsinnigen Streifzüge durch das nächtliche L.A. Er hatte mir beigebracht, wie man lautlos Türen und Fenster knackt, wie man feststellt, ob sich eine Person in einem dunklen Zimmer aufhält, wie man mit Chloroform und bellenden Wachhunden umgeht. Für ihn war es Lebensunterhalt, für mich war es Spaß und Nervenkitzel. Ich bezahlte Louis dafür, daß er mich begleitete und mir Zugang zu den Rechnern verschaffte, die ich über Telefonleitungen nicht zu knacken vermochte.

»So sind die Schlafzyklen aber nur bei normalem Schlaf«, hatte Louis mir erklärt. »Wachmänner haben ja eigentlich die ganze Nacht über die Augen offen zu halten. Die regelmäßigen Kontrollabfragen und Stechuhren auf ihren vorgeschriebenen Rundgängen sollen sie am Einschlafen hindern. Die Wachmänner wollen natürlich trotzdem schlafen und haben sich den Kontrollen angepaßt. Sie können zwischen zwei Meldungszeiten – das sind meistens 30 Minuten – sofort in Tiefschlaf verfallen und fast auf die Minute genau vor dem nächsten Meldezeitpunkt wieder aufwachen. Wenn du die Meldezeiten kennst, kannst du in dieser kurzen Zeitspanne einiges anstellen, ohne daß der Kerl aufwacht.«

Einmal versagte Louis Methode. Wir drangen durch einen Notausgang in die Tiefgarage eines Bürokomplexes ein, in dem ich ein paar interessante Mainframes vermutete. Ich hatte den Bau am hellichten Tage unter einem Vorwand betreten und einen Notausgang ausfindig gemacht. Es ist erstaunlich, wie weit man tagsüber selbst in abgesicherte Bereiche hinein kommt, wenn man so tut, als ob man dazugehöre und als ob alles seine Richtigkeit habe. Das Wichtigste dabei ist, außer gewissen schauspielerischen Fähigkeiten eine plausible Ausrede parat zu haben und – noch wichtiger – ein guter Leumund. Deshalb war dieser Teil auch immer meine Aufgabe. Louis hätten sie, bei seinem Vorstrafenregister, sofort hopp genommen; bei mir genügte die Angabe meiner Adresse auf dem Führerschein, und sie ließen mich laufen. Gute Wohngegend; der Knabe kann nicht gefährlich sein; laßt ihn laufen.

Der Notausgang in der Tiefgarage hatte, soweit ich es beurteilen konnte, keine Alarmmelder und war nur durch ein einfaches Schnappschloß gesichert, das sich logischerweise nur von innen öffnen ließ. Ich stieß die Türe auf, um ganz sicher zu gehen, daß ich keine versteckten Melder übersehen hatte, und klebte dann ein Stück steifes Zellophan über die Schloßfalle. Die Schließautomatik drückte die Türe auch so wieder zu, aber das Schloß konnte nun nicht mehr einschnappen.

Gegen drei Uhr nachts drangen Louis und ich durch die manipulierte Türe in das Gebäude ein und arbeiteten uns durch Notausgänge und nie benutzte Feuertreppen langsam zur EDV-Abteilung vor. Auf dem zentralen Flur der EDV saß ein Wachmann in einem Glaskasten und beobachtete über verschiedene Monitore die Kontrollräume der hier installierten Mainframes. Ein Operator war auch da, aber von dem wußten wir, daß er schlief oder in seinem Bereitschaftszimmer ein Stockwerk höher Pornovideos guckte. Das Treppenhaus endete an einer geschlossenen Fluchttüre genau gegenüber dem Glaskasten, in dem der Wachmann gewöhnlich seine Schicht verbrachte. Wir mußten also direkt an ihm vorbei. Louis setzte ein elektronisch verstärktes Stethoskop an die Türfüllung, die sich vom Treppenhaus nur über eine Kodekarte öffnen ließ. Er setzte die angeschlossenen Kopfhörer auf und lauschte angestrengt. Dann lächelte er und gab mir das Ok-Zeichen. Das bedeutete, er konnte das Schnarchen des Wachmanns hören. Ich hatte inzwischen eine Dummy-Kodekarte mit integriertem Schreibkopf in den Kartenleser der Türe justiert und startete das Crack-Programm auf unserem mitgebrachten Laptop. Nach sechs Minuten war der einfache Zahlenkode geknackt und ich speicherte ihn auf zwei ehemaligen Kreditkarten, die ich mitgebracht hatte. Den Laptop packte ich wieder in den Rucksack und reichte Louis eine der Karten. Dann ging ich einen Treppenabsatz weiter hinauf und beobachtete von dort aus, was Louis an der Türe machte. Das war ein spannender Moment, denn wir konnten nicht genau vorhersagen, was passieren würde, wenn Louis unsere Dummykarte durch den

Schlitz des Kartenlesers zog und die Türe aufdrückte. Möglicherweise leuchtete nur eine Kontrollampe an der Konsole hinter dem Wachmann auf; vielleicht ertönte aber auch ein Alarmsignal. Dann mußten wir ganz schnell hier verschwinden. Verschwinden sollte man aber nie auf dem Weg, den alle annehmen, die hinter dir her sind. Auch das hatte Louis mir beigebracht. Viel sinnvoller war es, ein Stockwerk höher zu warten und dann dem Wachmann nach unten zu folgen. Auf diese Weise wußten wir immer, wo er sich befand, und nicht umgekehrt.

Louis lauschte konzentriert, die eine Hand am Kartenleser, die andere an der Türklinke. Seine blasse Stirn unter den dünnen schwarzen Stirnfransen legte sich bei solchen Gelegenheiten in sorgenvolle Falten. Die Augen hatte er fest geschlossen, die Lippen so fest zusammen gepreßt, daß sie fast weiß waren. Jetzt zog er die Karte durch. Es klickte kaum hörbar und die Kontrolleuchte am Leser sprang um, von Rot auf Grün. Louis öffnete die Türe nur einen Spalt und klemmte einen weichen Radiergummi zwischen Schwelle und Tür. Dann erstarrte er und lauschte wieder konzentriert durch das Stethoskop. Nach fünf Sekunden holte er flink und lautlos wie ein Zauberer ein winziges Periskop aus der Tasche, führte das schwarze gebogene Röhrchen mit dem flexiblen Lichtleiter durch den Türspalt und klebte das Ende mit dem Okular am Rand der Türe fest. Er bückte sich, um durch das Periskop zu spähen, dann gab er mir wieder das Ok-Zeichen.

Ein paar Sekunden später blickte auch ich durch das lichtschwache Okular. Deutlich konnte ich den Wachmann zurückgelehnt in seinem Glaskasten sitzen sehen. Den Kopf tief in den Nacken zurückgelegt, schnarchte er vernehmlich. In seinem weit geöffneten Mund sah ich Gold blitzen. Er war, wie erwartet, schon älter, schätzungsweise 60 Jahre. Graue, spärliche Haare, weißes Hemd mit dem goldenen Abzeichen korrekt an der linken Brust, schwarze Krawatte. Während ich noch den Flur musterte, räusperte er sich und schmatzte. Ich gab Louis das Achtung-Zeichen, ohne mein Auge vom Okular zu nehmen. Der Wachmann richtete den Kopf langsam auf, schloß den Mund und blinzelte. Dann nahm er eine Halbbrille vom Schreibtisch, setzte sie auf die kleine Knollennase und beugte sich vor. Ich konnte zwar nicht erkennen, was er tat, aber ein leises Klicken und elektronisches Piepsen sagte mir, daß er seine Kontrollmeldung abgegeben hatte. Ich zeigte Louis den gekrümmten Zeigefinger, damit er seine Stopuhr startete. Tatsächlich setzte sich der Wachmann wieder in seinem Sessel zurecht, schloß die Augen und begann fast unmittelbar wieder zu schnarchen. Wir zählten hundert Schnarcher, dann öffneten wir die Türe und huschten an ihm vorbei in den Flur. In den verbleibenden 27 Minuten gelang es mir, mit Hilfe der Kodekarte in einen Kontrollraum einzudringen, ein Terminal in Gang zu setzen und ein Trojanisches Pferd, das ich auf Diskette mitgebracht hatte, im Mainframe zu installieren. Auf dem Rückzug, noch vier Minuten vor der nächsten Kontrollmeldung, passierte das Malheur. Im selben Augenblick, als wir gerade die Türe zum Treppenhaus öffneten, läutete das Telefon des Wachmanns.

Louis hatte immer versichert, daß die Wachmänner normalerweise nicht mal ihre

Waffen laden würden. Das sei alles nur auf Abschreckung getrimmte Show. Nun, dieser etwas ältliche Wachmann mit den Goldzähnen, der kleinen Knollennase und den spärlichen ergrauten Haaren hatte eine geladene Waffe und er konnte damit umgehen. Er war sogar flinker aus seinem Glaskasten heraus, als wir ihm zugetraut hätten. Trotzdem, wir hatten einen guten Vorsprung und konnten ihn auch noch ausbauen, während wir die Treppen hinunterrasten. Aber in der Tiefgarage mit der riesigen leeren Fläche und keiner Möglichkeit, sich zu verstecken, hatte er uns dann auf dem Präsentierteller. Er schoß nur einmal und traf Louis in den rechten Oberarm. Genauer gesagt, drang die Kugel von hinten zwischen Arm und Oberkörper ein und durchlöcherte dann seinen Bizeps. Ein Zufallstreffer, wie Louis nicht müde wurde, mir später zu versichern. Wir schafften es trotzdem bis zu unserem Wagen, den wir zum Glück nicht weit entfernt geparkt hatten. Der Wachmann folgte uns nicht hinaus auf die Straße, ganz nach der alten Regel von L.A.: Die Straße gehört den Cops.

Louis ist später dann nach San Bernandino gegangen und ich habe ihn bald aus den Augen verloren. Noch später, als es richtig ernst wurde, hatte ich sowieso kein Bedürfnis mehr nach solchen gewagten Unternehmungen.

Als ich das nächste Mal aufschreckte, war es Janet, die mich weckte. Sie zerrte im Halbschlaf an ihrer Fessel und damit an meinem linken Fuß. Mein Orientierungsstern war schon etwas über den anvisierten Punkt hinausgewandert. Ich weckte Janet vorsichtig. Sie war benommen und wollte zuerst nicht aufwachen. Als sie endlich begriff, wo sie war, begann sie lautlos zu weinen.

»Ich dachte, es wäre nur ein böser Traum«, flüsterte sie unterbrochen von krampfhaften Schluchzern und klammerte sich mit der freien Hand an meinen Hals.

»Hör zu, Janet«, hauchte ich dicht an ihrem Ohr. »Du solltest jetzt versuchen, etwas zu besorgen. Die Zeit ist jetzt günstig. Die drei schlafen fest.«

Sie klammerte sich noch fester an mich. Ich bemerkte, daß sie ihre andere Hand schon von der Fessel befreit hatte.

»Aber ich hab' Angst«, flüsterte sie kaum hörbar. »Was, wenn sie nicht schlafen und mich erwischen?«

Ich überlegte einen Moment, dann nahm ich ein kleines Steinchen und warf es hinter mich hoch in die Luft. Es fiel mit einem deutlichen Klacken auf die Motorhaube des Jeeps. Wir hielten beide den Atem an. Nichts geschah. Das leise Schnarchen ging unvermindert weiter.

»Sie schlafen«, flüsterte ich. »Außerdem glaube ich nicht, daß sie dir ernsthaft etwas antun würden, was bei einer späteren Untersuchung ans Licht kommen könnte. Sie müssen alles so arrangieren, daß es so aussieht, als ob wir aus eigener Dummheit hier verdurstet wären.«

Ich konnte Janets Herzschlag spüren, als sie sich an mich schmiegte.

»Ich hab' so entsetzlichen Durst«, stöhnte sie leise. Ihre rauhen aufgesprungenen Lippen kratzen über meine stoppligen Wangen.

»Genau darum geht's«, flüsterte ich. »Du mußt ganz leise, am besten auf allen

Vieren, ums Auto kriechen und den Platz suchen, wo sie gegessen haben. Bestimmt ist dort auch etwas zu trinken. Wenn du etwas findest, und es ist schon geöffnet, dann trink es sofort aus. Wenn du etwas Geschlossenes findest, mach es um Gottes Willen nicht gleich auf, sondern bring es hierher. Hast du eine Tasche an deinem Sweatshirt?«

Ich fühlte, wie sie nickte.

»Gut. Steck die Büchsen dort hinein, damit du die Hände zum Kriechen frei hast.«

Janet drückte sich noch einmal wortlos an mich, dann richtete sie sich vorsichtig auf. Ich hielt mit der freien Hand die Handschelle fest, damit sie nicht klirrte. Eine Weile konnte ich noch ihren dunklen Schatten lautlos über die hellen Felsen gleiten sehen, dann verschwand sie aus meinem Blickfeld.

Ich wartete. Das Herz schlug mir bis zum Halse. Ich lauschte angespannt auf das gleichmäßige Schnarchen hinter dem Jeep und auf mögliche andere Geräusche. Das dröhnende Pochen meines eigenen Pulses behinderte meine Wahrnehmung. Ich wartete lange; endlos lange, wie mir schien. Endlich hörte ich ganz in der Nähe etwas rascheln. Janet kam zurück, diesmal von der anderen Seite. Sie kroch an meine Seite und lehnte sich an die Stoßstange des Jeeps. Ich konnte ihre Augen im Sternenlicht glänzen sehen. Ihre Hand legte mir vorsichtig eine schwere Halbliter-Büchse in den Schoß. Ich hielt sie fest umklammert, als hätte mein Körper, der mit allen Fasern nach Flüssigkeit schrie, Angst, sie könnte wieder verschwinden. Das Verlangen, sie sofort aufzureißen, war überwältigend. Nur mit Mühe konnte ich mich beherrschen. Janets Stimme ertönte ganz dicht an meinem Ohr:

»Ich habe erst lange suchen müssen. Die drei liegen etwa fünfzehn Yards hinter dem Jeep in einer flachen Mulde auf Luftmatratzen. Den Proviant müssen sie wieder in den Jeep gesperrt haben; ich konnte erst nichts finden. Dann bin ich weiter weg, den Hang hinauf, weil ich dort etwas blinken sah. Es war eine leere Colaflasche. An derselben Stelle lagen viele leere Bierbüchsen auf einem Haufen, zusammen mit anderem Müll.«

Plötzlich kicherte sie verhalten. Dann mußte sie aufstoßen.

»Entschuldigung. Hab' wohl 'nen kleinen Schwips. Jedenfalls, ich mußte den Haufen auseinandernehmen wie bei einem Mikadospiel. In vier oder fünf Büchsen waren Reste drin. Die hab' ich getrunken. Danach wurde es mir ganz plötzlich kotzübel und ich mußte mich ein paar Minuten hinsetzen. Ich war schon auf dem Rückweg, da bin ich mit der Hand zufällig auf diese Büchse da gestoßen. Sie ist noch geschlossen«, fügte sie unnötigerweise hinzu.

Ich konnte mich nicht länger beherrschen. Der Schlafsack gab einen guten Dämpfer ab; man hörte nur ein leises Zischen, als ich den Ring zog. Vorsichtig, um ja keinen Tropfen der kostbaren Flüssigkeit zu verschütten, führte ich die Büchse an meine ausgetrockneten Lippen. Ich nahm zuerst nur einen winzigen Schluck. Er schien sofort von den ausgetrockneten Schleimhäuten absorbiert zu werden. Ich wartete ein paar Sekunden, dann nahm ich einen größeren Schluck und würgte ihn hinunter. Ich mußte würgen, weil mein Hals so trocken war, daß der normale Schluckreflex nicht mehr funktionierte. Die kühle, prickelnde Flüssigkeit rann die Speiseröhre hinunter. Das Gefühl der Erlösung war unbeschreiblich. Erst nach weiteren vier Schlucken konnte ich den Geschmack erkennen. Es war Cola. Süßes Lebenselixier. Das flüssige Abbild Amerikas. Vorbote des American Way of Life in der ganzen Welt. Nie wieder habe ich eine Cola so genossen, wie in dieser Nacht.

Nachdem ich in kleinen Schlucken etwa ein Drittel der Büchse geleert hatte, krampfte sich mein Magen zusammen. Ich hatte Mühe, den plötzlichen Brechreiz niederzukämpfen. Nach ein paar Sekunden verschwand die Übelkeit. Wir tranken die Büchse abwechselnd bis auf den letzten Tropfen aus. Für einen Moment war der quälende Durst verschwunden.

Ich legte meinen Mund an Janets Ohr.

»Danke«, flüsterte ich einfach. Janet gab mir mit ihren aufgeplatzten Lippen einen sanften Kuß auf den Mund.

»Wir sind noch nicht fertig«, fuhr ich fort. »Erstens mußt du dieses Ding wieder dorthin zurückbringen, wo du es gefunden hast, damit sie morgen keinen Verdacht schöpfen.«

Janet nickte.

»Dann schaust du, ob Nelsons Türen offen stehen. Wenn du hineinkommst, greifst du tief in die Ritze zwischen Sitzpolster und Lehne auf dem Beifahrersitz. Da drin findest du ein kleines Gerät, etwa so groß mit zwei spitzen Nadeln an der Seite. Hol es heraus und bring es hierher.«

»Was ist das?« wollte Janet wissen.

Ich erklärte es ihr. Als sie von den Dynamitstangen hörte, auf denen wir die ganze Zeit gesessen hatten, keuchte sie vor Schreck.

»Was hast du damit vor?«

»Ich will den Kerlen einen Denkzettel verpassen«, sagte ich grimmig. »Noch sind wir nicht tot.«

Ich erwachte, weil sich die Anhängerkupplung bewegte, an die meine Hand gekettet war. Jemand hantierte im Inneren des Jeeps herum. Vorsichtig öffnete ich die Augen zu einem winzigen Schlitz. Es war bereits ziemlich hell. Die Sonne stand schon über dem östlichen Hügelkamm, der unsere kleine Senke begrenzte. Es würde wieder ein mörderisch heißer Tag werden. Mein Mund und Hals waren schon wieder völlig ausgetrocknet. Kopfweh und Gliederschmerzen, mein Rücken war steif von der ungewohnt harten Unterlage.

Ich hörte, wie der Boss hinter dem Jeep Anweisungen gab. Die Stimme wurde lauter, also schloß ich die Augen wieder. Schritte kamen näher und verharrten direkt vor uns. Er stieß mich leicht mit dem Fuß an, aber ich reagierte nicht. Dann hörte ich Janet leise stöhnen.

»Wasser ... Wasser ...«

Plötzlich packte er mich bei den Haaren und zog meinen Kopf hoch. Meine linken Augenlider wurden auseinandergezwängt und ich sah das fiese Gesicht mit den dunklen Sonnengläsern.

»Aufwachen!« Er schlug mir ins Gesicht; nicht brutal, eher wie man einen Betrunkenen zu sich bringt. Ich lallte mühsam etwas. Das fiel mir nicht schwer, da sich meine Zunge wie ein Stück Dörrfleisch anfühlte.

Er ließ meinen Kopf zurück auf die Isomatte fallen. Ich blieb liegen wie ein nasser Sandsack, so als ob ich zu keiner Bewegung mehr fähig wäre. Es klirrte leise und ich fühlte, wie die Handschellen entfernt wurden. Janet stöhnte noch einmal und verlangte mit schwacher Stimme zu trinken. Es klang so realistisch, daß ich begann, mir Sorgen zu machen. Aber im Moment konnte ich nichts Besseres tun, als mich tot zu stellen.

Unsere Geduld wurde auf eine harte Probe gestellt. Die drei schafften und räumten. Der Boss schickte den Jungen hinauf in den Schatten, wo sie gestern gesessen hatten, um dort alles aufzusammeln. Francis machte sich noch einmal an Nelson zu schaffen; ich hörte die Scharniere der Motorhaube kreischen. Sachen wurden in den Jeep geladen.

Die Sonne stand schon so hoch, daß sie mir voll ins Gesicht schien, als es plötzlich stiller wurde. Ich riskierte noch einmal einen Blick durch schmale Augenschlitze. Der Boss und Francis standen etwa zehn Yards seitlich von uns und rauchten. Die Asche streiften sie sorgfältig in eine leere Bierdose ab. Beide blickten nachdenklich zu uns herüber und unterhielten sich leise. Ich konnte nur einzelne Wortfetzen hören.

Der riesige Schwarze schüttelte den Kopf und drückte seine Zigarette aus.

» ... kein gutes Gefühl ... besser kalt gemacht ... blödsinniges Getue ...«

Der Boss wandte sich ihm zu und redete eindringlich auf ihn ein. Trotzdem schüttelte Francis weiter sorgenvoll den Kopf. Der Junge kam von hinten ins Blickfeld und nickte dem Boss wortlos zu. Der schaute auf die Uhr und dann noch einmal gründlich in alle Richtungen.

»Also los«, sagte er schließlich laut. »Wir haben keine Zeit zu verlieren.«

Ohne sich weiter um uns zu kümmern, stiegen die drei in den Jeep. Der Motor sprang an und erstickte uns fast in einer gewaltigen Wolke von blauen Abgasen. Ich unterdrückte den Reflex aufzuspringen und packte vorsichtshalber auch Janet am Arm. Der Fahrer ließ den Motor zweimal auf Touren kommen, dann schaltete er und fuhr los. Ich konnte zwischen den lauten Motorgeräuschen ein schwaches Piepsen hören. Der Jeep rangierte ein paar Male hin und her, um in der engen Senke zu wenden. Genau neben uns blieb er stehen und eine Türe öffnete sich. Panik stieg in mir hoch. Ich riskierte einen Blick. Der Boss stand an der Stelle, wo vorher der Jeep gestanden hatte, und musterte konzentriert den steinigen Boden, so als ob er etwas suchen würde. Ich zwang mich, ruhig liegenzubleiben.

Wenn er nur nicht die Auslöseschnur entdeckt, dachte ich angespannt.

Zehn Sekunden vergingen, dann hörte man Schritte und das Zuschlagen der

Autotür. Der Fahrer gab Gas und der Jeep nahm Kurs auf den Ausgang der Senke im Westen. Ich ließ die Luft ab wie ein angestochener Ballon. Das Geräusch entfernte sich stetig. Ich begann langsam zu zählen.

»George«, flüsterte Janet. »Können sie uns noch sehen?«

... 25, 26, 27, ... Ich hob vorsichtig den Kopf. Der Jeep verschwand gerade nach links hinter einer Felszunge.

... 36, 37, 38, ... Ich richtete mich mühsam auf. Alle Muskeln protestierten schmerzhaft.

»Sie sind weg. Soll sie der Teufel holen!«

Janet rappelte sich langsam auf.

»Mein Gott, ich hab' schon wieder so einen Durst«, klagte sie.

Ich stand mühsam auf und blickte in die Richtung, in der unsere Entführer verschwunden waren.

... , 54, 55, 56, ... Ich meinte, noch ganz leise das Motorgeräusch zu vernehmen. Dann wurde es still.

... , 93, 94, 95, ...

»Was murmelst du da?« fragte Janet, die jetzt neben mir stand und sich an mir festhielt.

»Ich zähle.«

Janet schluckte mühsam. Man konnte sehen, daß es schmerzte.

»Glaubst du, es hat geklappt?«

... , 113, 114, 115, ...

Ich nickte. Ians Zeitzünder hat gepiepst. Unsere improvisierte Konstruktion von heute nacht hatte offensichtlich funktioniert. Beim Anfahren hatte der Faden, den wir mühsam aus Janets Jogginghose gezogen hatten, den kleinen Kippschalter geschlossen. Der schwarze Faden lag nun abgerissen vor uns.

... , 275, 276, 277, ...

In der Dunkelheit gestern nacht hatte ich die Beschriftung auf Ians Wunderkästchen nicht entziffern können. Ich erinnerte mich aber, daß Ian die Zeitintervalle in festen Rastungen geschaltet hatte. Die erste Stellung waren 10 Sekunden, die zweite 20, die dritte 50, die vierte 100, und so weiter bis 10.000. Die siebte Rastung mußte also 1.000 Sekunden Verzögerung entsprechen.

... , 355, 356, 357, ...

»Was machen wir jetzt?«

Ich sah mich unschlüssig um. Janets Campingausrüstung lag um uns herum verstreut. Nelson bot ein jämmerliches Bild. Verstaubt und verbeult, die Motorhaube aufgestellt. Unter dem Motor ein großer Fleck; wahrscheinlich war ein Kühlschlauch geplatzt.

... , 410, 411, 412, ...

Ich legte meinen Arm um Janets Schultern.

»Unsere einzige Chance ist es, dem Jeep zu folgen und zu hoffen, daß er hochgeht. Vielleicht wird jemand darauf aufmerksam. Wenn er nicht hochgeht ...«

Janet packte mich heftig am Arm.

»Psst!«

»Was ...«, begann ich, aber Janet drückte meinen Arm noch fester.

Da hörte ich es ebenfalls: Das Motorengeräusch war wieder da. Wir standen da wie zwei Ölgötzen und lauschten. Es kam näher.

»Oh, Gott. Meinst du, sie haben was bemerkt?«

»Ich fürchte eher, sie haben ihren Plan geändert und wollen uns doch noch erledigen, bevor sie abhauen«, sagte ich grimmig.

... , 517, 518, 519, ...

Das Heulen des Motors wurde deutlicher; man konnte schon hören, wie er die Gänge schaltete.

»Los, wir müssen weg hier!«

Ich packte Janet am Arm und zerrte sie hinter mir her. Jetzt erst merkte ich, wie erledigt mein Körper war. Jeder Schritt auf dem unsicheren Geröll war eine schmerzhafte Qual. Wir stolperten, so schnell es ging, den hinteren Teil der Senke hinauf. Das Geräusch des Motors fing sich bereits in dem flachen Talkessel und wurde bedrohlich laut.

... , 666, 667, 668, ...

Es wurde mit jedem Schritt steiler. Hoffentlich so steil, daß sie mit dem Jeep nicht herauf fahren können, dachte ich.

... , 703, 704, 705, ...

Aber selbst wenn sie uns nur zu Fuß folgten; drei gesunde Männer würden uns mühelos einholen. Meine Lungen schmerzten schlimmer als bei unseren schärfsten Joggingtouren im Strawberry-Canyon. Janet strauchelte und fiel auf die Knie.

»Ich ... ich kann nicht mehr ...«, keuchte sie atemlos.

Ich warf einen Blick zurück. Der Jeep bog gerade um die letzte Geröllhalde. Jetzt konnten sie uns sehen.

... , 777, 778, 779, ...

Ich sah mich verzweifelt nach einer Deckung um. Keine größeren Felsen, keine Bodenmulde, keine Vegetation. Aber zumindest reichte der Schatten der Felswände fast bis hierher. Noch ein paar Yards und wir waren im Schatten. Ich zerrte Janet wieder auf die Beine.

»Komm. Nur noch ein Stückchen ...«

... , 845, 846, 847, ...

Wir krabbelten auf allen Vieren die letzten Yards bis zur Schattengrenze.

Dann blieben wir keuchend auf dem Bauch liegen. Die scharfen Steine bohrten sich durch den dünnen Stoff meiner Jogging-Hose. Janet mußte es mit ihren bloßen Beinen noch viel schlimmer gehen.

... , 912, 913, 914, ...

Die Zahlen purzelten automatisch durch meine Gedanken. Erstaunlicherweise konnte ich weiterdenken, ohne das Zählen zu unterbrechen.

Bestimmt habe ich zu schnell gezählt, dachte ich und hob den Kopf. Der Jeep fuhr in die Senke hinein, wo Nelson verlassen in der gleißenden Sonne stand. Wir lagen nur etwa 100 Yards entfernt im Schatten der Felswand.

... , 997 ,998 , 999, 1.000.

Das Heulen des Motors erstarb. Einen Moment lang geschah nichts, dann öffnete sich die Beifahrertür. Der Boss stieg aus, den Revolver in der rechten, erhobenen Hand. Er blieb dicht am Fahrzeug stehen, die linke Hand auf der geöffneten Wagentüre, und musterte langsam die Umgebung.

Warum passiert nichts, dachte ich verzweifelt.

Der Boss sprach zu jemandem im Wageninneren und schlug die Tür zu. Auf der anderen Seite stieg Francis aus, die schwarze Automatic lässig in der linken Hand. Mir war bis jetzt noch nicht aufgefallen, daß er Linkshänder war. Jetzt biß sich mein bis zum Äußersten gespanntes Gehirn an diesem lächerlichen Detail fest.

Der Motor wurde ausgeschaltet und der Junge schwang seine Beine vom Fahrersitz. Der Boss ging langsam um den Jeep herum und suchte mit den Augen systematisch die Umgebung ab. Francis stand nur da und drehte langsam den Kopf.

Der Junge sagte etwas. Der Boss ließ seinen Kopf herumfahren und fauchte ihn an. Der Junge zuckte mit den Achseln und ließ sich wieder auf den Fahrersitz fallen. In diesem Moment hob der Schwarze den Arm und deutete direkt in unsere Richtung. Der Boss machte einen raschen Schritt auf Francis zu. Es war sein letzter.

Die beiden Dynamitstangen, die wir im U-Profil der hinteren Stoßstange befestigt hatten, detonierten mit einem trockenen Knall. Die Stoßstange wurde wie ein Bumerang weggesprengt und traf den Boss, der gerade das Heck umrundete, von der Seite. Sein Kopf wurde sauber vom Rumpf getrennt. Der Jeep wurde am Heck in die Luft geschleudert und blieb den Bruchteil einer Sekunde auf den vorderen Stoßfängern stehen. Dann krachte er auf den Schwarzen, der keine Zeit mehr hatte auszuweichen. Bevor das Wrack zum Stillstand kommen konnte, gab es eine heftige Detonation und die ganze Senke wurde von einem gewaltigen Feuerball ausgefüllt. Ich glaubte noch einen schwachen, hohen Schrei zu hören, dann drang nur noch das Prasseln und Fauchen des Feuers an unsere Ohren.

Wir richteten uns auf und beobachteten, wie die Flammen den Jeep verschlangen. Dichter schwarzer Qualm schoß hoch in die klare Wüstenluft hinauf. Janet klammerte sich so fest an mich, daß es wehtat. Die Flammen griffen auch auf meinen guten alten Nelson über. Ab und zu krachte und zischte etwas in den Flammen. Der abscheuliche Geruch verbrannten Gummis und verschmorter Plastikteile drang nun bis zu uns hinauf und reizte uns zum Husten.

»Ein paar Sekunden später und wir wären tot gewesen«, sagte ich.

Janet erschauerte, obwohl es brütend heiß war und das Feuer uns seinen Glutatem ins Gesicht blies.

»Und jetzt?« fragte sie mit hilfloser Stimme.

»Jetzt hoffen wir, daß jemand durch das Feuer auf uns aufmerksam wird und uns hier 'rausholt«, sagte ich und suchte mir einen Platz zum Sitzen. »Vielleicht, wenn wir Glück haben ...«

Janet war stehengeblieben und starrte mich an.

»Wie kannst du nur so ungerührt zur Tagesordnung übergehen! Da unten sind gerade drei Menschen verbrannt!«

Ich schaute sie an. Ihre geröteten Augen waren weit aufgerissen und die Mundwinkel zuckten. Krampfhaftes Schluchzen erschütterte ihre Brust wie ein gewaltiger Schluckauf. Jede Argumentation über Notwehr und so weiter wäre jetzt sinnlos gewesen. Ich nahm sie ganz schnell in die Arme und drückte sie an mich.

»Ich weiß, Liebes«, flüsterte ich in ihr Ohr. »Es ist immer schrecklich, wenn Menschen sterben, ganz gleich, ob sie gut oder böse waren.«

Die verpackte Nachricht sickerte langsam in ihre Gedanken und ich fühlte, wie die verkrampften Muskeln sich allmählich lockerten. Schließlich nahm sie den Kopf von meiner Schulter, schniefte und sagte:

»Entschuldige. Ich hab' durchgedreht. Natürlich weiß ich, daß sie ... daß wir ...«

»Ist schon gut«, brummte ich und streichelte über ihr zerzaustes Haar.

»Ich hab' so einen Durst«, murmelte sie erschöpft in mein Sweatshirt.

»Wenn das Feuer nachläßt, gehen wir nachschauen. Vielleicht finden wir etwas Trinkbares.«

Etwa eine Stunde später machte ich mich auf die Suche. Janet blieb im Schatten der Felswand liegen. Sie war nicht scharf darauf zu sehen, was von den drei Männern übriggeblieben war.

Es war auch kein Anblick, für den ich Eintritt bezahlt hätte. Francis, der Schwarze, lag vollständig unter dem ausgebrannten Wrack des Jeeps begraben. Nur ein Bein ragte merkwürdig verdreht unter dem ausgeglühten Schrott hervor. Die verkohlte Leiche des Jungen war unter dem Steuer so zusammengekrümmt, daß ich die Gliedmaßen kaum noch unterscheiden konnte. Auch ihr Anführer war stark verkohlt; seine Kleider hatten Feuer gefangen, als der Benzintank explodierte. Nach einigem Suchen fand ich seinen zerquetschten Kopf etwas weiter weg von der Brandstelle. Ich ließ ihn dort liegen. Die Ameisen hatten ihn schon entdeckt.

Der Jeep war vollständig ausgebrannt. Das Segeltuchverdeck existierte nicht mehr. Ich betrachtete ein paar Sekunden das knackende Stück Schrott und meine Zuversicht schwand dahin. Da drin nach Essen oder Trinken zu suchen, war völlig sinnlos.

Auch mein alter Nelson war gründlich durchgeglüht. Armer Gefährte, dachte ich, während ich ihn vorsichtig umging, du warst mir immer ein treues Gefährt. Wenn du auch manchmal deine eigenen Macken gehabt hast, warst du doch viele Jahre ein zuverlässiges Auto.

Ich schalt mich selbst einen sentimentalen Tropf und begann, die beiden Wracks in konzentrischen Kreisen zu umgehen.

Das Glück war uns zur Abwechslung mal hold. Schon bald fand ich allerhand Dinge, die durch die Wucht der Explosion aus dem Jeep geschleudert worden waren. Als erstes und wichtigstes: zwei Gallonen-Behälter mit Wasser. Der eine leckte und hatte schon etwa ein Quart verloren. Ein dunkler Fleck auf den Steinen zeigte mir, wo das kostbare Naß versickert war. Zum Glück war die lecke Stelle gleich oben am Einfüllstutzen. Ich öffnete den lecken Behälter und nahm drei große Schlucke. Es schmeckte herrlich erfrischend, obwohl das Wasser schal und warm war. Meine Stimmung wurde schlagartig besser. Ich schleppte die Behälter zu Janet hinauf und ließ sie sich satt trinken.

»Oh, Mann. War das gut«, keuchte sie erschöpft, nachdem sie mindestens einen Quart Wasser hinuntergestürzt hatte.

Ich ermahnte sie, nicht zu viel und hastig zu trinken, und ging wieder hinunter zur Brandstelle. Nach einer Stunde gründlichen Suchens zog ich Bilanz: Eine angebrochene Packung Salami, eine halbvolle Packung Kartoffelchips, zwei Packungen Reistafeln, 4 Büchsen mit weißen Bohnen, zum Teil angekohlt, 1 angebrochene Büchse mit Frühstücksfleisch, 2 Büchsen Budweiser-Bier, eine halb verbrannte Packung geschnittenes Weißbrot.

Das war alles, was ich an Eß- und Trinkbarem finden konnte.

Darüber hinaus trug ich noch folgende Dinge zusammen: Janets Schlafsack, eine halbverbrannte Isomatte, Francis Maglite, einen Benzinkocher ohne Benzin, einen verbeulten Aluminiumtopf, die Sonnenbrille des Boss und eine angesengte AAA-Karte der südwestlichen Staaten.

Ich brachte alles hinauf in den Schatten und zeigte Janet meine Ausbeute. Dann hielten wir es beide nicht mehr aus. Eine Büchse Bohnen wurde mit Hilfe eines verschmorten Schraubenziehers geschlachtet und restlos, inklusive der Flüssigkeit, geleert. Danach fühlten wir uns beide besser, obwohl wir natürlich Magenprobleme bekamen. Erschöpft fielen uns die Augen zu.

Ein ungewohntes Geräusch weckte mich aus bleiernem Schlaf. Der Schatten war inzwischen weiter zurückgewichen und die Wüstensonne brannte mir direkt auf den Hinterkopf. Ich richtete mich mühsam, mit brummendem Schädel auf und versuchte, meine fünf Sinne zusammenzubekommen. Warum war ich aufgewacht? Plötzlich klickte es und ich sprang auf. Ein Flugzeug. Der Motor eines kleinen Flugzeugs brummte laut und deutlich, aber ich konnte nichts sehen; die Sonne blendete zu sehr. Halb blind rannte ich im halsbrecherischen Tempo über die Geröllhalde hinab in die flache Senke. Dabei schwenkte ich unablässig die Arme über dem Kopf und suchte mit geblendeten Augen den Himmel ab. Neben der Brandstelle hielt ich inne und lauschte wieder. Das Geräusch war kaum noch zu hören. Dann sah ich es. Ein winziger Punkt am westlichen Horizont, der rasch kleiner wurde.

Die Verzweiflung schlug über mir zusammen wie eine Tsunami-Flutwelle. Mit hängenden Armen stand ich da und blickte fassungslos in die Richtung, in der das Flugzeug verschwunden war. Das Herz klopfte mir bis zum Hals. So stand ich bewegungslos in der sengenden Sonne, bis Janet mich rief. Ich riß mich zusammen und ging langsam wieder hinauf zu unserem Lager.

Das war sie, dachte ich immer wieder, während ich unsicher über das Geröll stolperte. Das war die Chance und du hast sie verspielt. Aus und vorbei. Eine zweite wird es nicht geben. Warum mußte ich auch einschlafen.

Ich ließ mich neben Janet auf die Isomatte fallen. Sie schaute mich verwirrt an.

»Da war ein Flugzeug, nicht wahr?«

Ich nickte. Ich konnte kein Wort hervorbringen, so hatte mich die Enttäuschung gepackt.

»Die haben bestimmt das Wrack gesehen und schicken jetzt einen Wagen«, sagte Janet in halb fragendem Ton.

Ich blickte sie nur an.

»Nein?« fragte sie mit zitternden Lippen.

Ich schüttelte den Kopf und ließ mich nach hinten auf den Rücken fallen.

»Sie haben uns nicht gesehen, sie haben das Wrack nicht gesehen, sie haben überhaupt nichts gesehen. Sonst wären sie ein paar Male über uns gekreist, um Einzelheiten auszumachen. Die sind nur zufällig hier vorbeigeflogen. Scheiße!«

Wir schwiegen ein paar Minuten.

»Vielleicht ist hier eine Flugroute, und sie kommen den gleichen Weg wieder zurück«, meinte Janet leise.

Das war zwar nur eine winzigkleine Chance, aber sie bewirkte wenigstens, daß ich aus meiner Lethargie erwachte. Den Rest des Tages schleppten wir dunkle Steine zu einem großen SOS zusammen. Wir schufteten drei Stunden in der Wüstenhitze. Das Ergebnis war eher kümmerlich. Ich bezweifelte, daß man es aus einer Meile Entfernung überhaupt noch erkennen konnte.

In der Dämmerung hatten wir beide so großen Hunger, daß wir eine weitere Büchse Bohnen und etwas Frühstücksfleisch opferten. Das Fleisch war schon angetrocknet und schmeckte widerlich.

Besorgt musterte Janet unsere Vorräte.

»Wenn wir so weitermachen, sind wir in zwei Tagen wieder ohne«, meinte sie.

»Das weiß ich selber!« explodierte ich ohne Grund. »Ich bin nicht blind! Verdammte Scheiße!«

Janet starrte mich erschrocken an. Ich wich ihrem Blick aus.

»Es tut mir leid«, sagte ich eine Minute später und nahm sie in die Arme. »Ich bin nur so gereizt, weil ich mir schreckliche Vorwürfe mache.«

Janet legte ihre Wange auf meine Schulter und drückte mich als Antwort.

»Wenn bis morgen niemand kommt, müssen wir hier weg«, sagte ich leise und sie nickte bestätigend.

Es kam niemand.

12

Der Gestank war kaum zu ertragen. Der Geruch nach verbranntem Fleisch war nicht mehr besonders intensiv, aber eben entsetzlich. Ich biß die Zähne zusammen und zwang meine Hände, weiter in der verbrannten Kruste der Leiche zu suchen. Zwei hatte ich schon hinter mir. Die Leiche des Jungen gab überhaupt nichts her. Von Francis, dem Schwarzen, waren nur noch ein Arm und ein verkohlter Fuß zu erreichen. Immerhin hatte er eine stoßfeste Armbanduhr, die erstaunlicherweise noch funktionierte. Wäre eine tolle Werbung für die Marke, dachte ich grimmig, als ich mir die Uhr anlegte. Da es sich um eine Quarzuhr handelte, zeigte sie immer noch die genaue Uhrzeit.

Ich blickte hinauf. Janet schlief immer noch in ihren Schlafsack gewickelt oben an der Felswand. Die halbe Nacht hatte ich, jedesmal wenn die blinkenden Positionslichter eines Verkehrsflugzeugs am Horizont auftauchten, mit der Maglite SOS-Signale geblinkt. Aber meine Hoffnung, daß uns hier jemand finden würde, war auf dem Nullpunkt angelangt. Ich war fest entschlossen, zu gehen, solange wir noch bei Kräften waren.

Ich tastete vorsichtig die verkohlten Schichten ab. Wenn er etwas in der Tasche gehabt hätte, müßten doch wenigstens Reste davon zu finden sein. Seine Waffe hatte ich schon gefunden. Genau wie die des Schwarzen war sie durch die Glut des Feuers unbrauchbar geworden. Meine Finger stießen auf eine etwas festere Struktur. Vorsichtig begann ich, die Aschenkruste wegzukratzen. Der Form nach eine Kreditkarte, verschmort und unleserlich. Wo eine Kreditkarte war, waren sicher noch mehr Karten. Ich konzentrierte mich auf den Bereich und kratzte Schicht für Schicht mit den Fingernägeln herunter. Da war wieder eine ähnliche Form. Ich versuchte sie abzuhebeln, aber sie klebte so fest, daß sie zerbrach. Ich betrachtete das abgebrochene Stück im Licht der aufgehenden Sonne. Ein dreistelliger Zahlenblock 001 war erkennbar, dann eine fünfstellige Nummer 89675; das konnte keine Kreditkarte sein. Vielleicht eine Calling Card oder eine Bankautomatenkarte. Ich wollte schon aufgeben, als ich noch einmal auf eine rechteckige Struktur stieß. Die eine Hälfte war verbrannt; auf der anderen erkannte ich undeutlich das Gesicht des Anführers. Eine Drivers Licence. Nur die ersten vier Zahlen der Nummer waren noch zu erkennen: 8737- ...

Ich steckte beide Fragmente in die Tasche und richtete mich auf. Die Sonne stand schon wieder hoch am Himmel. Wir hatten viel zu lange geschlafen. Kein Laut war zu hören, völlige Windstille. Die hellen Felsen der Umgebung reflektierten schmerzhaft das Sonnenlicht.

Janet war wach und saß zusammengekauert auf ihrem Schlafsack.

»Guten Morgen«, sagte ich. »Prächtiges Wanderwetter heute, nicht?«

Janet warf mir einen finsteren Blick zu und antwortete nicht. Die Arme um die Beine geschlungen, den Kopf auf ihre Knie gestützt, saß sie da und starrte ins Leere.

Ich wollte etwas sagen, ließ es dann aber. Besser, wenn sie anfing. Ich nahm den

Schlafsack und befestigte ein paar dicke Drähte daran. Mit viel Phantasie konnte man es nun einen Rucksack nennen. Dann begann ich, unsere Habseligkeiten darin zu verstauen.

Janet beobachtete mich mit zusammengezogenen Augenbrauen. Als ich fertig war, sagte sie:

»Ich habe nachgedacht.«

»Tatsächlich?«

Der beißende Sarkasmus in meiner Stimme trieb sie hoch.

»Du brauchst gar nicht so überheblich zu tun«, bellte sie mit blitzenden Augen. »Zuerst habe ich gedacht, die wollen nur an das Geld deiner Familie. Aber dann hätten sie uns irgendwo versteckt gehalten und Lösegeld verlangt. Und dann ist mir aufgefallen, daß du von Anfang an gewußt hast, daß sie uns umbringen wollen. Woher hast du das gewußt?!«

Bevor ich eine plausible Antwort finden konnte, fuhr sie fort:

»Du hast es gewußt! Du bist schuld an der ganzen Sache! Du bist schuld! Du bist schuld! Du bist schuld!«

Sie schrie es mit gesenktem Kopf und schlug mir mit beiden Fäusten gegen die Brust. Dann ging ihr Schreien in ein krampfhaftes Weinen über. Ich hielt sie fest, bis das Schlimmste vorbei war. Dann küßte ich ihre Tränen weg und begann leise zu erzählen, warum ich es geahnt hatte.

Zuerst schien Janet gar nicht zuzuhören, aber dann verstummten ihre Schluchzer nach und nach und sie begann, mich mit Fragen zu unterbrechen. Schließlich war alles gesagt und wir beobachteten schweigend, wie der Schattenrand immer näher kam. Janet schlang ihre Arme um meinen Hals und flüsterte:

»Es tut mir leid. Ich bin einfach mit den Nerven fertig. Es war nicht gut, daß du mir das alles verschwiegen hast. Ich dachte, wir sind Freunde.«

Was sollte ich darauf erwidern? Sie hatte ja recht. Nur mein tief sitzendes Mißtrauen hatte verhindert, daß ich ihr voll und ganz vertraut hatte.

Wir beratschlagten. Wir wollten beide nicht länger herumsitzen und darauf warten, daß uns das Wasser ausging.

»Und in welche Richtung gehen wir?« fragte Janet, als wir alles Nützliche zusammengepackt hatten.

»Es ist zwar nur eine Vermutung, aber ich denke, wir kamen irgendwie aus dem Süden«, sagte ich und deutete auf den Ausgang der Senke vor uns.

»Vielleicht gelingt es uns sogar, den Reifenspuren zu folgen.«

Es gelang uns nicht. Schon nach einer halben Meile war auf dem harten Felsboden keine Spur mehr auszumachen.

»Das hat keinen Sinn«, schüttelte Janet den Kopf. »Wir verlieren zuviel Zeit und Kraft, wenn wir die Spur des Jeeps suchen. Wir müssen uns für eine Richtung entscheiden.«

Wir erklommen den nächsten Hügel und blickten uns um. Kein Anhaltspunkt, nichts als Steine, mit Steinen bedeckte Hügel, dahinter noch mehr Hügel.

Ich zuckte mit den Achseln.
»Eine Richtung ist so gut wie die andere. Gehen wir nach Süden, das läßt sich wenigstens mit Hilfe der Uhrzeit am leichtesten peilen.«
Wir peilten also einen Punkt im Süden an und marschierten los.
Zuerst kamen wir schneller voran, als ich dachte. Bei jedem erreichten Peilpunkt wechselten wir uns in der Führung ab. Der Vordermann bekam jeweils die Sonnenbrille, weil er die Peilung im Auge behalten mußte; der Hintermann schleppte den improvisierten Rucksack und als Erleichterung den einzigen Sonnenschutz, den wir hatten: meine Boxershorts. Zum Glück hatten wir beide strapazierfähige Turnschuhe an; trotzdem war das Marschieren auf dem scharfkantigen, unsicheren Geröll sehr anstrengend.
Gegen drei Uhr nachmittags machten wir im Schatten einer riesigen Felsnase Rast.
»Weißt du, was komisch ist?« fragte Janet und biß noch ein Stück Salami ab.
»Was?«
»Daß wir noch keine Klapperschlangen gesichtet haben. In den alten Geschichten der Trapper und Pioniere treffen die Helden in der Wüste andauernd auf Klapperschlangen.«
Ich nickte bestätigend.
»Muß daran liegen, daß wir keine Pferde dabei haben.«
»Wie bitte?«
»In den Geschichten, die ich gelesen habe, werden immer nur die Pferde gebissen, und die Reiter gehen dann beinahe zugrunde, weil sie die Sattel sinnlos durch den Wüstensand schleppen. Vielleicht mögen Klapperschlangen keine Menschen.«
»Harhar.«
»Außerdem«, nahm ich den Faden nach einer Weile wieder auf, »ist es vielleicht besser, wenn wir auf keinen Rattler stoßen.«
»Das will ich meinen«, bestätigte Janet nachdrücklich.
»Sonst müßten wir ihn nämlich töten und grillen. Auch das habe ich mal gelesen, bei J. Cooper, glaube ich.«
Janet verzog angewidert ihr Gesicht und packte die Salami wieder ein.
»Du bist ein Scheusal.«
»Danke.«
Janet wühlte in unserem kombinierten Schlaf-/Rucksack.
»Viel zu trinken haben wir nicht mehr.«
»Nein.«
Keiner von uns sprach es aus, aber es war klar, daß wir ab morgen auf dem Trockenen sitzen würden. Wir marschierten so lange, wie wir den Boden noch sicher erkennen konnten. Dann suchten wir uns einen Schlafplatz.
»Meinst du ... ich meine, müssen wir Wache halten?« fragte Janet und starrte in die Dunkelheit. »Ich wünschte, wir könnten ein Feuer machen.«

»Selbst wenn ich den Trick mit dem Hölzern beherrschen würde, hätten wir kein Brennmaterial«, konstatierte ich trocken und versuchte, mich auf der halben Isomatte so einzurichten, daß möglichst wenig Körperfläche auf dem steinigen Untergrund zu liegen kam und möglichst viel Körperfläche sich an Janets warme Rückseite schmiegte.

»Und was das Wachen betrifft: Ich hätte nichts gegen einen ordentlichen Indianerüberfall. Die wüßten wenigstens, wo wir uns befinden.«

»Ich dachte eigentlich eher an Wölfe und so ...«, meinte Janet vage und schmiegte sich an meine Brust.

»Schwarze Witwen sind gefährlicher«, murmelte ich.

»Was?«

»Nichts. Schlaf jetzt.«

»Wie war das noch mit dem Schnarchen und den wilden Tieren?«

»Ich werde mir Mühe geben. Gute Nacht.«

»Gute Nacht.«

Noch bevor die Sonne aufging, erwachte ich, weil meine Füße erbärmlich froren. Wieder zogen die Positionslichter der Verkehrsflugzeuge über den Himmel.

Immer von West nach Ost und umgekehrt, dachte ich schlaftrunken. Ob das was zu bedeuten hat?

Der zweite Tag verlief weitgehend ereignislos. Abgesehen davon, daß wir mit der Zeit immer wortkarger und erschöpfter wurden. Das Gelände war unwegsam und von steilen Hügeln durchsetzt. Es war schwiyrig, die Richtung beizubehalten. Unsere Wasservorräte gingen zur Neige.

Gegen ein Uhr, in der größten Hitze, suchten wir wieder einen Schattenplatz und ruhten uns aus. Nachdem wir getrunken und gegessen hatten, blieben uns noch etwa ein Quart Wasser, die Reisbrote und eine Büchse mit weißen Bohnen.

Janet lag auf dem Rücken und atmete durch den geöffneten Mund. Die Luft war so heiß, daß es beim Einatmen schmerzte. Wieder sah ich ein Verkehrsflugzeug über uns hinwegziehen. Es flog von Ost nach West.

»Hat das überhaupt noch einen Sinn, was wir da machen?«

Ich drehte mich um. Janet sah mich resigniert an. Ich strich ihr vorsichtig über die staubige Wange.

»Man darf die Hoffnung nie aufgeben, Kleines.«

Sie verdrehte die Augen und holte tief Luft.

»Wie aus einem Bogartfilm.«

Ich nickte.

»Filme sind manchmal gar nicht so weit weg vom wirklichen Leben«, sagte ich und setzte mich auf. »Denk nur mal an den ganzen Kitsch, den wir im Kino verachten, aber wenn er dann wirklich passiert, finden wir's toll.«

»Willst du mich ablenken?«

»Vielleicht.«

»Vergiß es.«

Pause.
»Willst du mich heiraten?«
»Was?«
»Ob du mich heiraten willst?«
»Soll das jetzt der Kitsch sein, von dem du vorhin gesprochen hast?«
Ich lachte.
»Nein, aber irgendwie ... ich weiß auch nicht. Seit ein paar Tagen weiß ich ... glaube ich zu wissen, daß ... naja ... ach, vergiß es. Vielleicht habe ich einfach einen Sonnenstich ...«
Janet setzte sich mit einem Ruck auf.
»Das ist jetzt wirklich unfair. Nicht nur, daß du mir mitten in der Wüste und in dem Zustand einen Heiratsantrag machst. Jetzt soll ich auch noch glauben, daß du nur verrückt spielst!«
»Ok, ich habe keinen Sonnenstich. Willst du mich nun heiraten?«
Janets Zornesfalten glätteten sich. Sie blickte mir mit ihren großen traurigen Augen forschend und aus nächster Nähe ins Gesicht. Schließlich lächelte sie mühsam mit ihren aufgeplatzten Lippen. Man sah, daß es ihr weh tat. Sie schlang ihre Arme um mich und barg ihren Kopf an meinem Hals.
»Ja«, flüsterte sie, »aber ...«
»Kein Aber«, protestierte ich.
»Solche Fragen beantwortet man mit Ja oder Nein.«
»Ok, also ja. Aber du solltest mich noch einmal fragen, wenn ich alle meine Sinne beieinander habe. Im Moment bin ich so fertig ...«
Sie glitt hinunter auf meinen Schoß und schlief ein. Ich betrachtete sie nachdenklich. Warum hatte ich sie gefragt? Es war wirklich nicht sehr fair. Es kam wohl irgendwie aus dem Bauch. Ich betrachtete ein Weile die gleißende Wüstenlandschaft um uns herum, ohne etwas zu sehen. Eins wußte ich jedenfalls: Es war mir ernst. Ich wollte in Zukunft nicht mehr ohne Janet sein.
Wenn wir eine Zukunft hatten.
Vorsichtig, um Janet nicht zu wecken, holte ich zum hundertsten Male die zerfetzte AAA Karte aus unserem Rucksack und breitete sie vor mir aus. So lange wir nicht wenigstens ungefähr wußten, wo wir waren, nutzte uns die Karte so viel wie eine Einladung zum Silvesterball im August. Aber irgend etwas Besonderes war mit der Karte; an irgend etwas erinnerte sie mich. Ich kam nur nicht darauf.
Ich starrte minutenlang auf die vielen weißen Flächen, die Wüstengebiete darstellten. Es gab mindestens fünfzig mögliche Gebiete, wo wir uns befinden konnten. Seit gestern mittag marschierten wir jetzt stetig nach Süden und waren auf keine Piste oder Straße oder sonst etwas gestoßen. Wie viele Meilen? Ich wußte es nicht. Das Gelände war schwierig; wir mußten oft Hügel umgehen. Es war schwer abzuschätzen, wie schnell wir vorankamen.
Janet schlief mit offenem Mund. Ich lehnte mich nach hinten und schloß auch die Augen, aber ich schlief nicht ein. Ein leises Brummen ließ mich wieder die

Augen öffnen. Auf den ersten Blick sah ich direkt über mir im Zenit die Silhouette eines Verkehrsflugzeugs, das wieder von Ost nach West über den blauen Himmel zog. Lag es daran, daß ich die Augen so lange geschlossen hatte. Oder daß ich im Schatten lag? Ich konnte das Flugzeug ganz deutlich vor dem tiefblauen Himmel erkennen. Ich sah, daß es zwei Triebwerke hatte; zwei dünne Kondensstreifen kräuselten und lösten sich sofort wieder auf. Ich sah die braunen Tragflächen und den breiten Rumpf.

Braun. Ost-West.

Etwas klickte in meinem Kopf und plötzlich rückten alle Steinchen an die richtige Stelle. Ich schaute auf Francis Uhr. Zwölf Uhr und zwanzig Minuten. Ich setzte mich auf und blickte wieder auf die Karte.

Als Janet erwachte, war ich mir zu 75 % sicher.

»Wir ändern jetzt die Marschrichtung. Wir gehen nach Osten.«

Janet nickte resigniert und rappelte sich auf. Sie fragte nicht, warum. Einen Moment zögerte ich, ließ es dann aber doch bleiben. Die Enttäuschung wäre noch viel schlimmer gewesen ...

Wir marschierten hinaus in die glühende Nachmittagshitze. Die heiße Wüstenluft trocknete uns schneller aus, als wir schwitzen konnten. Der Weg nach Osten war beschwerlicher als nach Süden; es ging oft hinauf und hinunter. Janet wurde immer langsamer. Nach der zweiten Peilung übernahm ich auch die folgenden und behielt den Rucksack. Janet sagte nichts; sie war schon zu erschöpft, um es zu bemerken.

Wir kamen nur sehr langsam voran. Als die Dämmerung hereinbrach, hatten wir wieder nichts gefunden, was auf die Nähe von Menschen deutete.

»Man könnte meinen, daß wir ganz allein auf der Welt seien«, murmelte Janet nach dem kargen Abendmahl.

»Selbst dann wüßte ich bessere Orte auf dieser Erde als gerade diese Gegend hier«, antwortete ich grimmig. Es kam keine Antwort; Janet war bereits eingeschlafen.

Am nächsten Morgen erwachten wir beide mit üblen Halsschmerzen.

Die Schleimhäute waren so trocken und rissig geworden, daß ich ständig den metallischen Geschmack meines eigenen Blutes auf der Zunge hatte. Es gab nichts mehr zu trinken. Nur noch eine Reistafel, das war alles, was wir noch hatten. Wir schafften es nicht, sie trocken hinunterzuwürgen. Also gingen wir – stolperten wir – ohne Frühstück los.

Obwohl es jetzt meistens bergab ging, kamen wir nicht weit. Janet konnte einfach nicht mehr weiter. Ich schleifte sie mit letzter Kraft in den Schatten eines Felsens; die Sonne hätte sie sonst in kürzester Zeit getötet. Ich wartete, bis sie wieder ein wenig zu Kräften kam und überredete sie dann, noch ein paar Schritte zu versuchen.

»Es ist doch ganz sinnlos, George. Laß mich doch hier liegen und hol' zu trinken .. ich meine, hol' Hilfe. Ich kann nicht ...«

»Doch, du kannst. Nur noch ein bißchen. Noch 20 Schritte. Stütz' dich auf

mich. Komm schon, du kannst es!«
Janet kam wieder auf die Beine. Sie sah jämmerlich aus, mit ihren geschwollenen Augen und aufgeplatzten Lippen.
Wir gingen wieder 20 Schritte. Ich zählte laut mit.
»Und jetzt noch einmal 20 Schritte.«
So kamen wir eine Weile langsam voran. Ich hatte Mühe, die Richtung zu halten. Auch mir tanzten Lichtreflexe vor den brennenden Augen und meine Lippen brannten höllisch.
»Noch mal 20 Schritte.«
Janet stöhnte und stolperte. Ich konnte sie gerade noch aufrecht halten.
»Komm. Noch mal 20 Schritte.«
Wir erklommen mühsam eine steile Böschung. Plötzlich hielt ich an und drehte mich nach links, dann nach rechts. Eine Piste. Wir standen mitten auf einer Piste. Ein aufgeschütteter Streifen grauer Kiesel, mit zwei festgefahrenen Spuren, erstreckte sich die Piste schnurgerade bis zum Horizont. Janet bemerkte nichts davon; sie hatte schon lange ihre entzündeten Augen geschlossen.
»Wir sind auf einer Piste. Einer Piste, hörst du? Eine Piste.«
Meine Stimme war kaum mehr als ein Krächzen. Das viele Zureden hatte meine ausgetrockneten Stimmbänder ruiniert.
Janet reagierte nicht. Vorsichtig ließ ich sie zu Boden gleiten, mitten auf der schmalen Fahrbahn. Ich schob ihr den Schlafsack unter und breitete die AAA Karte als Sonnenschutz über Kopf und Oberkörper. Noch einmal schaute ich in beide Richtungen der befestigten Piste. Nichts. Aber ich konnte Reifenspuren erkennen. Die Sonne brannte immer noch mörderisch. Halb vier Uhr nachmittags zeigte meine Uhr. Das war das letzte, an das ich mich erinnern konnte.

Kaltes Wasser spritzte in mein Gesicht. Im Reflex hob ich beide Hände und packte die Flasche. Gierig ließ ich mir den Strahl in den ausgedörrten Mund fließen. Natürlich verschluckte ich mich.
»Langsam, Mann.«
Ich riß mühsam die verklebten Augenlider auf. Ein dunkles, breites und bärtiges Gesicht, blaue helle Augen, die einen seltsamen Kontrast zur sonnenverbrannten Haut bildeten. Rötlicher, ungepflegter Bart, schmutziger dunkelroter Hemdkragen, offenbar ein Holzfällerhemd. Eine dunkle Baseballkappe mit verstaubtem Schirm.
Ich drehte mich auf den Bauch und hustete mir die Lunge oder vielmehr die staubigen Reste davon aus dem Leib. Endlich wurde es besser. Auf die Arme gestützt, fiel mein Blick als erstes auf einen uralten Ford Pickup, der wenige Yards entfernt mit laufendem Motor auf der Piste stand. Daneben eine Zweitausgabe des Mannes, der mir Wasser ins Gesicht gespritzt hatte. Mit schwarzem Bart allerdings. Er beäugte mich mißtrauisch und hielt einen altertümlichen Schießprügel mit beiden Händen in Habachtstellung.

Janet lag neben mir; der Rotbart stützte ihren Kopf und ließ ein dünnes Rinnsal aus seiner Feldflasche zwischen ihre aufgesprungenen Lippen rieseln. Sie hustete und spuckte und drehte den Kopf weg. Ich preßte die Augen zusammen, aber der komische Schleier, durch den ich alles sah, blieb.

»Gee! Für 'n paar Halbverdurstete sind die beiden erstaunlich wasserscheu!« Der Schwarzbart mit der Knarre lachte rauh.

»Nur die Ruhe, Lady«, brummte der mit der Feldflasche und brachte Janet in sitzende Stellung. »Ganz langsam trinken, schön trinken, Lady ...«

Ich wollte aufstehen, aber der Schwarzbart machte einen schnellen Schritt und hielt mir die kurzläufige Knarre vor die Nase.

»Schön sitzenbleiben, Mister! Wir woll'n erst mal sehen, was ihr für komische Vögel seid.«

Ich blieb also sitzen. Ob ich die Kraft gehabt hätte aufzustehen, war sowieso fraglich.

»Haben Sie noch was zu trinken?« wollte ich fragen. Heraus kam nur ein unartikuliertes Krächzen.

»Was?« Er beugte sich näher zu mir herunter.

Ich deutete vielsagend auf die Flasche. Er zögerte einen Augenblick, dann nahm er seine eigene Flasche von der Schulter und schwang sie herüber. Mit fliegenden Händen entfernte ich den Verschluß. Die nächsten Minuten waren all meine Sinne nur auf das köstlich-kühle Naß konzentriert.

»Verdammt! Die sind trockener als zwei Mormonen im Bordell!« fluchte der Rotbart und hielt seine leere Feldflasche hoch. Janet lag wieder auf dem Rücken, die Augen geschlossen, und atmete heftig nach der Anstrengung des Trinkens.

Ich spürte, wie mit dem Wasser die Lebensgeister zurückkamen. Ich hustete noch einmal ausgiebig; dann funktionierten sogar die Stimmbänder wieder einigermaßen.

»Danke«, war das erste Wort, das ich heiser von mir gab. »Irgendwie gehört es wohl zu meiner Rolle, daß ich jetzt unnötigerweise sage: Ihr habt uns das Leben gerettet.«

Die beiden starrten mich an.

»Ein Schlaumeier auch noch«, knurrte der Schwarzbart und packte seine Knarre fester.

»Wer seid ihr? Was macht ihr hier? Wo ist euer Auto? Was soll das Ganze bedeuten?«

Der Rotbart wollte es genau wissen. Vorerst blieb ich ihm die Antworten schuldig. Unbeschreibliches Glücksgefühl durchrieselte meinen ausgelaugten Körper. Die Erkenntnis, noch einmal davongekommen zu sein, traf mich so plötzlich wie ein Keulenschlag. Außerdem würde ich nun Janet heiraten. Ich hätte stundenlang vor Glück lachen können, wenn ich noch die Kraft dazu gehabt hätte. Immerhin brachte ich ein leises Glucksen zustande.

Die beiden wechselten einen ratlosen Blick.

»Übergeschnappt.«
»Sonnenstich.«
»Oder er will uns verarschen.«
»Auf jeden Fall ein Greenhorn.«
»Zwei Greenhörner.«
»Sagt man so? Ich dachte, es gibt nur männliche ...«
»Weiß nicht ...«
Ich konnte nicht anders; ich lachte mit geschlossenen Augen lautlos vor mich hin. Sie packten uns in ihren Pickup und rumpelten die Piste entlang. In welche Richtung, war mir egal. Mir war alles egal. Ich sah sowieso alles nur durch einen dichter werdenden Schleier, also hielt ich die Augen geschlossen. Ein gräßlicher Kopfschmerz begann hinter meinen Augen zu pochen. Trotzdem war ich glücklich; Janets warme Hand lag in der meinen, und ich konnte ganz schwach ihren Puls spüren.

Ich weiß nicht, wie lange die Fahrt dauerte; irgendwann muß ich trotz des Geschaukels eingeschlafen sein.

»Aufwachen, Mister!«
Ich versuchte, die Hand an meiner Schulter abzuschütteln. Ich war so unendlich müde. Heute würde ich mir einen freien Tag nehmen und nicht in die Uni gehen. Peters würde mir verzeihen ...

»Aufwachen!«
Irgendwo gab es eine undichte Stelle in meinem Schlafpanzer. Und eben da sikkerte die Information durch, daß ich die Stimme nicht kannte. Diese ungewöhnliche Information stieß einige logische Schaltkreise in meinem auf Sparflamme geschalteten Gehirn an.

Stimme unbekannt ... klickediklickedi ... also Person unbekannt ... klickediklickedi ... Stimme weiblich ... klickediklickedi ... unbekannte weibliche Person in meinem Schlafzimmer.

Die letzte Schlußfolgerung war so alarmierend, daß noch einige zigtausend Neuronen aktiviert wurden.

Weibliche, unbekannte, rauhe Stimme ... klickediklickedi ... gleichzeitig rüttelt Hand an meiner nackten Schulter ... klickediklickedi ... also weibliche unbekannte Person, die da rüttelt an meiner nackten Schulter ... klickediklickedi ... wenn Schulter nackt, dann vielleicht ganz nackt ... klickediklickedi ... unbekannte Frau mit rauher Stimme rüttelt mich, während ich nackt in meinem Schlafzimmer liege. Red Alert.

Ich war plötzlich hellwach und drehte mich um.
Kein vertrautes Schlafzimmer. Ein düsterer Raum, holzgetäfelte Wände. Nur ein winziges Fenster, durch dessen total verdreckte Scheibe und Fliegengitter nur wenig Licht hereindrang. Heiße, stickige Luft, aber nicht so backofenheiß wie in der Wüste. Ich lag neben Janet auf einem breiten Bett, das mit einer Vielzahl von ge-

häkelten Decken belegt war. An meiner Seite stand eine große hagere Frau mit harten Gesichtszügen. Nun, da ich mich umdrehte, richtete sie sich auf und verschränkte ihre Arme kämpferisch vor der Brust. Schulterlange dünne blonde Haare, ein kräftig pinkes T-Shirt, fleckige Schürze undefinierbarer Farbe, darunter Jeans.

»Na endlich, Mister.«

Knarrende laute Stimme. Eine energische Stimme. Eine Stimme, mit der man sich besser nicht anlegen sollte. Für meinen armen Kopf wäre leises Engelgesäusel noch zuviel gewesen.

»Wollt ihr hier Winterschlaf halten, oder was? Dazu ist es noch ein paar Monate zu früh.« Sie lachte laut über ihren eigenen Witz.

»Das Frühstück ist fertig. Übrigens, wie heißen Sie, Mister?«

»Ich bin George«, sagte ich mit matter Stimme. »Das hier ist Janet.«

Ich deutete hinüber, wo Janet sich gerade zu regen begann.

»All right, George und Janet. Ich heiße Claire Dixie, und dies ist mein Haus, das einzige in Dixie Valley. Es gibt Frühstück, und zwar sofort. Denn nachher habe ich noch anderes zu tun. Verstanden? Also raus aus der Klappe!« Sie ließ krachend die Holztüre hinter sich ins Schloß fallen. Ich zuckte zusammen und schloß die Augen. In meinem Kopf schossen glühende Kugeln hin und her. Vor meinem inneren Auge führten rote Brezeln einen Veitstanz auf.

Janet blickte sich verwirrt um.

»Wo sind wir? Ich dachte, wir sind tot ...«

»Fast », meinte ich und kämpfte mit meinen zerschlissenen Jogginghosen.

»Komm! Sie sagte etwas von Frühstück. Toten bietet man im allgemeinen kein Frühstück an ...«

Claire Dixie beobachtete mit zusammengekniffenen Augen, wie wir über das reichliche Ranch Breakfast herfielen. Erst als sie die zweite Ladung Bratkartoffeln austeilte, brach sie ihr Schweigen.

»All right, Janet und George. Jetzt würde ich ganz gerne mal wissen, was ihr mitten auf der Straße zu suchen habt, wieso Randy und Paul kein Auto gefunden haben und wieso ihr verdammt noch mal fast verdurstet seid!«

Ihre knarrende, befehlsgewohnte Stimme duldete keinen Widerspruch.

Janets Gabel verharrte auf halbem Wege zu ihrem Mund. Ich antwortete rasch:

»Wir waren auf einem Campingtrip. Unser Wagen ist etwa 25 Meilen nordwestlich von der Stelle, wo ihre Leute uns gefunden haben, zusammengebrochen. Wir haben uns zu Fuß bis zur Piste durchgeschlagen. Leider haben wir den meisten Teil unseres Wassers bei dem Unfall verloren ...«

Claire blickte zuerst auf Janet, die konzentriert auf ihren Teller starrte. Dann fixierte sie mich mißtrauisch.

»Was habt ihr dort gemacht? Da oben gibt es nämlich nur Steine. Nicht gerade ein idyllisches Plätzchen zum Campen. Übrigens sind Paul und Randy nicht meine Leute.«

»Naja, Mrs. Dixie«, druckste ich herum. »Es war nicht nur wegen dem Camping und so ...«

»Was dann?« wollte sie wissen.

»Naja, wir sind Hobby-Prospektoren ...«

Claire lehnte sich zurück und verschränkte die Arme, als wollte sie sagen: »Aha, hab' ich die Wahrheit doch noch aus euch herausbekommen!« Janet starrte mich an.

»Das Gebiet da oben gehört zur Humboldt Sink«, sagte Claire mit strenger Stimme. »Da ist Schürfen ohne Konzession nicht erlaubt.«

»Das wissen wir«, lenkte ich ein. »Aber wir suchen ja auch nicht professionell. Es ist nur ein Hobby, verstehen Sie? Wenn wir was Hübsches finden, stellen wir es in unsere Sammlung ...«

Janet starrte mich immer noch an. Ich winkte ihr mit den Augen beruhigend zu. Mrs. Dixie blickte mich zweifelnd an, stand auf und machte sich am Herd zu schaffen. Die große Wohnküche war hell und gemütlich; der zentrale Raum des kleinen Holzhauses. Wir beendeten schweigend unser Frühstück. Das Aspirin, das Mrs. Dixie uns verabreicht hatte, begann zu wirken, die schrecklichen Kopfschmerzen ließen nach. Ich beobachtete Mrs. Dixie, wie sie mit energischen Bewegungen Ordnung schaffte. Etwa Ende vierzig, schätzte ich. Zäh und resolut, bestimmt nicht leicht unterzukriegen. Ihre blonden Haare waren gefärbt; am Haaransatz sah man das schwarze Haar nachwachsen. Auf der Oberlippe hatte sie einen ganz dünnen Hauch von Schnurrbart. Dünne, blasse Lippen, die meistens fest zusammengekniffen waren. Ihre dunklen Augen waren scharf und lagen tief in den Höhlen über den markanten Wangenknochen. Wahrscheinlich hatte sie irgendwo indianisches Blut unter ihren Vorfahren.

»Und was machen Sie hier, Mrs. Dixie?« fragte ich höflich.

Sie warf mir einen mißtrauischen Blick zu.

»Ich lebe hier schon seit 28 Jahren. Und nenn' mich Claire. Alle nennen mich so; es macht mich nervös, wenn mich jemand Mrs. Dixie nennt.«

»Ganz allein?« fragte Janet fassungslos. Es war das erste Mal, daß sie etwas von sich gab. Ihre Stimme klang noch ziemlich angegriffen.

Claire lächelte ganz kurz. Sie erschien erfreut, daß Janet endlich das Wort an sie richtete.

»So allein auch wieder nicht, Herzchen«, sagte sie freundlich.

Sie wischte sich ihre großen hageren Hände an der Schürze ab und setzte sich zu uns an den groben Holztisch. »Ich bin eigentlich nicht allein hier draußen; es leben mehr Menschen hier, als ihr euch wahrscheinlich vorstellen könnt. Paul und Randy sind solche Burschen.«

Sie schüttelte bedauernd den Kopf.

»Leider sind kaum Frauen bereit, hier in der Einöde zu leben. Dabei kann es sehr schön sein. Ich kenne eure Städte«, fügte sie mit einem abweisenden Blick hinzu. »Habe viel zu lange in Sacramento gelebt.«

»Woher wissen Sie ... weißt du ...«, begann Janet.
»Ihr seid Städter, das sieht eine blinde Brillenschlange aus drei Meilen Entfernung bei Nacht und Nebel! Nein, hier oben leben immer noch ein paar Leute, die sich an das moderne Leben in den Städten nicht gewöhnen wollen. Meistens ziemlich sonderbare Käuze, zugegeben. Aber alle sind sie irgendwie in Ordnung ...«
»Aber wovon leben die denn? Ich meine, hier ist doch nichts ... Wovon leben Sie ... lebst du denn, Claire?«
»Ich bin Händler.«
Sie stützte ihre großen mageren Hände auf die Tischplatte und stand auf, als hätte dieses Stichwort sie an ihre Aufgaben erinnert.
»Und was meine Freunde und Kunden angeht ... Komische Frage – ich denke, ihr seid Prospektoren? Vom Goldschürfen leben die Digger, verstehst du? Was soll man auch sonst in dieser Gegend machen, Herzchen? So, ich muß jetzt los. Ihr bleibt mir schön hier im Haus und erholt euch, bis ich wiederkomme. Etwa drei Stunden wird's schon dauern. Bestimmt habt ihr keine Schwierigkeiten, euch inzwischen zu beschäftigen ...«
Sie verließ ohne ein weiteres Wort die Küche durch die doppelte Türe und bald darauf hörten wir einen starken Motor aufheulen.
Janet beugte sich vor.
»Warum hast du ihr nicht ...«
»Du brauchst nicht zu flüstern. Ich glaube kaum, daß uns jemand belauschen kann. Ganz einfach, Liebes. Ich habe keine Lust, jetzt noch tagelang von irgendwelchen Rangern oder sonstigen Hütern des Gesetzes verhört, durch die Wüste gekarrt und mit unnötigen Fragen gequält zu werden. Die drei haben versucht, uns zu beseitigen und jetzt sind sie tot, ok? Wir sind quitt. Niemand wird sie jemals finden. Und wahrscheinlich wird auch niemand nach ihnen suchen. Ich will nur noch eins: nach Hause.«
»Aber ...«
»Ich weiß. Die waren nur die Handlanger. Aber glaubst du, daß unsere Schlaumeier von Bullen sich darum kümmern würden? Im Gegenteil, sie würden die Sache an die ganz große Glocke hängen, damit auch jeder, der eventuell damit zu tun hat, genau weiß, wo er uns das nächste Mal erwischen kann.«
Janet erschauerte.
»Das nächste Mal?«
»Sorry. Das war nur so daher gesagt«, lenkte ich ein. »Es wird kein nächstes Mal geben. Das verspreche ich dir.«
Janet versenkte ihr Gesichtchen wieder in der riesigen Kaffeetasse und starrte abwesend vor sich hin.
»Na los. Spuck's aus«, sagte ich schließlich nach einer längeren Pause.
»Was?«
»Worüber du die ganze Zeit grübelst ...«
Janet lächelte entschuldigend und strich sich das Haar aus der Stirn.

»Ich habe versucht, mich zu erinnern. Woher hast du gewußt, daß wir im Osten auf eine Piste treffen würden?«

Ich schüttelte den Kopf.

»Ich hab's nicht gewußt. Nur gehofft.«

Ich stand auf und holte die zerfetzte AAA Karte aus dem Schlafzimmer.

»Schau«, sagte ich und breitete die Karte auf dem Küchentisch aus. »Wir wußten nicht, in welchem der vielen weißen Flecken wir uns befanden. Also konnte uns die Karte leider nichts helfen.«

Ich deutete auf die vielen unbewohnten Wüstenstriche Nevadas.

»Aber gestern mittag, als du geschlafen hast, ist wieder ein Verkehrsflugzeug hoch über uns hinweg geflogen. Es kam von Osten und flog nach Westen.«

»Na und?«

»Ich weiß nicht, warum, aber ich konnte erkennen, daß es braun war.«

Janet blickte mich verwundert an.

»Braun«, fuhr ich fort, »kaffeebraun sind nur die Billigflieger der Southwest. Ich bin selbst mit einem solchen nach Salt Lake geflogen.«

»Du meinst doch nicht etwa ...«

»In diesem Moment fiel mir ein, warum mir die Karte so bekannt vorkam. Auf dem Rückflug, noch vor der Notlandung in Reno, habe ich mir aus Langeweile die Flugrouten der Southwest angeschaut. Der Einfachheit halber haben die von Southwest in ihrer Flugbroschüre einfach eine Rand-MacNally-Karte abgedruckt. Die gleiche, die auch AAA hier verwendet hat. Ich habe sie wiedererkannt.

»Tja, und damals habe ich ziemlich oft auf die Uhr geschaut, um die zurückgelegte Entfernung von Salt Lake abzuschätzen. Ich wollte eigentlich den Pyramid Lake sehen. Na, egal. Jedenfalls erinnerte ich mich, daß es Schlag halb eins war, als der Flieger in Reno zur Notlandung ansetzte. Gestern war es zwanzig nach zwölf, als ich zufällig den braunen Flieger erspähte.«

Janet blickte auf die Karte.

»Du meinst ...«

Ich nickte.

»Es gab nur zwei Flieger pro Tag von Salt Lake nach San Fran. Einer ging um 11 Uhr 50 und einer gegen abend. Es konnte also sein, daß es der gleiche Flieger war, der da über uns hinweg auf dem Weg in die Bay Area war.«

»Es hätte aber auch ein ganz anderer sein können«, protestierte Janet. »Die fliegen doch überall hier herum.«

Ich zuckte mit den Achseln.

»Stimmt, aber ein Versuch war es wert.«

Janet senkte wieder ihren Kopf über die Karte.

»Du hast also Reno mit Salt Lake verbunden und geschaut, wo der Flieger um zwanzig nach zwölf sein müßte.«

»Right. Und wie du auf der Karte schen kannst, gibt es da einen ganzen Haufen unbewohnter Landstriche auf der Route. Aber auffällig ist doch, daß ausgerechnet in der Gegend viel mehr Pisten von Nord nach Süd gehen, als von Ost nach West. Wahrscheinlich folgen sie den natürlichen Tälern in den Ausläufern der Sierra Nevada. Also war es für uns viel wahrscheinlicher, auf eine Piste zu treffen, wenn wir in Ostwest-Richtung marschierten als in Nordsüd, wie bisher. Also habe ich mich entschieden, die Marschroute zu ändern.«

»Aber ... wieso nach Osten?«

Ich lächelte und steckte die Hand in die Tasche.

»Ich hab' eine Münze geworfen. Diese hier.«

Ich zeigte ihr den Quarter, den ich die ganze Zeit in der Tasche gehabt hatte. Janet nahm ihn andächtig in die Hand und betrachtete ihn. Dann schaute sie mich an und lächelte.

»Wir sollten ihn aufheben. Als Glücksbringer.«

Es dauerte noch einen ganzen Tag, bis Claire uns für transportfähig erklärte. Während dieser kurzen Periode hatte Claire mehr Besuch, als ich in zehn Jahren. Natürlich hatten alle einen geschäftlichen Grund hereinzuschauen. Aber es schien mir, daß die Kleinigkeiten, die sie bei Claire für teures Geld erstanden, eigentlich nur als Vorwand für ein Schwätzchen, eine gemütliche Stunde auf der Veranda oder gar eine Nacht in ihrem gemütlichen Schlafzimmer dienten. Claire war von früh bis spät auf den Beinen, schaffte und versorgte ihr Haus, kochte und wusch, und fuhr regelmäßig in die nächste größere Stadt, um ihre Vorräte aufzustocken. Ihre Besucher, die Digger, wie sie sie nannte, waren zum Teil furchterregend anzuschauen, mit gewaltigen Bärten und abenteuerlichen Gewändern. Aber alle waren gut gelaunt und ausgeglichen, und jeder auf seine Weise war ein Original. Gegen abend unseres zweiten Tages bei Claire flüsterte Janet mir zu:

»Fällt dir eigentlich auf, daß niemand Claire mit seinen Sorgen überfällt? Ich wette, hier gibt es keinen einzigen Hypochonder.«

Wir beobachteten Sim, einen Digger, der sich in der Nähe 'zur Ruhe gesetzt' hatte, wie er es nannte, und der mit geradezu kosmischer Regelmäßigkeit jeden Tag in der Dämmerung bei Claire auftauchte, um die neuesten Nachrichten der Buschtrommeln auszutauschen. Gerade erzählte er eine wahnsinnig komische Geschichte, in der eine Ziege, zwei Hühner und ein 'Greenhorn' aus Sacramento in eine komplizierte Handlung verwickelt waren. Bei jeder Pointe riß Sim sein weitgehend zahnloses Maul auf und lachte mit hohen Fistelnötnen, während er mit der Rechten, an der zwei Finger fehlten, auf den Holztisch hämmerte.

»Vielleicht solltest du deine Hypos zur Therapie in die Wüste zu Claire schikken«, flüsterte ich zurück und benutzte die einladende Nähe, Janets Hals zu küssen. Sie kicherte verhalten und zog den Kopf ein.

»Wird Zeit, daß du dich mal wieder rasierst«, meinte sie, »sonst kann ich dich bald nicht mehr von einem Digger unterscheiden.«

Sims Geschichte kam zu ihrem furiosen Ende und die Anwesenden belohnten ihn mit grölendem Gelächter. Sogar Claire, die sonst immer kühl zurückhaltend blieb und nur über ihre eigenen Witze lachte, lächelte verhalten.

»Hi Hi Hi«, lachte Sim und sah sich stolz um. Dann schloß er seinen großen Mund mit hörbarem Klappen und stand auf, um zu gehen. Das war das Signal für die anderen und ein paar Minuten später verhallten die letzten schweren Motoren in der Stille der Wüste.

Am nächsten Morgen brachte uns Claire mit ihrem Pickup nach Fallon und setzte uns am Greyhound Terminal ab. Der Abschied war kurz; Claire hielt nichts von dramatischen Szenen.

»Übrigens«, sagte sie noch, als sie schon wieder im Wagen saß, »wie bekommt ihr jetzt euren Wagen aus der Carson Sink?«

Die Frage hatte ich früher oder später erwartet.

»Ich muß erst die Ersatzteile besorgen. Der ... äh ... Kühler war ja leck. Und Benzin müssen wir auch mitbringen. Wir kommen dann mit einem Leihwagen ...«

Claire sah mich scharf an und lächelte. Dann schlug sie die Fahrertür krachend zu und sagte, ohne uns anzusehen, laut durchs offene Fenster:

»Ich weiß ja nicht, ob ich jemals erfahre, was ihr da draußen wirklich gemacht habt, Kinder. Geht mich auch nichts an. Aber wenn ihr wirklich mal wieder in die Gegend kommt, schaut mal bei der alten Claire vorbei, ok?«

Damit gab sie Gas und war bald in einer gewaltigen Staubwolke verschwunden.

Nach dreimaligem Umsteigen und nervenzermürbenden Stunden in den ekligen Wartesälen der Busgesellschaften erreichten wir spät in der Nacht Berkeley. Wir mieteten uns im Motel 6 unten am Freeway ein Doppelzimmer, fielen total erschöpft ins Bett und schliefen sofort ein.

13

»Hallo?«

»Frank? Hier ist George ...«

»Sieh mal an. Seid ihr von euren vorgezogenen Flitterwochen schon wieder zurück?«

Ich warf einen raschen Blick zu Janet hinüber, die tief in die Decken gekuschelt friedlich schlief.

»Von was redest du?«

»Na, du hast mir doch geschrieben, daß ihr bald heiraten wollt, aber euch noch nicht sicher seid, ob es klappt, und deshalb einen Trip in die Wüste machen wollt ...«

»Moment mal. Wann habe ich das geschrieben?«

»Ich hab' die Mail nicht aufgehoben. Ist das wichtig? Was ist los?«

»Ich habe keine Email an dich geschrieben.«

Am anderen Ende der Leitung blieb es kurz still.

»Dann hat aber jemand ziemlich genau deinen Absender gefälscht. Oder ...«

Genau, dachte ich. Oder es hat jemand meinen Account geknackt.

»Sag mal«, fragte Frank langsam, »vielleicht bin ich ja immer noch paranoid, aber kann es sein, daß du in Schwierigkeiten bist, oder was?«

»So kann man's auch nennen. Hältst du es für möglich, daß die Leitung abgehört werden könnte?«

»Von wo rufst du an?«

»Einem Hotelzimmer.«

»Wart mal einen Moment ...«

Wieder war es eine Zeitlang lang still im Hörer. Dann hörte ich Frank auf der Tastatur seines Rechners herumklappern.

»Ok, wenn dieses deutsche Gerätchen hier funktioniert, ist die Leitung sauber. Schieß los.«

Ich schoß los. Obwohl ich es kurz machen wollte, dauerte es eine ganze Weile, bis Franks Neugierde gestillt war. Dann mußte ich erwartungsgemäß seine guten Ratschläge, die alle irgend etwas mit der Polizei zu tun hatten, abwimmeln. Schließlich knurrte er mißmutig:

»Und warum rufst du dann überhaupt an? Kann wenigstens ich dir irgendwie helfen?«

»Du wirst es nicht glauben: du kannst. Ich brauche leihweise deinen Laptop. Mit Modemleitung. Und einen handlichen Drucker.«

»Warum nimmst du nicht deinen eigenen ... ach, so, verstehe. Ok, ich hab' zur Zeit sowieso keine Verwendung dafür. Habe ich schon erwähnt, daß ich meine Firma verkauft habe? Ich setz' mich jetzt zur Ruhe und werde nur noch in der Sonne sitzen und zum Fischen gehen, während ihr in euren Büros schmoren dürft.«

»Herzlichen Glückwunsch«, sagte ich trocken.

»Trägheit ist aller Laster Anfang ...«

»Oh, ich habe nicht gesagt, daß ich träge werden will. Im Gegenteil. Aber das ist ein anderes Thema. Drucker habe ich keinen, aber ich kann dir einen besorgen. Wohin soll ich das ganze Zeug bringen?«
Ich gab ihm die Adresse des Motel 6 und die Zimmernummer.
»Und, Frank ...«
»Ja?«
»Sei vorsichtig.«
Es blieb eine Weile still in der Leitung.
»So ernst ist es?«
»Ich fürchte, ja.«
»Gut. Nicht vor heute nachmittag. Bist du dann da?«
»Entweder ich oder Janet.«
»Ok«, sagte er abschließend und legte auf.
Ich ging hinüber zum Bett und streichelte Janet über den braunen Rücken. Sie murrte leise und grub sich tiefer in die Decken ein. Ich küßte sie an einer exponierten Stelle und sagte leise:
»Ich besorg' uns Frühstück, ok?«
»Hm?«
»Frühstück. Kaffee.«
»Mhm.«
Als ich zurückkam, war sie bereits unter der Dusche. Wir frühstückten schweigend in der Morgensonne vor unserem Zimmer. Der Pacific Layer begann sich schon aufzulösen, aber so früh am Morgen brannte das gefilterte Sonnenlicht noch nicht unangenehm auf der Haut. Hinter dem Motel hörten wir die großen Trucks mit überhöhter Geschwindigkeit auf der Interstate dahin donnern. Die Luft war frisch und kühl und nicht mehr so tödlich trocken wie in Nevada. Ich bekam eine herrliche Gänsehaut. Der Kaffee war nicht mehr ganz heiß, die Danishs nicht mehr ganz frisch. Und dennoch war ich erfüllt von einem unbeschreiblichen Glücksgefühl, dem Gefühl zu leben, wieder hier zu sein, in Berkeley, und über das graue Wasser der Bay zur Skyline der City hinüberzublicken.
Ich berichtete Janet von meinem Telefonat mit Frank.
»Es schaut ganz so aus, als ob jemand unser Verschwinden sorgfältig mit falschen Meldungen maskiert hat. Ich wette, mein Chef hat auch eine solche Email bekommen. Und deiner wahrscheinlich ebenfalls. Niemand hätte uns in den nächsten zwei Wochen vermißt. Warum auch? Frisch Verliebte machen verrückte Sachen.«
Janet nickte, gab aber keinen Kommentar zu den 'frisch Verliebten' ab.
»Was willst du jetzt machen?« fragte sie statt dessen.
»Was wollen wir jetzt machen? Ich, für meinen Teil, will den Kerl, der dahintersteckt, ein für alle mal loswerden. Aber dafür brauche ich deine und Franks Hilfe.«
Janet schwieg eine Weile nachdenklich. Ich betrachtete ihr ernstes Gesicht von der Seite. Ihr Blick streifte ziellos über die graue Bay. Schließlich wandte sie sich

mir zu und lächelte.

»Frisch Verliebte tun solche verrückten Sachen, ja?«

Sie legte mir ihre Arme um den Hals und sah mich spöttisch an.

»Na, dann mal los!«

Gegen abend hatte ich das Nötigste beisammen. Laptop, Modem, Drucker. Frank war mit Janet in die City gefahren. Ich überflog meine Listen, die ich während des Tages angefertigt hatte. Die eine hatte drei Spalten mit den Überschriften 'Fakten', 'Überprüfbare Annahmen' und 'Spekulationen'. Die erste Spalte war sehr lang, die zweite etwa halb so lang und die letzte hatte bis jetzt nur drei Einträge. Hinter jedem der letzteren war eine Zahl eingetragen, die die von mir geschätzte Wahrscheinlichkeit angab. Die andere Liste enthielt mehrere Flußdiagramme, die alternative Vorgehensweisen beschrieben. Es war nicht leicht zu entscheiden, welche davon am sichersten, schnellsten und effektivsten sein würde. Zumindest hatte ich einen großen Vorteil: Der Zeitfaktor war mit hoher Wahrscheinlichkeit unkritisch, da unsere Gegner zumindest vorerst noch von unserer Ermordung ausgehen würden.

Ich entschied mich für eine Strategie und vernichtete alle anderen Listen, um später nicht in Verwirrung zu geraten. Dann setzte ich mich an den Laptop. Zuallererst brauchte ich mein Handwerkszeug. Also loggte ich mich unter einem Service-Account an meinem Rechner in der Uni ein und transferierte ein Tar-Paket auf den Laptop. Während die Übertragung andauerte – es waren mehrere Megabyte – fühlte ich eine schwache Reminiszenz an längst vergessene Zeiten. Ich hätte nie für möglich gehalten, daß ich diese Werkzeuge noch einmal auspacken und verwenden würde. Warum hatte ich sie überhaupt aufbewahrt? Nostalgie? Ich wußte es nicht. Jahrelang hatten sie in ihrem Tar-Paket geschlummert, in wechselnden Directories, übertragen von einer Rechnergeneration zur nächsten. Jetzt würde ich sie noch einmal verwenden; dann hoffentlich nie wieder.

Ich installierte die wichtigsten Tools auf Franks Rechner und begann mit dem ersten Schritt: der Verifikation von Hypothesen in der zweiten Spalte. Als erstes wollte ich überprüfen, woher die mysteriösen Emails gekommen waren, die Frank und wahrscheinlich auch meine Kollegen erhalten hatten. Nun, das dauerte nur Minuten, da ich freien Zugang zu unserem Mailhost im Institut hatte. Alles deutete darauf hin, daß tatsächlich jemand meinen Account geknackt und sie direkt von dort aus geschickt hatte.

Wie ich erwartet hatte, waren alle Spuren längst verwischt. Sicherheitshalber checkte ich auch die Protokolldateien im Backup-System nach, obwohl ich mir da keine großen Hoffnungen zu machen brauchte. Die Backups liefen nur einmal am Tag und der Einbrecher in meinen Account hatte bestimmt sofort nach dem Abschicken der Mails alle verräterischen Logfiles entfernt.

So war es auch. Also keine Möglichkeit, den Absender der Emails auf diese Weise zurückzuverfolgen.

Ich zuckte mit den Achseln und strich den Pfad im Flußplan mit roter Farbe aus. Der nächstmögliche Pfad zum Ziel ging über die Identifizierung unserer Entführer. Die Zulassungsnummern beider Wagen hatten sich gründlich in mein Gedächtnis eingeprägt, während wir entführt wurden. Ich loggte mich per Telefon in ein von Hackern frequentiertes BBS in Minnesota ein, wo zu meiner Zeit immer ein illegaler Spiegel der DMV-Datenbasis gehalten wurde. Das Department of Motor Vehicle, kurz DMV, hatte die vollständigste Datenbank über alle zugelassenen Fahrzeuge und ausgegebenen Führerscheine. Der geheime Eingang in den verborgenen Teil des Boards war noch aktiv und sogar das uralte Paßwort F0-3-I1Vfklho4<<8 stimmte noch, aber die Datenbasis des DMV war nicht mehr vorhanden. Glücklicherweise war der Sysop gerade online und erinnerte sich noch an mein Namenskürzel von damals. Er teilte mir mit, daß jetzt ein besserer Spiegel der Fahrzeugdaten des DMV in einem Rechner in San Diego zu finden sei. Der Zugang sei ein öffentlicher WWW-Server, in welchem man in der Suchfunktion ein bestimmtes Paßwort eingeben müsse. Er war so freundlich, mir das Paßwort zu überlassen.

Minuten später war ich im Internet und im verborgenen Teil des WWW-Servers in San Diego. Leider war die Indexierung der Datenbasis nicht sehr komfortabel und es kostete mich fast eine halbe Stunde, die beiden Wagen, den schwarzen Plymoth und den Jeep zu finden. Das Nummernschild des Plymoth gehörte eigentlich zu einem blauen Toyota, zugelassen in Oakland. Der Jeep schmückte sich mit einem Nummernschild aus L.A., weißer Lancia, laut Datenbasis bereits wieder abgemeldet. Ich machte mir nicht die Mühe, die früheren Besitzer zu notieren; diese Spur verlief auch im Sande. Wieder ein roter Strich im Flußplan.

Vor dem nächsten Anlauf besorgte ich mir einen großen Becher Kaffee und zwei Doughnuts in der Frittenbude neben dem Motel 6. Auf dem Rückweg zu unserem Zimmer bewunderte ich den flammenden Sonnenuntergang über dem Pazifik. Ich sehnte mich nach dem großen Fenster. Was Nostradamus wohl machte? Er hatte sich bestimmt bei Horace eingenistet.

Wieder im Zimmer klemmte ich das Modem ab und wählte Horaces Nummer. Er meldete sich sofort.

»Ach, du bist's, Kid.« Er klang enttäuscht.

»Du klingst, als hättest du jemand anderen erwartet?«

»Ja, äh, eigentlich warte ich auf einen wichtigen Anruf. Geschäftlich, du verstehst. Was kann ich für dich tun?«

»Ist bei mir alles in Ordnung?« fragte ich.

»Das will ich hoffen. Wieso, siehst du weiße Mäuse oder so was?«

»Mein Appartement und mein Kater«, sagte ich geduldig.

»Dem Kater geht's gut. Willst du ihn selber sprechen?«

In der Leitung raschelte es. Dann füllte Nostradamus tiefes Schnurren die Ohrmuschel.

»Und was dein Appartement angeht«, fuhr Horace fort, »von hier sieht es so aus,

als ob es noch stehen würde.«
»Ok, ich werde wohl noch eine Weile weg bleiben. Bitte kümmere dich um Nostradamus, ja? Und hab' ein Auge auf gegenüber, du weißt schon warum ...«
»All right, Kid. Noch was? Wenn nicht, dann ... wir können ja ein andermal reden, ok? So long, Kid.« Er legte auf.

Etwas befremdet hielt ich den Hörer noch ein paar Sekunden länger in der Hand als nötig und lauschte auf das Freizeichen. Was war denn mit Horace los? Normalerweise waren Telefongespräche mit ihm kaum unter einer halben Stunde anzusetzen.

Ich schloß das Modem wieder an und blickte auf meinen Plan. Das Fragment der Drivers Licence des Anführers. Ich ging noch einmal in die DMV-Datenbasis und versuchte, alle Einträge mit den Anfangsnummern 8737 zu bekommen. Es funktionierte nicht; das Abfrageformular erlaubte nur vollständige Nummern. Mir blieb nichts anderes übrig, als den Rechner selber zu knacken. Glücklicherweise war auf diesem System noch das alte SunOS installiert, das löchriger war als ein Teesieb. Keine Firewall, kein sonstiger Sicherheitsmechanismus. Ein paar Minuten später hatte ich Root-Rechte auf den Rechner und suchte die Datei mit den DMV-Daten. Dann war es nur noch ein Kinderspiel. Ich grepte die Datei nach den Anfangszahlen und transferierte alle gefundenen Einträge – immerhin 156 – auf meinen Laptop. Vorausgesetzt, der Führerschein war echt und nicht gestohlen – was wegen des fälschungssicheren Lichtbilds eher unwahrscheinlich war – hatte ich jetzt den Boss der Entführer irgendwo in dieser Datei. Ich markierte den Pfad im Flußplan bis zu diesem Punkt mit grüner Farbe und durchdachte die verschiedenen Möglichkeiten fortzufahren.

An der Türe klopfte es, einmal kurz und dreimal lang, das Morsezeichen für 'j' wie Janet. Ich entriegelte die Tür und ließ Janet und Frank herein.

Frank ließ sich mit einem erleichterten Seufzer auf den einzigen Stuhl fallen. Auch Janet sah erschöpft aus. Sie streifte ihre Pumps ab und ließ sich von mir einen Kuß auf die Wange geben.

»Mein Gott, bin ich kaputt«, stöhnte Frank. »Diese Schuhe bringen mich um.«

Er sah kritisch an sich herunter. Feinstes Business-Jackett, Schlips, dunkle Hosen und schwarz glänzende Lederschuhe. Auch Janet hatte sich ein korrektes Busineß-Dreß zugelegt: beiges Kostüm mit gleichfarbigen Schuhen, darüber ein dunkles Bolerojäckchen, das von ferne nach Lagerfeld aussah, sich aus der Nähe aber als Sears entpuppte. Wenn man genau hinsah, konnte man in ihrem Gesicht die Spuren unseres Wüstenabenteuers noch erkennen, aber die Kosmetikerin hatte ihr Bestes getan, die schlimmsten Kratzer und den Sonnenbrand zu verdecken. Sie küßte mich vorsichtig auf den Mund. Die aufgesprungenen Lippen taten – leider – immer noch ziemlich weh.

Ich schenkte beiden eine Cola ein.

»Erfolg?« fragte ich und reichte die Becher herum.

»Wie man's nimmt«, erwiderte Frank und holte das verkohlte Fragment der Plastikkarte mit der Nummer 001 aus der Innentasche. »Ich habe die Story insgesamt achtmal heruntergebetet. Und Janet hat jedesmal ziemlich erfolgreich die trauernde Hinterbliebene gemimt.«

Janet lächelte müde. Frank zog einen zerknitterten Zettel aus der Tasche.

»Also, bei der ersten, der West & East Asia Bank, waren sie sehr zurückhaltend. Ohne Erbschein wollten sie uns nicht mal sagen, wann ihre Schalter schließen. Wir wurden, milde gesagt, hinaus komplimentiert.«

Frank nahm einen Schluck Cola und Janet fuhr an seiner Stelle fort.

»Bei der Pacific Western, der Wells Fargo und bei Barclays waren sie immerhin so freundlich, uns zu versichern, daß ihre Geldautomatenkarten keinesfalls mit 001 beginnen. Weitere Auskünfte – negativ.«

»Harrod & Marrows, All American, Western Business und Customer Pacific Bank wieder das gleiche Spiel wie bei West & Asia: Ohne Erbschein oder Vollmacht keine Auskünfte jeglicher Art. Das Hauptproblem war natürlich, daß wir den Namen nicht richtig nennen konnten. Die Story mit dem Konto unter falschem Namen haben sie zwar geschluckt, aber nicht gefressen.«

»Wir wollten schon aufgeben«, fuhr Janet fort, »als bei der letzten, der Customer Pacific Bank, der Teller uns noch mal zurückrief und sagte:
'An Ihrer Stelle würde ich mich mal in dieser Straße umsehen.'
Gleichzeitig hat er mir diesen Zettel zugesteckt.«

Sie reichte mir einen kleinen gelben Haftzettel. 'Alice St.' stand darauf, in Blockbuchstaben geschrieben, sonst nichts.

»Frank wußte zufällig, daß das in der City von Oakland ist, und wir sind sofort hingefahren. In der ganzen Straße, die übrigens erfreulich kurz ist, gibt es nur eine Bankfiliale: die Oakland Customer Bank.«

»Nie gehört«, murmelte ich, während ich den Namen in meine Liste eintrug.

»Ich auch nicht«, schüttelte Frank den Kopf. »Und ich bilde mir ein, daß ich das Finanzleben in der Bay einigermaßen verfolge. Wahrscheinlich eine von diesen Klitschen, die jedem Dahergelaufenen ohne Credit History einen Account eröffnen und zwei Kreditkarten verpassen – mit gesalzenen Zinsen natürlich.«

»Nun ja. Die Filiale war jedenfalls schon geschlossen«, fuhr Janet mit einem spöttischen Blick in Franks Richtung fort. »Aber neben dem Eingang ist ein Geldautomat installiert. Ich habe mich mit meiner Visakarte daran zu schaffen gemacht und gewartet, bis ein anderer Bankkunde auftauchte.«

Ich zog die Augenbrauen hoch.

»In der City von Oakland? Bei Einbruch der Dämmerung?«

»Frank saß im Auto, keine 20 Schritte weit entfernt«, beruhigte mich Janet. »Jedenfalls, schon nach ein paar Minuten kreuzte ein Schwarzer auf, der auch Geld abheben wollte. Er stand erst diskret eine Weile hinter mir, bis ich ihn dann ganz auf die dämliche Tour bat, mir armen dummen Weibchen doch zu erklären, wie das denn hier funktioniere.«

Ich verdrehte die Augen und Frank grinste sardonisch.

»Sie macht das echt gut; kannst du mir glauben. Der arme Kerl ist voll drauf abgefahren.«

»Jedenfalls«, nahm Janet den Faden wieder auf, »haben wir uns bald darauf geeinigt, daß ich die falsche Karte habe, und er hat mir zum Beweis seine eigene gezeigt. Dann hat er mir noch den Weg zum nächsten Automaten gewiesen, mich gefragt, ob ich mit ihm essen gehen will – was ich dankend abgelehnt habe – und wir haben uns in vollster Harmonie voneinander verabschiedet. Die Nummer auf seiner Karte begann auch mit 001.«

»Puh! Ihr macht mir vielleicht Sachen!« sagte ich vorwurfsvoll in Franks Richtung. »Glaubst du, ich habe sie aus der Wüste heraus geschleppt, nur damit sie in Oakland auf Nimmerwiedersehen verschwindet?«

Janet lächelte geschmeichelt; Frank machte sich nicht die Mühe, mir zu antworten. Er stand auf und streckte sich.

»So, du hast jetzt alles, was du wolltest. Meld' dich, bevor du den Kerl in seinem Bau aufstöberst. Ich denke, du kannst dann ein paar hilfreiche Fäuste gebrauchen. Und jetzt«, feixte er, »werde ich das junge Flitterpaar allein lassen. Andere bedürfen meiner Talente. So long.«

Er öffnete die Türe.

»Eine andere, um genau zu sein«, rief ich ihm noch hinterher. Und wir hörten sein Lachen durch die geschlossene Türe.

Janet schaute mich bedeutsam an.

»Fällt dir was auf?«

»Hm?«

»An Frank, meine ich.«

»Äh, nein. Außer ... doch: Er hat mit keinem Wort seinen Verfolgungswahn erwähnt.«

Janet nickte bestätigend.

»Und nicht nur das. Er hat auch diese unangenehme Art zu sprechen aufgegeben.«

Wir schauten uns an und lächelten.

Ich markierte sorgfältig einen Pfad in meinem Flußdiagramm mit grüner Farbe und trug am Ende den Namen der Bank ein. Janet blickte mir über die Schulter.

»Und jetzt?« fragte sie gähnend.

»Heute nacht kann ich nicht mehr viel machen, außer einer Kleinigkeit, die aber in ein paar Minuten erledigt ist. Und dann gehen wir essen, und nachher ...«

Janet lächelte glücklich.

Am nächsten Morgen rief ich als allererstes die Nummer an, die Becker mir für Notfälle gegeben hatte. Eine weibliche Stimme mit starkem deutschem Akzent meldete sich. Ich verlangte, Becker zu sprechen. Ein paar Sekunden später war er selber am Telefon.

»Verdammt, wo haben Sie und Ihre Freundin gesteckt? Ich war gerade im Begriff, das FBI einzuschalten, nachdem wir Sie überall wie die bekannte Nadel im Heuhaufen gesucht hatten!«

Seine Stimme klang erleichtert und gleichzeitig war er auf 180. Ich fragte ihn erst, ob die Leitung sicher sei und berichtete ihm dann so knapp wie möglich, was uns in den letzten Tagen widerfahren war.

Tiefes Schweigen in der Leitung.

»Sind Sie noch da?«

»Natürlich bin ich noch da«, sagte Becker düster. »Ich brauche wohl nicht zu betonen, daß Sie sich reichlich dämlich angestellt haben. Nur einem – was sag' ich – mehreren, einem ganzen Haufen von Glücksfällen haben Sie es zu verdanken, daß Sie und ihre Freundin noch am Leben sind!«

Er war wütend. Wahrscheinlich machte er auf diese Weise auch seiner aufgestauten Sorge Luft. Ich muß gestehen, daß mich das ganz schön verblüffte. Ein Cop machte sich Sorgen um einen Bürger. Bei den Cops, die ich in meinem bisherigen Leben oft genug hautnah erlebt hatte, und auch bei den Bewährungshelfern in L.A. waren immer nur völliges Desinteresse bis hin zum reinsten Zynismus zu spüren gewesen. Und jetzt kam da dieser deutsche Cop und regte sich auf. Dabei war es nicht mal seine Schuld.

Im Hintergrund hörte ich die weibliche Stimme von vorhin, wahrscheinlich seine Kollegin Madeleine, und es folgte ein kurzer heftiger Wortwechsel in deutsch. Dann wieder Becker:

»Wo stecken Sie jetzt?«

Ich erklärte ihm, daß wir uns in einem Hotel einquartiert hatten und dort auch zu bleiben gedachten, bis die Sache endgültig aufgeklärt sei. Das schien ihn etwas zu beruhigen. Bevor er antworten konnte, fuhr ich fort:

»Hören Sie, Becker. Ich weiß Ihre Hilfe wirklich zu schätzen, aber Sie werden verstehen, daß uns die alte Köder-Falle-Taktik, nach dem, was vorgefallen ist, nicht mehr besonders zusagt. Ich werde die Sache jetzt mit meinen eigenen Methoden angehen.«

»Was??? Aber ...«

»Ich bin mir inzwischen ziemlich sicher, wer hinter der ganzen Sache steckt. Nur kann ich es noch nicht beweisen. Aber durch die Ereignisse der letzten Tage habe ich endlich etwas Handfestes in die Finger bekommen. Diese Spuren möchte ich jetzt weiterverfolgen. Auf meine Methode, das heißt ohne Polizei.«

»Ich ...«

»Sobald ich beweisen kann, wer hinter der Sache steckt, informiere ich Sie. Aber nur unter einer Bedingung.«

»Jetzt lassen Sie ...«

»Moment noch. Die Bedingung lautet: Wenn wir ihn hochgehen lassen, dann nach meiner Regie.«

Becker schnappte hörbar nach Luft.

»Völlig unmöglich«, brachte er schließlich mühsam hervor. »Wir kommen in

Teufels Küche, wenn Ihnen was passiert.«
»Das war kein Alternativvorschlag«, antwortete ich einfach.
Ein paar Sekunden war Funkstille am anderen Ende der Leitung.
»Ich habe also keine andere Wahl«, knurrte es schließlich leise im Hörer.
»Richtig. Entweder auf meine Tour oder ich mach' die ganze Sache alleine.«
»Das ist Erpressung. Na, schön. Akzeptiert.«
»Mit allen Bedingungen?«
»Ja, doch!«
»Gut. Jetzt zum Technischen. Es wäre sehr von Vorteil, wenn Sie weiterhin mein Appartement in Berkeley observieren würden. Damit wiegen wir etwaige Beobachter weiterhin in Sicherheit bzw. Unwissenheit. Der Auftraggeber für das Mordkommando kann ja schlecht eine Vermißtenmeldung aufgeben. Die Zeit, bis er kapiert, daß es nicht so gelaufen ist, wie geplant, müssen wir nutzen. Also machen Sie am besten so weiter, als ob Sie nichts von uns gehört hätten. Setzen Sie eine Vermißtenmeldung ab. Bringen Sie einen Radiorundspruch oder was auch immer.«
»Gut. Und weiter?«
»Inzwischen kümmere ich mich um die Spuren. Das wird ein paar Tage dauern. Dann melde ich mich wieder.«
»Aber ...«
»Ach ja, noch etwas: Ich brauche noch einmal die Liste mit den elektronischen Teilen, die in Garmisch gefunden worden sind. Schicken Sie sie mir per Email. Natürlich verschlüsselt. Als Schlüssel nehmen wir ...«
Mein Blick fiel auf Janet.
» ... Lila Rose.«
»Lila Rose?!«
Beckers Stimme ließ keinen Zweifel darüber, daß er begann, an meinem Geisteszustand zu zweifeln.
»Genau. Lila Rose. Es eilt. Bis bald.«
»Sind Sie sicher, daß sonst alles in Ordnung ist? Ich meine ... wenn man länger starker Sonne ausgesetzt war, kann es zu ... ich wollte sagen ...«
»Bis bald ... Hermann.« Ich legte auf.
Janet drehte sich auf den Bauch und stützte ihr Kinn auf die verschränkten Arme.
»Er war wohl nicht sehr begeistert – lila Rose!«
Ich schüttelte den Kopf. Dann schaute ich sie an. Ihre Augen glitzerten und lockten. Auf dem Weg zum Bett streifte ich meine Kleider vom Leib und nahm sie zart in die Arme. Janet lächelte und zog die Decke über uns.
»Meine Rose, meine lila Rose«, flüsterte ich in ihr Ohr und nahm ihre fruchtigen Brüste in beide Hände. »Wußtest du, daß ich dich in Gedanken so genannt habe, bevor ich deinen Namen wußte?«
Janet lächelte nur ihr abwesendes, konzentriertes Lächeln, das sie immer aufsetzte, wenn sie etwas Schönes voll und ganz in Anspruch nahm. Sie drehte mich mit

sanfter Gewalt auf den Rücken, legte sich auf meine Brust und begann, mich leidenschaftlich zu küssen. Nach einer Weile spürte ich, daß ich der Lage gewachsen war.

Es war schon gegen elf, als ich erwachte. Das Telefon klingelte. Wir entwirrten schlaftrunken unsere Arme und Beine und schließlich gelang es mir, den Telefonhörer zu erwischen. Es war natürlich Frank.

»Hallo, was ist los? Ich dachte, wir nehmen uns heute die Bank vor.«
»Hi, Frank. Wir haben ein bißchen verschlafen. Sorry. Wie wär's heute nachmittag gegen drei am südlichen Eingang des Federal Buildings?«
»Ok.«
»Hast du alles bekommen?«
»Klar. Mit deiner Vollmacht war das kein Problem. Aber ich bin froh, wenn ich das Zeug wieder los bin, das kann ich dir flüstern. Hinter jedem Gesicht sehe ich einen Gangster. Ich spüre schon, wie mein Verfolgungswahn wieder erwacht. Scheibenkleister!«
»Bis heute nachmittag, Frank.«
»So long. Und ... grüß Janet, wenn sie aufwacht, von mir.«
Ich grinste.
»Das Gleiche an Pat, ok?«
Frank lachte und legte auf. Janet war tatsächlich schon wieder eingeschlafen.

Ich stand auf und warf meine Maschine an. Einige der Fragen, die ich gestern in verschiedenen Hacker-BBS gepostet hatte, waren beantwortet worden. Tatsächlich hatte die Oakland Customer Bank einen Modem-Zugang, wie es sich für eine Bank in der Bay Area gehört. Sicher nur für die Angestellten und daher bestimmt gut geschützt. Wählzugänge zu Bank-Computern gehörten zu den am besten geschützten überhaupt.

Ich ließ mein Modem die angegebene Nummer anwählen und sah mir den Prompt des Systems an. Es erschien lediglich ein '>'. Keinerlei Angaben, um was für ein System es sich handelte, von wem es betrieben wurde und was für eine Eingabe es eigentlich erwartete.

Gut und vernünftig gemacht, dachte ich anerkennend. Derjenige, der das System aufgebaut hatte, wollte keinerlei Risiko eingehen. Oftmals kann man nämlich schon aus dem Prompt eines Systems einiges lernen, was das Knacken erleichtert.

Ich trennte die Verbindung wieder. Es hatte kaum Sinn, den Zugang mit brutaler Gewalt zu knacken. Bestimmt war eine Sicherung eingebaut, die Alarm schlug, wenn jemand mehr als zehnmal mit falschen Eingaben abgewiesen wurde. Wir mußten auf eine andere Weise an die notwendigen Informationen gelangen.

Während Janet duschte, überflog ich flüchtig die Liste der 156 Einträge aus der DMV-Datenbasis. Fast alle stammten aus der Gegend hier. Das war nicht ungewöhnlich, weil das DMV die Nummern als Kontingente an bestimmte Niederlassungen verteilte. Keiner der Namen sagte mir etwas.

Ich legte die Liste beiseite und loggte mich an einem öffentlich zugänglichen Rechner der Universität ein. Eine Stunde später hatte ich den Rechner lokalisiert, auf dem die Reisekostenabrechnungen der Universitätsangestellten bearbeitet wurden. Auch dieser Rechner war relativ gut geschützt. Die Systemverwalter hatten in den letzten Jahren doch einiges aufgeholt. Die Zeiten, in denen Betriebssysteme ausgeliefert wurden, die löchriger als ein Golfplatz waren, gehörten wohl unwiderruflich der Vergangenheit an. Immerhin konnte ich den Namen der zuständigen Sachbearbeiterin und ihre Zimmernummer herausbekommen. Mrs. Maria Castorelli. Es war einfach genug: Ich mußte bloß ein paar WWW Pages absuchen. Ich notierte den Namen und Zimmernummer in meinen Flußplan und loggte mich wieder aus.

Gegen halb drei beobachtete ich von der anderen Straßenseite aus, wie Janet die bescheidene Filiale der Oakland Customer Bank betrat. Die Alice Street war verglichen mit den anderen Straßenschluchten der City von eher bescheidener Länge. Sie führte aus der Nähe des lärmenden Hafens bis zum Ufer des Lake Merritt. Die Filiale, für die wir uns interessierten, lag in der Nähe des Lincoln Square. Nicht gerade ein repräsentativer Bau, wie man ihn von den Großbanken gewohnt war. Frank hatte mit seiner Einschätzung als 'Kreditkarten-Klitsche' wohl nicht ganz unrecht.

Ich blickte die Straße entlang in Richtung Bay. Nur wenig Verkehr, ein schwacher Wind vom Pazifik blies zerfetztes Zeitungspapier an den Sockeln der alten Hochhäuser entlang. Bei den Straßenkreuzungen bildeten sich Wirbel, die den unachtsamen Passanten den Dreck ins Gesicht schleuderten, wenn sie um die Hausecken bogen. Den ganzen Tag über hatte die Sonne ungehindert geschienen und selbst in den tiefen Straßenschluchten war es für die Jahreszeit ungewöhnlich warm.

Janet verließ die Filiale und blickte sich suchend nach mir um. Während wir langsam aufeinander zugingen, dachte ich wieder einmal, wie verdammt attraktiv sie doch aussah. Das Busineß Dreß war zwar nicht ihr Stil, aber sie trug es mit natürlicher Eleganz.

Sie hängte sich bei mir ein und wir schlenderten in Richtung des Fed Buildings.
»Und?«
»Ein langer Raum mit drei Schaltern. Hinter der Barriere sind zwei Schreibtische, ein großer Safe und an der Rückseite des Raums ein abgetrenntes Büro«, berichtete sie. »An der Glastüre steht nichts geschrieben, aber es kann eigentlich nur das Büro des Managers sein.«
»Glastüre?«
Janet nickte.
»Ich konnte fast ungehindert hineinsehen. In dem abgetrennten Raum sind ein großer Schreibtisch und ein kleinerer Beistelltisch mit einem Rechner darauf. Ein PC, schätze ich.«
»Und die Schalter?« fragte ich.

»Jeder hat einen PC. Aber gut eingebaut. Man sieht fast nichts davon.«
Ich nickte. Das hatte ich erwartet.
»Steckdosen? Kunden?«
Janet nickte wieder.
»Steckdosen sind überall an den freien Wänden und neben den Schaltern eingebaut. Kunden waren etwa so vier bis sechs drin. Alles Männer.«
»Ok. Wir machen es am besten so wie besprochen«, meinte ich.
Wir gingen schweigend über den großen freien Platz vor dem Federal Building in Oakland. Ich ging im Geiste noch einmal unseren Plan durch, ob wir auch nichts Wichtiges übersehen hatten. Plötzlich bemerkte ich, daß Janet mich von der Seite anschaute.
»Das ist illegal, was wir da machen, nicht?« fragte sie, als sie meinen Blick bemerkte.
»Ziemlich«, nickte ich. »Wegen so etwas Ähnlichem saß ich schon mal im Knast.«
»Und das macht dir nichts aus?«
Ich zögerte mit der Antwort. Die Nachmittagssonne brannte ungehindert auf den Platz. Ich mußte die Augen zusammenkneifen, um die schwache Skyline der City im Dunst der Bay erkennen zu können.
»Eigentlich ... nicht«, sagte ich langsam. »Aber das liegt möglicherweise daran, daß ich nicht die Absicht habe, jemanden zu schädigen ... so wie früher«, fügte ich hinzu.
Ich schüttelte den Kopf und betrachtete meine Fußspitzen auf den hellen Steinplatten..
»Weißt du, ganz früher. Da hatte ich ... hatten wir überhaupt keine Skrupel. Es wäre uns gar nicht in den Sinn gekommen. Und warum? Weil wir keine Absichten damit verbanden. Hineinkommen war alles. Es war wie ein Sport, eine Geschicklichkeitsübung, ein Wettkampf der Fertigkeiten. Es wäre mir nicht im Traum eingefallen, daß wir dabei gegen das Gesetz oder gegen die Moral verstießen. Erst später, als es um ... wirkliche Dinge ging, da änderte sich alles. Da hatte ich auch Skrupel – die ich aber aus Dummheit unterdrückt habe.«
»Aber jetzt hast du ein Ziel.«
»Mhm. Ich will endlich wieder ruhig schlafen und über die Straße gehen können, ohne daß ich mich dauernd umschauen muß.«
Janet nickte zum dritten Mal und sah sich fahrig um.
»Wo bleibt er denn?«
»Bist du ... aufgeregt? Denk dir nichts; ich war es auch, als ich das erste Mal losgezogen bin, mir ein Paßwort zu klauen. Wenn du lieber nicht mitmachen willst, Frank und ich schaffen das auch alleine ...«
Sie schüttelte energisch den Kopf.
»Wenn man vom Teufel spricht ...«
Sie deutete über meine Schulter. Frank kam mit großen Schritten auf uns zu. Wir betrachteten beide anerkennend seine Aufmachung. Quittengelbe Hosen, deren

Farbe schon aus 50 Yards Entfernung in den Augen weh tat. Dazu eine knallpinke Weste auf der bloßen Haut. Darüber ein schwarzes Jackett mit einer riesigen gelben Plastikblume am Revers. Er sah nicht gerade glücklich aus.

»Warum muß ausgerechnet ich diese Rolle übernehmen? Bestimmt werde ich verhaftet. Komme mir vor wie ein entsprungener Clown ...«, sagte er weinerlich und übergab mir die prall gefüllte Aktentasche, die er unter den Arm geklemmt hatte.

Ich grinste.

»Dafür ist deine Rolle auch die kürzeste«, sagte ich. »Gehen wir, damit wir es hinter uns haben.«

Fünf Minuten später schlenderte ich an der Filiale der Oakland Customer Bank vorbei und warf einen kurzen Blick durch die schmalen Glastüren. Fünf Kunden konnte ich auf den ersten Blick sehen; zwei Schalter waren besetzt. Ich kontrollierte noch einmal, ob Janet und Frank auf ihren Posten waren, dann drehte ich um und betrat den Schalterraum. Links trennte eine lange Barriere aus dunklem Holz den Raum für die Kunden von den Büroplätzen dahinter ab. Drei Schalter; an zweien ließen sich gerade Kunden beraten; der dritte war hochgeklappt. Der ganze hintere Teil des langgestreckten Raumes war durch eine dunkle Holzwand abgetrennt. Der Zugang zu diesem separaten Büro, eine verglaste Türe mit klaren Scheiben, war auf der anderen Seite der Holzbarriere. Unmittelbar vor der Abtrennung war der Durchgang in den Büroteil des Raumes. Zwei hüfthohe Flügeltüren verwehrten den Kunden den freien Zutritt. Zusätzlich stand auf einem kleinen Metallschild zu lesen: 'Zutritt nur für Personal'.

Ich ging ruhig an den wartenden Kunden vorbei auf den Durchgang in der Barriere zu und stieß die Flügeltüren auf. Wie erwartet, sprang sofort einer der Angestellten, ein untersetztes glatzköpfiges Männchen von etwa 40 Jahren, von seinem Schreibtisch auf und eilte protestierend auf mich zu:

»Sir, bitte, Sie können hier nicht herein. Ich darf Sie bitten ... wenden Sie sich bitte an einen der Kundenberater ...«

Die Kunden auf der anderen Seite der Barriere maßen mich mit verstohlenen oder verächtlichen Blicken.

Ich blieb stehen, mitten im Durchgang, und fragte mit ruhiger, leiser Stimme:

»Sind Sie der Manager?«

Der ganz offensichtlich subalterne Angestellte verlangsamte seinen Schritt und verneinte, unsicher geworden.

»Mein Name ist Smith, Gordon Smith. Sagen Sie bitte dem Manager«, sagte ich so leise, daß er den Kopf vorstrecken mußte, um mich zu verstehen, »sagen Sie ihm, daß ich ein Konto eröffnen und Geld einzahlen möchte.«

Sein Blick schaltete, nun da er hörte, daß es sich um etwas Alltägliches und Banales handelte, auf gemischt arrogant-höflich um. Er warf den runden Kopf zurück und sagte in geschäftsmäßig-glattem Tonfall:

»Ich bin sicher, daß einer unserer Teller Ihre Wünsche zu Ihrer vollsten Zufrie-

denheit erfüllen wird, Sir.«
Gleichzeitig machte er mit der Hand eine auffordernde Bewegung in Richtung der Schalter. Ich schaute kurz zu den Schaltern hinüber, wo mein Blick acht interessierten Augenpaaren begegnete. Dann beugte ich mich etwas vor und murmelte:
»Meinen Sie wirklich, das ist eine gute Idee? Ich sagte bereits, daß ich Geld einzahlen möchte..«
Dabei klopfte ich leicht auf die pralle Aktentasche unter meinem linken Arm.
Der Angestellte öffnete schon den Mund, um etwas zu erwidern. Dann sah man, daß der Groschen endlich gefallen war. Er klappte den Mund wieder zu und seine Augen glitzerten verstehend hinter den dicken Brillengläsern. Er bat mich, auf dem Besuchersessel vor seinem eigenen Schreibtisch Platz zu nehmen und verschwand im Büro des Managers. Die beiden jungen Teller hatten ihre unterbrochene Tätigkeit wieder aufgenommen und taten so, als ob der ganze Vorgang das Natürlichste auf der Welt wäre. Aus den Augenwinkeln sah ich, daß Janet die Bank betreten hatte. Sie stellte sich brav an einem der Schalter an. Sekunden später stand der Glatzkopf neben mir und verkündete, daß der Manager mich empfangen würde. Ich stand auf, nickte ihm freundlich zu und betrat, die Türe hinter mir schließend, das abgetrennte Büro. Der Raum war auch nicht viel besser ausgestattet als der Kundenraum. Alles wirkte wie aus zweiter Hand oder wie eine ausgediente Filmrequisite. Der Manager, eine Kugel auf zwei stämmigen Beinchen, wälzte sich um seinen voluminösen Schreibtisch herum, um mir seine kurzen Wurstfinger in die Hand zu legen. Wenn ich etwas haßte, dann schlaffes Händedrücken. Ich lächelte ihn an und wir setzten uns bedächtig nieder.
»Wie kann ich Ihnen helfen, äh, Mister Smith?« fragte er mit öliger Stimme und versuchte vertrauensvoll zu lächeln. Das Lächeln kam ungefähr so gut 'rüber wie bei einem weißen Hai, der Blut gerochen hatte. Seine kleinen Äuglein irrten immer wieder zu der prallen Aktentasche, die ich auf dem Schoß hielt.
»Tja«, begann ich meine Story, »ich bin momentan in der unglücklichen Situation, daß ich eine größere Summe ... in bar ... mit mir führe und diese lieber in sicherem Gewahrsam sehen würde. Sie verstehen ...«
Er verstand sehr gut. Seine kleine rosa Zunge zeigte sich für einen Moment zwischen den breiten Lippen, dann fragte er gewunden, um welche Summe es sich denn handele. Ich sagte es ihm. Die Antwort schien ihn zu beflügeln. Er beugte sich beflissen vor, wobei er seinen voluminösen Bauch beängstigend einzwängte, und fragte:
»Und ... wenn ich fragen darf, zu welchen Bedingungen möchten Sie diese Summe deponieren, als Giro oder als Anlage. Ich kann Ihnen auch ...«
»Oh, nur als Anlage natürlich. Sagen wir für 3 Monate.«
Dann fügte ich als Vorschlag einen Zinssatz hinzu, der ihm runterging wie Götterspeise. Wir wurden sehr schnell handelseinig. Ich packte die Aktentasche aus und zeigte ihm, daß es sich um gemischte Bündel von 10 bis 100 Dollarnoten

handelte.
»Das wird eine Weile dauern, die zu zählen ...«, meinte ich resigniert.
»Aber nein, Sir. Wir haben natürlich einen Zählautomaten. Wenn Sie mich einen Augenblick entschuldigen wollen ... ?«
Ich winkte erleichtert und er verließ mit dem Geld den Raum. Kaum war er draußen, huschte ich zur Glastüre und spähte hinaus. Janet war auf ihrem Posten und zwinkerte mir zu. Der fette Manager überwachte am anderen Ende des Raums persönlich einen Angestellten, der gerade das Geld in die Zählmaschine stapelte. Ich ging ruhig hinüber zum PC des Managers. Der Schirm war eingeschaltet, aber gesperrt. Ich zog das Kabel der Tastatur vom Rechner ab und steckte es in einen Adapter, kaum größer als eine Streichholzschachtel, der die ganze Zeit in meiner Jackentasche gesteckt hatte. Am anderen Ende hatte der Adapter den gleichen Stecker wie die Tastatur, und ich verband ihn wieder mit dem Sockel an der Rückseite des Computers. Eine winzige grüne Leuchtdiode blinkte auf. Ich schlenderte wieder zur Glastüre, so als ob ich nur nachschauen wollte, wo der Manager bliebe, und gab Janet das Ok-Zeichen. Sie blickte kurz auf die Uhr und verzog sich in den hinteren Teil der Filiale. Der Manager war immer noch mit Geldzählen beschäftigt. Ich nahm einen kleinen modifizierten Netzstecker aus der anderen Tasche und schloß ihn an der Steckdose neben der Türe an. Dann drückte ich den Schalter, der auf der Rückseite angebracht war. Es knackte kurz, dann erlosch das Licht im Büro. Ich versenkte den Kurzschlußschalter wieder in meiner Tasche und warf einen prüfenden Blick auf den PC des Managers. Der Schirm war tot. Ich öffnete die Türe und blickte suchend hinaus. Sofort eilte der Manager auf mich zu.
»Äh, kann es sein, daß wir einen Stromausfall haben?« sagte ich unsicher.
Der Manager starrte in sein dunkles Büro, dann auf die strahlenden Lampen im Schalterraum. Der Glatzkopf von vorhin eilte beflissen an seine Seite.
»Bestimmt nur eine Sicherung herausgesprungen. Einen Moment. Das haben wir gleich.«
Das technische Genie öffnete einen Sicherungskasten an der linken Wand und schaltete souverän den Automaten wieder ein. Im Büro des Managers gingen flackernd die Lampen an und der PC machte heulende Bootgeräusche.
Jetzt würde sich zeigen, ob sich unsere Anstrengungen gelohnt hatten. Der Manager bat mich, wieder Platz zu nehmen und legte die gezählten Geldbündel vor uns auf den Schreibtisch. Er füllte zwei Formulare aus, ließ mich unterschreiben und brabbelte währenddessen ununterbrochen auf mich ein. Wahrscheinlich hatte er Angst, daß ich mir das mit dem Zinssatz noch einmal überlegen würde.
»So, jetzt brauchen wir nur noch einen Account für Sie. Das haben wir auch gleich. Können wir gleich hier erledigen. Die Technik macht's möglich. Haha. Ein kleines Momentchen noch.«
Er drehte sich endlich zu seinem PC um und begann zu tippen. Ich bemühte mich, nicht hinzuschauen, aber die Versuchung war doch zu groß. Ich sah, wie er

sich einloggte und autorisierte. Dann hangelte er sich durch mehrere Menüs und übertrug meine Daten von den Formularen in eine Maske. Nach drei Minuten war er fertig und sperrte gewissenhaft sein Display. Ich tat so, als ob ich ungeduldig sei und stand auf, wie um mich zu verabschieden. Dabei bewegte ich mich so, daß Janet mich durch die Glastüre sehen mußte. Der Manager bat mich freundlich, doch noch einmal kurz Platz zu nehmen, während er eine provisorische Kundenkarte für mich ausfüllte.

Plötzlich erscholl draußen im Schalterraum ein laute Stimme. Die Stimme sang, entsetzlich falsch, einen Teil aus Rigoletto. Der Manager blickte verwundert von seiner Schreibarbeit auf. Die Türe zu seinem Büro wurde aufgerissen und das glatzköpfige technische Genie schaute aufgeregt herein.

»Verzeihen Sie vielmals die Störung, aber ...«

Der Manager war schon auf dem Weg zur Türe. Draußen balancierte Frank auf der trennenden Holzbarriere dahin und sang so laut und falsch er konnte. Der Manager gab einen ächzenden Laut von sich und stürzte sich mutig in den Aufruhr von empörten Kunden und ratlosen Angestellten. Ich entfernte in aller Ruhe den Adapter aus der Tastaturleitung und verließ die Filiale. Nicht ohne mich vorher freundlich bei dem aufgeregten und schwitzenden Manager zu verabschieden, der soeben mit der Hilfe zweier Angestellter Frank vor die Türe gesetzt hatte.

Zurück im Motel übertrugen wir den gespeicherten Inhalt des Adapters auf Franks Laptop. Zirka 16.000 getippte Zeichen von der Tastatur konnte das kleine Wunderding aufnehmen. Mehr als genug, um die Kennung und das Paßwort des Managers beim Einloggen zu speichern.

Wir feierten den Erfolg bei einer Flasche Zinfandel und Pizza von Blondies.

Noch in derselben Nacht, während Janet friedlich schlummerte, drang ich per Modem in das Computer-System der Oakland Customer Bank ein.

Zunächst vergewisserte ich mich, daß keine weiteren Sicherheitsmechanismen auf mich warteten. Um die Logfiles brauchte ich mich nicht weiter zu kümmern. Ich war ja mit einem gültigen Account eingedrungen, und solange ich keinen Schaden anrichtete, würde niemand auf die Idee kommen, die Protokolle mit den tatsächlichen Logins der Angestellten zu vergleichen.

Der Rest war Routine. Eine halbe Stunde später hatte ich einen Auszug der kümmerlichen Kundendatei erzeugt, der alle Einträge mit den Anfangsnummern 001 enthielt. Ich übertrug das File auf Franks Laptop und loggte mich aus.

Mit ein paar einfachen Befehlen ließ ich den Laptop die beiden Listen, die aus der DMV-Datenbasis und die Kundenliste der Oakland Customer Bank auf Übereinstimmungen prüfen. Das Programm lieferte 15 Datensätze, die zum Teil identisch waren.

Außer den üblichen Smiths und Jones waren auch zwei seltenere Namen darunter: Peter Lindsson und Hardy Kalowitcz.

Ich überlegte eine Weile, dann loggte ich mich wieder im Internet ein. Über WWW suchte ich einen Server, der sich mit Namen beschäftigte. Ich hatte Glück:

In Paris fand ich eine WWW Seite des Onomastika-Projekts, allem Anschein nach ein von der Europäischen Union gefördertes Projekt zur Erstellung einer gigantischen Namens-Datenbasis. Die Seite erlaubte einen online Zugang zur Datenbank.

Ich fragte zuerst Kalowitcz ab. Der Name war bekannt, als derzeitiges Verbreitungsgebiet war ganz Westeuropa und die nordamerikanischen Staaten angegeben, Ursprungsgebiet Tschechien.

Auch die Frage nach Lindsson wurde positiv beantwortet.

Derzeitiges Verbreitungsgebiet: Skandinavien und Baltikum, Ursprungsgebiet Norwegen und Schweden.

Ich starrte auf den Schirm und überlegte fieberhaft. Die Wörter 'Schweden und Norwegen' rührten an irgendeine Erinnerung, aber an was?

Dann kam es wieder. 'Beim Thor' hatte der Boss unserer Entführer einmal gerufen. Thor, der Donnergott des Nordens. Ich lächelte, nahm den Rotstift und strich Kalowitcz aus dem Flußdiagramm. Manchmal mußte man seiner Intuition vertrauen. Auch als Hacker.

Dann lehnte ich mich zurück, verschränkte die Hände hinter dem Kopf und betrachtete zufrieden unsere bisherigen Ergebnisse. Ich konnte das alte Hackerfieber wieder fühlen. Jetzt war ich soweit, daß ich auch ohne Grund weitergemacht hätte, nur um eben wieder einmal den alten Triumph auszukosten, aufgerichtete Barrieren zu Informationsquellen zu überwinden. Genaugenommen war das das Urmotiv aller Hacker, der initiale Zünder, der Auslöser: Der Wunsch, ungestört und unbehindert durch die Informationskanäle zu reisen, in alle Datenbasen hineinzuschnüffeln und nach Neuigkeiten Ausschau zu halten. Alles, was danach kam, war bloß logische Konsequenz dieses ersten Impulses.

Heute war mir das alles bewußt, und ich konnte meine Begierden zügeln. Aber damals ... damals war es Besessenheit, eine Sucht, die mich nicht mehr losließ und mich schließlich um ein Haar für immer hinter Gitter gebracht hätte.

Ich seufzte und legte die Finger wieder auf die schmale Tastatur des Notebooks. Die nächste Stunde beschäftigte ich mich intensiv mit den Kontenbewegungen von Peter Lindsson, geboren am 18. Juli 1960 in Los Gatos, California, wohnhaft in Oakland, angegebener Beruf Handelsagent. Auf dem Account waren immerhin 6047 Dollar und ein paar Cents. Laut Eintragung besaß Lindsson eine Visakarte, ausgestellt von der gleichen Bank, keine Belastung seit dem letztem Ausgleich. Eine lange Liste von Scheckeinreichungen und -ausstellungen, seit er den Account eröffnet hatte. Meistens Beträge unter 300 Dollar. Bis auf vier Einreichungen, alle vom Montag vergangener Woche und alle vier über einen Betrag von 1.500 Dollar. Es war nicht vermerkt, wer die Schecks ausgestellt hatte, lediglich die ausstellende Bank war als Kürzel angegeben: WFB, das war die Wells Fargo Bank, eine der größten in Kalifornien. Ansonsten waren nur Transaktionsnummern eingetragen, die mir nicht weiterhalfen.

Vier Schecks. Von vier Gangstern waren Janet und ich entführt worden. Einer von den Vieren, der Hispanic, hockte jetzt vermutlich in irgendeiner Bar im Hafenviertel und ärgerte sich darüber, daß seine Kumpel mit seinem Anteil 'ne Fliege gemacht haben. Wahrscheinlich hatte der Boss, Peter Lindsson, seinen Helfershelfern, die über kein Bankkonto verfügten, angeboten, ihre Schecks zu Geld zu machen. Beide Seiten hätten davon nur Vorteile. Der Boss konnte sicher sein, daß niemand vorher absprang, und die anderen sparten sich die horrenden Gebühren, die ein professioneller Cashing Service von ihnen verlangt hätte. Ich notierte mir Datum, Transaktionsnummern und Beträge in meinem Flußdiagramm.

Dann zog ich mich aus und schlüpfte zu Janet unter die warme Decke.

14

Lautes Klopfen an der Zimmertüre ließ uns hochschrecken. Frank konnte es nicht sein. Der hätte unser vereinbartes Klopfzeichen verwendet.
»Scheibenkleister«, flüsterte Janet und tauchte unter die Decke. Ich sprang aus dem Bett und schlüpfte so leise wie möglich in meine Jeans.
Erneutes Klopfen, gleichzeitig rief eine männliche Stimme:
»Machen Sie auf. Wir wissen, daß Sie da sind.«
Verzweifelt schaute ich mich nach einer Waffe um. Jetzt bereute ich, daß ich Franks gestriges Angebot, mir etwas zu besorgen, so leichtfertig ausgeschlagen hatte.
Erneutes Klopfen an der Türe.
»Aufmachen. Ich will nicht den ganzen Tag hier draußen verbringen.«
Die Stimme klang ungnädig. Ja, aber da war noch etwas, was mich stutzig machte. Ich stellte mich seitlich neben den Türrahmen und fragte, wer draußen sei. Janets Kopf tauchte aus den Decken auf.
»Wer? Ich natürlich. Becker«, war die Antwort.
Wir ließen beide die Luft ab.
»Moment noch!« schrie ich. Die Antwort war ein unwirsches Grummeln.
»Scheibenkleister! Wie hat uns der gefunden?« zischte Janet, während sie ihre Kleider zusammenraffte und ins Badezimmer verschwand. Ich konnte nur mit den Achseln zucken. Dann öffnete ich mit vorgelegter Kette die Tür. Es war tatsächlich Becker. Sonst war niemand zu sehen.
»Na endlich«, sagte er, als ich ihn ins Zimmer ließ, und blickte sich fachmännisch um. »Wo ist Ihre Freundin?«
Ich deutete in Richtung Badezimmer und er nickte befriedigt. Wir setzten uns und ich blickte ihn fragend an.
»Sie wollen wissen, wie ich Sie gefunden habe«, grinste er befriedigt wie ein zufriedener Kater.
Ich zuckte mit den Schultern.
»Ich weiß, wie Sie uns gefunden haben. Was ich mich gerade gefragt habe, ist vielmehr, ob es Ihnen Spaß macht, Freunde zu nachtschlafender Zeit aus dem Bett zu klopfen.«
Sein Grinsen vertiefte sich, wie bei Nostradamus, wenn er einen Vogel in den Klauen hatte.
»Vielleicht sollten Sie Ihrem Helfershelfer Baiseley auch mal einen kleinen Kurs im erfolgreichen Abhängen geben. Er hat uns zuverlässig bis hierher geführt.«
Ich zuckte wieder mit den Schultern und wartete. Becker beugte sich vor.
»Ok, 'raus mit der Sprache, was haben Sie vor?« fragte er munter.
Ich überlegte kurz. Es war zu erwarten gewesen, daß Becker uns früher oder später aufstöbern würde. Allerdings konnte ich ihn jetzt noch nicht gebrauchen.
Bevor ich zum Sprechen ansetzen konnte, knurrte Becker schon:
»Geben Sie sich keine Mühe. Ich glaube Ihnen kein Wort.«

»Ich habe doch noch gar nichts gesagt«, protestierte ich.
Der deutsche Cop schnaubte verächtlich.
»Man kann es an Ihrem Gesicht sehen, daß Sie mir einen Bären aufbinden wollen. Verschonen Sie mich.«
Er lehnte sich zurück und blickte in Richtung Badezimmer, wo man die Dusche rauschen hörte.
»Ich mache Ihnen ein Angebot«, begann er im versöhnlichen Tonfall. »Ich komme Ihnen nicht in die Quere, behalte Sie aber im Auge. Dafür versprechen Sie mir, daß Sie die Kerle nicht allein ausheben, wenn es soweit ist, sondern mich mitnehmen.«
»Und wenn ich damit nicht einverstanden bin?«
Er lächelte grimmig.
»Dann hänge ich mich zusammen mit Madeleine rund um die Uhr so penetrant an Ihre Fersen, daß Sie überhaupt nichts mehr machen können.«
Ich starrte ihn an. Er starrte ohne zu blinzeln zurück. Zuzutrauen wär's ihm ja, dachte ich.
»Mal angenommen, ich wäre einverstanden, was heißt dann 'im Auge behalten'?«
»Das heißt, daß wir auf Sie aufpassen, damit Sie nicht wieder so einen Scheiß bauen wie letzte Woche«, knurrte er.
»Na schön, einverstanden«, willigte ich ein. »Unter der Bedingung, daß Sie mir nicht zu sehr auf die Pelle rücken, klar?«
Er nickte.
»Einfacher wäre es allerdings, wenn Sie uns vorher Bescheid sagen würden, was Sie vorhaben …«, sagte er und stand auf. Ich hob abwehrend die Arme.
»Ok, ok. Es ist jetzt Ihr Spiel«, winkte er ab. »Aber vergessen Sie nicht: Beim großen Finale sind wir dabei.«
Er flippte eine Karte auf den Tisch und ging zur Türe.
»Neue Telefonnummer. Am besten informieren Sie mich über Email …«
Ich schüttelte den Kopf.
»Zu unsicher. Jemand hat letzte Woche meinen Account geknackt. Dieser Jemand weiß jetzt auch, mit welchen Adressen ich korrespondiert habe. Es könnte also sein, daß auch Ihr Account überwacht wird.«
Becker pfiff überrascht und blies die Backen auf.
»Na schön. Dann eben per Telefon. Besorgen Sie sich Ihr Handy wieder.«
Er winkte und schloß die Türe hinter sich. Mein Handy lag wahrscheinlich immer noch brav in meinem Büro, wo ich es liegengelassen hatte. Und da würde es bis auf weiteres auch bleiben; ich würde nicht so dumm sein, jetzt in der Uni aufzukreuzen.
Nach dem Frühstück betrachtete ich nachdenklich meine Flußdiagramme. Dann zuckte ich mit den Achseln und schloß das Telefon wieder an. Warum sollte ich es nicht mal auf die direkte Methode probieren?
Ich wählte die Nummer der Wells Fargo Bank in Berkeley. Dem Mädchen in der

Telefonzentrale und drei weiteren Angestellten, an die sie mich nacheinander mit stoischer Gelassenheit weiterverband, erzählte ich, daß ich im Namen der Oakland Customer Bank anrufe und einige unklare Buchungen aufklären müßte. Schließlich landete ich bei einem Angestellten, der zufällig auch George hieß und sich zögernd für zuständig erklärte.

Ich tischte ihm eine hübsche Story über einen Zimmerbrand in der Filiale der Oakland Customer Bank auf. Zu Schaden sei aber glücklicherweise niemand gekommen und der Brand konnte schnell gelöscht werden. Andererseits seien ganze Stapel von eingereichten Schecks, die gerade zur Bearbeitung auf einem Schreibtisch lagen, ein Opfer der Flammen geworden. Wir, die Oakland Customer Bank, hätten natürlich die entsprechenden Computereinträge über bereits erfolgte Kontenbewegungen, aber, um hundertprozentig sicher zu gehen, müßten wir jetzt alle Schecks noch einmal überprüfen, insbesondere ob sie bereits an die ausstellenden Banken zurückgeschickt worden wären, und so weiter und so fort. Nach fünf Minuten und dreimaligem Rückfragen hatte er die komplizierte Geschichte so weit geschluckt, daß er sich bereit zeigte, mir Auskünfte zu geben. Vorausgesetzt, ich könnte ihm die Transaktionsnummern nennen.

»Ok«, sagte ich und raschelte in meinen Papieren. »Lassen Sie mich mal sehen, George. Aha, hier Wells Fargo. Wir haben Glück; da sind nur vier Schecks fraglich, alle vom selben Aussteller. Das sollten wir gleich erledigt haben. Die Transaktionsnummern sind ...«

Ich diktierte ihm die Nummern und hörte, wie er sie gleich in sein Terminal eintippte. Das war von Vorteil, denn dann würde sich später niemand mehr an die Nummern erinnern können.

»Aha, ja«, meinte er. »Soweit ich sehe, haben die vier Schecks schon Status C. Das heißt, sie sind bei uns eingegangen, die Beträge wurden gutgeschrieben und die Schecks sind an den Aussteller zurückgegangen.«

»Ich kann in meinem Computer den Aussteller nicht sehen«, sagte ich, ohne die Stimme zu heben. »Wie war doch gleich der Name?«

Er sagte ihn mir. Obwohl das nun bestimmt unter das Bankgeheimnis fallen würde. Aber was macht man nicht alles unter Kollegen, nicht wahr? Ich dankte ihm jedenfalls ohne zuviel Enthusiasmus und legte auf. Dann starrte ich auf den Namen auf dem Schreibblock vor mir. Sechs Buchstaben in roter Farbe hingekratzt. Man konnte sehen, daß meine Hand nervös gezittert hatte. Was sollte ich jetzt machen? Alles hätte ich für möglich gehalten, nur das nicht!

Ratlos stand ich auf und ging vor die Tür. Auf dem Geländer der Galerie vor unserem Zimmer hatten sich einige große Möwen mit stechenden gelben Augen niedergelassen und frischten die zahlreichen Guanospuren auf dem Beton auf. Der unserem Zimmer zunächst sitzende Vogel entfaltete erschreckt seine makellos weißen Schwingen und fixierte mich böse über die Schulter. Ich sah der Möwe, ohne sie wirklich wahrzunehmen, in die haßerfüllten Augen, bis sie endlich doch noch aufflog. Sie zog schimpfend ein paar Kreise über dem Motel, so wie der

Name, den ich in roter Farbe auf meinen Block gekritzelte hatte, in meinem Kopf kreiste. Dann verschwand sie in Richtung Bay aus meinem Blickfeld. Gleichzeitig umarmte Janet mich von hinten und legte ihre Hände auf meine Brust. Ich schüttelte den Kopf und der hypnotische Zwang verschwand. Ich konnte ihren warmen vertrauenerweckenden Atem zwischen meinen Schulterblättern spüren. Es konnte nicht sein, dachte ich. Ich konnte mich nicht jahrelang so getäuscht haben. Janet rupfte sanft mein T-Shirt aus der Hose und steckte ihre warmen Hände darunter. Befreit atmete ich auf und streckte mich. Ich würde erst einmal so tun, als ob ich diesen Namen nie gehört hatte, beschloß ich. Es würde sich aufklären, bestimmt.

Janet streckte ihren Kopf, um an meinem linken Ohrläppchen zu knabbern. Dann drehte sie mich um und schaute mich besorgt-forschend an.

»Was ist los mit dir? Hast du ein Gespenst gesehen?«

»Fast«, lächelte ich, »aber jetzt ist es weg. Komm, wir haben noch was vor.«

Gegen halb zwölf Uhr befand ich mich auf dem Campus, im Kallman Building, einer der zahlreichen verstreuten Verwaltungsgebäude der University of Berkeley. Während ich scheinbar interessiert die Aushänge in einem der Flure studierte, schweifte mein Blick immer wieder durch die Glasscheiben in die Cubicles auf der anderen Seite des Flures. In Raum K 4524, das wußte ich aus dem Netz, residierte eine Dame mit dem klangvollen Namen Fiorina Castorelli, eine stattliche Matrone von opernhaften Ausmaßen. Etwa 45 Jahre alt, schätzte ich; altmodisch auftoupierte schwarze Mähne, leichter Unterbiß, der ihr energisches eckiges Kinn noch mehr betonte, allerdings auch den schwarzen Oberlippenflaum vorteilhaft in den Hintergrund rückte. Scharfe dunkle Augen und der typische Gesichtsausdruck der Verwaltungsangestellten, die sich ihrer administrativen Macht sehr wohl bewußt ist.

Das Wichtigste für mich: Sie bearbeitete die Reisekostenabrechnungen der halben Universität und bediente sich dazu eines vernetzten PCs, der gut sichtbar auf der Ecke ihres Schreibtischs thronte. Im Augenblick übertrug sie langsam Daten von einem vor ihr liegenden Formular in den Computer. Vor etwa zehn Minuten hatte sie noch ausgiebig mit ihrer Kollegin aus dem Nachbar-Cubicle getratscht, aber die war inzwischen verschwunden. Ich blickte auf meine Armbanduhr, gleich zwölf. Nach den ungeschriebenen Gesetzen des amerikanischen Bürowesens müßte Frau Castorelli sich in wenigen Minuten aufmachen, um sich ein Sandwich und einen Softdrink zu besorgen. Es sei denn, sie brachte sich ihren Lunch selbst mit. Es sei denn, sie war gerade auf Diät.

Ich las bereits zum fünften Mal die ausgehängten Verhaltensmaßregeln beim Empfang von Brief- und Paketbomben, als es endlich soweit war. Mrs. Castorelli stempelte das bearbeitete Formular ab und legte es in einen Hängeordner zurück. Ein prüfender Blick zur Uhr. Sollte sie vor dem Lunch noch ein Formular anfangen? Nein, Zeit für einen kleinen Snack. Sie sperrte vorschriftsmäßig ihr Display und stand auf. Spiegel, Puder, etwas Lippenstift, Jäckchen – obwohl es heute draußen brütend heiß war. Sie sperrte ihre Bürotüre ab und ging, ohne mich eines

Blickes zu würdigen, an mir vorbei zum Lift. Sie war die letzte ihrer Kolleginnen; die verglasten Cubicles auf diesem kurzen Flur waren nun alle verwaist. Ich wartete noch vier Minuten, um ganz sicher zu sein, daß sie keine vergeßliche Person war und ihr Geld hatte liegen lassen. Dann öffnete ich mühelos das primitive Schloß zu ihrem Büro mit einem gebogenen Stück Draht, zog einen bedruckten Bogen aus der Innentasche und legte ihn in ihr Postfach. Glücklicherweise stapelte sich dort sowieso noch einiges an unerledigter Post, so daß ein Brief mehr oder weniger nicht weiter auffiel. Das war's. Ich verschloß die Türe und schlenderte aus dem Gebäude.

An der Bancroft Avenue, am südlichen Rande des Campus, setzte ich mich im Cafe La Strada an einen Tisch im Freien, holte mir einen doppelten Kaffee mit Schokoladengeschmack und legte mein Handy auf den Tisch. Jetzt war es nur noch eine Frage der Zeit.

Die Mittagssonne brannte herunter, aber es war nicht unangenehm heiß. An den Nachbartischen saßen kleine Grüppchen von Studenten und Studentinnen und streckten ihre braungebrannten Beine in die Sonne, während sie ihre Campus-Neuigkeiten austauschten. Amüsiert verfolgte ich einige der Unterhaltungen und betrachtete unauffällig die frischen jungen Gesichter. Wie kindlich sie alle unter der kalifornischen Sonne wirkten. Wie große braungebrannte Teenager, die Sommerferien haben. An den Universitäten der Ostküste waren die Studenten viel steifer und förmlicher. Hier, wo man nie mit schlechtem Wetter rechnen mußte, gab sich jeder so, wie es ihm gerade Spaß machte. Die meisten trugen Shorts und farbenfrohe T-Shirts. Wer Lust hatte, lief verkleidet herum, wie in anderen Landesteilen zu Halloween. Und niemand nahm Anstoß daran.

Etwas neidvoll folgte ich mit den Augen einer Gruppe Studenten, die soeben zu ihrer nächsten Vorlesung aufbrach. Einer der Jungen, ein aufgeschossener, schlaksiger Bursche mit widerspenstigem braunen Haarschopf, küßte seine kleine asiatische Freundin lange und genußvoll, bevor sie sich an der Grenze zum Campus trennten. Ein hübsches Paar. Sie sah mit ihren tiefschwarzen Augen, hochgesteckten dunklen Haaren und dem feinen milchigen Teint aus wie eine chinesische Porzellanfigur. Beide strahlten eine solche Sorglosigkeit aus, daß sogar ich für einen Augenblick vergaß, warum ich im Moment nicht in meine gemütliche Wohnung zurückkehren konnte.

Das Handy düdelte.

»Campus Hotline«, meldete ich mich.

Mrs. Castorelli war dran. So ein Zufall!

»Spricht dort ... äh ...«, sie raschelte mit dem Brief, den ich ihr untergejubelt hatte, » ... Julien Vonwiler?«

»Nein«, antwortete ich in geschäftsmäßigem Ton, »aber ich kann Sie verbinden. Moment bitte.«

Ich drückte zwei mal die Nulltaste, was am anderen Ende der Leitung ein paar technisch klingende Töne erzeugte.

»Hallo?« meldete ich mich dann erneut.
»Julien Vonwiler?«
»Am Apparat. Was kann ich für Sie tun?«
»Mein Name ist Castorelli, Maria Castorelli. Err ... ja. Ich habe von Ihnen diesen Brief bekommen. Es geht wohl um meine Rechnerkennung am KLZ3 ...«
»Können Sie mir Ihre Userkennung geben? Das erleichtert die Sache für mich ...«
»Natürlich. CASTOM.« Sie buchstabierte es zur Sicherheit noch einmal. Ich wartete ein paar Sekunden, dann sagte ich:«Ah, ja. Natürlich. Jetzt erinnere ich mich. Sie müssen schon entschuldigen, aber wir haben hier so viel Korrespondenz.«
»Aber das macht doch nichts. Ich kenne das ...«
»Ja. Am KLZ3 hat es vorgestern einen Einbruch gegeben ...«
»Einen Einbruch?«
»Ich meine natürlich einen Einbruch in das Computersystem, Mrs. Castorelli. Das kommt bei uns ziemlich häufig vor, wissen Sie. Unsere Studenten sind da leider ziemlich geschickt. Jedenfalls, ein Hacker hat versucht, die Sicherheitskontrollen zu überwinden, und leider ist es ihm auch gelungen.«
»Das ist ja furchtbar!«
»Nun ja, so furchtbar auch wieder nicht. Er hat ja nichts kaputtgemacht oder gelöscht. Manchmal wollen sich diese Burschen nur beweisen, wie clever sie sind, nicht wahr?«
»Aber ...«
»Trotzdem müssen wir aus Sicherheitsgründen ein paar Benutzer auf KLZ3 bitten, ihre Zugangsberechtigung zu ändern. Das hatte ich Ihnen in dem Brief geschrieben, nicht wahr?«
Mrs. Castorelli wirkte etwas hilflos.
»Ja, wahrscheinlich haben Sie das. Aber ich muß zugeben, daß ich es nicht ganz verstanden habe ...«
Das war kein Wunder. Der Brief, den ich ihr hingelegt hatte, war für jedermann völlig unverständlich. Er sollte nur Beunruhigung auslösen.
»Macht ja gar nichts, Mrs. Castorelli, oder darf ich Maria zu Ihnen sagen? Macht ja gar nichts. Jetzt können wir die Sache ja gleich gemeinsam erledigen.«
»Ah, ja ...« Mrs. Castorelli klang sehr erleichtert.
»Sie müssen eigentlich nichts weiter tun, als sich ganz normal einzuloggen und dann Ihr Paßwort neu zu setzen. Sind Sie schon eingeloggt?«
»Äh, ja. Ich bin normalerweise immer eingeloggt. Ich sperre nur immer meinen Schirm, wenn ich weggehe ...«
»Sehr vernünftig. Nun klicken Sie einfach in der Kopfzeile unter Services den Punkt Security an. Dann erscheint ein Window, in dem Sie Ihr Paßwort neu setzen können. Das sollten Sie übrigens alle zwei Monate sowieso machen ...«
»Oh, ja. Ich weiß«, sagte sie schuldbewußt. »Aber ich vergesse es immer wieder.

Und dann kann ich mir das neue Paßwort so schlecht merken und tippe immer das alte ein ...«

Jetzt hatte ich sie beim richtigen Thema. Nun hieß es vorsichtig vorgehen. Nicht zu direkt, aber deutlich.

»Aber jetzt müssen Sie es unbedingt ändern, verstehen Sie? Nach so einem Einbruch ...«

»Ja, ja. Ich verstehe ja. Bitte helfen Sie mir. Ich habe es schon so lange nicht mehr gemacht.«

Wahrscheinlich benutzte sie immer noch das Paßwort, das ihr der Systemverwalter vor fünf Jahren beim Einrichten des Accounts gegeben hatte. Aber das würde sie niemals zugeben.

»Gut«, sagte ich. »Zuerst müssen Sie sich ein Paßwort überlegen, das kein Wort und keinen Namen enthält, auch nicht in umgekehrter Reihenfolge, das wäre genauso schlecht. Dann sollte es mindestens sechs Zeichen lang sein und mindestens eine Zahl oder ein Sonderzeichen enthalten.«

»Sonderzeichen?« Mrs. Castorelli war sichtlich überfordert.

»Zum Beispiel ein Ampersand oder ein Dollarzeichen.«

»Aber das kann sich doch kein Mensch merken«, protestierte sie mit schwacher Stimme.

»Aber es kann auch niemand erraten. Wissen Sie was? Ich verrate Ihnen eine todsichere Methode, wie Sie ein Paßwort erzeugen können und es trotzdem nicht vergessen werden. Sie nehmen ein Sprichwort mit einem Komma darin. Z. B. 'Wer anderen eine Grube gräbt, fällt selbst hinein.' Schreiben Sie sich das auf ein Blatt Papier.«

Ich wartete, bis ich sicher war, daß sie den Satz niedergeschrieben hatte.

»Jetzt nehmen Sie einfach alle Anfangsbuchstaben, aber mit Groß- und Kleinschreibung und alle Satzzeichen, auch den Punkt am Ende, und hängen sie zusammen. Und schon haben Sie ein einwandfreies Paßwort. Mit Sonderzeichen, lang genug und bestimmt nicht zu erraten.«

»Das ist wirklich prima. Warum hat mir das noch kein anderer gesagt«, meinte Mrs. Castorelli bewundernd.

»Nicht wahr? So, jetzt müssen Sie Ihr neues Paßwort nur noch zweimal in den entsprechenden Feldern in dem offenen Window eingeben und die Sache ist erledigt.«

»Haben Sie vielen Dank, Julien.« Ihre Stimme klang sehr erleichtert. »Ich werde es sofort erledigen.«

»Keine Ursache, Maria. Und denken Sie daran: Niemals das Paßwort jemanden anderem mitteilen und niemals irgendwo notieren.«

Sie bedankte sich noch einmal und legte auf.

Ich wettete mein Kopf darauf, daß Mrs. Castorelli in diesem Moment folgendes Paßwort in ihren Computer tippte: WaeGg,fsh.

Es gibt nämlich gar nicht so viele Sprichwörter mit Komma darin. Ich jedenfalls kenne kein anderes.

In derselben Nacht stattete ich dem Verwaltungsrechner KLZ3 der University of Berkeley einen mehrstündigen Besuch ab. Mrs. Castorelli hatte meinen Vorschlag für ihr Paßwort fast wörtlich übernommen. Nur den Punkt am Ende hatte sie sich gespart. Warum sollte sie mir auch mißtrauen? Schließlich hatte sie mich angerufen, und nicht umgekehrt. Wahrscheinlich würde sie niemals erfahren, daß der Inhalt des Briefes an sie allein ein Produkt meiner Phantasie war.

Jedenfalls konnte ich mit Hilfe ihres Paßwortes einige hochinteressante Abrechnungen einsehen. Es fügte sich alles zusammen. Wie bei einem Puzzle, bei dem man schon weiß, wie das Bild später aussehen wird, wurde alles plötzlich klar. Immer mehr grüne Balken wurden in meinen Flußplan eingetragen, die alle auf dasselbe Ziel hinsteuerten. Nur eine einzige Sache fiel aus der Reihe: der Aussteller der vier Schecks, die meine Entführer erhalten hatten.

Ich loggte mich aus, holte mir einen Kaffee am Automaten unten in der Lobby und warf einen Blick auf die Uhr. Halb vier Uhr morgens. Ich war hundemüde. Janet war schon lange eingeschlafen und atmete ruhig und entspannt durch die leicht geöffneten Lippen.

Ich setzte mich wieder an den Tisch und schlürfte den lauwarmen, dünnen Kaffee, der mich nun, so spät in der Nacht, auch nicht mehr lange wach halten würde. Noch einmal überdachte ich gründlich alle Möglichkeiten. Eigentlich war nun der Punkt gekommen, an dem ich dem Cop Becker hätte Bescheid geben müssen. Wenn diese Schecks nicht gewesen wären, hätte ich es auch gemacht. Aber so – war es keine runde Sache. Irgend etwas stimmte nicht.

Schließlich nahm ich wieder Verbindung zum Internet auf und tippte sorgfältig drei kurze Emails an drei verschiedene Adressaten. Eine lange Minute saß ich reglos vor dem blaß leuchtenden Schirm des Laptops und starrte auf die grauen Symbole und Icons, ohne etwas wahrzunehmen.

Und was, wenn ich mich irrte?

Mein Zeigefinger lag locker auf der Maustaste. Eine winzige Bewegung würde die drei Emails aus dem RAM über die Telefonleitung jagen. Nur ein sanfter Druck mit der Fingerkuppe, bis die eingebaute Feder nachgab und der Druckpunkt überschritten wurde. In Gedanken verfolgte ich den Weg der Emails; sie würden, zunächst in Niederfrequenzsignale umkodiert, durch die Telefonleitung flitzen; am anderen Ende würden sie in ein anderes, schnelleres Protokoll umgewandelt werden und in den undurchsichtigen Dschungel des Internets fließen; einige Teile würden ganz andere Wege laufen als andere; schließlich würde am Zielrechner alles hübsch säuberlich wieder zusammengesetzt und in die Mailbox des Empfängers geschrieben werden; dort würde die Nachricht warten, bis morgen früh der Empfänger sich einloggte und nach Mail guckte.

Ich drückte den Zeigefinger einen Millimeter nach unten – und ging ins Bett.

Am nächsten Tag war es diesig und ein kühler Wind trieb die Nebelschwaden vom Golden Gate quer über die Bay bis nach Berkeley hinein. Wir frühstückten

gerade wieder unsere gewohnten Doughnuts und Kaffee auf der Galerie, als drinnen im Zimmer das Telefon läutete. Es war Archie.
»Hallo, George! Wo steckst du?« Er klang lebhaft und unbekümmert, nur etwas überrascht, aber er dachte ja auch wie alle anderen, daß ich in Urlaub gefahren sei.
»Darf man schon gratulieren?«
Ich schaltete nicht sofort.
»Ach so, du meinst die Mail, die ich verschickt habe. Nein, so weit sind wir noch nicht. Hat das mit der Vertretung geklappt? Tut mir leid, daß das so ohne Vorwarnung kam ...«
»Hat prima geklappt. Trotzdem freue ich mich, wenn du mir die Sache wieder abnimmst. Wann kommst du ... kommt ihr zurück?«
»Archie, es ist etwas sehr Seltsames passiert, und ich glaube, ich brauche deine Hilfe.«
Im Hörer blieb es einige Sekunden still.
»Hat es etwas mit deinem plötzlichen Verschwinden zu tun?« fragte er dann vorsichtig.
»Allerdings. Wie kommst du darauf?«
»Naja, einige hier meinten, daß das gar nicht zu dir passen würde. Ich meine, so sang- und klanglos abzureisen. Ohne vorher zu fragen, und so. Der Chef war auch etwas säuerlich ...«
Das klang plausibel. Ich zögerte. Aber dann riß ich mich zusammen. Wenn ich jetzt wieder alle Pläne umstieß, würden wir keinen Schritt weiterkommen.
»Hör zu, Archie. Es hat tatsächlich etwas mit meinem plötzlichen Urlaub zu tun, und – mit unserem Chef, Peters.«
»Peters?«
Archies Stimme klang überrascht.
»Richtig. Ich kann und möchte das am Telefon nicht alles erklären. Aber ich brauche deinen Rat. Kannst du heute abend zu mir in mein Appartement kommen. Sagen wir, gegen neun?«
»Na gut«, meinte Archie zögernd nach einer minimalen Pause. »Aber kannst du mir nicht wenigstens sagen ...«
»Archie! Jemand hat versucht, mich und Janet umzubringen.«
Stille. Dann Archies Stimme. Sie klang jetzt heiser und ungläubig:
»Bist du sicher?«
»Ziemlich sicher. Bitte komm heute abend; dann erkläre ich dir alles.«
Er willigte, immer noch zögerlich, ein und legte auf.
»Was ist?« fragte Janet und schaute durch die offene Türe zu mir herein. Ich riß meinen Blick vom Telefon weg und schüttelte den Kopf.
»Ich bin mir nicht sicher, ob ich recht habe.«
Den ganzen Nachmittag gingen wir immer wieder alle Fakten durch. Neues kam nicht dabei heraus. Zwei weitere Anrufe kamen, wie erwartet.
Gegen acht Uhr machte ich mich fertig. Janet beobachtete sorgenvoll, wie ich

die neue Walther hinten in den Hosenbund schob und die Jacke locker darüber zog.
»Bist du sicher, daß ich dir nicht dabei helfen kann?« fragte sie zweifelnd. »Ich könnte bei Horace warten und das Haus beobachten ...«
Ich schüttelte den Kopf.
»Du bist durch meine Schuld schon viel zu tief in die ganze Sache hineingezogen worden. Mir ist es wirklich lieber, wenn ich weiß, daß du in Sicherheit bist. Du könntest dich doch mit Frank treffen. Geht zusammen essen.«
Janet machte eine wegwerfende Handbewegung.
»Ach! Der ist sicher mit seiner Pat beschäftigt. Nein, ich warte lieber hier auf dich. Ruf mich sofort an, wenn etwas ist, ok?«
Ich versprach es und machte mich mit Franks geliehenem Toyota auf den Weg in die Archstreet.

Bei Horace brannte Licht. Gegenüber, in meinem Haus, war alles dunkel. Pete und Susi waren wieder mal nicht da.
Ich parkte den Wagen vor Horaces Haus und ging hinüber zu seiner Veranda. Plötzlich drängte sich ein pelziges Wesen zwischen meine Beine und brachte mich fast zu Fall.
»Nostradamus?« fragte ich ins Dunkel. Lautes Schnurren war die Antwort. Er drängte sich an meine Beine und zeigte mit allen kätzischen Mitteln, daß er höchst erfreut war, mich wiederzusehen. Ich nahm ihn auf den Arm und begrüßte ihn.
»Na, du alter Räuber? Hast wohl die sonst üblichen Leckerbissen von mir vermißt, was?«
»Ganz im Gegenteil«, dröhnte Horaces Stimme hinter mir. Er war unbemerkt auf die Veranda hinausgetreten und grinste auf mich herab.
»Der Bursche hat heute ein halbes Lachsfilet geklaut und verschlungen. Außerdem läßt er sich bei mindestens drei Nachbarn durchfüttern. Ich hab' ihn beobachtet. Hallo Kid«, fügte er hinzu. »Wo hast du denn gesteckt?«
»Keine Zeit, das alles zu erzählen. War drüben irgendetwas Besonderes?« Ich deutete mit dem Kopf hinauf zu meinem Appartement.
Horace schüttelte seinen dicken Kopf. Nicht zum ersten Mal fiel mir auf, daß er selber auch einem großen dicken Kater ähnelte, besonders der Kopf mit den scharfen Augen.
»Keine Menschenseele war da. Deine Mitbewohner sind auch schon wieder abgedampft. Wann arbeiten die beiden eigentlich mal?«
»Am 29ten Februar, aber nur in den Jahren mit Erdbeben«, grinste ich und bedankte mich für Nostradamus' Aufnahme.
»Keine Ursache, Kid.«
Er trat die wenigen Stufen der Veranda herunter und sah mir scharf in die Augen. »Ist alles in Ordnung?«
»Nein«, gab ich zu, »aber das wird sich hoffentlich bald ändern«, fuhr ich

grimmig fort.

Horace lächelte.

»Weißt du was? Mit dir würde ich mich lieber nicht anlegen. Manchmal kannst du richtig beängstigend dreinschauen. So long, Kid.«

Er lachte und ließ das Fliegengitter hinter sich zufallen.

Ich setzte Nostradamus auf den Boden ab. Horace hatte Recht: Er war ziemlich fett geworden.

In meinem Appartement war alles beim altem. Niemand hatte eingebrochen oder Feuer gelegt. Ich schaute auf die Uhr. Archie würde gleich da sein. Ich setzte die Kaffeemaschine in Gang, plazierte mich in dem tiefen Sessel vor dem großen Fenster und legte die Füße hoch. Äußerlich versuchte ich ruhig zu bleiben; in meinem Inneren zitterte ich wie Espenlaub. Ich versuchte es eine Zeit lang mit Atemübungen, aber das machte es nur noch schlimmer. Zum Glück mußte ich nicht allzu lange warten.

Kurz nach neun Uhr hielt ein Wagen vor dem Haus. Ich blieb ruhig sitzen und hörte gleich darauf die Wagentüre zufallen. Kurz danach läutete es. Ich ging zur Türe und ließ Archie herein. Er warf mir einen kurzen forschenden Blick zu, sah aber sofort wieder weg, wie es eben seine Art war, und ließ seine Augen unruhig über die Einrichtung huschen. Er war noch nicht sehr oft bei mir zu Besuch gewesen; wenn man es genau nahm, immer nur in Begleitung mehrerer anderer Kollegen. Ich schloß das große Fenster und besorgte uns aus der Küche etwas zu trinken.

Nach dem ersten Schluck setzte er sein Glas ab und blickte mich erwartungsvoll an. Ich begann langsam und methodisch zu erzählen, berichtete ihm wahrheitsgetreu alles, was Janet und mir seit letzter Woche widerfahren war. Die gewaltsame Entführung Janets, gerade in dem Moment, als ich um die Ecke bog, die Verfolgungsjagd hinter die Berkeley Hills, die Tage in der Wüste, wo wir fast verdurstet waren, wie wir die Gangster schließlich überwältigten und unseren Weg aus der Einöde heraus gefunden hatten. Archie unterbrach mich oftmals mit Fragen und ungläubigem Kopfschütteln. Ich erzählte ihm weiter, wie ich mir mit vielen Tricks die Personalien des Anführers beschafft hatte und nannte ihm zum Abschluß den Namen dessen, der die vier fraglichen Schecks ausgestellt hatte.

Archie starrte mich mit weit aufgerissenen Augen an.

»Peters? Der Chef? Du mußt dich irren!«

Ich schüttelte langsam den Kopf und ließ Archie nicht aus den Augen.

»Ich hab's mir zweimal von unabhängigen Stellen bestätigen lassen. Es ist kein Zweifel möglich. Die Schecks auf dem Konto von Lindsson stammen von Prof. Peters.«

Archie schüttelte heftig den Kopf und beugte sich weit nach vorne.

»Das kann ich nicht glauben«, sagte er mit brüchiger Stimme. »Peters würde das niemals machen. Was hätte er für einen Grund, dich umzubringen?«

Er schaute mich an.

Ich zuckte mit den Achseln.

»Deshalb habe ich dich gebeten, hierher zu kommen. Ich weiß nicht mehr weiter. Soll ich zur Polizei gehen und sagen: Hier schaut her, ich habe untrügliche Beweise dafür, daß mein eigener Chef versucht hat, mich und meine Freundin umzubringen?«

»Um Gottes Willen!« Archie sprang nervös auf, verschüttete sein Bier und begann, hektisch vor dem großen Fenster auf und ab zu gehen. »Auf gar keinen Fall! Wenn sich herausstellen sollte, daß das alles nur auf einem Irrtum beruht! Du kannst den Mann vollkommen ruinieren!«

Ich beobachtete Archie über die Schulter hinweg. Die Walther drückte mich ins Kreuz, wenn ich mich umwandte.

»Was soll ich also tun?«

Archie setzte zweimal zum Sprechen an, dann blieb er plötzlich stehen, ließ die Schultern hängen und sah mich unsicher an.

»Ich weiß es nicht. Es ist eine unmögliche Situation ...«

Ich leerte mein Glas und schenkte mir nach.

»Ich habe mir gedacht«, sagte ich, »am besten ist es, wenn ich ihn selbst frage ...«

Archie fuhr herum.

»Was?! Du hast ihn gefragt, ob er ... ob du ...«

»Noch nicht«, beruhigte ich ihn, »aber ich werde ihn fragen. Heute.«

Archie schluckte. Er schaute mir einen Moment lang direkt in die Augen. Mir schien den Bruchteil einer Sekunde, daß da noch etwas anderes war. Eine Art Wachsamkeit. Dann blickte er sofort wieder weg und sein Blick irrte unruhig über die Fenster zur Türe.

»Heute? Was willst du damit sagen ...«

Ich blickte auf meine Armbanduhr.

»In ein paar Minuten, um genau zu sein. Er hat sich bereit erklärt, um zehn kurz vorbeizuschauen.«

»Was hast du ihm gesagt?« Archie schaute mich nicht an, aber ich hörte die Anspannung in seiner Stimme.

»Oh, nichts. Ich hab' ihn nur auf ein Bier eingeladen. Das muß er sein.«

Draußen hielt ein Wagen. Archie war mit einem Satz, der einem Königstiger alle Ehre gemacht hätte, am Fenster. Wieder hörte man eine Wagentüre ins Schloß fallen und langsame Schritte auf dem Beton des Gehwegs.

Archie drehte sich um. Seine Augen glitzerten. Er fühlte sich sichtlich unwohl in seiner Haut.

»Warum hast du ausgerechnet mich dazu eingeladen«, zischte er leise.

»Ich wollte jemanden dabei haben, als unbeteiligten Zeugen«, flüsterte ich zurück.

Archie machte automatisch einen Schritt in Richtung Schlafzimmertür, dann zögerte er.

»Soll ich nebenan warten?«

»Ich glaube nicht, daß das nötig sein wird«, sagte ich und ging zur Türe, an der Peters gerade geläutet hatte.

»George, Sie alter Herumtreiber«, begrüßte mich der Chef herzlich. »Sie haben aber Farbe bekommen in der letzten Woche. Waren Sie irgendwo in der Gegend von L.A.? Zuerst habe ich gedacht, es wäre ein Jux, als ich Ihre Mail gelesen habe. Aber als dann alle anderen ebenfalls davon erzählten und Sie tatsächlich den armen Archie die Vorlesung halten ließen, wurde ich eines Besseren belehrt. Ah, hallo Archie! Schön, daß Sie auch da sind.«

Archie machte einen verunglückten Versuch, die Begrüßung zu erwidern. Ich besorgte dem Chef ein Glas und ein Bier und wir setzten uns wieder vor das große Fenster.

Die kleinen intelligenten Äuglein des Chefs flitzten rasch zwischen unseren Gesichtern hin und her. Peters war nicht dumm; er spürte sofort, daß etwas in der Luft lag. Auf seine typische direkte Art kam er sofort darauf zu sprechen.

»Also, George. Was ist los? Was wird hier gespielt? Sie haben mich und Archie doch nicht hierher bestellt, um Ihre Biervorräte zu dezimieren.«

Ich schüttelte den Kopf und begann, die ganze Geschichte, die ich vorher Archie berichtet hatte, fast wortwörtlich noch einmal zu erzählen. Bald verschwand das Lächeln aus Peters' Gesicht und er sah mich so durchdringend an, als wollte er die Gedanken hinter meinen Worten erkunden. Zweimal setzte er zu einer Frage an, aber obwohl ich jedes Mal sofort innehielt und ihn auffordernd anblickte, winkte er wieder ab und bedeutete mir mit der Hand weiter zu sprechen. Sein Name am Ende der Story traf ihn allerdings wie ein Keulenschlag. Wie vom Donner gerührt saß er da und starrte ins Leere. Hinter seiner hohen Stirne arbeitete es heftig. Ich konnte seine Gedankengänge fast mitverfolgen. Natürlich zog er sofort die gleichen Schlußfolgerungen wie Archie, der sich jetzt neben mir auf seinem Stuhl wand und kaum noch stillsitzen konnte. Nach fast einer Minute tiefen Schweigens, das keiner von uns zu brechen wagte, räusperte sich Peters und sagte mit schwacher Stimme:

»Vier Schecks sagten Sie? Mit jeweils 1.500 Dollar?«

Ich bestätigte das mit ruhiger Stimme.

Der Chef, der die letzten Minuten steif und aufrecht wie eine Wachsfigur auf seinem Stuhl gesessen hatte, drehte den Kopf nur ganz leicht, vielleicht nur einen Inch, in Archies Richtung und warf ihm einen Blick zu.

Nur für eine Sekunde sah ihn der Chef an, ohne ein Wort zu sagen, ja ohne auch nur zum Sprechen anzusetzen, dann kam die Reaktion, prompt und erstaunlich heftig. Archies Augen flackerten kurz und er schoß los in Richtung Türe. Noch bevor er die Klinke in der Hand hatte und bemerkte, daß die Türe abgeschlossen war, hatte ich die Walther in der Hand und ließ den Sicherungshebel bedrohlich klicken. Archie fuhr herum und preßte sich mit dem Rücken gegen die Türfüllung. Sein Gesicht war zu einer verzerrten Grimasse gefroren. Sein Atem ging heftig.

Der Chef schüttelte mißbilligend, fast traurig, den Kopf und legte seine Hand ganz sanft auf den Lauf der Waffe, die ich instinktiv in Anschlag gebracht hatte. Ich senkte die Walther, stand auf und stellte mich vor das große Fenster; der Chef blieb sitzen.

»Ich habe es geahnt«, sagte ich zu Peters. »Ich habe es geahnt, aber ich wollte Gewißheit haben. Sagen Sie mir, was es mit den Schecks auf sich hat.«

Archie rührte sich nicht und starrte auf die Waffe, die ich locker in der Rechten hielt. Der Chef schüttelte wieder den Kopf; er saß immer noch so stocksteif da, wie vorher. Seine Stimme klang auf einmal gar nicht mehr lebhaft, nur noch erschöpft und müde.

»Es handelt sich um Projektinvestitionen, die wir im KOPOL-Projekt ausgeben wollten. Da wir Anschaffungen, die den Betrag von 1.500 Dollar überschreiten, gesondert begründen müssen und diese Begründungen jedes Mal einen erheblichen und unnötigen bürokratischen Aufwand darstellen, hatten wir vor etwa einem Monat beschlossen, das Geld über ein Privatkonto zu waschen. Das ist zwar streng genommen nicht legal, aber gängige Praxis.«

Ich nickte und ließ Archie nicht aus den Augen.

»So etwas Ähnliches habe ich mir schon gedacht. Sie haben Archie vier Schecks mit jeweils 1.500 Dollar gegeben mit dem Auftrag, dafür ein Gerät im Wert von 6.000 Dollar zu besorgen, das aber niemals in unseren Büchern auftauchen würde. Er hat die Schecks indossiert und weitergegeben. Ein indossierter Scheck ist so gut wie Bargeld, wenn er gedeckt ist. Ein einfacher, aber wirkungsvoller Trick. Nicht, daß ich im Ernst geglaubt habe, daß Sie hinter der Sache steckten, aber es ließ mich ernsthaft an meinen Informationsquellen zweifeln.«

Der Chef nickte müde. Dann hob er langsam den Kopf und sah Archie an.

»Archie. Was ist nur in Sie gefahren?« fragte er leise, aber eindringlich.

Archie biß die Zähne zusammen und blieb stumm, sah ihn nicht einmal an. Seine Augen waren wie besessen auf die Walther fixiert. Auf seiner linken Wange zuckte ein Muskel.

Der Chef seufzte und wandte sich wieder an mich:

»Sie können unmöglich davon gewußt haben. Wie sind Sie ausgerechnet auf Archie gekommen?«

Ich erzählte ihm alles. Die wirkliche Geschichte, ohne Auslassungen. Langsam, ohne den Mann an der Türe, der früher einmal mein Kollege gewesen war, aus den Augen zu lassen, erzählte ich dem Chef alles, was ich wußte.

»Angefangen hat alles im Labor meines Freundes Ian in Salt Lake City. Zu dem Zeitpunkt hatte ich schon zwei Mordanschläge überlebt, wobei ich den einen nicht mal bemerkt hatte; da ging mir plötzlich ein Licht auf. Aber ich werde lieber von vorne beginnen«, sagte ich, nachdem ich den verwirrten Blick des Chefs bemerkt hatte.

»Wirklich angefangen hat alles in Garmisch auf dem unglückseligen Workshop.

Eines abends meinte ich, eine Gestalt auf der Straße zu erkennen, die Archie ähnelte. Er hat einen ziemlich charakteristischen Gang, wie Sie sicher schon bemerkt haben. Als ich die Gestalt allerdings eingeholt hatte, war es irgendein Fremder und ich hatte die Sache bald vergessen. Dann ereignete sich der furchtbare Anschlag. Ich überlebte nur, weil mich mein nervöser Magen während der Eröffnungssitzung auf die Toilette getrieben hatte. Über den Anschlag brauche ich nicht mehr viel zu sagen; Sie kennen die Geschichte. Die Polizei hat allerdings bis heute kein Motiv und keinen Täter vorzuweisen. Sie konnte nicht einmal feststellen, was die Giftgasbombe ausgelöst hat. Ein Zeitzünder, vermuteten sie.

Kurz nach meiner Rückkehr in die Bay passierte wieder etwas Seltsames, was ich aber anfangs in keinen Zusammenhang mit Garmisch brachte. Beim Joggen auf unserer üblichen Route im Strawberry Canyon erregte eine lebensgroße Puppe mitten im Wald unsere Aufmerksamkeit. Als ich das Ding näher inspizierte, fand ich darin einen Dynamitsprengsatz. Eben den, der mir später so nützlich wurde. Ich nahm den Zündmechanismus mit und zeigte ihn meinem Freund Ian in Salt Lake, einem wahren Bastler, der mich auf die richtige Spur brachte: Der Auslöser der Bombe war akustisch, und zwar reagierte das Ding nur auf Sprache. Zuerst dachte ich, man müsse ein bestimmtes Wort sprechen, um es auszulösen. Ian brachte mich darauf, daß es die Stimme selbst war, auf die das Teufelsding reagierte. Und zwar – meine Stimme.«

Ein gräßliches Geräusch ließ mich zusammenfahren. Archie hatte die Augen geschlossen und den Kopf nach hinten gegen die Türe gelehnt. Sein Oberkörper schüttelte sich krampfhaft und ein tiefes keuchendes Stöhnen drang aus seinen Mundwinkeln. Archie lachte, er lachte entsetzlich. Der Chef war herumgefahren und starrte ihn an, als ob er ihn zum ersten Mal sehen würde.

Ebenso abrupt, wie es begonnen hatte, hörte das gepreßte Lachen wieder auf. Mit einem Ruck nahm Archie den Kopf nach vorne und schaute mich ruhig an. Die Verachtung in seinem Blick ließ es mir kalt den Rücken hinunterlaufen. Instinktiv packte ich die Walther fester und hob den Lauf etwas an. Das war nicht derselbe Archie, den ich zu kennen geglaubt hatte. Das war ein – Fremder.

Unsicher fuhr ich fort:

»Es handelte sich um eine raffinierte Schaltung zur Stimmverfikation. Ich war an jenem Tag nur deshalb nicht in Stücke gerissen worden, weil ich unter einer akuten Laryngitis litt und keinen vernünftigen Ton hervorbringen konnte. Allerdings konnte ich mit meiner Entdeckung nicht viel anfangen, weil sich von diesem Zeitpunkt an die Ereignisse überstürzten. Vielleicht hab' ich die Sache damals auch noch unterschätzt.

Schon auf dem Rückflug von Salt Lake brach an Bord der Maschine ein Brand aus. Dank der ausgezeichneten Crew konnten alle Passagiere, einschließlich mir selbst, unverletzt gerettet werden. Es stellte sich heraus, daß ein Unbekannter unter meinem Namen ein Gepäckstück eingecheckt hatte, in dem vermutlich ein

Brandsatz versteckt war.

Als ich nach Hause in mein Appartement in Berkeley kam, war schon die Feuerwehr wegen eines Gaslecks da. Einer der Cops sagte mir, daß ich höllisches Glück gehabt hätte. Wenn niemand das Leck bemerkt und die Feuerwehr alarmiert hätte, wäre ich beim Einschalten des Lichts mitsamt dem Haus in die Luft geflogen. Die Experten schoben das Leck auf eine lockere Dichtungsmuffe. Später habe ich festgestellt, daß jemand durch das Küchenfenster eingestiegen und die Muffe vorsätzlich gelockert hatte.

Es stellte sich heraus, daß ein deutscher Cop die Feuerwehr alarmiert hatte, weil er beim Überwachen meines Appartements den Gasgeruch bemerkt hatte. Der Cop war von Interpol herüber geschickt worden, um an den Hintergründen des Garmischer Anschlags weiter zu arbeiten. Die Ironie des Schicksals wollte es, daß die ausgerechnet mich im Verdacht hatten, den Anschlag begangen zu haben.«

Archie verengte die Augen zu Schlitzen und fixierte mich mit starrem Blick.

»Der deutsche Cop gab mir, ohne es zu wissen, eine wertvolle Information: Bei der Analyse der Gasbombe in Garmisch hatte man eine Reihe von elektronischen Bauteilen identifizieren können. Unter anderem einen Chip mit der Bezeichnung KLP9700. Den gleichen Chip fand ich in dem sprachgesteuerten Auslöser in der Puppenbombe. Mir war jetzt klar, wie die Gasbombe in Garmisch gezündet worden war. Es war simpel genug: Der Chip war auf die Erkennung von Prof. Hohlbeins Stimme programmiert worden. Als dieser über die Lautsprecheranlage des Saals die Konferenz eröffnete, wurde die Höllenmaschine aktiv.«

Ich machte eine kurze Pause. Der Chef stöhnte leise und vergrub sein Gesicht in den Händen.

»Ebenfalls von dem deutschen Cop erfuhr ich, daß auch die anderen Überlebenden des Anschlags von Interpol überwacht wurden. Zufällig schickten Sie mich zu der Zeit nach London und ich erkundigte mich telefonisch nach Kasurinnen, unserem finnischen Kollegen. Man teilte mir mit, daß er in Stockholm in einem Krankenhaus lag. Er war von einem Wagen angefahren und lebensgefährlich verletzt worden. Kurz entschlossen machte ich einen Abstecher nach Stockholm. Dort lernte ich unter etwas turbulenten Umständen einen britischen Polizisten des Yards kennen, der mir versicherte, daß es sich um keinen Unfall gehandelt habe. Kasurinnen selbst schien unter Verfolgungswahn zu leiden – das glaubten zumindest die Ärzte. Die Polizei war sich da nicht so sicher. Von London aus machte ich eine weitere Kollegin ausfindig, die in Garmisch mit dem Leben davongekommen war. Ich erwartete schon halb, daß auch sie in letzter Zeit mysteriöse Unfälle oder Ähnliches erlebt habe. Aber ganz im Gegenteil: Sie lebt unbehelligt und glücklich mit ihrem Verlobten zusammen im Süden Frankreichs. Zuerst glaubte ich, daß es daran liegen müsse, daß sie eine Frau ist. Aber jetzt weiß ich, daß das nicht der Grund war.«

Ein verächtlicher Zug legte sich um Archies Mund. Ich lächelte grimmig und fuhr fort:

»Und dann machte ich einen schweren Fehler. Ich habe mich leichtsinnigerweise wieder hierher nach Berkeley begeben und gehofft, daß ich mit Hilfe der deutschen Cops dem Täter eine Falle stellen könnte. Die Sache ging von Anfang an schief. Inzwischen bin ich sicher, daß auch der Diebstahl des Wagens der deutschen Cops ein Teil von Archies Plan war. Jedenfalls konnten uns die gedungenen Gangster ohne größere Probleme aus dem Weg räumen und in aller Ruhe einen tragischen Unfall mit tödlichen Folgen inszenieren. Glücklicherweise gelang es uns, die Geschichte zu einem Happy End umzuschreiben.«

Der Chef schüttelte wieder seinen großen Kopf mit dem grauen Kraushaar, strich sich mit beiden Händen übers Gesicht und ließ die Arme mit einer ärgerlichen Bewegung auf die Knie fallen.

»Verdammt nochmal! Sagen Sie wenigstens etwas! Stehen Sie nicht herum, wie eine Ölgötze! Was, zum Teufel, hat George Ihnen denn nur angetan, daß Sie ihn so hassen?«

Archie sah mich an und preßte seine Lippen aufeinander. Ich hatte den Eindruck, als ob in seinem brillanten Gehirn die verschiedensten Auswege aus dieser brisanten Situation berechnet wurden. Er sah nicht aus wie einer, der schon das Handtuch geworfen hatte. Der unbeholfene Archie sah plötzlich gefährlich aus.

»Sie irren sich«, sagte ich ruhig. »Er hatte gar nichts gegen mich persönlich. Denken Sie an meine französische Kollegin. Sie wurde nicht mehr bedroht, ab dem Moment, als sie beschloß, ihre wissenschaftliche Karriere an den Nagel zu hängen und statt dessen Lehrerin zu werden.«

Peters blickte mich verwirrt an. Dann sah ich die Erkenntnis in seinen grauen Augen aufkeimen.

»Sprechererkennung?« fragte er in einem Ton, als ob er sagen wollte: 'Ist das wirklich wahr?'

Ich nickte.

»Es gibt auf der ganzen Welt nur etwa 60 Menschen, die ernsthaft auf dem Gebiet der Sprechererkennung und Sprecherverifikation arbeiten. Und die Forschungsstellen sind entsprechend dünn gesät. Ich habe es ja selber erlebt, als ich bereits kurz nach dem Anschlag plötzlich aufgefordert wurde, mich um eine der plötzlich freigewordenen Stellen zu bewerben. Es gibt nach Garmisch nur noch eine Handvoll Spezialisten auf dem Gebiet. Archie hat eine einfache statistische Rechnung aufgemacht. Natürlich waren seine Chancen, einen Spitzenjob in seinem Bereich um Größenordnungen besser, wenn über 90 Prozent der lebenden Spezialisten nicht mehr existierten.«

Der Chef ächzte.

»Richtig klar geworden ist mir das erst, als ich die ganzen mysteriösen Ereignisse der letzten Zeit mit Garmisch in Verbindung brachte. Die Chips haben mich darauf gebracht; die gleichen Chips in Garmisch und in der Höllenmaschine, die für mich bestimmt war. Dann war es nur noch eine Frage der Gelegenheit. Ich habe mir sämtliche Daten und Abrechnungen von Archies letzten Reisen besorgt. Er konnte im Prinzip immer am rechten Ort sein: in Garmisch, in Stockholm, in Salt Lake City und hier in Berkeley sowieso. Die erforderlichen Sprachaufnahmen, die er zum Trainieren seiner stimmengesteuerten Bomben brauchte, hat er einfach unserem eigenen Spracharchiv entnommen. Da sind unter vielen anderen auch Prof. Hohlbein und ich gespeichert.«

Archies Augen versprühten Blitze ohnmächtiger Wut. Der Chef hatte sein Gesicht wieder in den Händen vergraben und murmelte vor sich hin.

»Er hat nur einen Fehler gemacht«, sagte ich langsam. »Den Fehler, den alle Verbrecher machen, wenn die Sache das erste Mal zu glatt läuft: Er hat die Sache zu weit getrieben. Anstatt sich nach dem Massenmord in Garmisch zufriedenzugeben, hat er aus purem Perfektionismus immer weitergemacht.«

Ich nahm gerade den Telefonhörer von der Gabel, als Archie endlich sprach: »Endlich fertig, Holmes? Noch ist das letzte Wort nicht gesprochen.«

Er löste sich von der Türe und machte einen Schritt auf uns zu. Der Chef packte die Armlehnen des Stuhls und spannte abwehrend seine Muskeln. Archie machte noch einen Schritt. Ich hob die Walther wieder und sagte warnend:

»Mach keinen Mist, Archie! Ich habe keine Lust, dir ins Bein zu schießen, aber wenn du mich zwingst, werde ich keine Skrupel haben.«

»George!« Der Chef schaute mich fassungslos an. »Das können Sie doch nicht machen!«

Ich warf ihm einen Blick zu, aber nur einen ganz kurzen.

»Schauen Sie ihn doch an. Er hat nichts mehr zu verlieren. Solche Menschen können ziemlich unangenehm werden!«

»Du irrst dich, George.«

Archies sanfte Stimme elektrisierte mich mehr, als wenn er gebrüllt hätte. Er war drei Schritte von mir entfernt stehen geblieben und lächelte verhalten. Den Chef beachtete er gar nicht; er konzentrierte sich nur auf mich.

»Du hast unbeschreibliches Glück gehabt, George«, fuhr Archie fort. »Nach allen Gesetzen der Wahrscheinlichkeit müßtest du jetzt schon lange tot sein. Aber du hast der Statistik immer wieder ein Schnippchen geschlagen. Und jetzt glaubst du, daß du alle Trümpfe in der Hand hältst.«

Ich beobachte seine Augen auf plötzliche Bewegungen. Vielleicht wollte er mich mit dem Gerede nur einlullen, um sich dann doch noch auf mich zu stürzen. Aber ich sah nur kalte Berechnung und – was mich noch mehr beunruhigte – Sicherheit.

»Du hast doch nicht ernsthaft angenommen, daß ich heute abend unvorbereitet hierher kommen würde. Schon allein die Tatsache, daß du noch lebst, sagte mir, daß jemand mir auf die Spur gekommen sein mußte. Ich bin zwar nicht bewaffnet«, er hob leicht beide Arme, »aber ganz ohne Rückversicherung bin ich auch nicht hier. Leider hast du Peters jetzt auch noch in die Sache hineingezogen. Sehr bedauerlich; ich hatte nie etwas gegen ihn. Das ist nun leider nicht mehr zu än-

dern. Du kannst mir jetzt diese komische Pistole da geben – ist das eine von deinen Sportwaffen? – und dann werden wir alle drei einen kleinen Ausflug machen.«
Der Chef war aufgestanden und neben mich getreten. Er starrte Archie fassungslos an.
»Und warum sollte ich das tun?« fragte ich mit gepreßter Stimme. Seine Sicherheit irritierte mich.
Archie lächelte wieder grausam.
»Du willst doch nicht, daß Janet etwas zustößt, oder?«
Der Chef und ich, wir brauchten etwa fünf Sekunden, bis wir die Neuigkeit verdaut hatten.
»Er blufft«, sagte der Chef unsicher und sah mich nach Bestätigung heischend von der Seite an. Ich ließ Archie nicht aus den Augen, klemmte mir mit der Linken den Telefonhörer unters Kinn und wählte unsere Nummer im Motel 6. Ich ließ es zehnmal läuten. Keine Antwort. Ich biß mir auf die Unterlippe. Dann wählte ich die Nummer von Janets Haus und anschließend die von Frank. Jeweils keine Antwort. Der kalte Schweiß brach mir aus.
»Er blufft«, murmelte der Chef erneut und beobachtete Archie unter finster zusammengezogenen Augenbrauen.
Archie blickte betont langsam auf seine Armbanduhr.
»Wenn ich sie innerhalb der nächsten eineinhalb Stunden nicht persönlich abhole, ist es für sie schon mal zu spät«, erklärte er so ruhig, als ob es um eine Verabredung zum Dinner ginge.
Ich stand da, unfähig mich zu rühren. Ich starrte in Archies Augen; er starrte zurück. Bluffte er wirklich? Konnte Archie so bluffen? Ich hatte geglaubt, ihn zu kennen, nachdem wir jahrelang Kollegen waren, zum Teil sogar im selben Büro gearbeitet hatten. Jetzt erkannte ich, daß ich nur eine Maske, die dünne Oberfläche wirklich gekannt hatte. Konnte er so bluffen? Ich dachte an all die skrupellosen Pläne, die er sich ausgedacht hatte, um sein Ziel zu erreichen. Es konnte sein. Es bestand eine winzige Möglichkeit – und das war bereits zuviel, wenn es um Janets Leben ging.
Langsam nahm ich die Waffe hoch und sicherte sie. Ich konnte mich nicht überwinden, sie ihm in die ausgestreckte Hand zu geben; ich warf sie ihm vor die Füße auf den Teppich. Der Chef ächzte.
Mit einer katzenartigen Bewegung tauchte Archie nach der schlanken Waffe und hielt sie dann so fest umklammert, daß die Haut über seinen Knöcheln weiß wurde.
Er holte tief Luft und machte eine auffordernde Bewegung zur Türe.
»Gehen wir! Sie beide zuerst! Wir nehmen Ihren Wagen, Peters! Sie fahren und du«, er deutete mit der Walther auf mich, »setzt dich vorne neben ihn! Und denken Sie daran: keine Experimente, sonst schaut es schlecht aus – für Janet!«
Der Chef warf mir einen verzweifelten Blick zu und murmelte noch einmal:
»Er blufft. Ich sage, er blufft.«

Dann marschierten wir in der angeordneten Reihenfolge aus dem Appartement. Archie ließ uns zuerst ins Zentrum Berkeleys fahren und wir kurvten dort einige Male sinnlos um die Blöcke. Dabei bemerkte ich, daß er ständig die Wagen hinter uns im Auge behielt. Das Ergebnis schien ihn zu befriedigen und er gab Peters die Anweisung, auf der Shattuck in Richtung Oakland zu fahren. Außer Archies gelegentlichen Anweisungen sprach niemand ein Wort. Ich dachte die ganze Zeit über, was für ein Idiot ich doch gewesen war, daß ich Janet zurückgelassen hatte, in der irrigen Annahme, daß sie im Motel sicherer wäre als bei mir. Jetzt hatte sich das genaue Gegenteil herausgestellt. Archie mochte mir vorwerfen, daß ich ein Glückspilz sei, aber das Schicksal hielt für ihn auch ein paar Pluspunkte parat.

Was würde er mit uns machen? Ich wußte nur eine Lösung für seine ganzen Probleme. Und die wollte mir gar nicht gefallen.

Der Chef mochte auf seine Weise zu einem ähnlichen Ergebnis gekommen sein, denn er unternahm den fruchtlosen Versuch, Archie zur Aufgabe zu bewegen. Archie allerdings beantwortete seine Äußerungen gar nicht. Nach ein paar Minuten gab der Chef es auf.

Schaut so aus, als ob er bereits einen Plan gefaßt hätte, dachte ich grimmig. Bestimmt keine Geschichte mit Happy End für die Mehrzahl der Beteiligten.

Kurz vor Downtown ließ Archie Peters links in eine Straße abbiegen. Ich versuchte, die Nummer zu erkennen, aber es war neblig und dunkel. Der Pacific Layer lag wie eine feuchtes Leichentuch über der heruntergekommenen City. Die Wolkenkratzer waren nur noch an ihrer Basis erkennbar; die wenigen Straßenlaternen behinderten eher noch die Sicht, weil sie den dicken Nebel in der näheren Umgebung zu unangenehm gelbem Leuchten anregten. Archie befahl Peters, rechts heranzufahren und die Lichter zu löschen. Ich spähte nach den Gebäuden in der Nähe, aber ich sah nur eine lange, unverputzte Ziegelmauer auf der rechten Seite, die sich irgendwo im Nebel verlor. Allerhand Müll, aber keine Flaschen und Dosen. Die Armut sorgte für selektive Sauberkeit. Kein Gehweg auf dieser Seite.

Offensichtlich war unsere Fahrt noch nicht zu Ende. Nachdem Archie dreißig Sekunden lang wachsam aus dem Rückfenster geschaut hatte, gab er Peters den Befehl weiterzufahren. Wir bewegten uns jetzt von der Bay weg in ein Viertel Oaklands hinein, das normale Bürger nicht einmal bei hellichtem Tage freiwillig durchquert hätten.

Es passierte etwa vier Blocks entfernt vom Broadway. Ein blauer Chevrolet stand schräg mitten auf der Straße, einer Einbahnstraße wie überall in Oakland. Ein großer blauer Chevi, ziemlich neues Modell, die Lichter brannten, aber der Motor schien nicht zu laufen. Unter der hochgeklappten Motorhaube beugte sich jemand über den Motor und leuchtete mit einer Taschenlampe darin herum. Man sah nur die Beine, hübsche braune Mädchenbeine in Espandrillen, vielleicht ein wenig zu muskulös in den Fesseln, unter einem ziemlich kurzen schwarzen Lederrock. Vom Rest des Mädchens konnten wir nicht viel erkennen, weil sie bei ihrer Suche nach dem Schaden schon fast in den geräumigen Motorraum fiel. Man

konnte allerdings sehen, daß sonst niemand in dem blauen Wagen saß.
Peters hielt mit etwa zehn Yards Abstand hinter dem Chevi. An Überholen war nicht zu denken; die Fahrbahn war zu schmal und auf beiden Seiten parkten verstaubte Schrottkisten.
Archie fluchte leise und blickte nervös nach hinten. Zwei weitere Wagen näherten sich bereits; zurückstoßen ging also auch nicht mehr.
Das Mädchen mit dem kurzen Lederrock tauchte endlich aus dem Motorraum des Chevi auf und blickte verwirrt und hilfesuchend zu uns herüber. Sie war gekleidet wie für die Disco, hatte dunkles, kurz geschnittenes Haar, in das sie ein rotes Seidenband gebunden hatte.
Sie deutete auf ihren Wagen und rief etwas, was wir im Wageninneren jedoch nicht verstehen konnten.
»Verdammt«, explodierte Archie. »Was macht diese blöde Ziege da mitten auf der Straße. Kann sie ihre beschissene Schrottkiste nicht an den Straßenrand bewegen?«
Das Mädchen machte ein paar Schritte auf unser Auto zu, gleichzeitig hielt dicht hinter uns ein weiteres Fahrzeug. Archie stieß mich in den Rücken.
»Steig aus und hilf der Zicke, den beschissenen Kahn aus den Weg zu räumen! Aber keine Tricks, verstanden? Und beeil dich! Denk an Janet!«
Ich stieg aus und ging dem Mädchen entgegen. Sie lächelte mir vertrauensvoll entgegen.
Komisch, dachte ich noch, ein Mädchen ganz allein mitten in Oaklands finsterstem Viertel und dann vertraut sie sich auch noch einem wildfremden Autofahrer an.
»Ich bekomme ihn einfach nicht mehr an«, sagte sie unbekümmert und sah mir fest in die Augen. »Können Sie mir helfen?«
Schon bei den ersten Worten war ich zusammengezuckt. Sie hatte einen markanten deutschen Akzent. Ich riß mich zusammen und ging mit ihr zusammen zur geöffneten Motorhaube. Wir beugten uns beide über den Motor.
»Wir haben nicht viel Zeit«, zischte sie. »Was ist passiert? War er doch bewaffnet? Hat er Sie beide überwältigt? Sie haben doch gesagt, daß er unbewaffnet sein würde!«
»Er hat meine Waffe, eine Walther«, antwortete ich rasch. »Wo ist Becker?«
»Dort drüben.« Sie deutete auf einen halb zusammengefallenen Bauzaun. »Aber wieso hat er Ihre Waffe?«
Ich fummelte an einigen Kabeln und Schläuchen herum und veränderte etwas meine Lage.
»Er hat Janet in der Gewalt. Er hat gedroht, daß sie die nächste Stunde nicht überleben wird, wenn er sie nicht persönlich abholt.«
Das Mädchen spuckte ein kurzes deutsches Wort hervor. Der Betonung nach konnte es nur eine Bedeutung haben.
»Genau«, bestätigte ich. Ich fühlte mich plötzlich hilflos und ausgelaugt. »Was

machen wir jetzt?«

»Wir können Sie weiter beschatten.«

Ich lachte bitter.

»Das nützt uns viel!«

»Nehmen Sie das hier.«

Sie reichte mir ein flaches schwarzes Kästchen mit ovaler Form. Am spitzen Ende hatte es eine runde Aussparung mit drei glänzenden Metallstiften.

»Was ist das?« fragte ich verblüfft und betrachtete das leichte Gerät. Ich hatte eine Handfeuerwaffe erwartet.

»Eine elektrische Viehpeitsche.«

»Was?!«

Einer der Wagen hinter uns hupte. Ich konnte nicht ausmachen, ob es von Peters' Wagen kam.

»Wir haben keine Zeit mehr«, zischte sie und stieg in ihren Wagen. Ich steckte das Ding in die Hosentasche und stützte mich auf die Wagentüre, so als ob ich ihr Anweisungen geben würde. Sie betätigte den Anlasser und der Wagen sprang natürlich an.

»Am besten wirkt es in der Nähe der Wirbelsäule«, raunte mir das Mädchen durchs geöffnete Wagenfenster hastig zu. »Der Schock lähmt für einige Sekunden, ist aber nicht lebensgefährlich.«

»Schon mal ausprobiert?« fragte ich beeindruckt.

Sie schüttelte den Kopf.

»Heute erst gekauft. Viel Glück.«

Sie fuhr an und ich ging rasch zu Peters' Wagen zurück.

»Was war denn los mit der Schrottkiste?!« fragte Archie ärgerlich. Seine Stimme hatte einen hysterischen Unterton. »Los, fahren Sie schon!«

Ich zuckte mit den Schultern.

»Zündkabel herausgefallen.«

Archie war jetzt sichtlich nervös. Es gefiel mir gar nicht, wie er hektisch mit der Walther herumfuchtelte. Ich bemerkte, daß der Sicherungshebel nicht mehr eingerastet war.

Er dirigierte Peters durch mehrere Nebenstraßen. Ich versuchte, die Orientierung zu behalten, aber in dem dichter werdenden Nebel und den ewig gleichtönig-öden Straßen war das schwierig. Schließlich befahl er Peters, zu halten und den Motor auszuschalten. Wir saßen eine Minute schweigend im Dunkeln. Der heiße Motor knackte. Gelbe Nebelschwaden zogen langsam im Licht der einzigen Straßenlaterne auf der gegenüberliegenden Straßenseite vorbei. Archie schien immer noch nach möglichen Verfolgern auszuspähen. Schließlich sagte ich:

»Es wird allmählich Zeit, daß wir Janet finden. Es ist gleich halb zwölf.«

Archie lachte nur kurz.

»Mach dir mal keine Sorgen, Georgiboy. Wir kommen schon noch rechtzeitig zu der Party. Aussteigen! Du zuerst!«

Er ließ uns beide vor sich hergehen. Zweimal um die Ecke, dann in eine Sackgasse, eingerahmt von schulterhohen Bretterzäunen.

»Hier rechts«, sagte Archie mit gedämpfter Stimme.

Zuerst konnte ich rechts nur die Bretterwand des Zaunes erkennen. Dann sah ich eine primitive Schwingtüre. Peters hielt sie auf und zögerte. Der Eingang führte in einen stockdunklen Schuppen.

»Los, rein da!« Archie zog mit der Linken eine Minitaschenlampe aus der Jakkentasche und leuchtete in das leere Lagerhaus. Eine schimmelige Ziegelwand wurde links sichtbar. An ihr entlang ging es durch die Dunkelheit bis zu einer Holztreppe, die nach links hinauf führte. Wir stiegen schweigend die ausgetretenen Stufen hinauf und betraten am Ende durch eine weitere unverschlossene Holztüre einen stockdunklen Raum. Etwas klickte vernehmlich und eine einzelne kahle Glühbirne leuchtete auf.

Der richtige Ort, um ein paar unbequeme Zeugen ruhig zu stellen, dachte ich bitter und blickte mich um. Der riesige Raum war völlig leer, bis auf einen Haufen verrottender Paletten in der hinteren rechten Ecke und einen neu aussehenden großen Schalenkoffer gleich neben der Türe. Keine Fenster, Wasserflecken an der Decke, grobe Holzdielen. Der Koffer war aufgeklappt, und der Deckel lehnte an der schmierigen Wand. Er enthielt ein komplettes kleines Elektroniklabor. Lötstation, Werkzeuge, ein kleines Sortiment von elektronischen Bauteilen und Mikrochips. Damit also hatte Archie seine todbringenden sprachgesteuerten Bomben gebastelt.

Von Janet natürlich keine Spur. Trotzdem stellte ich die überflüssige Frage: »Wo ist Janet?«

Archie lachte. Es klang hysterisch. Wahrscheinlich mußte er seiner andauernden Anspannung Luft machen.

Der Chef sah mich traurig an. Ich wußte, was er dachte. Archie hatte doch geblufft und ganz einfach Glück gehabt, daß Janet gerade nicht im Motelzimmer war, als ich anrief. Während Archie noch lachte, griff ich mir mit der rechten Hand zur Ablenkung in den Nacken, wie um mich zu kratzen, und steckte gleichzeitig die Linke unauffällig in die Hosentasche. Das kleine Kästchen aus griffigem Kunststoff glitt wie von selbst in meine Handfläche. Ich fühlte zwei runde Erhebungen unter Zeigefinger und Daumen, die sich hineindrücken ließen. Ich betete inbrünstig, daß es die Auslöser wären. Langsam drehte ich mich herum, wie wenn ich den Raum inspizieren wollte, und ließ unvermittelt meine Rechte auf Archies Handgelenk herunterfahren. Ich erwischte es, aber nicht optimal, und bemühte mich, die Mündung der Waffe von mir wegzudrücken. Gleichzeitig drehte ich mich, so daß ich halb hinter Archie zu stehen kam, und versuchte, den Elektroschocker in die Nähe seines Halses zu bringen. Nach der ersten Schrecksekunde begann er sich natürlich zu wehren.

Dann ging alles sehr schnell. Ich drückte die beiden Knöpfe an dem schwarzen Plastikkästchen und ein doppelter blauer Lichtbogen sprang zwischen den drei

Metallspitzen über. Leider völlig wirkungslos, da ich nicht nahe genug an Archie herankam. Jemand rief etwas im Hintergrund – wahrscheinlich Peters. Dann löste sich krachend ein Schuß aus der Walther und bohrte sich, Holzspäne verspritzend, in den Fußboden.

Für einen Moment erstarrten wir beide in unserer gegenseitigen Umklammerung. Alles klang plötzlich wie durch Watte gedämpft. Ich wußte, daß ich die nächsten Sekunden kaum noch etwas hören würde. Im Schießklub war mir das schon öfters passiert, daß jemand unbedachterweise in unmittelbarer Nähe und noch dazu in einem geschlossenen Raum eine Pistole abgefeuert hatte.

Ich erholte mich den Bruchteil einer Sekunde schneller als Archie von dem ohrenbetäubenden Knall, drückte ihm das Kästchen in den Nacken und preßte so fest ich konnte auf die beiden Knöpfe. Diesmal zeigte sich sofort eine Reaktion. Archie riß krampfartig den Kopf weit in den Nacken und schrie. Ich fühlte mehr, daß er schrie, als daß ich es hörte. Seine linke Hand, die mein rechtes Handgelenk umklammert hielt, krampfte sich so fest zusammen, daß die Fingernägel sich tief in mein Fleisch bohrten. Aber er ließ die Waffe nicht fahren. Mit einer plötzlichen kraftvollen Bewegung, die ich ihm gar nicht zugetraut hätte, schleuderte er mich von sich wie eine Puppe. Ich stolperte, versuchte vergeblich mein Gleichgewicht wiederzubekommen und krachte schließlich in den Stapel morscher Paletten im Hintergrund des Raums. Holzsplitter bohrten sich schmerzhaft in mein rechtes Fußgelenk. Als ich mich mühsam wieder aufgerappelt hatte, blickte ich geradewegs in die Mündung der Walther. Dahinter Archies gräßlich schmerzverzerrtes Gesicht. Er kauerte keuchend direkt vor der Türe, die während des Handgemenges aufgeschwungen war und sich langsam im Luftzug bewegte. Plötzlich fühlte ich, daß meine Hände entsetzlich leer waren: Ich hatte den Elektroschocker verloren. Der Chef kauerte nicht weit von mir an der Wand, den Kopf eingezogen und schützend mit beiden Händen bedeckt.

Ich sah in die kleine Mündung meiner eigenen Pistole, die gleich, ein letztes Mal für mich, Tod und Feuer spucken würde, und plötzlich ließ alle Anspannung in mir nach. Ich wurde so schlapp wie ein nasser Mehlsack. Selbst wenn man mir jetzt eine Waffe in die Hand gedrückt hätte, ich wäre nicht mehr in der Lage gewesen, sie zu benutzen. Wie man sich in einer gefährlichen Verkehrssituation, die unausweichlich zur Kollision führen wird, plötzlich entspannt und den unvermeidlichen Stoß erwartet, so hatte mein Körper den Kampf aufgegeben.

»So, George. Das war's dann«, keuchte Archie. Er schluckte und richtete sich etwas auf. »Du glaubst gar nicht, wie ich auf diesen Moment gewartet habe. Zuerst war es nicht wichtig. Aber inzwischen habe ich es begriffen: Du bist es gewesen, den ich als allererstes hätte beseitigen sollen. Du bist der Träger des Glücks, George. Du bist der Träger meines Glücks. Hast du das gewußt? Du hast es natürlich nicht gewußt, nicht wahr? Aber jetzt werde ich es dir sagen, damit du weißt, warum du und Janet und der Chef und all die anderen sterben mußten!«

Er lachte irr.

»Ist das nicht komisch? Ich hätte dich als allererstes erledigen sollen, und alles wäre nicht geschehen; die ganzen anderen würden noch leben. Sie waren nicht wichtig. Die waren nicht die Ursache für all mein Unglück. Nicht wahr, George? Du bist es! Du bist es immer gewesen. Du bist der Träger des Glücks!«

Er schluckte wieder. Peters bewegte sich vorsichtig; Archie achtete nicht darauf. Ich war vor Angst stocksteif.

»Du ziehst das Glück an, George. Wie ein Magnet ziehst du das Glück an, ein Glücksmagnet. Aber jetzt ... jetzt habe ich das Glück auf meiner Seite. Ich habe deine Waffe. Ich werde dich umbringen und es wird mich erlösen, verstehst du? Verstehst du, George?!«

Er lachte noch einmal ganz kurz. Seine Augenlider flatterten nervös.

»Du mußt das doch jetzt verstehen, auch wenn dir nie klar wurde, daß du mein Glück auf dich gezogen hast. Verstehst du, George? Ich hatte das nicht begriffen. Ich habe für dich die anderen aus dem Weg geräumt; es hat nur dir genützt.«

Seine Stimme wurde fast bittend.

»Himmel noch mal, verstehst du nicht, George!? Ich hätte dich allein erledigen sollen, und alles wäre anders gekommen. Aber jetzt, jetzt ist es vorbei! Du wirst nie mehr mein Glück stehlen, George!«

Er kreischte jetzt hemmungslos.

»Nie mehr! Nie, nie mehr!!«

Der Lauf der Waffe senkte sich etwas und ich sah gebannt, wie sich der Finger um den Abzugshahn krümmte.

Da flog plötzlich etwas durch die weit geöffnete Türe in den Raum. Etwas schweres, dunkles, das Archie für einen Moment unter sich begrub. Ich verlor die Waffe aus den Augen und der hypnotische Bann auf die todbringende Mündung wurde gebrochen. Ich rappelte mich wieder auf.

»Eine tolle Hilfe sind Sie mir vielleicht«, schnauzte Becker mich keuchend an. »So halten Sie doch seinen Arm fest!«

Er hielt Archies Hals mit dem linken Arm umklammert und knackte mit einem brutalen Schlag Archies Griff um die Waffe. Die Walther schlitterte polternd über den groben Holzfußboden.

Aber nicht weit genug weg. Ich hielt Archie unbeholfen am rechten Arm fest, als Becker plötzlich aufstöhnte und in die Knie ging. Irgendwie hatte Archie es geschafft, ihm kräftig in die Eier zu treten. Er nutzte seine Chance und befreite seinen Kopf aus der Umklammerung, gab dem am Boden liegenden Becker einen harten Tritt und machte einen Satz in Richtung der Walther.

Ich hätte niemals für möglich gehalten, daß Archie so viel Kraft entwickeln könnte. Ich stemmte mich gegen ihn und wurde trotzdem einfach umgerissen. Trotzdem ließ ich ihn nicht los und fiel auf die Knie. Als ich mein Gleichgewicht wiedergefunden hatte, war es zu spät. Er hatte die Walther und drückte sie mir an die Kehle. Wir knieten jetzt beide voreinander, ich hielt immer noch sinnlos mit beiden Händen seinen rechten Arm umklammert und er hatte die Waffe in der

Linken. Wir keuchten beide, wie nach einem Sprint. Unsere Augen waren einander ganz nahe. Sein Blick flackerte von meinem linken zum rechten Auge und wieder zurück. Sein Gesichtsausdruck war – überrascht. Wie wenn er sagen wollte: »Was mache ich hier überhaupt? Warum bin ich hier? Was wollt ihr alle von mir?«

Das alles dauerte nur den Bruchteil einer Sekunde; dann wurde sein Blick plötzlich ruhig und er lächelte.

Die Waffe drückte sich schmerzhaft in meinen Kehlkopf. Vor Angst schloß ich die Augen.

Im nächsten Augenblick löste sich der Schuß wie eine Schockwelle. Etwas heißes streifte meine Wange, dann spritzte es warm über meinen Hals und Brust.

Jetzt bist du tot, dachte ich noch und spürte den harten Aufprall meines Körpers, der einen Moment lang wie schwerelos erschien, auf dem rauhen Holzfußboden.

Jetzt bist du tot, dachte ich noch mal. Und noch mal. Und noch mal. Beim fünften Male dachte ich, daß da irgend etwas nicht stimmen könne, und machte die Augen wieder auf.

»Verdammt!« Das war Beckers Stimme.

Ich sah, wie er sich über mich beugte und mich vorsichtig an der Schulter berührte.

»Alles ok?«

Nein! Es war absolut nicht alles ok. Ich war tot. Oder?

Versuchsweise holte ich tief Atem. Es ging; mein Brustkorb hob sich gehorsam. Jetzt erst bemerkte ich, daß ich in ganz unnatürlicher Stellung am Boden kauerte, alle Muskeln schmerzhaft angespannt.

Becker wischte sich über die Stirn, murmelte leise etwas vor sich hin, atmete einmal tief durch und pfiff dann laut auf den Fingern. Wenig später betrat das dunkelhaarige Mädchen aus dem blauen Chevi vorsichtig den Raum und eilte sofort hinüber zu Peters, der zusammengebrochen an der hinteren Wand kauerte. Becker half mir inzwischen auf die Beine. Meine Knie zitterten wie der berühmte Wackelpudding. Mein Gesicht und meine Brust waren naß von Blut – aber es war nicht mein eigenes. Mit hängenden Armen stand ich da und beobachtete sinnlos, wie Becker auf deutsch einige Sätze mit den Mädchen wechselte. Die beiden machten den Eindruck, als wären sie ein gut eingespieltes Team. Becker kniete vor dem, was früher einmal mein Kollege Archie gewesen war, und untersuchte den leblosen, blutbesudelten Körper. Das Gesicht war kaum noch zu erkennen. Der Schuß mußte von unten durch den Kiefer in den Kopf gegangen sein. Die Walther hielt er immer noch in der linken Hand.

Becker schüttelte den Kopf und stand auf. Dann sah er mich an.

»Wir hatten gerade erfahren, daß sich Ihre Freundin wohlbehalten in Ihrem Motelzimmer befindet«, erklärte er so beiläufig, als ob er mir von seinen Hobbys erzählen würde. »Da gab es für uns keinen weiteren Grund mehr zu warten. Also sind wir hier. Ein bißchen zu spät, wie mir scheint.«

»Aber ... aber wieso ...«, stotterte ich und ließ mich vorsichtig auf einer brüchigen Palette nieder, »wieso haben Sie ihn nicht mit Ihrer Waffe bedroht? Oder ihm ins Bein geschossen, oder in den Arm? Er wollte uns gerade umlegen ...«

Becker, der deutsche Cop, grinste und blickte kurz hinüber zu seiner Kollegin, die gerade dem armen Peters auf die Beine half.

»Wir tragen beide keine Waffen«, sagte er einfach, als ob das die natürlichste Sache von der Welt wäre. »Vorschrift. Im Auslandseinsatz keine Waffen.«

Das war zu viel für mich. Ich ließ mich einfach nach hinten sinken und schloß die Augen.

15

»Ja, und dann? Jetzt laß dir doch nicht alles einzeln aus der Nase ziehen, verflucht noch mal!«

Ich nahm einen langen genußvollen Schluck aus meiner Corona. Das helle Bier prickelte erfrischend meine Kehle hinunter und ich lehnte mich entspannt zurück. Wir saßen in Franks riesiger Küche, fast schon einem Laboratorium der Kochkunst, und warteten auf Janet, die heute bereits wieder pflichtbewußt an ihren Arbeitsplatz geeilt war.

»Becker hatte ein Handy dabei und hat damit die Oakland City Police auf den Plan gerufen. Es gab die übliche Menge an Scherereien, wenn sich die Cops auf den Schlips getreten fühlen. Von wegen, ihr Revier hier, und so. Du weißt schon. Aber Becker hat irgendein Papier hervorgezaubert, das sie still gemacht hat. Zähneknirschend zwar, aber wenigstens haben sie nicht mehr versucht, uns was anzuhängen.«

»Und Archie?« Frank legte Pat, die sich gerade einen neuen Drink von der Bar geholt hatte, den Arm um die schlanke Taille und zog sie auf seinen Schoß. »Ich meine, haben sie ... hat er ...«

»Er war sofort tot. Die Kugel muß quer durch seinen Schädel gegangen sein und durch Knochen abgelenkt unter dem rechten Auge wieder ausgetreten sein. Die Polizei hat die Kugel gefunden.«

»Oh, Gott«, flüsterte Pat und schüttelte sich.

»Mein Chef hatte einen ziemlichen Schock«, fuhr ich fort, »aber sein Therapeut meint, er wird darüber wegkommen. Ich hatte auch einen Schock, aber die Ärzte haben mich schließlich laufen lassen. Janet dagegen hat von der ganzen Aktion überhaupt nichts mitbekommen. Als ich gegen vier Uhr morgens ins Motel zurückkam, schlief sie friedlich auf dem Sofa, vor laufendem Fernseher.«

Frank schüttelte den Kopf.

»Ist auch besser so. Sie hätte sich zu Tode geängstigt.«

»Das glaube ich nicht«, widersprach Pat mit heller Stimme. Wir guckten sie beide an. Es war das erste, was sie zur Unterhaltung heute abend beisteuerte.

»Ich meine«, sie wurde etwas rosig um die Nase herum, »ich glaube nicht, daß Janet damit nicht fertig geworden wäre. Sie ist eine sehr starke Persönlichkeit. Wenn ich daran denke, was sie mit George in der Wüste alles mitgemacht hat, also ich hätte das nicht überlebt ...«

»Danke«, meinte Janet trocken und gab mir von hinten einen Kuß. Sie war unbemerkt von uns dreien zur Küchentüre hereinspaziert und hatte die letzten Worte noch mitbekommen. Pat wurde feuerrot.

»Ich meine ... ich wollte nur sagen ...«, stotterte sie.

»Ich weiß«, sagte Janet und gab auch Pat ein Küßchen auf die Wange. »Ich fasse es als Kompliment auf, das ich nicht verdient habe.«

Dann beäugte sie Frank kritisch.

»Du bekommst keinen Kuß, bis du dieses Gestrüpp wieder entfernt hast. Wie

hältst du das bloß aus?« fuhr sie an Pat gewandt fort. »Das muß doch abscheulich kratzen.«
Pat lächelte nur und schmiegte sich wieder auf Franks Schoß.
»Möchtest du auch gerne einen Drink?« fragte Frank höflich.
Janet betrachtete amüsiert die Batterie leerer Coronas auf Franks Küchentisch.
»Eigentlich dachte ich, daß ich mit George zum Joggen verabredet bin. Aber wenn ich das so sehe, glaube ich nicht, daß er es heute noch auf die Berkeley Hills schafft ...«
»Gleich geht's los«, sagte ich und leerte meine Flasche. An der Küchentüre drehte ich mich noch einmal um.
»Sag mal, Frank. War das ernst gemeint mit dem Fortgehen? Daß du und Pat ...«
Er schüttelte den Kopf und lächelte. »Nicht bevor Pat ihr Studium beendet hat. Ich gehe solange ins Finanzgeschäft. Du hast mich auf die Idee gebracht, mit deiner Erbschaft.«
»Das ist schön zu hören. Ich hätte euch beide vermißt. Ich werde dein erster Kunde sein, ok?«
Frank grinste.
»Du bist es bereits. Schon vergessen?«
»Ach ja, das Geld auf der Oakland Customer Bank ...«
» ... ist bereits wieder gekündigt. Die haben ganz schön lange Gesichter gezogen, das kann ich dir flüstern. Aber auf so einer Bank und mit solchen Zinsen, nana.«
Er schüttelte den Kopf.
Janet, die bereits in ihrem kleinen Flitzer saß, hupte ungeduldig.
»Mach's gut, Frank.«
»So long.«
Ich sprang auf den Beifahrersitz des roten CRX und Janet ließ die Reifen jaulend durchdrehen.
»Mußt du eigentlich immer mit Vollgas losfahren?« fragte ich, nachdem ich es geschafft hatte, mich trotz schlingernden Wagens in den engen Sicherheitsgurt zu zwängen.
Janet schnitt einem fetten Tankwagen den Weg ab und schleuderte bei Rot um die Ecke.
»Wenn ich wie ein Oldsmobile-Besitzer fahren wollte«, antwortete sie deutlich, wie man einem kleinen Kind erklärt, daß die Erde rund ist, »hätte ich mir ein Oldsmobile gekauft. Ich habe aber einen kleinen roten Flitzer mit 138 PS.«
»Bitte keine Beleidigungen. Nelson war ein hervorragender Wagen.«
Janet überholte einen weißen Camaro mit Drehzahl 6000 und quetschte sich vor ihm wieder in die Autoschlange. Der Fahrer des Camaro, ein alter weißhaariger Schwarzer, schüttelte mißbilligend den Kopf. Ich schloß die Augen und ergab mich meinem Schicksal. Außerdem soll man den Fahrer beziehungsweise die Fahrerin nicht ablenken. In Rekordzeit hielten wir mit quietschenden Reifen vor Janets Haus und ich konnte die Augen wieder aufmachen.

Zehn Minuten später joggten wir einträchtig hinauf in Richtung Strawberry Canyon. Janet hatte recht gehabt: Die drei Coronas in meinem Magen wirkten sich ziemlich hinderlich aus. Trotzdem hielt ich mich tapfer, bis etwa 200 Yards unter dem Gipfel. Dann legte Janet einen Schlußspurt hin und hängte mich gnadenlos ab. Als ich schließlich völlig erledigt auch die kleine Gipfelplattform erreichte, saß sie da und blickte mir triumphierend entgegen.

»Ok«, keuchte ich, »ich gebe mich geschlagen. Nie wieder Bier vor dem Joggen.«

Wir lehnten uns aneinander und beobachteten den Sonnenuntergang hinter dem Golden Gate.

»Janet?«

»Hm?«

»Weißt du noch, was ich dich in der Wüste gefragt habe?«

»Mhm.«

»Das war ernst gemeint, Janet.«

»Hm?«

»Verdammt noch mal, Janet. Kannst du noch was anderes zu dem Thema beisteuern als 'Hm'?«

Sie drehte sich zu mir hin und legte mir ihre sonnengebräunten Arme um den Hals. In ihren dunklen Augen glänzte das rote Abendlicht.

»Vielleicht habe ich es nicht ganz mitbekommen. Vielleicht solltest du es noch einmal wiederholen, so ganz richtig.«

Sie lächelte zuckersüß. Spöttisch? Oder wirklich lieb?

»Also gut.« Ich räusperte mich verlegen und guckte mich unauffällig um. »Janet. Willst du ...«

»Aber doch nicht so«, unterbrach sie mich. »Richtig.«

»Richtig?«

»Mhm.« Sie deutete mit ihren Augen auf den Boden vor uns.

Die Sonne stand knapp über den Marine Headlands, als ich mich umständlich in meinen Shorts und Tennisschuhen vor sie niederkniete und mit belegter Stimme fragte:

»Janet? Willst du ... ich meine, möchtest du mich heiraten?«

Sie strahlte mich an, küßte mich ganz zart auf den Mund und hauchte mir ihr Jawort ganz leise ins Ohr. Dann lachte sie mich an und holte tief Luft.

»Herrlich kitschig, nicht wahr? Weißt du noch, was du damals in der Wüste zu mir gesagt hast, als wir fast am Verdursten waren? Über den ganzen Kitsch, den wir im Kino verachten, aber wie wir es toll finden, wenn er in unserem Leben wirklich passiert?«

Wir küßten uns lange und heftig. Dann stieß Janet mich plötzlich von sich.

»Und wo ist der Ring?« fragte sie fordernd.

»Welcher Ring? Ach so, hab' schon kapiert. Kleine Rache für meine häufigen Filmzitate, wie? 'Moonstruck' mit Cher in der Hauptrolle. Die Restaurantszene, als der spießige Kerl ihr einen Heiratsantrag macht ...«

Janet nickte lächelnd.

»Der Ring bleibt dir für den Moment erspart«, flüsterte sie. »Ich bin nicht so abergläubisch. Aber irgendwann ...«

» ... möglichst bald ...«

» ... möchte ich einem bekommen, ok?«

»Ok. Weißt du was? Ich habe Lust auf dich ...«

Janet lachte und befreite sich aus meiner Umarmung.

»Dann wird es Zeit, nach Hause zu laufen«, rief sie über die Schulter und verschwand auf dem steilen Pfad. Ich stand auf und folgte ihr in den Schatten der Eukalytusbäume.

Als wir in ziemlich guter Zeit bei Janets Haus anlangten, war es vollständig dunkel. Im Nachbargarten war bereits eine Grillparty heftig im Gange; Musik und Gelächter drangen leise bis hinauf zu Janets Schlafalkoven unter dem Dach. Janet lief ohne anzuhalten die Treppen hinauf und streifte sich unterwegs Turnschuhe und Kleider vom Leib. Ihr schweißbedeckter Körper schimmerte im bläulichen Licht der Straßenlampen, deren Widerschein schwach durch die Oberlichter drang, und sie bettete sich wohlig rekelnd auf ihr großes gemütliches Bett unter dem spitzen Dachwinkel.

Wir setzten unseren Jogg für eine weitere genußvolle halbe Stunde fort, nahmen einige Gipfel im Sturm, allerdings ohne weiter als einem halben Yard voranzukommen. Janet saß gerade auf meinem Schoß und ich liebkoste ihre gut ausgestattete Vorderseite mit den süßen harten Brustwarzen, als sie plötzlich erstarrte und mir mit der Hand den Mund zuhielt. Ich lauschte, hörte aber nur den gedämpften Partylärm der Studenten von nebenan.

»Da war etwas«, flüsterte Janet. »Hast du die Türe hinter dir abgeschlossen?«

Ich schüttelte den Kopf und versuchte, mich von ihr zu befreien. Aber Janet klammerte sich in Panik noch stärker an mich. Dann erstarrten wir beide zu Salzsäulen. Jetzt waren ganz deutlich zögernde Schritte auf der knackenden Holztreppe zu hören. Jemand kam herauf!

Bevor wir noch irgendeinen Beschluß fassen konnten, sagte eine mir unbekannte Stimme leise: »Janet? Bist du hier?« und das Licht ging an.

In der Türe stand eine weißblond gefärbte Frau, etwa 40 Jahre alt, klein und etwas pummelig. In der linken Hand hielt sie den Henkel einer riesigen schwarzen Ledertasche, die Rechte hatte sie erschrocken vor den Mund gelegt. Ihre kleinen blassen Augen hinter den dicken Brillengläsern starrten geschockt auf das unerwartete Bild, das wir beide boten. Janet hüpfte von meinem Schoß und raffte sich die Decke vor den Busen. Ich schnappte mir das Kissen und bedeckte damit meine Männlichkeit, die längst wieder bequem stand.

»Christine!« Janet manövrierte sich aus dem Bett und stand auf. »Was um alles in der Welt hast du hier zu suchen?«

In ihrer Stimme schwang Ärger und Erleichterung mit. Ich ließ mich aufs Bett

zurückfallen und bekam einen Lachkrampf.
Die Frau, die Janet mit Christine angeredet hatte, starrte uns erschrocken an und stotterte:
»Oh, ach, Janet. Es tut mir so leid. Ich wußte ja nicht ... ich meine, die Küchentüre stand offen und ich habe zuerst gerufen, aber ... Oh Gott, es tut mir so leid ...«
»Schon gut«, unterbrach Janet das Gestammel und befestigte ihre improvisierte Toga etwas besser. »Was gibt es denn?«
»Was es gibt?« wiederholte Christine und blickte sie verwirrt an.
»Was du hier willst?« wiederholte Janet langsam und geduldig.
»Oh, äh ... ist das dein Freund George?« fragte sie statt zu antworten und versuchte, an Janet vorbei nach mir auszuspähen. »Sagen Sie, sind Sie eigentlich verwandt mit diesem deutschen Widerstandskämpfer, der ...«
»Nein«, unterbrach ich sie.
Janet nahm sie energisch bei den Schultern und drehte sie zur Türe.
»Ich glaube, wir setzen unser Gespräch unten fort. Da bist du weniger abgelenkt.«
Ich hörte, wie sie beide hinunter in die Küche gingen, wie sich Christines hohes und weinerliches Organ mit Janets sachlicher Altstimme abwechselte. Eine halbe Stunde später hörte ich die Küchentüre zuklappen und Sekunden später lag Janet wieder in meinen Armen.
»Und?« fragte ich.
»Das war Christine«, erklärte sie überflüssigerweise.
»Deine Hyper-Hypo? Die uns schon mal herausgeklingelt ...«
Janet nickte und kicherte.
»Sie scheint ein Talent dafür zu haben.«
»Und was, bitte schön, wollte sie mitten in der Nacht?«
»Sie hatte plötzlich im ganzen Brustkorb fürchterliche Schmerzen, das arme Ding. Sie hielt es für einen Herzinfarkt.«
Janet kicherte wieder.
»Und?« fragte ich. »Was passiert jetzt mit ihr? Hast du sie ins Hospital geschickt?«
Janet schüttelte lachend den Kopf.
»Nachdem sie uns im Bett erwischt hatte, waren ihre Schmerzen auf einmal verschwunden«, prustete sie.
»Ich hoffe, daß du nicht auf die Idee kommst, das als neue Therapie anzuwenden«, bemerkte ich und schickte meine Hände auf die Reise.
»Ganz bestimmt nicht«, flüsterte Janet noch. Dann machten wir uns auf den Weg zum letzten Gipfel.

Ein Wort zum Glossar

Da dieser Roman Mitte der neunziger Jahre entstand, mag es überflüssig anmuten, was da zum Teil an Begriffen im folgenden Glossar dem Leser erklärt wird. Der Verlag hat sich entschlossen, das Werk vollständig abzudrucken. Vielleicht ist für den einen oder anderen Leser ja doch noch ein »Aha-Erlebnis« drin ;-)

Glossar

Account – Benutzererlaubnis, Rechenberechtigung. Ein account besteht mindestens aus einer Benutzerkennung, d. h. der Name, mit dem sich der Benutzer am Rechner einloggt, und einem Paßwort, welches nur der Benutzer kennt und ihn dem Rechner gegenüber autorisiert.

Adapter – Ein Zwischenstück, um einen Stecker an eine anders gebaute Buchse anzupassen.

AFAIK – 'As Far As I Know', 'So viel ich weiß'. Hackerabkürzung.

ASAP – 'As soon as possible', 'So bald als möglich'. Hackerabkürzung.

ASCII – International einheitliche Kodierung von Schriftzeichen, Zahlen und Sonderzeichen (z. B. Beep) in 8 Bit breite Computerzeichen (Characters). Z. B. ist 10 der Zeilenvorschub (CR).

Backup – Sicherung von Dateien, um bei Datenverlusten, verursacht durch Unachtsamkeit des Benutzers oder infolge eines Hardware-Problems, die Daten wieder restaurieren zu können. Im allgemeinen wird auf gut organisierten Computersystemen einmal täglich ein Backup vom Systemverwalter durchgeführt.

BART – 'Bay Area Rapid Transport', die Schnellbahn im Bereich San Franciscos, verbindet auch die umliegenden Orte z. T. durch Tunnels unter der Bay mit San Francisco.

Batch – Namensschild auf Konferenzen.
BBS – Siehe Bulletin Board System.
Beta phase – Bei der Entwicklung einer Software wird manchmal zwischen Alpha und Beta Versionen unterschieden. Alpha Versionen sind zwar im Prinzip schon lauffähig, werden aber noch nicht offiziell als fertig deklariert. Eine Beta Version eines Programms dagegen kann auch schon an einen Kunden ausgeliefert werden. Merke: Eine Software wird niemals fertig. Sie muß immer weiter gepflegt werden. Dies manifestiert sich dann in steigenden Versionsnummern (z. B. gcc-2.3.3).
Binary – Maschinenkode. I.G. zu Source- oder Quellkode, den der Programmierer eingibt. Letztere sind für den Rechner nicht verständlich; er muß sie zuerst in Maschinenkode übersetzen. Unter binary versteht man aber auch ganz allgemein Dateien, die nicht nur reine ASCII Zeichen enthalten.
Booten – Einen Rechner aus dem ausgeschalteten Zustand 'hochfahren'. Kennt jeder, der schon mal einen PC eingeschaltet hat. Bei Mehrbenutzersystemen (z. B. UNIX) kann das aber etwas komplizierter sein.
Bra – Amerikanisch: Büstenhalter.
Browser (oder Internet-Browser) – Kombinierte Software zum Surfen im Internet; diese Software muß auf dem Rechner laufen, von dem das Internet zugänglich ist (also z. B. auf einem PC, der über Telefon-Modem mit dem Internet verbunden ist), beherrscht als Minimum das *http*-Protokoll (*hyper text transfer protocol*). Heutzutage können Internet-Browser eine Vielzahl von verschiedenen Protokollen im Internet lesen, z. B. *ftp, telnet, gopher, news*. Der bekannteste Inter-Browser ist Netscape.
BTW – 'By The Way', 'Übrigens'. Hackerabkürzung.
Bulletin Board System, BBS – Ein Rechner mit Wählzugängen, der nur zu dem Zweck betrieben wird, daß sich Benutzer über Telefonverbindung einloggen und dort Informationen und Software austauschen. Vor dem Aufkommen der großen Netzwerke (Internet) die häufigste Art der Kommunikation unter Rechnerfreaks und Hackern. Auch heute gibt es noch zahlreiche BBS, die von Privatpersonen betrieben werden. Die meisten bieten heute gleichzeitig den Zugang zum Internet. Siehe auch Provider.
Bumpers – Betonschwellen quer über die Fahrbahn, die man nur mit sehr geringer Geschwindigkeit überfahren kann.
Cashing Service – Ein Büro, das persönliche Schecks gegen Bargeld annimmt, für das Risiko aber horrende Gebühren berechnet (bis zu 20 Prozent). In den USA, wo immer noch der persönliche Scheck das Zahlungsmittel Nummer eins ist, oft die einzige Möglichkeit für Leute ohne Bankkonto, an Ihr Geld zu kommen, da Banken persönliche Schecks nur einlösen, wenn man ein Bankkonto bei ihnen hat.
Compiler – Übersetzer. Programm, das den Quell- oder Sourcekode eines Programms in ein Maschinenkode übersetzt, das der Rechner verstehen kann. Nur

Maschinenkode (Binary, Executable) kann von einem Prozessor ausgeführt werden.
Cop – Bulle, Polizist.
Credit History – Gespeicherte Informationen zum finanziellen Leben eines Bürgers, vergleichbar den Auskünften der Schufa in Deutschland. Ohne gute Credit History ist es in USA relativ schwierig, ein Konto bei einer Bank oder eine Kreditkarte zu bekommen
Crypt – Standard UNIX Programm, das zur Ver- und Entschlüsselung von Text verwendet wird. Häufigste Anwendung: Verschlüsseln und Verifizieren von Paßwörtern, Knacken von Paßwörtern (crack).
Cu – 'See you', 'Bis bald'. Hackerabkürzung.
Cubicle – wrtl. 'Kubus', in USA übliche Art des Büroarbeitsplatzes für den normalen Angestellten, normalerweise ein fensterloser, etwa 9 qm großer Raum, der gerade Platz für Schreibtisch und Stuhl bietet, meistens ohne Türe und nur aus verschiebbaren Stellwänden gebildet.
Date – Amerikanisch: Verabredung mit deutlich erotischer Zielsetzung, meist bestehend aus einem gemeinsamen Abendessen, Kino- oder Theaterbesuch und optional einer gemeinsam verbrachten Nacht.
Daemon – Ein Programm, das still im Hintergrund seine Arbeit tut. Ein bekannter daemon ist z. B. das sendMail Programm, das dafür sorgt, daß Emails verschickt und empfangen werden können.
Directory – Inhaltsverzeichnis im Dateisystem eines Rechners. Dient zur Strukturierung und logischen Ordnung der gespeicherten Dateien.
Dorm – Kurzform für 'dormitory', an amerikanischen Universitäten übliche Studentenwohnheime.
DMV – Department of Motor Vehicle. Zulassungsbehörde für KFZ in den USA. Hat eine sehr große Datenbasis mit allen zugelassenen Fahrzeugen und allen ausgegebenen Führerscheinen (Drivers Licences).
Email – Electronic Mail, elektronische Post. System zum Versenden von Textdateien über Computernetzwerke. Mit Email können aber auch andere Arten von Dateien verschickt werden (z. B. Graphiken, Programme), wenn sie entsprechend kodiert sind. Um Email empfangen zu können, benötigt ein Benutzer eine sog. Email-Adresse. Diese ist meist automatisch mit der Benutzung eines vernetzten Rechners gegeben.
Emoticons – Folgen von Schriftzeichen, die Gefühle des Schreibers vermitteln sollen. Viele Emoticons (vor allem die westlichen) liegen 'auf der Seite', d. h. man muß den Kopf nach links legen, um sie richtig zu erkennen (bei den östlichen ist das nicht immer so), z. B. :-) = glücklich,
:-> = breites Grinsen, :-D = Lachen, ;-) = Augenzwinkern,
:-Q = Raucher, :-(= traurig, :-* = Kuß, q:-) = mit Baseballkappe.
Excel – Verbreitetes Programm zur Tabellenkalkulation,
Executable – siehe Binary.

FAQ – 'Frequently asked Questions'. Datei, meist in einer news group, welche die wichtigsten Fragen und Antworten für Newcomer bereit hält. Wenn man das erste Mal in eine news group hineinschaut, empfiehlt es sich, nach einer FAQ Ausschau zu halten und diese zuerst zu lesen.

Fetch – Ein elegantes Programm für den Macintosh, das FTP beherrscht.

Finger – Standard UNIX Befehl mit dem man über das Netz Informationen über einen Rechnerbenutzer abrufen kann. Je nach Konfiguration des Rechners erfährt man den Usernamen, den wirklichen Namen, das Home Verzeichnis, ob der Benutzer eingeloggt ist oder seit wann nicht mehr, ob er Email bekommen hat oder wann er sie zum letzten Mal gelesen hat.

Fire wall – 'Feuerwand'. Schutzmechanismus gegen unbefugtes Eindringen in ein Unternetz oder einen Rechner aus dem Netz.

Flaming – Jemanden via Email oder News groups beschimpfen oder angreifen.

Fluid Ounce – Anglikanisches Flüssigkeitsmaß. Eine Fluid Ounce = XXX

FTP – 'File Transfer Protocol'. Einheitliches Protokoll (basierend auf TCP/IP) zur Übertragung von Dateien von Rechner zu Rechner über Netz. Ist an praktisch allen Rechnern verfügbar, die mit TCP/IP kommunizieren.

Grep – Standard UNIX Befehl zum raschen Durchsuchen von Dateien nach komplexen Suchmustern. 'Grepen' ist eingedeutscht für 'mit dem grep Befehl eine oder mehrere Dateien durchsuchen'.

Display – Der Bildschirm eines Computers.

Home Page – Allgemein die Index-Seite eines WWW-Servers, d. h. die Seite, die erscheint, wenn man einen WWW-Server im Internet anspricht. Normalerweise sind auf dieser Seite kurze Informationen über den Server und die Organisation, die ihn betreibt, sowie die weiteren Verweise auf verschiedene Bereiche des Servers eingetragen. Oft werden auch persönliche Seiten von bestimmten Benutzern als deren 'Home Pages' bezeichnet.

IMHO – 'In My Honest Opinion', 'Ehrlich gesagt ... '. Hackerabkürzung.

IMO – 'In My Opinion', 'Meiner Meinung nach ... '. Hackerabkürzung.

Indexierung – Art wie der Zugriff auf eine Datenbasis gesteuert wird. Eine intelligente Indexierung erlaubt komplexe Abfragen, wie z. B.: 'Gib mir alle deutschen Autofahrer, die Heinz mit Vornamen heißen, aber nicht in Bayern gemeldet sind.'

Internet – Das größte und nicht-kommerzielle Computernetz der Welt. Es besteht eigentlich nur aus dem Internet Protocol (IP), welches gewährleistet, daß auf beliebigen verbundenen Netzstrukturen (Standleitungen, Lichtleiter, Satellitenverbindung, Telefonleitungen, ...) die gleichen Netzwerkdienste verfügbar sind. Das IN ist aus dem ARPANET hervorgegangen, einer militärischen Entwicklung in den USA mit dem Ziel, ein Kommunikationsnetz zu entwickeln, das so robust ist, daß es auch nach einem Atomschlag noch funktionstüchtig ist.

Icon – Kleines Symbol auf einer Bildschirmoberfläche, das ein Programm oder eine Datei im Rechner symbolisiert.

Laptop – Tragbarer PC mit Batteriebetrieb, auch Notebook.

Logs, Logfiles – Protokolldateien, in welchen das Betriebssystem mitprotokolliert, was auf dem Rechner geschieht. Je nach Konfiguration des Systems werden z. B. folgende Ereignisse protokolliert: Welche User wann ein- und ausloggen, wann welche Fehler auftreten, wann und von welchen Maschinen Netzzugriffe stattfinden, wann und welche Befehle von welchem User an den Computer gegeben werden. Logfiles müssen regelmäßig gelöscht werden, da sie sonst zu groß werden und zuviel Plattenplatz beanspruchen. Logfiles sind die ersten Spuren, die Hacker nach einem erfolgreichen Einbruch in ein System zu verwischen suchen, damit der Systemverwalter später ihre Aktivitäten nicht verfolgen kann.

Login – Der Vorgang, mit dem sich ein Benutzer an einem Mehrbenutzersystem anmeldet: Er gibt seine Benutzerkennung und sein Paßwort ein.

Mail – Siehe 'Email'.

Mailbox – Eigentlich nur eine Datei, in der ein Rechner elektronische Mail (Email) für einen bestimmten Benutzer bereithält, bis dieser sie liest. Im weiteren Sinne ein Rechner, der nur den Zweck erfüllt, für mehrere Benutzer Email zu empfangen und zu versenden. Meistens werden solche Mailboxen von privaten Betreibern angeboten, wobei der Zugang über das örtliche Telefonnetz per Modem erfolgt.

Mailhost – Ein Rechner, der für eine Domaine des Internets die Verteilung der Emails übernimmt.

Mainframe – Größerer Zentralrechner, Mehrbenutzersystem.

Misc – 'Miscellaneous', 'Verschiedenes'. Beliebter Name für Inhaltsverzeichnisse, die alles sammeln, was sonst nirgends hineinpaßt.

Modem – Ein Zusatzgerät am Computer, das die Datenübertragung über normale Telefonleitungen erlaubt.

Modem-Zugang – Die Möglichkeit, sich bei einem Rechner über das Telefonnetz einzuloggen.

Muzak – Amerikanisch: Nervtötende Hintergrundmusik, die vor allem in Geschäften und Flugzeugen gespielt wird.

News – News groups, USENET. Kommunikationssystem im Internet, das dazu dient, bestimmte Themen in extra dafür vorgesehenen Gruppen (groups, Foren) zu diskutieren. Jeder Netzbenutzer kann die Artikel jeder beliebigen Gruppe abrufen, selber dort Artikel veröffentlichen (posten) oder auf vorhandene Artikel antworten (threads). Die Anzahl der news groups steigt täglich. Man schätzt, daß es derzeit (1995) ca. 16.000 news groups gibt.

News Reader – Programm zum Abrufen und Lesen von Artikeln, die in News Gruppen veröffentlicht werden.

Netiquette – Moralcodex der Netzbenutzer, vor allem im Internet. Schwierig zu beschreiben. Gibt ganze Bücher darüber.

online – Im Gegensatz zur Stapelverarbeitung, bei der ein Programm oder eine festgelegte Serie von Befehlen an den Rechner gegeben wird, bezeichnet man als 'online'-Betrieb, wenn der Benutzer interaktiv mit dem Betriebssystem des Rechners kommunizieren kann. Im übertragenen Sinne heute auch häufig ein Synonym mit der Phrase 'eingeloggt sein'. 'online gehen' bedeutet 'sich einloggen'.

Operator – Speziell ausgebildeter EDV-Techniker, der größere Rechenanlagen im laufenden Betrieb bedient und überwacht.

OS – 'Operating System'. Betriebssystem. Programm, das laufen muß, damit man mit einem Rechner überhaupt etwas anfangen kann, nämlich andere Programme starten. Bekannte OS sind DOS, Macintosh, VMS, UNIX, OS2, Windows.

Poison Oak – Gifteiche. Verursacht schmerzhafte Ausschläge auf der Haut.

Posten – Einen Artikel (etc.) in einer news group veröffentlichen.

Postmaster – Ein bestimmter Benutzer an einem Rechner, dem das Email-Programm Fehler und fehlgeleitete Emails schicken kann.

Powerbook – Notebook-Computer von Macintosh. Ein Notebook-Computer ist ein tragbarer Computer, der in seinen größten Abmessungen ungefähr den Format eines Notizblockes ('notebooks') entspricht.

PPP-Server – Ein Rechner, der über seine Modemzugänge ein bestimmtes Protokoll anbietet, welches dem angeschlossenen Computer ermöglicht, eine Internetverbindung über Telefonleitung aufzubauen.

Prompt – Meldung, mit der ein Programm oder ein OS eine Eingabeaufforderung signalisiert (z. B. 'c>\' in DOS, '%' oder '$' in UNIX). In anderem Zusammenhang die Meldung, mit der sich ein Computer meldet, wenn man sich über einen Wählzugang (Modem) einloggen will.

Provider – Ein kommerzieller Anbieter, der gegen eine geringe Monatsgebühr seinen Rechner (mit Wählzugängen) Benutzern zur Verfügung stellt, die den Anschluß an ein Compuernetz wünschen, sich aber einen eigenen permanenten Anschluß nicht leisten wollen. Bekannte Provider sind CompuServe und Telekom.

Publish or Perish – Wrtl. 'Veröffentlich oder stirb!'. Geflügeltes Wort bei der Wissenschaftsgemeinde in den USA, deutet auf den großen Veröffentlichungsdruck hin, dem die Wissenschaftler dort unterliegen.

Quellkode – siehe Source.

Rattler – Amerikanisch: Klapperschlange.

Restroom – Öffentliche Toilette.

Root – 'Wurzel'. Genaugenommen das Inhaltsverzeichnis am Beginn einer verschachtelten Anordnung von anderen Inhaltsverzeichnissen ('Hierarchie'). Auf UNIX Systemen ist 'root' der Superuser account, d. h. der Account mit allen Rechten. 'Root-Rechte' haben, bedeutet praktisch alles auf einem Rechner machen zu können.

ROTFL – 'Rolling On The Floor Laughing', 'Saukomisch'. Hackerabkürzung.

Script – Eine Datei, die eine Folge von Befehlen an das Betriebssystem enthält. Der Rechner liest die Befehle und führt sie der Reihe nach aus. Damit kann man schon ein kleines, wenn auch ineffektives Programm schreiben. Unter manchen

OS heißen solche Dateien auch Batch-Dateien.

Search Engine – Ein Rechner, der ständig das Internet nach Informationen (begriffen) absucht und diese in geschickt indizierter Form abspeichert (auch 'robot machine' oder 'web crawler' genannt). Im Prinzip ist es nicht möglich, ein solches automatisches Absuchen eines Servers zu verhindern, weil die gleichen Mechanismen wie beim manuellen Zugriff verwendet werden. Die meisten Search Engines werden jedoch einen Server nicht absuchen, wenn dort ein bestimmter Eintrag vorgenommen wurde, der anzeigt, daß dieser Server nicht automatisch indiziert werden soll.

Ein Benutzer kann sich bei einer Search Engine einloggen und nach bestimmten Begriffen suchen; er erhält dann in sehr kurzer Zeit eine Liste von Internet-Adressen, in denen die Suchbegriffe vorkommen.

Moderne Search Engines haben mehrere zigmillionen Begriffe indiziert.

Server – Rechner, der über ein Netzwerk Dienste für andere Rechner ('clients') anbietet. File-Server, FTP-Server, WWW-Server, Gopher-Server, Email-Server.

Shutdown – Ordentliches Herunterfahren (Ausschalten) eines Rechners. Gegenteil von Booten. (Den Netzstecker ziehen, ist bei den meisten Rechnern keine gute Methode!).

Snail Mail – 'Schneckenpost'. E.G. zur Email die herkömmliche Post.

Sound File – Eine Datei, in der ein digitalisiertes, akustisches Signal gespeichert ist (ähnlich einer Musik-CD).

Soundmachine – Ein universelles Programm für den Macintosh zum Aufnehmen und Abspielen der verschiedensten Sound Files.

Source – Quellkode. Das Programm, das der Programmierer eingibt und das der Rechner aber erst kompilieren oder interpretieren, d. h. in Maschinenbefehle umsetzen muß, damit er es ausführen kann.

Spiegel – Ein Rechner, der eine Eins-zu-Eins-Kopie der Datenbasis eines anderen Rechners gespeichert hat. Es ist oft leichter, einen Spiegel zu erreichen als den Rechner mit den Originaldaten, z. B. wenn sich dieser auf einem anderen Kontinent befindet. Spiegeldaten werden regelmäßig auf den neuesten Stand gebracht (z. B. jede Nacht). Illegale Spiegel sind im Prinzip geklaute Daten, die ohne Wissen und Zustimmung des Besitzers der Originale irgendwo angeboten werden.

Suburb – Vorstadt, die nur für Wohnhäuser geplant und errichtet wurde.

SunOS – Betriebssystem für Sun Rechner.

Superuser – Der Benutzer oder der Account auf einem Mehrbenutzersystem, der alle Rechte und keinerlei Beschränkungen hat. Der Superuser kann beispielsweise auch geschützte Dateien ansehen. In UNIX-Systemen heißt der Superuser 'root'.

Surfen – Im Netz herumstöbern, am besten mit WWW.

Sysop – System Operator. Auch SysAdmin. Der technische Verantwortliche für ein Rechnersystem.

Talk – Standard UNIX Programm, das es zwei eingeloggten Benutzern – auch an verschiedenen, aber vernetzten Rechnern – erlaubt, online über die Tastatur zu kommunizieren (chatten).

TAR-Paket – Ein mit dem Unix-Befehl 'tar' erzeugtes Paket von Dateien. Mehrere Dateien und Inhaltsverzeichnisse lassen sich mit dem tar-Befehl in einer großen Datei zusammenfassen. Diese läßt sich dann bequemer über das Netz übertragen, z. B. mit FTP. Nach der Übertragung wird das TAR-Paket mit demselben Befehl 'tar' wieder ausgepackt.

TBB – 'Teenager Bett-Bekanntschaft'.

Teller – Amerikanisch: Angestellter am Bankschalter.

Telnet – Ein Programm, das es ermöglicht, sich bei einem beliebigen Rechner im Netz einzuloggen und zu arbeiten. Der Computer, an dem das Programm telnet läuft, ist dann nur noch ein Terminal, also ein Ein/Ausgabegerät, für diesen anderen Rechner. Der andere Rechner wird auch oft 'host' genannt. Telnet gibt es praktisch auf allen vernetzten Rechnern, die mit dem TCP/IP Netzprotokoll arbeiten.

Thread – siehe news groups.

Tools – Werkzeuge. Programme, die zur Bearbeitung von Dateien allgemein verwendet werden.

Track, trace – wrtl. verfolgen. In engeren Sinne: Herausfinden, wie ein Hacker in ein System eingebrochen ist, indem man seine hinterlassenen Spuren im System verfolgt. Ein guter Hacker hinterläßt keine Spuren.

Trojanisches Pferd – Im Prinzip jede Art von Mechanismus, die von innen wirkt und einem Unbefugten das Eindringen in ein Computersystem erlaubt. Meistens ein Programm bzw. eine Modifikation eines bestehenden Programms, das vom Eindringling unbemerkt installiert wurde.

Ttfn- 'Tata for now', 'Tschüß erst mal'. Hackerabkürzung.

UCB – 'University of California Berkeley'.

USENET – siehe News.

Wählzugang – Ein Rechner mit Modem, das so geschaltet ist, daß es von 'außen' angewählt werden kann und man sich auf diese Weise über das Telefon an diesem Rechner einloggen kann.

WWW – 'World Wide Web', 'weltumspannendes Netz'. Relativ simples, aber geniales Konzept (alle genialen Dinge sind simpel), welches es ermöglicht, die verschiedenen Netzdienste und Protokolle (Text, Bilder, Töne, Musik, Movies, Formulare) in einer einheitlichen Form zu adressieren. Im engeren Sinne die Möglichkeit, sich per Mausklick durch sog. hyper text documents im Netz zu bewegen. Der Benutzer muß sich dabei überhaupt nicht mehr um Rechnernamen und Adressen kümmern. Das bleibt alles unter der Oberfläche verborgen. Die Rechner, welche *hyper text documents* in das Netz einspeisen, werden WWW-Server genannt.

911 – Notrufnummer in den USA, entspricht ungefähr der 110 in Deutschland.

www.schwarten.de